Les étoiles de Noss Head

4 – Origines

1ère PARTIE

Du même auteur
aux Éditions J'ai lu

FELICITY ATCOCK

1. Les anges mordent aussi
N° 10627

2. Les anges ont la dent dure
N° 10784

3. Les anges sont de mauvais poil
N° 11060

4. Les anges sont sans merci
N° 11402

5. Les anges battent la campagne
N° 11686

6. Les anges voient rouge
N° 11931

LES ÉTOILES DE NOSS HEAD

1. Vertige
N° 10902

2. Rivalités
N° 11054

3. Accomplissement
N° 11354

4. Origines
1re partie
N° 11501

5. Origines
2e partie
N° 11670

CHERCHE JEUNE FEMME AVISÉE

D'UN COMMUN ACCORD

SOPHIE

JOMAIN

Les étoiles de Noss Head

4 – Origines

1ère PARTIE

J'AI LU

Note de l'auteure

Pour les besoins de l'histoire, il m'est arrivé de présenter des lieux qui n'existent pas à St Andrews, ou d'en décrire d'autres, comprenant quelques détails de mon imagination. Merci aux lecteurs, aux habitants et étudiants de St Andrews de bien vouloir m'en excuser. De la même manière, si la montagne de Ben Hope abrite un certain nombre de grottes, il n'est pas avéré que celles-ci soient fréquentées à l'année, et encore moins aménagées d'habitations troglodytes.

« J'étouffais.

Si j'avais pu m'exiler au fin fond de l'Écosse, je l'aurais fait. Me retrouver seule avec moi-même, réfléchir, reprendre des forces, j'en avais besoin, mais tout cela m'était strictement interdit. Interdit, jusqu'à ce que toute cette histoire soit terminée. Et après, en sortirais-je seulement plus apaisée ? J'en doutais. Car plus les mois passaient et plus je devenais une créature que l'angoisse de l'avenir faisait trembler. Tout le temps.

Oui, l'avenir me faisait peur. Il me tétanisait. Qu'y verrais-je ? Qu'apprendrais-je ? À quoi devrais-je renoncer, moi aussi ? On abandonne toujours quelque chose derrière soi, c'est inévitable. Étais-je seulement prête pour ça ? Tôt ou tard, la vie reprendrait son cours, j'en étais certaine, mais elle ne serait plus jamais la même, plus aussi normale qu'avant. Accepterais-je alors mon destin, la tête haute, le torse bombé ?

Je n'arrivais toujours pas à comprendre comment tout avait commencé, mais je savais au moins une chose : je serais encore debout quand tout finirait.

Je m'en fis la promesse. »

Chapitre 1

L'odeur de la mort

J'étais presque sûre à cent pour cent que Darius n'était pas dans son assiette. Il pouvait toujours dire que tout allait bien, je le connaissais suffisamment pour être convaincue du contraire. Cela faisait des jours qu'il était dans cet état, le regard vide, les lèvres pincées, il me rappelait ces fois où, lorsque j'étais encore un ange noir, il n'avait aucune prise sur ma tristesse. Ça le rongeait de l'intérieur, l'anéantissait presque.

Je le détaillais discrètement depuis dix bonnes minutes, attendant le moment propice pour lui demander enfin ce qui le travaillait, le moment où nous serions seuls. Mais j'aurais dû me souvenir que ces dernières semaines, obtenir un tête-à-tête avec lui se révélait impossible. Ce qui était valable pour n'importe lequel d'entre nous. Il me semblait que Darius le faisait exprès. Il avait toujours quelque chose à gérer avec le Cercle, avec ses frères, ou à la fac, un peu comme s'il se forçait à occuper son temps par tous les moyens, évitant ainsi qu'on lui pose trop de questions. Je commençais à sérieusement m'inquiéter.

— Je suis fatigué, lâcha-t-il soudain.

Grigore et moi levâmes franchement les yeux sur lui.

C'était la première fois que je l'entendais émettre une plainte pareille. Par nature, Darius n'était jamais fatigué.

— Je suis las de tout ceci.

D'un geste de la main, il embrassa le bâtiment universitaire, ainsi que la cour de l'horloge dans laquelle nous étions installés, sur les bancs, comme souvent.

— Je veux tout arrêter.

— Arrêter quoi ? l'interrogea Grigore.

— Cette éternelle répétition. Je suis ici depuis des siècles, j'en ai assez.

Si mon sang ne se figea pas dans mes veines, c'est uniquement parce que je compris qu'il ne faisait nullement référence à la mort, mais à la vie qu'il menait. Darius changeait de visage régulièrement afin de pouvoir rester à St Andrews. Il était arrivé ici autour de 1410, et prendre une autre apparence, c'était un truc qu'il avait dû faire un nombre incalculable de fois. Cependant, depuis notre rencontre, il ne m'avait jamais donné l'impression d'être lassé de cette situation. Le voir subitement morne et éteint me rendit triste bien au-delà des mots, pourtant, je n'en dis rien.

Par habitude, lorsque le vent souffla, je remontai le col de ma veste pour m'en protéger. On était mi-janvier. Avec une température de moins cinq degrés et de gros nuages dans le ciel, la pluie ne tarderait pas à arriver.

— Besoin de vacances, détermina nonchalamment Grigore en époussetant son jean. Wick est un endroit sympa, tu devrais y retourner.

L'allusion me fit sourire. Grigore et moi étions manifestement du même avis : Gwen n'était pas étrangère à la morosité de Darius. Quelques mois plus tôt, elle était rentrée à Wick pour s'occuper de sa boutique, et elle lui manquait sévèrement. Ils se voyaient trop peu.

Darius gronda sourdement.

— Ce n'est pas des vacances, que je veux, mais une autre vie ! Je vais faire un tour !

Sur ces mots, il se leva et partit d'un pas précipité en direction du portail principal. Par réflexe, je bondis sur mes pieds dans l'intention de le rattraper, Grigore me retint par le poignet.

— Laisse-le. Il doit prendre une décision et il le sait.

— Je ne l'ai jamais vu aussi abattu.

Grigore se frotta la mâchoire en un signe de crispation.

— Moi non plus.

— L'absence de Gwen est-elle vraiment en cause ?

Nos regards échangèrent la même inquiétude, ce qui me poussa à me rasseoir.

— Oui et non.

— Tu développes ?

Il croisa les bras sur sa poitrine et pinça les lèvres une ou deux secondes avant de soupirer.

— Il tient à elle, bien plus qu'il ne veut l'admettre. Il a besoin de sa compagnie.

— Mais ?

— Mais il a déjà donné son cœur une fois.

Je haussai les épaules d'un air blasé.

— De quoi a-t-il peur ?

— D'oublier Julia.

Je fronçai les sourcils tout en me grattant le front.

— Et c'est ce pour quoi il souhaite quitter St Andrews, parce qu'il a peur de l'oublier ? Le paradoxe est plutôt étrange, tu ne trouves pas ?

Grigore sourit.

— Je crois au contraire qu'il s'imagine que partir de St Andrews reviendrait à faire une croix définitive sur ce qu'il a vécu avec Julia. Mais s'il reste ici...

— Il ne s'engage pas avec Gwen. Pour autant, il aimerait être avec elle, non ?

Il acquiesça, fataliste.

— Sommes-nous vraiment en train de parler de Darius ? m'amusai-je presque.

Il ne m'avait jamais semblé que les histoires de cœur étaient ce qui travaillait le plus Darius. D'autant que, lorsqu'il avait entrepris cette aventure avec Gwen, il avait donné l'impression de vouloir vivre sereinement cette nouvelle chance d'être intimement lié à quelqu'un. Mais il s'agissait de Julia. Sa Julia...

Grigore se racla la gorge.

— Écoute, il a définitivement besoin de changer d'air, il en est totalement conscient. C'est sérieux. Avant de te rencontrer, l'idée lui avait déjà effleuré l'esprit. Aujourd'hui, sa relation avec Gwen l'y incite un peu plus.

— Alors, qu'il le fasse !

Je serais sans doute monstrueusement déboussolée de ne plus l'avoir près de moi, mais si c'était ce qu'il désirait, je l'y encouragerais de toutes mes forces. Nul ne méritait plus que Darius de connaître la paix, et aux côtés de Gwen, quoi qu'il en dise, il semblait heureux.

— Je t'ai expliqué ce qui le retenait.

Je poussai un long et profond soupir.

— Qu'on ne vienne plus me raconter que les femmes sont compliquées !

— Ce n'est pas moi qui l'affirmerai, gamine. Elles sont juste indéchiffrables et j'aime ça.

Je souris en l'entendant rouler les « r ».

Même en ma présence, alors que je savais pertinemment que ce n'était que du vernis, Grigore n'avait pas perdu l'habitude d'appuyer sur son vieil accent roumain. Il ne faisait aucun doute qu'il avait parfaitement conscience du côté sexy que ça lui donnait.

— Que peut-on faire ? demandai-je très sérieusement.

— Rien. Ça doit venir de lui. Il est des souffrances qu'il faut exorciser soi-même, Hannah.

Je l'observai un instant sans rien dire, plongeant dans le bleu de ses yeux pour y puiser quelque vérité.

En lui, cette phrase sonnait comme un écho.

— Les tiennes le sont-elles, Grigore ?

Il ne répondit pas immédiatement, mais il sembla méditer la question, alors qu'il savait très bien de quoi il retournait. Pour sauver sa peau, il avait participé à la mort de la jeune fille qu'il avait lui-même transformée. Son souvenir le poursuivait depuis des siècles.

— Je m'y attelle. Partons. J'ai un cours à donner.

Il s'éjecta du banc comme un ressort et me fit signe de le suivre.

Sujet clos.

Je ramassai mes affaires, calai ma besace sur mon épaule et marchai en direction de l'amphi.

Un peu avant dix-huit heures, je commençai à ranger mes notes. J'avais hâte de rentrer chez moi et de téléphoner tranquillement à Leith. Après les vacances de Noël, il était resté à Wick pour avancer sur son mémoire. On ne s'était pas vus depuis presque trois semaines. Dix-huit longues journées... Le temps ne m'avait jamais paru si long.

Je soupirai de dépit. Son admission en deuxième cycle changeait radicalement nos habitudes. Il travaillait dur et passait le plus clair de son temps dans les bibliothèques ou les musées. Je devais composer avec ça.

Je ne pus m'empêcher d'imaginer ce que serait notre vie lorsque, à la prochaine rentrée, j'intégrerai moi aussi ma quatrième année. Chacun de notre côté. L'idée me mettait de mauvaise humeur, mieux valait ne pas trop y penser.

Je pris soin d'enfiler discrètement ma veste et attendis patiemment que Grigore nous invite à sortir, ce qui ne saurait tarder – tous les mercredis, c'était lui qui assurait les cours du deuxième semestre sur la Rome antique.

Je m'apprêtais à boucler mon sac quand une fragrance âcre et nauséabonde me parvint en pointillé. Instinctivement, je me frottai le nez de l'index, reniflai par à-coups et relevai la tête sur Grigore. Je le fixai avec insistance, jusqu'à ce que son regard croise le mien. Il fronçait les sourcils dans une totale incompréhension. Sans doute n'arrivait-il pas plus que moi à identifier ce qui pouvait bien sentir aussi fort. J'avais pourtant un odorat plus aiguisé que le sien, mais même en me concentrant, il m'était impossible de définir de quoi il s'agissait précisément. Cependant, je distinguais nettement des relents inhabituels de goudron frais, de chou pourri et de putréfaction, si bien que je dus me mettre la main devant la bouche pour retenir un haut-le-cœur.

Une poignée de secondes plus tard, des « ahhh ! » de dégoût s'élevèrent dans l'amphithéâtre, créant un malaise croissant parmi les étudiants. Puis soudain, un pic fétide et bien plus franc se mêla à l'autre. Grigore devint livide, alors que les petits cheveux derrière ma nuque se dressaient.

Sans prévenir, il se précipita vers la sortie. Il ne m'en fallut pas plus pour l'imiter. Je sautai par-dessus la table, laissant mes affaires derrière moi, et courus le retrouver dehors sous les cris médusés de l'assemblée.

— Grigore ! Attends ! criai-je en le voyant s'élancer sous la pluie, dans la nuit déjà bien tombée.

J'accélérai et le rejoignis presque aussitôt. Il s'immobilisa juste derrière l'amphithéâtre et observa un attroupement d'étudiants postés devant la porte du local technique. Aucun ne semblait vouloir prendre le risque de rater ce qu'il y avait à voir. Nous n'eûmes nullement besoin de fendre la foule pour comprendre car, au fur et à mesure que nous nous étions approchés, des émanations ferreuses, rances et froides s'étaient détachées des autres. L'odeur de la mort. La mort d'un ange noir.

— Grigore..., murmurai-je d'une voix blanche.

Il baissa sur moi des iris translucides qu'un éclat de rage faisait briller.

— Mais c'est horrible ! cria une grande rousse.

— Qu'est-ce qui a bien pu lui arriver ? gémit sa voisine.

— On dirait qu'il a été attaqué par une bête sauvage ! s'exclama une autre étudiante.

— Quelle horreur ! Il a eu la tête arrachée !

Puis nous entendîmes M. Smith, le gardien.

— Écartez-vous ! Écartez-vous, s'il vous plaît !

Il s'égosillait en vain, personne ne semblait vouloir bouger.

— Que quelqu'un prévienne le recteur !

Grigore s'apprêtait à intervenir quand il aperçut les membres du Cercle pousser tout le monde pour prendre le contrôle de la situation. Discrètement, ils formèrent une barrière de leur corps, empêchant les bavards de passer pour aller alerter quelqu'un et raconter ce qu'ils avaient vu.

Tandis que je détaillais les anges noirs un à un, mon cœur fit soudain une embardée. Où était Darius ? Je sentais le sang qui circulait dans mes veines accélérer sa course. Un sentiment perfide d'appréhension m'envahit. L'estomac comprimé, alors que je n'avais encore aucune preuve, j'imaginais retrouver au sol le corps inanimé de mon ami. Impossible de repérer précisément son odeur. Désormais, pour moi, tous les anges noirs sentaient plus ou moins la même chose.

Les yeux partout, je remarquai que Simon aussi manquait à l'appel. Ce fut plus fort que moi, je me surpris à espérer que si l'un des deux était mort, ce serait lui et pas Darius.

On me ceintura la taille à l'instant même où je me décidai à aller vérifier pour en avoir le cœur net. D'un geste assuré, l'ange noir qui m'agrippa me fit faire volte-face.

Horrifiée, je tombai nez à nez avec Simon.

Mes genoux me lâchèrent, je crus défaillir devant lui. Je refusais de croire ce que sa présence ici pouvait bien signifier.

— Hey ! Doucement, dit-il sereinement en me retenant. N'y va pas, c'est pas beau à voir.

— Qu... quoi ?

— N'y va pas. C'est pas beau à voir.

Mon cœur battait si fort qu'il allait finir par éclater dans ma cage thoracique.

— Où est Darius ? gronda Grigore.

— Aucune idée. Son portable est éteint, mais j'étais avec lui il y a une heure, il m'a dit qu'il avait rendez-vous.

Tandis que Grigore fronçait les sourcils, j'expirai si bruyamment de soulagement que je crus avoir vidé en une seule fois tout l'air contenu dans mes poumons.

— Ce n'est pas lui ? pépiai-je en désignant l'attroupement du menton.

— Non.

— Qui est-ce ?

Abattu, Simon fit signe qu'il n'en avait aucune idée.

— On ne peut pas le savoir comme ça...

Le visage de Grigore devint glacial.

— Il est défiguré ?

— Entièrement déchiqueté...

Sans même m'en rendre compte, je tournai la tête vers le local technique. Les étudiants formaient un rempart devant nous, nous empêchant de distinguer quoi que ce soit à part le sang qui se répandait à gauche du rassemblement.

— Sa tête a disparu, ajouta Simon.

Pendant que je frémissais de toute part, Grigore et Simon échangèrent un regard qu'eux seuls étaient en mesure de comprendre. Je n'eus pas particulièrement le temps de m'appesantir sur leur réaction, des effluves musqués envahirent subitement l'atmosphère, me conduisant à chercher des yeux les membres de la meute qui venaient à notre rencontre. Au loin, j'aperçus John, puis Tony, quelques pas derrière.

John s'adressa à moi dès qu'il arriva.

— Lequel d'entre eux est mort ?

Je lui fis signe que je n'en avais aucune idée.

— Nous ne savons pas encore, il... lui manque la tête.

— Quoi ? C'était quand ?

— Le corps vient tout juste d'être découvert. Aucune information de plus, John.

Il prit cet air arrogant que je lui connaissais parfois.

— Il est toujours temps d'empêcher que la situation dégénère.

Il amorça un pas vers les étudiants trop curieux, aussitôt arrêté par Grigore.

— Oh, non ! Ce n'est pas à vous de gérer ça !

Les garous, tout comme les anges noirs, étaient capables d'effacer certains fragments de la mémoire d'un homme. Mais le ton sec et froid de Grigore l'avertissait qu'il n'était pas disposé à jouer la carte de la collaboration. Même si les deux clans avaient coopéré dans ma quête pour redevenir Humaine, la haine farouche que se vouaient nos deux espèces n'était pas près de s'estomper. Ces affrontements étaient comme un immense jeu semblant ne jamais vouloir s'arrêter. Imaginer le contraire était aussi ridicule que croire au père Noël à l'âge de vingt-cinq ans.

Grigore embrassa la scène des yeux et se tourna vers Simon.

— Va prévenir le Conseil. Il décidera de la marche à suivre.

Lequel obtempéra sans plus de recommandation.

John grogna de mécontentement.

— Avant que ces guignols n'arrivent, la nouvelle se répandra comme une traînée de poudre !

S'il avait pu, Grigore l'aurait réduit en bouillie sur-le-champ.

— Mêlez-vous de ce qui vous regarde.

— Mais justement ! s'emporta John. Que se passera-t-il lorsque la police sera alertée ? Ce qui ne saurait tarder, n'en doute pas une seconde. Nous sommes tous concernés !

— Ah oui ? Vous êtes concernés ? répéta Grigore, que l'ironie faisait vibrer. Dois-je en déduire que vous êtes responsables de cette boucherie ?

— Si seulement, l'Exploiteur ! Si seulement !

Simultanément, il sembla chercher quelqu'un autour de lui.

— Il est où, le grand gourou ? Il préside bien à votre foutu Conseil, non ? Qu'il s'active, sinon on se charge de rectifier le tir nous-mêmes !

Je me surpris à détailler John comme si je le voyais pour la première fois.

Les cheveux mi-longs et blonds en bataille, les yeux d'un vert profond lançant des éclairs, les pupilles dangereusement dilatées, John faisait preuve d'une autorité désarmante, alors que Tony, habituellement plus sanguin, n'avait toujours pas ouvert la bouche.

— John..., tentai-je de le calmer en posant la main sur son avant-bras.

— Quoi ? Tu prendrais le risque que tout soit dévoilé, Hannah ?

Sa façon de me regarder était si pénétrante que je détournai les yeux.

Non, bien sûr que non, je ne voulais prendre aucun risque. Les gens ne devaient pas se souvenir de ça...

— Grigore, il a raison, plaidai-je. Avaler leur mémoire, c'est ce qu'ordonnera le Conseil au bout du compte, non ? Je sais que vous ne fonctionnez pas comme ça, mais commencez avant qu'il n'intervienne. C'est plus prudent.

Les yeux dans les miens, Grigore sembla analyser la situation. Il rechignait à prendre la décision sans l'avis de ses pairs. Je me souvenais que lorsque Ewan, Oliver et Pitt en avaient après moi, le Conseil avait été consulté et il avait donné la marche à suivre, c'est même la raison pour laquelle deux de ses membres étaient intervenus dans le parking. Le respect des règles était très important pour maintenir la paix à St Andrews, cependant, Grigore finit par hocher la tête.

John n'attendit pas un signal de plus et m'attrapa par le poignet pour m'entraîner avec lui.

Surprise, je fis un pas en arrière au lieu d'avancer.

— Quoi ?

Je secouai le menton, sensiblement paniquée.

— Je n'ai jamais fait ça.

Il plissa les paupières comme s'il réalisait enfin qu'être un garou n'était pas ce qui s'avérait le plus naturel chez moi. Même si j'avais considérablement progressé en un peu plus d'un an, j'étais loin d'avoir appris tout ce que je devais savoir. Ma transformation avait été si brutale... Je n'avais pas totalement assimilé le mode d'emploi lupin. Il subsistait tant de choses qui m'étaient encore parfaitement inconnues.

— Pressons ! s'irrita-t-il en ordonnant à Tony de le suivre.

Quand ils virent avancer Tony, John et Grigore, le reste des membres du Cercle comprit ce qu'il avait à faire.

Si impressionnant que serait leur tour de passe-passe, un instant, j'eus peur qu'ils ne puissent maîtriser entièrement la situation et que quelques étudiants plus malins que les autres réussissent à sortir des rangs afin de répandre la nouvelle. Si c'était le cas, il serait alors impossible de contrôler tout le monde, et les autorités finiraient forcément par s'en mêler. Avec tout ce que cela comportait comme risques, j'en eus une remontée acide tout à fait désagréable.

Pas plus de cinq minutes plus tard, nous vîmes arriver trois membres du Conseil.

— Où est Darius ? demanda un ange noir aux cheveux grisonnants.

— Il n'a pas encore été averti, répondit Grigore.

— Pour quelle raison ?

— Il est injoignable. On fait quoi ?

L'ange noir lui jeta un regard lourd de reproches.

— Vous avez commencé à réparer les dégâts sans notre aval, il semblerait.

Puis il s'attarda sur le local technique, grand ouvert.

À présent, fermez cette porte et détournez l'attention de ces gens. Nous nous occupons du corps.

Grigore hocha la tête et se plaça parmi les étudiants.

— Regardez dans cette direction, leur ordonna-t-il en montrant de l'index le toit du bâtiment administratif.

Quelque peu déboussolés, le gardien et les étudiants levèrent tous le nez dans la même direction, sans avoir la moindre idée de ce qu'ils devaient précisément observer. Ainsi, les membres du Conseil purent terminer le travail en toute discrétion. Voir tous ces gens manipulés dans une totale inconscience avait quelque chose d'intolérable et d'effrayant. Une poignée d'êtres vivants étaient capables d'amadouer le monde, et le monde l'ignorait.

La pluie redoubla d'intensité, si bien que les quelques curieux qui nous avaient rejoints pour en savoir plus battirent rapidement en retraite et laissèrent le champ libre.

— Laisse-les se débrouiller. Maintenant, viens avec nous, m'enjoignit fermement John.

J'en restai une ou deux secondes bouche bée. Quelle mouche l'avait piqué ? Était-ce l'absence prolongée de Leith qui le rendait si prompt à donner des ordres ? Jusqu'à présent, je ne lui connaissais pas le tempérament d'un alpha et, de ce que j'en savais, personne ne lui avait demandé de remplacer le chef de meute. Alors quoi ? Son comportement ne me plaisait pas du tout. Malgré tout, je levai calmement les paupières vers lui.

— Partez sans moi, j'aimerais téléphoner à Leith.

Agacé, il gonfla les narines, mais n'osa pas s'opposer.

— Comme tu voudras.

Puis il fit demi-tour sans un mot de plus.

— À plus tard, Hannah, dit doucement Tony, qui articulait sa toute première phrase.

Je les suivis des yeux en fronçant les sourcils. Ça ne tournait pas rond.

— Un problème ? demanda Grigore.

— Hum... Oui. Non. Peut-être. Je ne sais pas. Je dois passer un coup de fil.

Il hocha le menton et me laissa m'éloigner.

— Hannah ! me héla-t-il finalement, juste avant que je ne bifurque sur la gauche.

Je stoppai net pour me retourner.

— Retrouve-nous au *Red Lion*, si tu as un moment. Nous devons parler.

Je n'étais pas convaincue qu'un garou y soit particulièrement bien accueilli.

Je dus faire une drôle de tête, car il me considéra d'un air contrarié avant de se reprendre.

— Au *Corner*, dans ce cas !

De la tête, je lui fis signe avant de disparaître à l'angle de l'immeuble.

Je poussai la porte de l'amphi pour récupérer la besace que j'avais laissée sur place et m'installai sur un banc afin de composer le numéro de téléphone de Leith. Je tombai directement sur sa boîte vocale.

— C'est Hannah. Quand tu auras mon message, rappelle-moi. Il vient de se passer quelque chose à la fac. Ça ne me concerne pas directement, mais il vaut mieux que tu le saches. J'espère que ça va de ton côté. Tu me manques...

Je raccrochai, regardai le tableau blanc en face de moi un moment, puis lâchai un long soupir en rejetant la tête en arrière.

Qui pouvait bien être responsable d'une chose pareille ?

Personne n'y avait fait allusion, mais lors d'un combat mortel, déchiqueter le corps d'un vampire est propre aux garous. Ils mordent, déchirent, lacèrent leur proie, puis ils lui arrachent la tête. C'est ainsi qu'avait procédé Tarja quand elle avait massacré Minah, quelques années plus tôt. Idem pour la meute sur le terrain de l'oncle de Dan, en affrontant les sbires de Pietro. Quant aux anges noirs, ils ne se tuent pas de cette manière. Ils ne se tuent, pour ainsi dire, presque jamais. Encore moins dans une ville régie par un traité de paix existant depuis des siècles, et sûrement pas dans un lieu public. Mais je pouvais affirmer la même chose à propos de la communauté garolle de St Andrews. J'aurais mis ma main au feu qu'aucun loup ne romprait jamais ce traité de manière si peu subtile. Même Tarja, en enfreignant les règles, avait sonné le glas en pleine nuit, sur une plage reculée de St Andrews. Quelle créature avait pu avoir l'audace ou l'inconscience d'en massacrer une autre au nez et à la barbe de celles qui fréquentaient l'université ? Qui avait pu prendre le risque d'être remarqué par une foule d'Humains ? Et pourquoi avoir emporté la tête de la victime ? Quelle horreur ! J'en fus prise de nausée.

Cela faisait bien trop longtemps que le calme régnait. Douze mois sans un accroc, j'avais fini par m'y habituer. Morose, je jetai mon portable dans mon sac et sortis de la salle d'un pas lent.

J'allais rejoindre Grigore au *Corner*.

Chapitre 2

Appelle-nous, s'il te plaît…

Il n'était pas encore dix-huit heures trente et le pub grouillait déjà de monde. Grigore, Rufus et Simon étaient attablés dans un silence presque religieux. Faute d'être consommés, les verres de soda devant eux étaient en bonne voie pour devenir aussi plats que de l'eau de source. Aucun ne prendrait la peine de les toucher.

— Des nouvelles de Darius ? demandai-je en m'asseyant à côté de Grigore.

Profondément ancré dans ses pensées, il ne répondit pas.

— Grigore ?

Il releva la tête du verre qu'il faisait tourner entre ses mains et attrapa mon regard inquiet.

— Non.

— Nous savons avec qui il avait rendez-vous, m'informa Rufus.

Il m'annonçait ça un peu comme s'il me donnait un indice évident pendant une partie de Cluedo. De fait, je me doutai de qui il pouvait bien s'agir.

— Celui qu'on a retrouvé mort ?

Grigore acquiesça sans qu'un seul muscle de son visage bouge.

— Mais… qu'est-ce que ça veut dire ?

— C'est ce que nous allons essayer de comprendre, Hannah.

Je ne me souvenais pas d'avoir déjà vu Grigore aussi crispé, ce qui ne fit qu'augmenter ma propre angoisse.

— Vous ne pensez tout de même pas que Darius est responsable ? Personne ne peut décemment croire une chose pareille !

— Mais nous ne prétendons rien de tel, gamine.

Vu la lueur d'inquiétude qui brillait dans ses pupilles, j'aurais parié qu'il prenait un air condescendant simplement parce qu'il était sous pression. Sauf qu'étant donné le degré de stress qui déferlait en moi, je dus me faire violence pour ne pas lui refiler un bon coup de pied sous la table. Nous nous connaissions depuis à peine plus d'un an, Grigore et moi, mais il était devenu un ami. Un véritable ami. J'avais souvent appris, à mes dépens, que son sport favori était la joute verbale, il y excellait et n'en avait jamais assez. Cependant, je savais que derrière ses propos désinvoltes se cachait une loyauté pure et sincère. Il me l'avait même déjà offerte, l'année dernière, lorsqu'il avait fallu choisir entre son frère spirituel, Pitt, et me sauver la vie. Il observait, analysait et prenait des décisions au mieux de ce qu'il pensait être juste. Grigore avait mon entière confiance, celle de Darius aussi. C'est pourquoi je me rangeais très souvent de son côté.

— Tu veux boire quelque chose ? me demanda poliment Rufus.

Je secouai le menton de gauche à droite.

— Rien, merci. Qui était ce type ? Vous avez réussi à savoir ?

— L'un des serveurs du *Red Lion*.

Pourquoi, quand il était question de sombres histoires, les membres du *Red Lion* y étaient-ils systématiquement mêlés, de près ou de loin ? Le gérant avait été de mèche avec Pietro, puis avec Ewan... Qu'était-il en train de mijoter, encore ? Parce que, à coup sûr, il s'agissait de lui. Toujours lui, œuvrant dans l'ombre et ne retenant jamais les leçons de ses erreurs. Ce type me sortait par les yeux.

— Le patron m'a confirmé qu'il devait retrouver Darius pour lui remettre un message, précisa Rufus.

— À la fac ?

— Manifestement...

— Bizarre... Quel message ?

— Il n'en sait rien.

Je haussai les sourcils de scepticisme sans même m'en rendre compte.

— Il n'en sait rien ?

Simon se jeta contre le dossier de sa chaise en riant cyniquement.

— Il ment. Cette crapule sait toujours tout.

— Vous avez essayé de le questionner ? interrogeai-je Grigore.

Il croisa les bras sur sa poitrine, positivement agacé.

— Darius est impliqué. Le Conseil nous a demandé de garder nos distances. Ils s'en chargent.

— Ils ne pensent tout de même pas qu'il y est pour quelque chose ?

— Ils n'écarteront aucune piste, me répondit-il comme s'il m'annonçait une fatalité.

— Ça n'a aucun sens ! m'offusquai-je. Il est le premier défenseur des règles qui régissent la communauté des anges noirs, les règles de St Andrews ! Serait-il devenu fou au point de prendre le risque de les enfreindre, d'être vu et banni alors qu'il adore cet endroit ?

Au moment même où je prononçai ces mots, je me remémorai notre conversation avec lui, quelques heures plus tôt. OK, il en avait assez de cette vie, mais décapiter l'un de ses semblables dans un lieu public, c'était peut-être un peu radical comme solution pour changer d'air, non ?

Grigore était tellement sur les nerfs qu'il vida son verre d'un trait.

— Écoute, enchaînai-je. Les gars du *Red Lion* baignent dans toutes sortes d'histoires plus ou moins douteuses. Je ne serais qu'à moitié surprise que quelqu'un ait décidé de faire la peau à ce serveur pour se venger. C'est probablement un règlement de compte et… un mauvais *timing*. Il est évident que Darius n'était plus avec lui à ce moment-là, sans quoi il n'aurait pas laissé faire une chose pareille. Il ne peut pas être mêlé à ça. Il n'est même sûrement pas au courant. Il va revenir et nous confirmer tout ça.

— Tu n'as pas besoin d'essayer de nous convaincre, Hannah, souffla Grigore. Mais il se trouve qu'il s'agissait d'un nouveau citoyen. Il était à St Andrews depuis à peine une semaine. Je doute qu'il ait réussi à se faire des ennemis en si peu de temps.

— Alors, quoi ?

Grigore se frotta le menton avec désinvolture.

— Un garou a très bien pu se charger de lui. Tes amis avaient l'air de se sentir plutôt concernés.

Je crus m'étrangler avec ma salive. Il disait ça juste pour me provoquer. En tout cas, c'est ce que j'espérais.

— Ne dis pas de bêtise ! Et puis, si tu fais allusion à l'éventration, je te rappelle que vous êtes également pourvus de serres. Dans mon souvenir, Darius n'a pas laissé le vampire qui voulait ma peau dans un meilleur état !

Même si, concrètement, je ne me souvenais que de sa tête détachée du reste de son corps. Je n'avais pas pris soin de vérifier si Darius lui avait fait subir une vivisection en règle.

Rufus intervint avant que Grigore et moi ne montions trop dans les décibels.

— Cuisinons McCarthy. Il sait forcément quelque chose.

Je ne me rappelais pas avoir déjà entendu le nom de cette crapule. Pour moi, c'était « le patron du *Red Lion* ».

— Quel est le plan, Grigore ? Tu vas passer outre aux recommandations du Conseil ?

J'espérais qu'il me dise oui. S'il ne le faisait pas, il était fort possible que je demande à Leith de rappliquer plus tôt que prévu pour qu'il s'en charge lui-même. Après tout, les loups n'avaient rien à voir avec leur organisation hiérarchique. Si l'idée qu'un garou puisse être impliqué avait effleuré l'esprit de Grigore, le Conseil penserait peut-être la même chose. Il était préférable de savoir de quoi il retournait. Et puis surtout, Darius était devenu un ami pour Leith, il ne le laisserait pas dans la panade. Quant à moi, je doutais fortement avoir la carrure suffisante pour influencer McCarthy et en obtenir quoi que ce soit.

— Grigore, sérieusement, tu penses que Darius est impliqué ?

— Impliqué, oui, mais pas responsable. Laissez-moi discuter cinq minutes avec cette ordure, je vais tâcher de tirer ça au clair.

Je ne pus retenir un sourire de satisfaction.

— Ne te réjouis pas trop vite, l'affaire ne va pas être simple.

— Tu te sous-estimes, plaisantai-je.

Sa force de persuasion devait être au moins aussi impressionnante que celle de Darius.

— On verra. Quant à toi, fais en sorte que tes amis restent à l'écart.

Mes amis les loups, bien sûr…

— Je ne suis pas sûre de pouvoir les convaincre de ne pas s'en mêler. Ils vont vouloir comprendre pourquoi les limites ont été franchies.

Grigore m'observa en dessous de ses cils.

— Que se passe-t-il avec ce jeune péteux ? Sutherland revient quand ?

Manifestement, l'excès de zèle de John n'avait échappé à personne.

— La semaine prochaine. Mardi. Aucune importance, pour John, plaidai-je en sa faveur. La meute est un peu déstabilisée, Leith est parti depuis trop longtemps. Tout va rentrer dans l'ordre.

— Hum… Ils ont déjà connu ça, me fit-il remarquer, dubitatif.

C'était vrai. Lorsqu'il s'était rendu dans le Sutherland pour se former au charme de l'égide, Leith y était resté plus de deux mois et demi et personne n'avait tenté de le remplacer. Mais était-ce bien ce à quoi prétendait John ? Il me sembla un peu prématuré de faire un tel raccourci. Il s'était, tout au plus, inquiété de la situation, comme l'aurait fait n'importe qui. Son implication n'avait rien d'étrange.

— Tu es en train d'essayer de te convaincre, devina Grigore.

— Pas du tout, niai-je.

Cependant, Tony, lui, n'avait pas agi ainsi…

Grigore me considéra un moment en silence, puis revint au sujet principal.

— Pouvez-vous vous rendre chez Darius ? demanda-t-il à Simon et Rufus. Il est peut-être rentré. Avertissez-le.

— Je vais le faire, proposai-je. Je n'ai pas vu les garçons depuis bien deux semaines.

— Comme tu voudras. Simon, Rufus, vous passerez après.

Ils opinèrent sans mot dire.

— Et Gwen ? demandai-je.

— Non, répondit fermement Grigore, sachant parfaitement ce que je sous-entendais. Ne l'inquiétons pas pour rien. Il sera sûrement rentré d'ici ce soir.

— Très bien. Toi aussi, tu te substitues au grand chef ? ajoutai-je en pensant à voix haute.

Ce qui ne le fit pas rire du tout.

— Le changement est proche, Hannah. Crois-moi, ce n'est pas une plaisanterie. Quand Darius partira, c'est tout St Andrews qui sera chamboulé.

— Tu n'en fais pas un peu trop, là ?

— Il ne restera pas au Conseil.

Pour la première fois, je dévisageai Grigore non comme un ami, mais comme celui sur qui reposeraient sans doute de grandes responsabilités. Un jour, Darius m'avait dit qu'il serait amené à prendre sa place. Était-il prêt ? Le voulait-il seulement ?

— Tu présiderais, Grigore ?

— Non.

— Non, tu ne veux pas, ou non, ils ne te choisiront pas ?

— Leur choix est déjà fait.

— Et ?

— Et rien du tout ! Partons ! Contactez-moi dès que vous avez des nouvelles de Darius.

Il se leva et posa un billet de vingt livres sur la table.

L'attitude de Grigore éveilla mon esprit railleur.

— Oui, chef !

Grigore se pencha sur moi pour me fixer intensément.

— Pas encore, petite, dit-il dans un demi-sourire. Mais quand je serai « chef », je te promets que tu te plieras à la moindre de mes volontés.

Pas effrayée pour deux sous, je ramassai ma besace et la calai sur mon épaule.

— Tu peux toujours rêver, l'Exploiteur, j'ai changé de camp !

Il éclata de rire tandis que je quittais le pub en roulant des yeux.

Amusée par son comportement machiste, ça, je l'étais. Pourtant, je rejoignis le parking où stationnait habituellement ma voiture avec un sentiment de malaise croissant. J'avais l'horrible impression que le ciel allait me tomber sur la tête d'un instant à l'autre.

Je me dépêchai de grimper dans la Mini pour allumer le moteur. Je fouillai dans mon sac avant de partir et jetai un œil à mon portable. Pas un seul appel de Leith. Je m'étais promis de ne pas sombrer dans la paranoïa, même s'il ne donnait pas signe de vie au bout de quarante-huit heures. J'avais reçu un bref texto de lui, lundi matin, je n'avais donc aucune raison d'en faire tout un plat. Sans compter qu'il avait prévu de rendre une visite éclair à son oncle et sa tante sur les îles Orcades avant de rentrer à St Andrews. Le réseau étant très instable là-bas, il n'avait peut-être tout simplement pas encore écouté mon message.

J'appuyai sur l'embrayage, enclenchai la marche arrière et pris la route pour aller chez Darius. J'y serais dans moins de vingt minutes.

Tellement de choses avaient changé depuis que j'étais devenue un garou. À commencer par ma perception des autres, des Humains. L'empathie. Voilà une qualité qui peut vite se transformer en boulet à traîner. Impossible de rester insensible aux sentiments plus ou moins négatifs qui les submergeaient en permanence. Les garous ont grandi avec cette aptitude à ressentir les émotions, moi pas. Jeremiah m'avait expliqué que cette prédisposition était ancrée dans les plus vieux instincts du loup, à l'état sauvage. C'est ainsi que les proies étaient choisies. Plus leurs faiblesses étaient détectables, plus la chasse était facile. Je me trouvais bien incapable de me créer un bouclier virtuel, je n'avais pas encore assez d'expérience pour ça. Sans compter que je côtoyais des centaines d'étudiants chaque jour, alors il m'était difficile de me mettre à l'écart. Je prenais leurs joies, leurs tristesses, leurs craintes en pleine face. Personne n'était en mesure de me mentir sur son état, ce qui faussait un peu les relations. Les gens n'ont pas forcément envie de savoir que vous les avez décortiqués, donc vous êtes obligé de faire comme si vous n'aviez aucune idée de ce qu'ils étaient en train de ressentir. De fait, travailler sur un simple projet avec quelqu'un s'avérait difficile, j'avais bien du mal à faire comme si de rien n'était. Je ne m'étais pas vraiment fait d'amis depuis ma première rentrée à St Andrews, à part les membres de la meute, ceux du Cercle, et dans ma promo courait le bruit que j'étais l'une de ces étudiantes qu'on ne pouvait pas approcher, trop sauvage, trop secrète. Pour cette raison, rares étaient ceux qui s'aventuraient à me parler. Pour l'ancienne Humaine que j'étais, le coup était difficile. Je n'avais peut-être jamais été la fille la plus sociable du monde, mais j'aimais les gens. Soyons honnêtes, même bien entourée par la meute et le Cercle, par Leith, par Gwen, il m'arrivait de me sentir seule. Sissi me manquait.

C'est avec un profond soupir que j'entrai dans la cour privée de « Legrand et frères ». Il pleuvait des cordes. Seules les lumières de l'étage étaient allumées, c'était mauvais signe. Darius ne devait pas encore être rentré. En général, après une longue journée à la fac, il aimait paresser devant la cheminée avec un bon bouquin. Je garai ma voiture près du chêne centenaire et courus m'abriter sous le porche. La porte s'ouvrit à la volée.

— Hannah !

Hermance ne me laissa pas le temps d'être surprise, il me sauta dans les bras.

— Salut, bonhomme !

— Je me demandais quand tu allais revenir !

De la main, je lui frottai le haut du crâne.

— Hum, si j'avais su que tu criais au loup, je serais venue plus tôt.

Il fit une grimace qui me donna envie de lui croquer les joues.

— Où est Pierrick ?

— Il boude.

— Il boude ?

Je le reposai doucement à terre et relevai la tête vers l'escalier.

— Perceval lui avait promis qu'ils partiraient chasser tous les deux, ce soir.

— Et il l'a appelé pour annuler ?

Hermance secoua le menton.

— Non, il n'a pas téléphoné alors qu'il est en retard. Il devait être là à sept heures.

Je jetai un coup d'œil dans l'entrée, il était tout juste dix-neuf heures quarante-cinq.

— Vous avez essayé de le joindre ?

— On tombe sur son répondeur.

Je me fis violence pour ne pas froncer les sourcils devant Hermance. S'il y avait bien quelque chose que Darius ne négligeait jamais, c'était ses frères. Si en début de soirée l'inquiétude avait commencé à pointer, là, elle avait carrément envahi la moindre parcelle de ma peau. Où était-il, bon sang ?

— Je vais l'attendre avec vous, tentai-je de le rassurer. Il aura certainement eu un empêchement et sa batterie de portable est peut-être vide.

Hermance haussa les épaules.

— Gwen nous a envoyé des cookies au chocolat qu'elle a faits elle-même ! Tu en veux ?

— Prépare-les, je vais voir Pierrick et j'arrive, lui murmurai-je en souriant.

Il décampa aussi vite qu'une ombre, je fis de même pour frapper à la porte de Pierrick.

— Je peux entrer ?

— Attends ! cria la petite voix.

— Je ne bouge pas.

J'aurais mis ma main au feu que Pierrick était en train de pleurer, et il détestait ça. Il n'aimait pas qu'on le sache. Le temps de sécher ses larmes, et il m'ouvrirait.

Je me tournai dos à la porte pour inspecter les lieux.

J'avais passé ici de longs mois tourmentés, mêlés de douleur, de joie, de défis et de combats contre celle que j'étais alors. C'est avec un pincement au cœur que j'y repensai. Vivre sous le même toit que Darius et ses frères constituait l'une des plus belles périodes de ma vie, mais aussi l'une des plus difficiles. Jamais je n'oublierais ce qu'ils avaient fait pour moi. Être un ange noir m'avait marquée pour toujours, dans ma mémoire, dans mon corps… Je porterais à jamais les stigmates de cette expérience, comme cette cicatrice, là, juste sous mon cœur. Je fermai les yeux et pris une profonde inspiration. S'il arrivait quelque chose à Darius, je n'y survivrais pas sans séquelles…

— Tu peux venir, Hannah, lança la petite voix de Pierrick.

J'ouvris la porte et le vis près de la fenêtre, dans le noir, à regarder l'océan.

— Hey... Salut, toi.

— 'soir.

Je m'avançai doucement de quelques pas, attendant qu'il m'invite à entrer davantage.

— Hermance m'a expliqué que tu étais déçu que Perceval soit en retard. Il a sûrement eu un empêchement, tu sais. Il va rentrer et t'en donner la raison.

— Non ! Il se moque bien de moi, je suis un fardeau pour lui !

Je m'approchai un peu plus.

— Ne dis pas ça, Pierrick. Tu comptes tellement pour lui.

— C'est faux ! Sinon, il serait avec moi !

— Mais, il est là pour toi, plaidai-je.

— Non ! Il n'est plus jamais là !

Je fronçai les sourcils.

— Que veux-tu dire ?

— Il a toujours mieux à faire, il ne rentre plus que pour quelques heures et uniquement quand on est en train de dormir. Il ne vient plus voler avec nous, il en a assez de s'occuper de nous ! De moi, parce que je suis le plus faible.

— Oh, Pierrick...

Il se retourna, se jeta dans mes bras et éclata en sanglots qui me brisèrent le cœur.

— Chut, là, là... Ça va aller.

C'était vrai, Pierrick était physiquement plus fragile qu'Hermance. Lorsque je vivais chez eux, il n'était pas rare que Darius et lui partent chasser pour augmenter l'énergie de Pierrick. C'est certainement ce qu'ils auraient dû faire, dans la soirée. Que pouvais-je bien lui dire, à ce petit bonhomme ?

— Je le déteste !

— Mais non, ma canaille, tu ne penses pas un mot de ce que tu racontes.

— Il avait promis !

— Je sais, je sais… Ce n'est pas si grave. Tu as besoin de te nourrir de sang, ce soir ?

Il releva la tête pour plonger son regard bleuté dans le mien.

— Oui.

Mon cœur se mit à battre la chamade lorsque je me rendis compte de ce que je m'apprêtais à lui suggérer.

— Écoute, je sais que ce n'est pas pareil, mais on peut aller dans les bois tous les deux, si tu veux. Enfin, tous les trois. Hermance nous accompagnerait. Qu'en penses-tu ?

Je retins ma respiration. Lorsque j'étais un ange noir, c'était la croix et la bannière pour me convaincre de faire une battue, de courir à la recherche d'un lièvre ou d'un lapin. Je détestais ça – d'ailleurs, je n'avais jamais été capable d'attraper un seul animal moi-même – et là, je proposais sans contrainte une partie de chasse à ce petit garçon. J'aurais pu en rire nerveusement, d'autant que je n'étais pas sûre qu'être dans la peau d'un loup me rendrait meilleure prédatrice. Avec un peu de chance, il dirait non…

Raté.

Timidement, il hocha la tête.

— Très bien. Prépare-toi, je vais prévenir Hermance. Nous laisserons un mot à Perceval, comme ça, s'il revient avant nous, il ne s'inquiétera pas.

— Ce n'est pas la peine, il ne se fait aucun souci pour nous, bougonna-t-il. Et puis de toute façon, il ne sera pas rentré.

Inutile d'en parler davantage, je déposerais quand même un message sur la table, pour Darius.

Lorsque nous fûmes de retour, deux heures plus tard, je dus donner raison à Pierrick. Darius n'avait toujours pas daigné passer la porte de chez lui. Je pris soin de ne rien faire remarquer et proposai aux garçons de visionner un film dans le salon, sur l'écran plat.

Je soupçonnais Hermance de l'avoir fait exprès, il choisit *Danse avec les loups*, juste pour jauger ma réaction. Une heure vingt plus tard, ils dormaient tous les deux sur le canapé. J'en profitai pour m'éloigner dans la cuisine et téléphoner discrètement à Darius.

Rien, alors je lui écrivis un message.

|Je suis chez toi. Il est 23 h 30, tes frères sont inquiets. Moi aussi.

|Qu'est-ce que tu fabriques ?

|Appelle-nous, s'il te plaît...

Je regagnai le salon et, aussi doucement que je le pus, je transportai les garçons un à un dans leur lit. Je les avais réveillés, mais ils firent comme si de rien n'était, trop heureux que quelqu'un s'occupe d'eux. Je les embrassai chacun sur le front et sortis à pas feutrés de leur chambre.

— Hannah ? chuchota Pierrick.

Je souris.

— Oui, mon ange ?

Ce petit mot le fit secrètement rire.

— Je t'aime beaucoup... même si tu sens mauvais.

À mon tour de retenir un gloussement.

— Moi aussi, Pierrick. Je vous aime tous les deux.

Puis je refermai la porte derrière moi.

Dans le salon, je m'installai sur le canapé. J'attrapai le plaid sur l'accoudoir et me couvris les jambes avec.

Darius avait le droit de se sentir mal, d'être taciturne, de faire la tête, d'avoir fait une bêtise si ça lui chantait et de s'être mis dans le pétrin du siècle, mais en aucun cas il n'avait le droit de laisser tomber ses frères, de les négliger. Aucun droit. Ils étaient dépendants de lui parce qu'il avait choisi à leur place sept cents ans plus tôt. Il allait entendre parler de moi !

Sauf que lorsque je me réveillai au petit matin, vers six heures, complètement vaseuse et avec un mal de cou du tonnerre, Darius Legrand n'était toujours pas rentré.

Chapitre 3

La Meute est un tout

|Il est presque midi. On dirait que tu n'as pas eu mes messages.

|J'appelle chez Al et Bonnie, ce soir.

|J'espère que ça va...

En plus d'ignorer où se trouvait Darius, ne pas avoir de nouvelles de Leith me plongeait dans l'énervement le plus total. Qu'avaient-ils, à la fin, pour ne donner aucun signe de vie ? Leith n'avait pas de réseau mobile, d'accord, mais Al et Bonnie n'étaient quand même pas au fin fond de la Pampa, ils avaient le téléphone, l'électricité, Internet ! Et Darius... Bon sang ! Qu'il m'ignore, OK, je pouvais comprendre son besoin de s'isoler, surtout s'il était dans le pétrin – ce que je commençais sérieusement à envisager –, mais il n'avait pas pris la peine d'envoyer ne serait-ce qu'un ridicule texto à Pierrick et Hermance. J'étais très en colère contre lui. En partant de chez eux, ce matin-là, j'avais laissé ses frères dans un état de tristesse et d'inquiétude épouvantable. Si bien que je leur avais promis de revenir le soir même. Maigre consolation. Ce qu'ils voulaient, c'était voir leur grand frère !

Je remis discrètement mon portable dans la poche de ma veste et tâchai de retrouver le fil du cours d'architecture médiévale. Peine perdue, je l'avais totalement égaré, lui aussi. Je me fichais royalement de savoir de quelle manière Viollet-le-Duc s'était débrouillé pour convaincre l'archevêque de Notre Dame de Paris de remplacer de traditionnelles chimères par des éléphants et des flamants roses.

— Contrairement à ce que vous pouvez penser, la présence du pélican parmi les chimères de Notre Dame de Paris n'est pas dénuée de sens. Le pélican est le symbole de la piété, du sacrifice et de la renaissance…

Je levai les yeux sur l'intervenant, spécialiste de la sculpture ornementale.

D'accord, il s'agissait d'un pélican, pas d'un flamant rose. Peu importait, je n'avais rien suivi de l'affaire. Je n'avais qu'une hâte, voir ce cours se terminer, sûrement sécher le prochain et rejoindre Grigore au *Red Lion*, s'il le fallait, pour en savoir plus.

J'étais sur les starting-blocks. Lorsque la sonnerie retentit, je me levai sans perdre de temps et mis un pied dehors avant tout le monde. Surprise, je tombai sur la meute, qui m'attendait à quelques mètres de la sortie. Georgia et Anneas faisaient une drôle de tête, ne semblant pas franchement ravis de se trouver là. Et ils n'étaient pas les seuls. Étienne avait l'air plutôt mécontent, lui aussi, quant à Dan, Mario, Jeff et Eddy, ils étaient en pleine contemplation de leurs chaussures. Je croisai le regard fuyant de Tony, puis celui de John, mettant silencieusement ma main à couper que ce dernier était l'instigateur de cette petite réunion. Il s'approcha en souriant et posa les doigts sur mon épaule comme pour me rassurer.

— Nous sommes venus te chercher. Nous déjeunons tous ensemble.

Je clignai les paupières.

— Y a-t-il une raison particulière ? J'avais prévu de…

— Nous devons discuter, me coupa-t-il d'un ton sec.

Je reculai de deux pas et haussai les sourcils de surprise.

— De quoi ?

Il prit un air supérieur absolument irritant.

— Tu ne t'en doutes pas ?

Je le regardai droit dans les yeux sans ciller pendant quelques secondes et capitulai.

— Très bien, je viens avec vous. Mais ensuite, j'ai besoin de retrouver Grigore.

— Ta place est avec nous, grinça-t-il.

Je n'avais encore jamais manifesté d'esprit de rébellion envers la meute, j'étais même plutôt coulante, sauf quand on dépassait les bornes. Ce que John faisait à cet instant précis. Je n'avais aucune idée de ce qui pouvait bien provoquer un tel excès d'autorité chez lui, mais lui permettre de faire son petit numéro de coq n'était pas une bonne chose.

— Ma place est là où je déciderai d'être, John.

— Tu n'es plus un Exploiteur !

— Et toi, n'oublie pas que tu n'es pas...

Je m'interrompis avant de jeter de l'huile sur le feu.

— Laisse tomber ! cinglai-je en balayant l'air de ma main. Je n'ai qu'une heure de pause. Si ce que tu as à nous dire est si important, ne perdons pas de temps.

L'envie ne lui manquait pas, mais John n'ajouta rien de plus. J'attendis qu'il tourne le dos et mène la marche, puis je rejoignis Georgia et Anneas.

— Que veut-il nous dire ? leur demandai-je discrètement.

— Je n'en sais rien, mais il commence sérieusement à me courir sur le haricot ! grommela Georgia.

— C'est en rapport avec la mort de l'Exploiteur, ajouta Anneas.

— Quoi d'autre ? ironisai-je. J'aimerais bien comprendre pourquoi c'est lui qui prend l'initiative de nous réunir.

Georgia étouffa tant bien que mal un ricanement.

— Il a toujours pensé qu'il aurait dû être à la place de Leith. Alors, quand le chat n'est pas là, les souris dansent !

— Il voulait être chef de meute ?

— Ouais, car il en fait partie depuis plus longtemps. À un moment donné, avant que Leith n'arrive à St Andrews, Jamie s'était posé la question à son sujet. Mais le vrai problème, c'est que comme son père a beaucoup d'influence au sein de la communauté garolle, John Slater a un ego surdimensionné ! Il pense être mieux que n'importe qui.

Je fis la moue. Depuis que je connaissais la meute, je prenais conscience pour la première fois qu'il y avait des tensions au sein du groupe. Bien sûr, les railleries et les prises de bec n'étaient pas inexistantes, mais je n'avais encore jamais assisté à un réel conflit. Je n'aimais pas la manière dont les choses tournaient, mais je me gardai de faire tout autre commentaire sur le sujet.

— OK, OK... Écoutez, nous ne sommes pas censés nous en mêler. Le Conseil des anges noirs se charge de l'affaire, c'est leur problème. Restons en retrait.

Anneas pouffa du nez.

— Tout ça, c'est de la théorie, Hannah. Parce que dans la pratique, cela nous concerne aussi. Le type a été lacéré. Je ne serais pas surpris qu'il s'agisse d'un garou.

— Comme tu y vas !

— Les tensions entre nos deux races sont réelles, Hannah ! C'est loin d'être une légende ! Tu sais très bien qu'un garou pourrait mettre à mort un ange noir sans l'ombre d'une hésitation.

Je secouai la tête en signe de désaccord.

— Qui dans cette ville s'amuserait à prendre un tel risque ? Ce genre de règlement de compte se fait de manière bien plus discrète et à l'écart de la population, vous le savez très bien. D'ailleurs, je suis prête à parier que le coupable n'est pas un résident habituel de St Andrews.

Anneas balaya ma petite déduction d'un haussement d'épaules et Georgia ne prit pas la peine de répondre.

Le reste de la meute nous attendait devant le pub où nous nous étions déjà retrouvés une fois, le lendemain des funérailles de Minah. Nous entrâmes et nous installâmes autour de plusieurs tables que nous prîmes soin de rapprocher.

En général, nos rassemblements étaient plutôt joyeux et bruyants. Mais pas cette fois. Nous faisions tous preuve d'un silence déconcertant. Davantage interrogatifs qu'intimidés, tous se demandaient pourquoi John avait pris l'initiative d'une telle réunion.

Nous attendîmes qu'il s'adresse à nous, ce qu'il ne manqua pas de faire, aussitôt assis en bout de table – histoire de bien avoir chaque membre dans son champ de vision.

— Si je vous ai fait venir ici, c'est afin que nous discutions des derniers événements. Il est inconcevable que nous les ignorions. Notre devoir est d'en savoir plus sur cette affaire.

Le ton professoral qu'il utilisa me donna envie de lui envoyer à la figure la salière posée juste en face de moi. Pour qui se prenait-il ?

— Quelqu'un a-t-il récolté quelques informations ?

Mais quelle était cette nouvelle manière ampoulée de parler ? Je ne m'amusais pas à détailler l'expression de chacun, mais je vis qu'Étienne ne pouvait dissimuler son étonnement. John prenait avec un tel sérieux le rôle de meneur qu'il s'était attribué.

— Hannah ?

Tous les visages se tournèrent dans ma direction. Inutile de cacher que j'avais passé du temps avec Grigore, Simon et Rufus, la veille. John le savait sûrement déjà.

— L'ange noir retrouvé mort travaillait au *Red Lion*.

— Comme d'hab ! s'exclama Dan. Quand ça sent la bouse, McCarthy n'est jamais loin.

— Que faisait-il sur le campus ? s'étonna Anneas.

John vissa ses yeux dans les miens, avec insistance.

— Hannah ?

Je n'aurais jamais cru dire ça un jour d'un des membres de la meute, mais depuis qu'il avait joué la carte de l'opportunisme, je n'avais aucune confiance en lui. Soit, je ne pouvais faire aucun pronostic sur ses intentions, mais j'étais au moins sûre d'une chose : je n'allais pas mentionner une seule fois le nom de Darius et son rendez-vous avec le serveur. John aurait tôt fait de le déclarer coupable sans chercher plus loin que le bout de son nez. Darius n'était pas, à proprement parler, devenu une star au sein de la meute. Le petit « écart » de Julia était resté en travers de la gorge de presque tous les membres.

— Je ne sais rien de plus.

Il me scruta en me donnant l'impression de chercher à découvrir si je n'avais pas quelque chose à cacher. Je ne détournai pas le regard, attendant qu'il le fasse lui-même.

— Très bien..., lâcha-t-il sans conviction. Il est évident, étant donné l'état du corps, que les soupçons vont converger vers nous sous peu. Il est capital que les sang-mort aient conscience qu'aucun d'entre nous n'est responsable. Ni de près, ni de loin. Car vous gardez tous en mémoire les conséquences de la petite crise de la femelle Crinos, je suppose.

Tout le monde acquiesça en hochant la tête. Qui aurait pu oublier Tarja ?

— Quand tu dis « aucun d'entre nous », tu parles de la meute ? l'interrogea Mario.

— Bien entendu. Nous prêchons pour notre paroisse. Nous ne pouvons être tenus pour responsables des actes de la communauté garolle tout entière.

— Le Conseil des anges noirs ne fera pas la différence, grinça Eddy entre ses dents.

— Je ne pense pas, intervins-je. Ils ne sont pas stupides. Ils aspirent autant que nous au bien-être de cette ville.

Georgia se racla la gorge.

— Maintenant, sauront-ils convaincre l'intégralité de la congrégation vampirique qu'il ne faut pas tout mélanger ? J'en doute sérieusement.

Malheureusement, songeai-je.

— Battons le fer tant qu'il est chaud, lança Jeff. Je propose que nous allions interroger McCarthy. Je m'y colle, si personne ne se dévoue.

— Moi aussi ! renchérit Dan.

Ils avaient tous l'air d'être surexcités par l'idée, et ce n'était pas bon signe.

— Nous devrions patienter, plaidai-je. Grigore a dit qu'il le ferait, en dépit des ordres du Conseil. Attendons son retour.

— Certainement pas ! gronda John. Il est absolument hors de question de collaborer avec eux. Toi, tu as peut-être le sang de la trahison dans les veines, nous, non !

Il souriait de sa petite vanne, alors que j'avais l'impression de recevoir une gifle retentissante en pleine figure.

— Je te demande pardon ? La trahison ? répétai-je, hébétée.

Tony et lui échangèrent un regard entendu.

— C'est ce que tu fais depuis le début et sous notre nez. Tu les fréquentes sans aucun scrupule, leur révélant sûrement des informations capitales.

Des informations capitales ? Que croyait-il ? Que la meute était une branche spéciale des services secrets britanniques et que nous étions tous soumis au secret d'État ? C'était ridicule ! Et puis, depuis quand John pensait-il une chose pareille sur mon compte ? Me revint alors en mémoire la fois où, lorsque j'étais de retour des funérailles de Minah, John avait passé un sacré savon à Leith, en compagnie de Jamie, tandis que j'attendais dans la voiture. Quant à Tony, lui aussi m'avait témoigné un certain mépris à plusieurs reprises. Quand j'avais rencontré la meute, à Clobber Argyll, il s'était ouvertement moqué de moi, avec Georgia. Et puis, le jour où nous nous étions tous retrouvés sur la plage, au bout de l'estuaire de l'Éden, il m'avait clairement fait comprendre qu'il ne me trouvait pas suffisamment fidèle aux loups. Ces détails représentaient sans doute trois fois rien, mais je me souvins parfaitement de leur hostilité, dans ces moments-là.

Du regard, je fis le tour de la table pour tenter d'évaluer si quelqu'un d'autre était du même avis que John. Malheureusement, il ne me fallut pas longtemps pour repérer mes vrais amis. Étienne, Dan et Anneas paraissaient sous le choc après les propos de John. Même Georgia affichait un sentiment de révolte, alors que quelques mois plus tôt, elle était la première à vomir sa haine à mon égard.

— Tu ne penses pas ce que tu dis…

— Mais bien sûr que si, Hannah. La raison pour laquelle tu es admise parmi nous, c'est parce que Leith a fait de toi son âme sœur et l'une des nôtres.

Il ne le formula pas, mais je devinai le « hélas » flottant à la fin de sa phrase.

— Il n'a pas fait de moi son âme sœur, rétorquai-je avec sécheresse. L'Esprit a choisi tout seul, comme un grand. Mais il est vrai que tu ne peux pas savoir de quoi tu parles, puisqu'il n'a pas encore pris la peine de s'attarder sur ton cas.

Je le vis gonfler les narines de colère. L'âme sœur était toujours un sujet sensible chez les garous. Ils considéraient que ne pas en avoir faisait d'eux des êtres à moitié accomplis.

Cependant, feignant la dignité, John se retint de me répondre.

— Quoi qu'il en soit, intervint Tony, pas question de nous soumettre à la bonne volonté d'un Exploiteur. Qu'ils opèrent de leur côté. Nous ne relevons pas de leur satané Conseil. Je me range du côté de John, faisons ce qu'il suggère !

— Nous relevons de Leith, finit par jeter Georgia.

La meute, qui faisait des commentaires à voix basse depuis quelques minutes, se tut instantanément, comme rappelée à l'ordre.

John crispa si légèrement la mâchoire que ce fut à peine visible.

— Leith n'est pas là, répliqua-t-il calmement.

— Nous devrions le consulter avant de prendre une décision, souligna Anneas.

John s'appuya nonchalamment contre le dossier de sa chaise en croisant les mains sur la table, loin devant lui.

— Eh bien... quelqu'un a-t-il réussi à le joindre ?

Les quelques membres de la meute concernés secouèrent la tête de droite à gauche.

— Dans ce cas, c'est réglé, conclut John.

— Ce n'est pas ainsi que ça fonctionne, John, protesta Étienne.

— Vraiment ? Nous devons renforcer notre garde. Le laxisme va nous tuer. Il est grand temps que notre groupe devienne une meute telle qu'elle aurait toujours dû l'être.

Dan fronça les sourcils.

— Qu'est-ce que tu entends par là ?

— Exactement ce que je viens de dire. Leith est absent depuis trop longtemps. Trop souvent. La meute a besoin d'un chef digne de ce nom, et je suis tout disposé à lui offrir pleinement mes services.

— Tu vas trop loin ! s'écria Georgia en se levant d'un bond, faisant se retourner les clients du pub dans notre direction.

— Tu ne peux pas t'autoproclamer chef de meute, protesta Étienne, qui commençait à voir rouge. Le choix nous appartient à tous.

John passa la main sur sa mâchoire couverte d'une barbe naissance tout en affichant un sourire pour le moins éloquent.

— Alors choisissez.

— Oui, faisons-le, clama Eddy.

— Vous voyez…, minauda John, la meute a besoin de changements.

J'eus une violente montée d'adrénaline. Diviser pour mieux régner. Il avait réussi cette prouesse que je n'aurais jamais crue possible au sein du groupe.

— Vous êtes tous tombés sur la tête, vociféra Georgia en mitraillant John du regard.

— Absolument pas. Nous faisons ce qu'il faut pour nous protéger, ma sœur.

La colère de Georgia flamba comme une allumette.

— Ne m'appelle pas comme ça, espèce de cafard puant ! Tu n'es rien pour moi. Ça fait des mois que tu attends une telle occasion. Regardez-le ! Il jubile ! Il se laisserait presque aller dans son froc, tant il est au septième ciel !

— Georgia…, tenta de la calmer Anneas.

John fit claquer ses paumes sur la table.

— Très bien ! Qui est avec moi ? C'est maintenant qu'il faut choisir. Et faites-le bien, il en va de la sécurité de la meute. Je ne souhaitais pas en arriver là de cette manière, mais puisqu'on m'y contraint…

Georgia laissa fuser un rire cynique.

— Pauvre, pauvre John qui se retrouve dans l'obligation de prendre une décision qui va changer sa misérable vie… Bien sûr que c'était la façon dont tu voulais t'imposer ! C'était même ton but : taper fort pour qu'on se souvienne de toi. Eh bien, tu sais quoi ? Je laisse Leith prendre soin de notre sécurité, parce que toi, tu es minable, mon *frère* ! Ta médiocrité, voilà tout ce dont je me rappellerai de toi !

Elle s'empara de toutes ses affaires et sortit du pub avec fracas. Abandonnant toute la troupe bouche bée.

Bien que ma décision fût évidente, je n'allais pas partir la deuxième. Je voulais voir de mes propres yeux l'expression de ceux qui renieraient Leith ainsi que le choix fait par Jamie presque deux ans plus tôt, quand il avait décidé d'en faire le nouveau chef de meute.

Anneas se leva également pour dévisager John en secouant le menton, dépité.

— Tu fais fausse route, John. La meute est un tout.

Celui-ci fit mine de se curer un ongle.

— Mais oui. Et je vous propose de me suivre...

— En éjectant Leith, précisa Anneas.

— Toi aussi tu fais dans le *drama* ? Voyons... il pourra toujours rester.

— Et te regarder détruire la meute à petit feu ?

— Hum... j'en conclus donc que tu ne te joins pas à moi.

— Non. Désolé, mec.

— Alors bon courage. Tu vas en avoir besoin. Il n'est pas à la hauteur. Il ne l'a jamais été, Anneas.

Lequel secoua la tête sans ajouter un mot et sortit à son tour.

— Quelqu'un d'autre ? nous interrogea John.

Étienne et Dan s'observèrent en chien de faïence quelques secondes avant de pousser leur chaise en même temps.

— Comme c'est étonnant, les railla John.

Ces derniers firent le choix de ne pas répondre. Ils se tournèrent dans ma direction, comme s'ils savaient qu'après eux, je serais la seule à les suivre.

J'en eus les intestins noués. Leith n'aurait jamais laissé faire une chose pareille.

Défaite, comme dans un film au ralenti, je pris appui sur la table pour me lever, encore sous le choc de ce qu'il venait de se produire.

Le cœur gros, j'eus une dernière attention pour Eddy, Tony, Mario, Jeff et John, qui ne semblèrent pas affectés plus que ça. Puis, sans un regard en arrière, je tournai les talons en compagnie de Dan et d'Étienne.

La meute venait bel et bien de se diviser.

Chapitre 4

Une vie pour une vie

Georgia et Anneas nous attendaient au bout de la ruelle.

— Je n'arrive pas à y croire ! s'exclama Étienne en faisant brutalement craquer ses doigts. Ce fils de chacal a réussi son coup.

Je ne réalisais pas bien non plus.

— C'est à se demander si ce n'est pas lui qui a orchestré tout ça ! ajouta-t-il en faisant référence au meurtre.

— John ne serait pas allé jusque-là, temporisa Anneas.

— Eh bien, je l'espère pour lui, gronda Georgia, sans quoi, je me ferai un plaisir de lui arracher les yeux !

Connaissant Georgia, je ne doutais pas une seule seconde qu'elle s'exécuterait sans état d'âme.

— Ça va ? s'enquit-elle en voyant à quel point j'étais abattue.

— Je ne sais pas, répondis-je d'une petite voix. Je pense à Leith. Comment va-t-il réagir, en rentrant ?

— Oh, très mal, tu peux me croire sur parole, m'assura Dan. S'il y a bien un truc qu'il ne supporte pas, ce sont les usurpateurs. Patientons jusqu'à son retour, je ne raterais ça pour rien au monde.

En attendant, j'allais devoir lui expliquer tout ça, mais pas par le biais d'un message, c'était évident.

Comme prévu, je lui passerais un coup de fil chez son oncle et sa tante.

— S'il vous plaît, laissez-moi lui en parler moi-même, si vous êtes d'accord.

— Pas de problème ! acquiesça Dan.

Les autres approuvèrent d'un hochement de tête.

— Je suppose que personne n'a faim ? demanda Georgia.

— Quoi ? s'écria Anneas. Tu ne crois quand même pas que je vais me priver de manger pour ce bouffon ? Allez, venez tous, je vous invite !

— Sans moi, désolée. Si vous le permettez, je dois toucher un mot de tout ça à Grigore.

Néanmoins, avec ou sans leur autorisation, je le ferais quand même.

— Grigore ? s'étonna Dan en haussant un sourcil. Pourquoi pas Darius ? Y a-t-il eu des changements dont on ne serait pas encore au courant ?

Je secouai le menton.

J'allais forcément devoir entrer dans les détails.

— Nous n'avons pas de nouvelles de lui depuis hier soir.

Tous les trois affichèrent une surprise sincère.

— Comment ça ? m'interrogea Étienne.

Je poussai un profond soupir de résignation.

N'en tirez pas de conclusions trop rapides, s'il vous plaît... Darius avait rendez-vous avec le serveur du *Red Lion* peu de temps avant la mort de celui-ci.

— Oh ! s'exclama Georgia.

Étienne plissa sensiblement le front.

— Pourrait-il être responsable ?

Je levai sur lui un regard vide. Ma confiance en Darius était inébranlable, mais réalisant qu'il avait eu l'idée de disparaître totalement, j'eus peur soudain qu'une faille ne se soit insidieusement glissée dans ma perception des choses. Et si Darius l'avait vraiment fait ?

— Non, décidai-je de répondre avec assurance. Je suis sûre que non. C'est la raison pour laquelle Grigore outrepasse les recommandations du Conseil en allant interroger lui-même le patron. Nous avons besoin de ses informations avant d'entreprendre quoi que ce soit nous-mêmes, vous comprenez ? Nous ne sommes peut-être même pas concernés.

Personne n'osa me demander pourquoi je n'avais pas dit tout ça à John. Tout le monde savait que Darius aurait été dans la ligne de mire de ce dernier.

— Très bien, consentit Dan. Mais John posera des problèmes. Hâte-toi d'avertir Grigore.

J'acquiesçai d'un clignement de paupières appuyé.

— Je vous tiens au courant.

— À plus tard, Hannah, souffla Georgia.

Je tournai les talons et partis en direction de la fac. Tout en marchant, je fouillai dans la poche de mon manteau pour en sortir mon nouveau BlackBerry afin de téléphoner à Grigore. Il répondit presque immédiatement, avec cette habitude irritante de dire son prénom au lieu du traditionnel « allô ».

— C'est Hannah. J'ai besoin de te parler. Où es-tu ?

— Avec Simon et Rufus, à la fac. Où est-ce qu'on se retrouve ? *The Corner* ?

— Non. Les murs ont des oreilles. Rejoignons-nous chez moi. Tu connais notre adresse ?

— Oui. À tout de suite.

À peine avais-je enfoui mon téléphone dans mon duffle-coat qu'une pluie diluvienne s'abattit sur St Andrews. Je jurai entre mes dents. Mon cabas était resté ouvert et, en un rien de temps, les feuilles libres rangées à l'intérieur étaient fichues et les quelques malheureuses et maigres notes que j'avais prises ce matin réduites à néant. J'allais devoir me débrouiller pour obtenir celles de quelqu'un d'autre. De mauvaise humeur et trempée jusqu'aux os, j'arrivai dix minutes plus tard au pied de mon immeuble. Grigore attendait tranquillement, bien protégé sous le porche.

— On dirait que tu as pris une sacrée rincée.

Dans mon dos, je l'entendis se moquer doucement de moi tandis que je cherchais les clefs au fond de mon sac. Les cheveux dégoulinants de pluie sur le front, les paupières abaissées, je fis volte-face pour le mitrailler du regard.

— Non ? Sans blague ?

Il me gratifia d'un clin d'œil et tendit le bras pour pousser la porte que je venais d'ouvrir et me laisser passer.

— Après toi, Princesse des Eaux.

— Crétin !

Il éclata de rire.

— J'aime quand tu me dis des mots doux !

— Pff !

Aussitôt dans l'appartement, je me débarrassai de mes bottes et de mon manteau, invitant Grigore à se mettre à l'aise également.

— Darius ? lui demandai-je.

— Toujours rien…

Je sentis ma gorge se serrer et avalai ma salive pour dissimuler l'anxiété qui me gagnait.

— Je suis restée avec Pierrick et Hermance, hier soir. Ils ne vont pas bien.

— Je m'en doute…

Je poussai un long soupir en secouant la tête.

— Je dois utiliser la salle de bains et me changer, fais comme chez toi.

Ni une ni deux, je me retrouvai sous la douche, mue par un besoin impérieux de faire peau neuve après une si mauvaise matinée. L'eau n'avait jamais eu le pouvoir de laver les traces de contrariété, mais elle en donnait l'illusion. Au terme d'un savonnage abondant et méticuleux, je mis la tête en arrière, laissai l'eau chaude glisser sur mon visage, et fermai les paupières.

Que se passait-il, bon sang ? Pourquoi ce début de semaine avait-il pris une tournure de roman policier ? Qui avait tué ce type ? Où était Darius ? Quel rapport pouvait-il bien y avoir avec lui ? Impossible de ne pas imaginer le pire. Je n'étais pas encore tout à fait à bout, mais j'en prenais le bon chemin, c'était certain.

Un loup-garou pouvait supporter bien des maladies, des coups et des blessures, mais le stress, il en était apparemment incapable. Mon corps se retrouvait soumis à des contraintes, des tensions impossibles à gérer et que toutes les douches du monde ne sauraient calmer.

Les yeux fermés, je me surpris à prier pour que mon ami se manifeste au plus vite, alors, quand le téléphone fixe sonna, je manquai glisser sur le carrelage. Je sortis sans m'essuyer, enroulai une serviette autour de ma poitrine, et m'élançai à la hâte hors de la chambre pour décrocher. Sous les yeux éberlués de Grigore, j'arrivai en trombe et pieds nus dans le hall d'entrée, pas plus sèche que lorsque nous avions passé la porte d'entrée.

— Allô ?

— Bonjour, *sweatheart*, c'est Maman.

— Ah... Maman.

— Tu as l'air particulièrement ravie de m'avoir au téléphone, dis-moi !

Je marmonnai dans ma barbe.

— Non, Maman, pardon. J'attendais un coup de fil important. Comment vas-tu ?

— Bien, très bien. Ton amie Sissi a appelé à la maison, elle essaie de te joindre depuis plusieurs jours, elle dit que tu ne réponds pas à ses mails et que ton BBM[1] est déconnecté. D'ailleurs, je te fais remarquer, par la même occasion, que ton numéro de portable est aux abonnés absents ! Tu en as changé ?

1. BlackBerry Messenger (*N.d.A.*)

— Je... oui, j'en ai un autre depuis vendredi dernier et j'ai oublié de vous le communiquer. Je t'envoie un SMS dès que j'ai raccroché, je ne le connais pas par cœur.

— Tu penseras aussi à l'envoyer à ta copine ?

— Oui. Je n'ai pas encore associé mes messageries et je n'ai pas consulté mes mails depuis une bonne semaine. Elle va bien ? Elle n'a pas de problème, au moins ?

Sissi et moi ne nous étions pas parlé depuis des lustres. Nos échanges étaient plus en plus rares, simplement parce que nous ne réussissions jamais à nous mettre en phase pour discuter avec le décalage horaire, nos emplois du temps, etc.

— Non, je ne crois pas. Elle était inquiète de ne pas avoir de nouvelles. Tu ne veux pas lui donner ton numéro de fixe ? Je n'ai pas osé le lui communiquer sans ton autorisation, mais ça se fait, entre amies, me taquina-t-elle.

— Je n'y ai juste pas pensé, Maman...

— N'oublie pas de la contacter rapidement.

— Promis.

— Leith est toujours à Wick ? Il ne nous a pas rendu visite depuis un moment.

Comme si elle pouvait me voir, je secouai vigoureusement la tête.

— Non. Il est chez son oncle et sa tante, sur les Orcades. Il doit rentrer mardi prochain.

— Si nous ne le revoyons pas d'ici là, embrasse-le de notre part à tous les trois. Quatre ! Ce n'est peut-être pas la coutume dans le coin, mais Mathy ne manquerait la joue de Leith pour rien au monde.

Le rire cristallin de ma mère retentit dans le téléphone et je me sentis tout de suite mieux. Avec Elaine, elle était l'une des seules à savoir faire ça, me calmer sans en avoir conscience.

— Je lui dirai.

— Je t'ai appelée en coup de vent, donc je te laisse. C'est mon jour de congé, mais j'ai des tas de choses à faire pour le lycée. Tout va bien ? s'inquiéta-t-elle avant de raccrocher.

— Au poil ! la rassurai-je tant bien que mal. Je t'embrasse, Maman.

— Moi aussi, ma chérie. À bientôt.

Je reposai le combiné et me tournai vers Grigore qui, avec un sourire en coin, faisait glisser un regard alangui le long de ma serviette de bain. Je sentis le rouge me monter aux joues, mais plutôt mourir que d'avoir l'air d'une bécasse.

— Quoi ? Tu ne prends jamais de douche, toi ?

La lueur de malice qui brillait dans ses yeux se passait de tout commentaire. Grigore était un séducteur, un croqueur de femmes, bien que je ne l'eusse jamais vu en leur compagnie. Mais je le savais de source sûre. À commencer par les deux bimbos qui avaient cours avec moi, tous les lundis. Grigore ne s'était pas privé de leur conter fleurette. Et plusieurs fois.

Un sourire amusé s'épanouit sur ses lèvres.

— L'éponge vous va si bien..., princesse.

Ce qu'il avait le don de m'agacer quand il voulait !

Du coin de l'œil, j'aperçus un coussin qui trônait sur le fauteuil cabriolet de l'entrée. En moins de temps qu'il n'en fallut pour le penser, je me jetai dessus et le lançai de toutes mes forces à la figure de Grigore qui esquiva en éclatant de rire.

— Arrête de me reluquer et arrête de m'appeler princesse !

— Vos désirs sont des ordres, prin...

— Grigore !

— OK, j'arrête, s'amenda-t-il en reprenant son sérieux. Je dois évacuer. Je me fais vraiment du souci pour Darius, Hannah.

C'est avec un pincement au cœur que je vis son visage se décomposer graduellement. Darius devait être son plus vieil ami. Leur amitié n'avait jamais fait défaut en plusieurs siècles, et j'avais conscience d'à quel point ils avaient besoin l'un de l'autre, quand bien même ils ne s'étaient jamais confiés à moi en ces mots.

— Je sais, moi aussi. Laisse-moi m'habiller et je te rejoins dans le salon pour discuter.

Il acquiesça, tourna le dos et alla se poster devant la fenêtre. Lorsque je revins, vêtue d'un jeans et d'un pull en laine, il n'avait pas bougé.

— La meute vient de se diviser, l'informai-je, sans préambule.

Il pencha la tête de côté, donnant l'impression d'avoir mal entendu.

— Ce qui veut dire qu'une moitié d'entre nous fera comme ça lui chante.

— Je vois, dit-il simplement.

— Je ne sais même pas de quelle manière je vais pouvoir l'annoncer à Leith, murmurai-je comme pour moi-même.

— De qui se constitue le nouveau groupe ?

Grigore s'était déjà frotté à chacun d'eux au moins une fois, pas besoin de les décrire, il comprendrait parfaitement de qui je parlerais.

— John a pris la tête, suivi par Eddy, Mario, Tony et Jeff. Ils ont l'intention de questionner le patron du *Red Lion,* de fouiner partout où ils pourront avoir des informations. De ton côté, qu'est-ce que ça a donné ? Tu as pu en tirer quelque chose ?

— McCarthy affirme qu'il n'est au courant de rien et, pour une fois, je n'ai pas l'impression qu'il mente. Le serveur devait simplement remettre sa facture à Darius, puisque celui-ci n'est pas allé au pub depuis des lustres.

— Quelle facture ?

Dans mon souvenir, les seules fois où Darius commandait du vin chaud au *Red Lion,* c'était lorsqu'il y venait avec un Humain qui n'avait pas connaissance de sa véritable nature. Ce qui n'arrivait que très rarement.

— Consommations, inscriptions à des jeux d'argent, services rendus.

— Des services rendus ? De quel genre ? Je ne vois pas ce que cette crapule peut faire de si important qui intéresserait Darius !

— C'est un informateur, Hannah. C'est l'unique raison pour laquelle le Conseil le tolère sur le territoire de St Andrews et que sa tête n'a pas encore été détachée de son corps. McCarthy doit fréquenter les pires raclures de toute la planète. C'est un nuisible utile.

— Mais cette fois, il ne sait rien ? insistai-je avec suspicion.

— Je pense que non.

Je posai lourdement mes fesses sur le canapé et me frottai les yeux.

— Et le Conseil ? Qu'a-t-il dit ?

— Le Conseil est étrangement silencieux, mais cela n'empêche pas la communauté des anges noirs de vouloir trouver un coupable.

— C'est toujours le même refrain, maugréai-je.

— Tu ne crois pas si bien dire, Hannah. La rumeur circule déjà qu'un garou s'en est pris à lui. Tu sais bien que les miens n'ont pas besoin de preuve pour ça. Cela signifie qu'une vengeance dans les règles ne saurait tarder…

Une vie pour une vie. Cette phrase sinistre ne me quitterait plus jamais.

— Et toi ? Qu'en penses-tu ? Ange noir ou garou ?

J'avais l'impression d'avoir posé cette question un million de fois depuis hier.

Il soupira profondément.

— Sincèrement ?

— Oui.

— Je pense qu'il s'agit d'un ange noir.

Je ne pus cacher mon étonnement. Hier encore, il tentait, à demi-mot, de trouver un responsable dans le camp adverse.

— Dans la plus vieille tradition vampirique, lorsque deux guerriers vampires s'affrontaient, le vainqueur emportait avec lui la tête du vaincu. C'était un symbole très fort, témoignant de la toute-puissance du gagnant.

— Oh…

Un long moment, je demeurai songeuse, imaginant dans quelle mesure le serveur avait pu être charcuté et décapité sans que personne se soit rendu compte de rien.

— Eh oui, gamine. Cette histoire n'est pas particulièrement simple.

— Nous sommes d'accord, toi et moi, que Darius n'y est pour rien ?

Il cligna lentement les paupières pour acquiescer.

— Dans ce cas, quel est le rapport avec lui ? Qu'est-ce qu'il lui est passé par la tête pour prendre le large comme ça ? S'il lui était arrivé quelque chose, tu y as songé ?

— Oui, Hannah. C'est parce que ses frères n'ont aucune nouvelle que je ne me résous pas à croire qu'il a simplement voulu s'éloigner un peu. Je connais Darius depuis des siècles, jamais il ne les laisserait seuls sans leur en donner la raison.

Je fronçai les sourcils avec force.

— À quoi penses-tu ? Le meurtrier aurait pu le…

Je m'interrompis en sentant monter un spasme d'angoisse dans ma gorge.

— Non. Il l'aurait tué sur place, de la même manière.

J'avais l'horrible impression d'être en train de faire un puzzle géant auquel il manquerait les pièces capitales pour comprendre la scène.

— Dis-moi ce que tu imagines, Grigore, insistai-je. Car moi, je suis perdue.

Dans ses yeux, depuis le devant de la fenêtre d'où il n'avait pas bougé d'un pouce, je vis une lueur inquiétante scintiller, démentant son calme apparent.

— Je crois que le serveur venait réellement donner une enveloppe à Darius et qu'il s'est trouvé au mauvais endroit, au mauvais moment. Je pense aussi qu'un ange noir avait l'intention de mettre la main sur Darius et qu'il a fini par supprimer tout témoin capable de le reconnaître ou qui se serait mis en travers de son chemin.

— Darius aurait été enlevé ? m'écriai-je avec effroi.

Grigore hocha vaguement la tête.

— C'est ce que je crois.

Je me levai d'un bond du canapé.

— Mais... qui ? Pourquoi ? Comment ? Darius est fort, très fort, il n'aurait pas... il ne... Il ne se serait pas laissé faire !

— Il existe plus fort que lui, Hannah.

— Et personne n'aurait rien vu ?

— Et plus habile, aussi.

Soudain, je me sentis dangereusement proche des larmes.

— Mon Dieu ! Que... qu'allons-nous faire si ce que tu dis est vrai ? Tu as une piste, n'importe quoi ?

— Peut-être...

— Parle-moi ! m'entendis-je crier.

L'expression du visage de Grigore avait pris une telle rage que je crus me mettre à flamber avec lui quand il me regarda.

— Il se pourrait que Pitt ne soit pas étranger à tout ça. L'éventualité doit être considérée.

Et mon cœur s'arrêta de battre.

Je n'avais pas entendu ni prononcé son nom depuis un an, tâchant d'enterrer le souvenir de sa colère comme on cacherait un terrible secret dans une boîte dont on a jeté la clef.

Pitt n'acceptait pas la mort de Minah. Il me tenait même pour responsable de ne pas avoir su deviner en Tarja, mon ex-colocataire, l'instinct de Crinos qui l'avait poussée à tuer. Il y a un an, presque jour pour jour, il m'avait tendu une embuscade pour que Ewan, l'ange noir qui m'avait transformée, se lie à moi pour l'éternité. Pitt voulait que je souffre de la perte affective de Leith comme il avait souffert de celle de Minah.

— L'éventualité ? Tu n'en es pas sûr ?

— Non... Pour plusieurs raisons.

— Que vas-tu faire, alors ?

— Essayer de comprendre.

Je plissai les yeux avec un léger mouvement de tête.

— Tu sais où il est ?

La dernière fois que Darius et Grigore avaient vu Pitt, c'était à Wick. Et après une conversation houleuse, il avait filé sans demander son reste et surtout, sans laisser d'adresse. Cependant, comme Grigore et Pitt étaient liés par le sang du même créateur, peut-être réussissaient-ils à se localiser de la même manière que je l'avais fait avec Ewan, à distance ?

— Je le sais.

Il me fit comprendre d'un regard qu'il ne me donnerait pas plus d'explication.

Je n'insistai pas sur ce point.

— Il l'aurait lui-même kidnappé ?

Mon cœur s'alourdit à la seule idée que Pitt soit dans les parages.

— Non.

— Quelqu'un s'en serait occupé pour lui, donc ? insistai-je.

— Je ne sais pas, Hannah. Je vais chercher.

— Pourquoi ? Pourquoi en a-t-il après Darius ? Parce qu'il m'a choisie ? Parce qu'il ne l'a pas soutenu ?

Grigore resta totalement impassible. Sa colère uniquement trahie par la tension qui faisait tressauter les muscles de sa mâchoire.

J'eus un rire mauvais.

— Et il compte s'en prendre à tout le monde, comme ça ? À chaque intermédiaire qui lui aurait mis des bâtons dans les roues ? Combien de temps encore cela va-t-il durer ?

Il ouvrit la bouche pour me répondre, mais il fut interrompu par la sonnerie stridente du téléphone de la maison. Je me jetai dessus comme un chien sur un os.

— Allô ?

— C'est John.

En entendant sa voix, j'eus l'impression que mes cervicales venaient de se bloquer douloureusement. C'est d'un ton extrêmement sec que je lui répondis.

— Que veux-tu ?

— Un second corps décapité vient d'être découvert. Un garou.

Chapitre 5

Allez-vous avertir le Conseil ?

Nous arrivâmes sur les lieux du meurtre environ quinze minutes plus tard.

Bow Butts était en retrait du centre-ville. L'immense étendue verte, située à plusieurs dizaines de mètres de la mer, grouillait de curieux se hâtant de rejoindre le point culminant de l'attraction. Un attroupement de garous s'était déjà formé autour du kiosque, à bonne distance, exactement là où le corps avait été retrouvé. Sauf qu'ils n'étaient pas seuls. Cette fois, la police avait été prévenue et commençait à délimiter la zone. Nous restâmes donc en retrait, afin de regarder la scène de loin, et le plus discrètement possible. Nous nous mêlâmes à plusieurs passants qui avaient profité de la clémence du temps pour se balader aux alentours. À présent, ils faisaient le piquet pour ne rien rater des événements. Les plus courageux, tout du moins, parce que les autres furent naturellement chassés par l'odeur pestilentielle qui flottait dans l'air. Exactement la même qui avait régné sur le campus, la veille. Un panachage de goudron, de chou pourri et de putréfaction. Grigore et moi n'en avions pas reparlé une seule fois, mais cet agglomérat nauséabond n'était pas habituel. Vraiment pas. Il ne ressemblait à rien de ce que je connaissais – il en allait certainement de même pour Grigore – et surtout, il était impossible d'en repérer l'origine. Cependant, nous pouvions distinctement le détacher du musc qui se dégageait du corps sans tête du garou. De fait, j'aurais parié que cette puanteur n'était pas le résultat de sa mort, mais la cause.

Grigore et moi échangeâmes un regard entendu. En levant le nez pour renifler l'air, j'essayai de deviner quelle direction avait bien pu prendre le meurtrier, comptant sur le fait que l'odeur devait le suivre partout. Mais ce fut peine perdue, il y avait bien trop de vent pour percevoir correctement quoi que ce soit.

Du coin de l'œil, j'aperçus John et sa meute. Ils nous rejoignirent.

— Ça s'est passé dans la nuit, nous informa-t-il.

— Et il n'a été trouvé que maintenant ? m'étonnai-je.

Il hocha la tête.

— Son corps était apparemment caché sous une couverture, les gens l'auraient pris pour un sans-abri. Le mode opératoire est le même. La tête a disparu.

J'eus un long frisson. Être habituée à une telle démonstration de violence était tout à fait inenvisageable pour moi, je ne m'y ferais jamais.

— Il s'est transformé ? m'enquis-je en premier lieu.

— Il n'en a pas eu le temps.

Et c'était préférable. Je n'osais imaginer ce qu'il aurait fallu faire pour effacer la mémoire de tout le monde.

— Pourquoi m'as-tu avertie ? ne pus-je m'empêcher de siffler. Tu ne souhaitais pas faire bande à part et prouver ton incroyable utilité ?

Il eut un petit sourire énigmatique et irritant.

— C'est ce que j'ai fini par te démontrer, Hannah, répliqua-t-il tranquillement.

Il me donna envie de le mordre, littéralement, de l'envoyer sur la grève d'un bon coup de pied aux fesses pour lui enfoncer la tête dans l'eau et lui remettre les idées en place.

— Mais encore ? demandai-je avec aplomb.

— Ils ont fini par se venger, parce qu'ils croient que nous sommes responsables, annonça-t-il comme si cette explication était indémontable.

— Tu te trompes, John. Le Conseil des anges noirs pense que le coupable pourrait bien être l'un des leurs.

Je n'aurais sûrement pas dû prendre la peine de lui divulguer ces informations, John était têtu comme une mule, mais il me semblait capital qu'il comprenne qu'un énième affrontement entre nos deux espèces devait être évité coûte que coûte. Parce que c'était de ça qu'il s'agissait. Si c'était effectivement ce qu'imaginaient nos deux clans, un drame comme celui que nous avions vécu sur le terrain de l'oncle de Dan deux ans plus tôt se reproduirait, et il serait bien plus sanglant, j'en avais peur.

John éclata d'un rire cynique.

— Un Exploiteur masqué qui ferait lui-même le ménage dans sa propre communauté ? Elle est bien bonne ! Ce serait formidable, mais malheureusement, il vaut mieux ne pas fantasmer tout éveillé ! Je vais te dire, moi, ce qui se passe. Tu le sais très bien d'ailleurs, m'accusa-t-il en pointant son index sur mon sternum. Il y a eu un règlement de compte et ton merveilleux Darius y est pour quelque chose. Pourquoi, comment ? Je n'en ai pas la moindre idée. Mais il a tué comme un loup tuerait un sang-mort. De cette manière, il est insoupçonnable. Maintenant, ces déchets de l'humanité veulent se venger parce que nous sommes supposés avoir massacré un de leurs frères, tu piges ? C'est pourquoi ce type a été liquidé, aujourd'hui. Ils nous ont rendu la monnaie de notre pièce !

Il afficha un air tapageur, fier de sa petite tirade préfabriquée.

— Tu n'y es pas du tout, John.

— Tu crois ? Ton cher ami va à un rendez-vous avec le serveur du *Red Lion*, puis il prend la poudre d'escampette quand celui-ci meurt mystérieusement peu de temps après. Coïncidence ? Ne fais pas cette tête, je suis bien informé. McCarthy n'est pas particulièrement difficile à raisonner.

— Allons voir ce qu'il en est ! décida subitement Grigore, que la ridicule performance de John laissait de glace.

— Attends ! le retins-je de justesse.

Il coula vers moi un regard surpris.

— Il y a des garous partout. Il est préférable que tu restes en retrait.

— Tu te sens capable d'aller jeter un œil, gamine ? me railla-t-il.

— Bien sûr, pépé. Je préserve tes vieux os, rétorquai-je sur le même ton. Reste à l'écart.

Il lâcha un rire rauque et, aussi invisible qu'un souffle de vent, il s'élança en direction du square, à une dizaine de mètres de distance, sans donner l'occasion à un seul Humain de le repérer. Même si je connaissais ses capacités, son déplacement éclair me laissa admirative. Il évoluait avec grâce et précision, maîtrisant totalement l'espace qui l'entourait. Il me semblait plus léger qu'une plume, alors qu'il devait peser au moins vingt-cinq kilos de plus que moi.

— Je ne me suis pas trompé à ton sujet, lâcha John, dont les iris se pailletaient d'or tant il était furieux.

Je levai sur lui des yeux déterminés.

— Et moi sur toi. Sans Leith, tu ne vaux rien.

Je terminai sur un sourire forcé et décidai d'imiter Grigore sous les mines ahuries de la meute numéro deux. Car si ma nouvelle nature m'avait conféré rapidité et agilité, ma façon d'évoluer restait celle que m'avait enseignée Darius et n'avait rien à voir avec la technique de mes congénères. La plupart du temps, les garous se déplaçaient d'un point A à un point B sans s'arrêter, alors que les anges noirs avaient pour habitude de faire des micros haltes pour analyser l'environnement. Ce que je fis. Parfaitement invisible aux yeux des hommes.

Quelques mètres plus loin, je franchis les bandes de sécurité, mitraillée par le regard désapprobateur de ceux de mon espèce qui, contrairement aux autres, me distinguaient parfaitement. Je ne pris d'ailleurs pas la peine de compter combien ils étaient, mais j'en estimai au moins dix.

Je rejoignis le kiosque comme une ombre et passai furtivement de poteau en poteau pour observer ce qu'il s'y déroulait.

Dans un coin, un homme et une femme se serraient l'un contre l'autre en répondant aux questions d'un officier de police. Je supposais qu'ils avaient dû découvrir le corps. Régulièrement, ils jetaient des coups d'œil horrifiés au cadavre. Deux médecins légistes et un policier étaient penchés sur la victime pour tenter de relever quelques indices. L'agent, un homme blond, la quarantaine, immense et athlétique, leva les yeux sur moi. Il n'était pas seulement un de mes semblables, mais aussi un garou de la même espèce que moi. Il se redressa lentement, sur le point de me demander de déguerpir. Je fis comme si je ne l'avais pas vu et, sans m'arrêter, j'en profitai pour enregistrer un maximum d'informations.

Du premier regard, ce qui me frappa, c'est que la victime ne s'était pas transformée, certainement parce que, attaquée par surprise, elle n'avait pas eu le temps de se défendre.

Je n'avais pas eu l'occasion de voir le corps de l'ange noir mort à la fac, mais sur le garou, je remarquai qu'une matière mousseuse et translucide recouvrait une partie de son cou, ainsi que son thorax. À moins de faire erreur, j'aurais juré qu'il s'agissait d'un excès de bave. Et de la bave, en pleine attaque, un garou était parfaitement capable de la produire. La théorie de Grigore commençait sérieusement à s'étioler, car il était peu probable qu'un ange noir ait des glandes salivaires aussi développées qu'un loup.

Le corps de la victime était ravagé par des entailles profondes et sanglantes, laissant à l'air libre ses entrailles à peine cachées par les lambeaux de vêtements. Écœurée par ce que je voyais, je ne me rendis pas compte que je m'étais arrêtée de courir. J'avais le sentiment d'avoir la tête à l'envers et je dus me faire violence pour ne pas rendre le contenu de mon estomac, c'est-à-dire, rien de plus que du vide.

— Qu'est-ce que vous faites ici ? m'apostropha sévèrement le policier lupus en se postant devant moi.

— Je... bafouillai-je, gênée. Rien, je... je ne faisais que passer et...

— Allez-vous-en avant que je vous fasse arrêter pour obstruction à une enquête de police, mademoiselle.

Sans demander mon reste, je courus une dizaine de mètres en amont de la zone, le cœur au bord des lèvres.

— Ça va ? s'enquit Grigore en me rejoignant.

Comme j'étais dos à lui, il posa une main apaisante sur mon épaule.

— Non, pas vraiment. C'est un garou, Grigore...

Je ne pus retenir un spasme de dégoût.

— Je sais, gamine, compatit-il doucement.

Je me retournai, une flamme brûlante scintillant dans ses yeux.

— Non, tu ne comprends pas ! Le coupable est un garou ! Toute cette bave...

Il plongea dans le vert de mes iris et secoua imperceptiblement la tête.

— J'ai bien peur que non, Hannah...

Des sirènes retentirent au loin, annonçant une ambulance de la police scientifique.

— Tu ne sais pas ce que je viens de voir ! répliquai-je.

— Par ici, m'enjoignit-il en m'attrapant par le coude. Allons dans un endroit plus calme, je dois te montrer quelque chose.

Les sourcils froncés, je le suivis hâtivement. Pendant qu'on quittait Bow Butts, je pris le temps de me remettre de mes émotions.

— Mieux ? voulut-il se rassurer.

J'opinai.

Il s'empara alors de son téléphone et laissa un message à Simon et Rufus.

— Rendez-vous chez moi dans un quart d'heure, si vous pouvez.

— Nous allons chez toi ? m'étonnai-je.

Il hocha brièvement le menton.

J'en restai muette. Jamais il ne m'y avait invitée. Il m'avait même semblé y être farouchement opposé, si bien que je m'étais plu à imaginer qu'il vivait dans le mausolée d'un cimetière et que m'y emmener l'aurait obligé à subir mes railleries.

Nous avançâmes à une telle rapidité que nous traversâmes le centre-ville en moins de dix minutes. Grigore s'arrêta un peu avant la vitrine d'un tour-opérateur et ouvrit une épaisse porte en bois, bleue. Je levai le nez pour admirer la façade.

Grigore résidait dans la bâtisse accolée à la porte médiévale ouest de St Andrews. J'y étais déjà passée des dizaines de fois sans le savoir. L'endroit était absolument charmant et typique de l'architecture de la vieille ville. C'est avec un sourire discret au coin des lèvres que je dus avouer, en mon for intérieur, qu'avec sa tourelle d'angle, son appartement duplex ressemblait davantage au château de la Belle au bois dormant qu'au cimetière parisien du Père-Lachaise.

— Bienvenue, dit-il solennellement en me faisant pénétrer chez lui.

Je retins ma respiration en posant un pied dans le hall d'entrée.

Sur le mur en face de moi, sur plus d'un mètre trente de haut, se dressait une sublime icône sur bois de Madone à l'Enfant d'inspiration byzantine. Le fond or craquelé et scintillant contrastait avec la peau blême des personnages et le rouge carmin des drapés.

— Théophane le Grec, murmura Grigore dans mon dos.

Je me tournai vers lui, la bouche grande ouverte.

— Tu plaisantes ?

— Pas du tout.

— Mais, il s'agit du plus célèbre peintre d'icônes et... aucune peinture n'a été conservée !

— Je sais...

Il eut un petit sourire énigmatique, ôta son caban pour le jeter sur le portemanteau et m'invita à le suivre dans le salon.

Je connaissais finalement si peu de chose du quotidien de Grigore que je pris le temps de tout bien observer. Si l'intérieur de Darius était plutôt épuré ou savamment étudié dans un style anglais, celui de Grigore n'était pas sans rappeler le magasin d'un antiquaire. Sur un guéridon, près d'un fauteuil club en cuir marron, des piles de rouleaux de parchemin poussiéreux menaçaient de s'effondrer. Une collection de lampes à huile romaines trônait sur le manteau de la cheminée, au milieu de déesses mères de la même époque. Sur l'un des côtés de la pièce, les étagères d'une immense bibliothèque ployaient sous le poids des livres et semblaient ne tenir qu'à un fil.

— Je t'en prie, assieds-toi, me proposa-t-il en désignant le canapé du plat de la main.

Je regardai le divan d'un sale œil, je savais à peine où poser mes fesses.

Je me défis de mon duffle-coat, m'y installai et posai les yeux sur la table basse.

Une série de fibules zoomorphes en bronze était soigneusement rangée sur un plateau.

— Tu les restaures ? demandai-je en voyant que certaines d'entre elles étaient en morceaux et disposées comme si elles étaient sur le point d'être recollées.

Il hocha la tête et s'empara doucement de l'une d'elles qu'il déposa au creux de ma paume.

— C'est un paon..., dis-je tout bas en admirant la représentation délicate et la finesse des détails. Elle est magnifique, Grigore.

— Il s'agit d'une pièce gallo-romaine. Le ventre était recouvert d'émail bleuté. J'ai eu un mal fou à la remettre en état.

— Qu'en fais-tu ensuite ?

— Je les rends à leurs propriétaires. Celle-ci appartient aux collections du Musée des Antiquités Nationales de Saint-Germain-en-Laye. En France, précisa-t-il, solennel.

Je pouffai doucement de rire.

— Je sais où est Saint-Ger. Je suis Française.

Il sourit aussi.

— J'ai parfois tendance à l'oublier. J'ai même souvent l'impression que tu as toujours fait partie de ma vie.

Je relevai la tête, surprise. Grigore semblait s'être noyé dans le vert de mes yeux, alors qu'il était évident qu'il ne me voyait pas vraiment. Puis nos regards s'accrochèrent durant quelques secondes, lourdes et muettes, où je me demandai ce que pouvait bien signifier ce qu'il venait de dire.

La sonnette de l'interphone nous sortit de cet étrange silence. Rufus et Simon venaient d'arriver. Grigore se leva sans un mot et alla leur ouvrir.

Rufus entra le premier.

— Que se passe-t-il ? On a entendu dire qu'un garou avait été retrouvé mort à Bow Butts dans les mêmes conditions que le serveur du *Red*.

— Venez, les invita Grigore.

— Bonjour, Hannah, me saluèrent-ils en pénétrant dans le salon.

Je leur répondis par un hochement de tête.

Ils prirent place et attendirent que Grigore leur explique de quoi il retournait. Celui-ci revint avec un objet enroulé dans un mouchoir qu'il posa sur la table.

— Qu'est-ce que c'est ? demandai-je.

Il déplia doucement le tissu et révéla une longue griffe tachetée de sang que j'aurais reconnue entre mille. Un jour, j'en avais été pourvue moi-même.

— Une serre d'ange noir ?

— Exact, Hannah. Je l'ai ramassée près du square de Bow Butts, tout à l'heure.

Simon et Rufus levèrent en même temps les yeux sur lui.

— Voilà la preuve supplémentaire que le tueur est l'un des nôtres.

Pas un n'osa ajouter quoi que ce soit.

— Oh là ! m'exclamai-je devant leur silence gêné. OK, je l'admets, il pourrait bien être question d'un ange noir. Mais je sais ce que vous êtes en train de penser et vous vous trompez complètement ! Darius n'aurait jamais fait une chose pareille !

Simon fronça les sourcils et m'observa avec une intensité troublante. D'un simple regard, il semblait presque m'accuser de remettre en doute leur foi en Darius.

— Mais nous en sommes sûrs, Hannah.

J'émis un claquement de langue, agacée. J'avais l'impression de hurler cette certitude en boucle depuis deux jours, comme si j'étais la seule à avoir confiance en notre ami. Ce qui était totalement faux, évidemment. En réalité, je clamais son innocence parce que je désespérais d'avoir une explication. Qui ? Pourquoi ? Comment ? Personne n'avait de réponse à me donner, ce qui me plongeait dans une angoisse presque permanente, bien que je fisse tout mon possible pour ne rien laisser paraître.

— Je ne sais plus quoi penser, soupirai-je en glissant brutalement contre le dossier. Il est évident que cette serre ensanglantée ne s'est pas retrouvée là par hasard, mais toute cette bave était celle d'un garou, j'en suis certaine.

Parce que Simon et Rufus ne comprenaient pas de quoi je pouvais bien parler, Grigore leur expliqua brièvement ce que je lui avais moi-même raconté.

— N'aurait-il pas pu sécréter lui-même toute cette salive ? suggéra Simon en haussant les épaules. Pendant qu'il était éventré, par exemple ?

Je fermai les yeux quelques secondes, inspirant et expirant bruyamment.

— Peut-être… N'auraient-ils pas pu être deux ?

— Un garou et un ange noir en collaboration ? douta Rufus en me fixant comme si j'avais dit une ânerie monstrueuse.

— Comme si ça n'était jamais arrivé ! m'exaspérai-je en nous désignant tous les quatre. Et cette odeur ? As-tu senti cette odeur, Grigore ? La même qui était déjà présente à la fac. Qu'est-ce qui peut bien être aussi nauséabond ? L'assassin se déplace en camion-benne ? Je peux dire ce qu'elle me rappelle, mais je suis incapable d'en définir la source. Sérieusement ? Que se passe-t-il ? Tout ça n'est pas normal. Les têtes sont volées, l'air ambiant est irrespirable, nos deux peuples sont visés… Qui fait ça ?

— Essayons de savoir si le garou avait un lien avec Darius, proposa Simon.

— Mais ce n'est pas lui ! m'énervai-je de plus belle.

— Hannah, nous en sommes certains ! finit par se fâcher Simon. Mais il nous faut comprendre, et vite ! La situation pourrait dégénérer très rapidement. De quelle espèce était le garou ?

Je tournai la tête brusquement vers Grigore et Rufus, déconcertée. Le musc que dégageait la victime m'était si familier que je ne m'étais même pas posé la question une seule fois. Non pas que je le connaisse personnellement, mais parce que c'était un Lupus. Le réaliser me plongea dans un abîme douloureux. Il aurait pu s'agir de n'importe lequel de mes amis. L'idée me fut insupportable.

— Un Lupus, répondit Grigore à ma place.

— Peux-tu essayer de savoir qui il était, Hannah ? demanda Rufus.

Très perturbée, je me mis à bredouiller, le regard fuyant, coinçant une main entre mes cuisses, tandis que de l'autre, je me frottai le front.

— Je... je... oui... je...

Gentiment, Grigore posa ses doigts glacés sur mon poignet.

— Nous finirons par régler cette situation.

— Puisses-tu dire vrai... Que comptez-vous faire pour la serre ? Allez-vous avertir le Conseil ?

Grigore secoua doucement le menton de haut en bas.

— C'est préférable. De cette manière, ils disposeront d'une raison pour calmer le jeu au sein de notre communauté. Mais surtout, Hannah, personne ne doit être mis au courant parmi la meute. Ni la nouvelle, ni l'ancienne. Personne. Il ne faudrait pas que les garous s'imaginent qu'une guerre ouverte entre nos deux clans vient de commencer.

— Même pas Leith ?

— Pourrais-je t'en empêcher ? me donna-t-il l'impression de plaisanter.

— Non, répondis-je très sérieusement.

Il sourit à moitié.

— Et pour ce dont nous avons discuté tout à l'heure ? Vas-tu informer le Cercle de tes pistes ? demandai-je en faisant référence à Pitt.

Il se tourna vers ses amis pour les observer un à un.

— Rufus et Simon. Les autres seront mis à l'écart.

J'eus envie de demander pourquoi, mais s'il existait des tensions au sein de la meute, le Cercle connaissait probablement les mêmes désagréments. Il était peut-être préférable d'être discret afin d'éviter les fuites.

— De quoi s'agit-il ? voulut savoir Rufus, dont les sourcils s'étaient rejoints.

— Je vous en parlerai plus précisément, leur assura Grigore.

Je regardai l'heure sur la pendule, les cours reprendraient bientôt, il me fallait partir. Je me levai en époussetant machinalement mon pantalon.

— Je dois vous laisser.

Poliment, les garçons m'imitèrent.

— Très bien, acquiesça Grigore, je t'informe de ce qu'il en est dès que j'en sais davantage.

Je fermai et rouvris lentement les paupières pour dire oui.

— Tu restes chez Darius, ce soir ? m'interrogea Simon.

— Oui, jusqu'à ce qu'il soit revenu. Pierrick et Hermance n'ont pas envie d'être seuls. Je rentre chez moi prendre quelques affaires et je m'y rends après les cours.

D'un sourire, il me fit comprendre qu'il appréciait.

— S'ils ont besoin de quoi que ce soit, tu peux me contacter.

Il fouilla dans la poche de son manteau et me tendit une carte de visite.

Parmi les anges noirs, tout le monde avait de l'affection pour les frères de Darius. Ils étaient les seuls enfants de leur communauté et avaient droit à tous les égards de leur part.

— Merci, Simon, je n'hésiterai pas.

Je sortis de la pièce pour me diriger vers le hall d'entrée, Grigore sur mes pas.

Il s'empara du duffle-coat que je tenais entre les mains pour m'aider à l'enfiler, puis il posa fermement ses doigts sur mes épaules afin que je le regarde. Ce que je fis.

— Fais attention à toi, Hannah, murmura-t-il d'un timbre voilé.

D'un mouvement de tête, je lui signifiai que oui et quittai l'appartement.

Chapitre 6

Hypocrite, menteur, fourbe, manipulateur et... et tartufe !

Je n'avais pas réussi à joindre Leith. Ni chez lui, ni chez son oncle et sa tante, ni chez Gwen. Portable ou fixe, hier soir, ça ne répondait nulle part et encore moins ce matin. À croire que les Orcades et le Caithness tout entier avaient été coupés du monde ! Il ne me servait à rien d'engorger la boîte vocale de Leith, d'Al ou Bonnie ; quant à Jeremiah, il ne devait probablement pas être chez lui, mais quelque part sur une plateforme pétrolière en pleine mer du Nord. Vers huit heures, je laissai un message sur le répondeur de *Simsalabim,* demandant à Gwen ou sa mère de bien vouloir me rappeler au plus vite. Il était temps que Gwen soit mise au courant de la disparition de Darius. Ça faisait deux jours, et la situation était grave.

Je préparai mon sac pour partir en cours quand on frappa à ma porte.

— Entrez !

Elle s'ouvrit sur les visages déconfits de Pierrick et Hermance.

— Il ne va plus jamais rentrer, n'est-ce pas ? commença Hermance sans préambule.

Je ne pus réprimer le long gémissement d'angoisse qui formait une boule dans ma gorge.

— Il a des ennuis ? continua Pierrick.

Rien ne servait de leur mentir, ce n'étaient plus des bébés, mais des enfants d'un peu plus de sept siècles.

— Venez par ici, les invitai-je en tapotant sur le lit.

Ils s'avancèrent pour s'y asseoir tous les deux, les épaules baissées tant ils se sentaient abattus. J'aurais tellement voulu que ça n'arrive pas.

— Oui, Pierrick. Je crois qu'il a des ennuis.

— C'est en rapport avec les meurtres ? demanda-t-il.

Même s'ils n'étaient pas vraiment sortis de chez eux depuis deux jours, ils ne pouvaient ignorer les derniers événements qui avaient, hélas, largement fait le tour de nos deux communautés.

— Oui. Mais lequel, précisément, nous ne le savons pas.

— Ils croient que Perceval est responsable, n'est-ce pas ? se persuada Hermance.

« Ils », le Conseil. Je secouai vigoureusement la tête.

— Personne ne peut prétendre une chose pareille, les garçons.

— Alors pourquoi a-t-il disparu ?

— Je ne sais pas, Hermance… Le Conseil va mener une enquête.

Hermance semblait résister pour contenir une colère sur le point d'exploser.

— Pourquoi ne sont-ils pas venus nous voir ? Tout le monde s'en fiche ? C'est ça ? Nous ne sommes pas importants ?

— Non, Hermance, non, tâchai-je de le rassurer.

— Alors pourquoi ?

Je tendis la main pour lui caresser doucement la joue de ma paume. Agacé, il me repoussa. Aussi, je lui répondis d'un ton calme.

— Parce que vous ne savez rien. Vous n'avez rien à leur révéler.

— Et vous ? aboya-t-il. Vous allez mener une enquête ? Vous n'allez pas le laisser tomber ? Vous allez le chercher ? Vous allez le retrouver ? C'est ton ami, tu ne peux pas le...

Sa voix s'étouffa dans un sanglot. Je me jetai sur lui pour le prendre dans mes bras.

— Oh, Hermance ! Bien sûr que nous ne le laisserons pas tomber. C'est plus qu'un ami, tu le sais. Il est comme mon frère. Je l'aime comme je vous aime. Jamais je ne permettrais qu'on lui fasse le moindre mal.

Bien qu'à l'instant présent, je n'eusse aucune idée de ce que je pouvais faire pour lui venir en aide, le retrouver et faire que tout rentre dans l'ordre.

Hermance se propulsa sur ses pieds, les sourcils froncés, le regard dur, translucide et déterminé. Il n'avait jamais autant ressemblé à Darius.

— C'est Pitt !

J'ouvris la bouche pour répondre quelque chose, puis décidai de la refermer.

— C'est Pitt, je te dis ! Tu ne le sais pas, mais il est revenu !

Même assise, j'eus l'impression que mes jambes se dérobaient sous mes pieds. Je dus agripper le couvre-lit des deux mains pour ne pas vaciller.

— Revenu ?

— Il a demandé au Conseil d'être de nouveau admis à St Andrews.

Je fus prise d'un frisson si intense qu'il me fut impossible de le cacher. Je regardai les garçons à tour de rôle, Pierrick semblait acquiescer.

— Qui vous a raconté ça ?

Les iris d'Hermance lançaient des éclairs.

— Il a soumis sa requête bien avant Noël ! Tout le monde le sait ! me donna-t-il l'impression de vomir.

Mais moi, pas. Personne n'avait jugé bon de m'avertir. Je sentis ma mâchoire se serrer tandis que j'étrécissais les yeux.

— Le Conseil a dit oui, cracha Hermance avec rage, et maintenant, Perceval a disparu, des gens sont morts, et Pitt veut faire croire que c'est notre frère qui est responsable. Il va le punir parce qu'il ne l'a pas soutenu ! Parce qu'il t'a aidée, toi !

Chacun de ses mots me fit l'effet d'un coup de poing au visage. Pourtant, j'avais conscience que ce n'était pas un reproche qu'il m'envoyait à la figure. Il ne faisait qu'exprimer sa colère.

— Le Conseil l'a réintégré ?

Ils hochèrent la tête en même temps.

— Depuis quand ?

— Trois semaines, répondit Pierrick.

Je me sentis comme écrasée sous le poids de la trahison. Pas un de mes amis ne me l'avait dit. Pas un seul… Qui parmi eux le savait, précisément ? La meute aussi était-elle au courant ? Leith… Était-il parti en connaissance de cause ? Par l'Esprit ! J'avais envie de hurler.

« Fais attention à toi », avait chuchoté Grigore, la veille.

Tu parles !

— Ne t'inquiète pas, Hannah, tenta de me rassurer Pierrick. Il paraît qu'il n'est pas encore revenu. Et puis, il a promis qu'il te laisserait tranquille, toi et tes amis. Il ne vous fera rien.

— Tu es trop nul ! se fâcha Hermance. Tu crois qu'il va tenir parole ? C'est lui qui a kidnappé notre frère !

— C'est toi qui es nul ! Perceval est plus fort que lui, il est plus fort que tout le monde !

— Non, il l'a attrapé et il l'a tué ! C'est pour ça qu'il ne revient pas ! Il ne reviendra jamais, jamais !

— Tais-toi ! Menteur !

De colère, Pierrick se jeta violemment sur son frère. Ils finirent en roulé-boulé sur le sol avant de terminer leur course contre la coiffeuse qui s'effondra sous le choc. Le miroir vola en éclats, se répandant autour d'eux.

— Ça suffit ! tonnai-je. Cessez ça immédiatement !

Au lieu de s'arrêter, ils recommencèrent de plus belle. Pierrick envoya un coup de poing digne d'un boxeur dans le menton de son frère, lequel chancela à peine et répliqua par un croche-pied avant de l'écraser volontairement sous son poids. Leur bagarre était d'une violence inouïe.

— J'ai dit, stop !

Hors de moi et devant faire preuve de toute la force dont j'étais capable, j'attrapai Hermance par la nuque pour l'obliger à se relever et m'interposai entre eux deux.

— Je fais de la bouillie de chacun d'entre vous si vous continuez ! les avertis-je. Vous êtes en colère ? Vous avez peur ? Moi aussi ! Alors, méfiez-vous, ce n'est pas un bon mélange. Ma fureur pourrait vous faire très mal ! Et je ne plaisante pas !

Je n'en pensais pas un mot, jamais je n'aurais levé la main sur eux, mais ma petite tirade fit tout de même son effet. Ils se calmèrent presque instantanément.

— Perceval détesterait vous voir vous comporter ainsi.

Ils baissèrent tous deux les yeux pour examiner la pointe de leurs chaussures. Alors je m'agenouillai devant eux.

— Regardez-moi.

Ils s'exécutèrent, timidement.

— Vous avez confiance en moi ?

Sans mot dire, ils hochèrent la tête.

— Je suis sûre que votre frère n'est pas mort, je le sens, là, affirmai-je en tapotant le poing sur mon cœur. Grigore, Rufus, Simon et moi finirons par connaître le fin mot de l'histoire, et Leith aussi, quand il sera revenu. Nous allons chercher Perceval et le ramener par la peau des fesses s'il le faut, vous comprenez ?

Ils acquiescèrent.

— Hermance, ne t'inquiète pas pour Pitt. S'il a affirmé qu'il ne me ferait aucun mal, il respectera sa parole, tentai-je de le rassurer alors que je n'en croyais pas un mot moi-même.

— Pardon, Hannah, murmura Pierrick. On avait promis à Perceval de ne rien te dire.

Je lui souris tendrement.

— Vous n'avez rien à vous faire pardonner. Par contre, c'est à l'un et l'autre que vous devez des excuses. Je ne veux plus jamais vous voir agir ainsi, pigé ?

— Pigé ! s'exclamèrent-ils en chœur.

Ils se regardèrent quelques secondes dans les yeux et finirent par s'excuser mutuellement.

— Bien. Je vais mettre Gwen au courant de ce qui se passe et lui demander de venir ici, vous êtes d'accord ? Elle pourra rester avec vous.

Je ne pensais pas trop m'avancer, Gwen accourrait. Parce qu'elle les aimait profondément tous les trois, elle volerait jusqu'ici et m'en voudrait même de ne pas l'avoir avertie plus tôt.

Pour la première fois depuis deux jours, je vis leur visage s'illuminer.

— Si je pars maintenant, je peux compter sur votre coopération ? Plus de bagarre ?

— Promis !

— Promis ! surenchérit Pierrick.

— Et il faudra nettoyer ce bazar ! les prévins-je en désignant les bris de verre.

— D'accord ! répondirent-ils en chœur.

Je leur tendis les bras.

— On se fait un câlin ?

Et ils s'y jetèrent.

J'étais dans un état d'irritation extrême lorsque j'atteignis la porte de l'amphi dans lequel Grigore donnait un cours depuis cinq minutes. Je l'ouvris avec tant de violence qu'elle claqua brutalement contre le mur, faisant sursauter la plupart des étudiants.

— Mademoiselle Jorion ! tonna-t-il comme s'il ne me connaissait pas personnellement. Peut-on savoir ce que cette intrusion veut dire ?

À la mine que je devais avoir, il dut se douter que je ne débarquais pas pour lui annoncer quelque nouvelle sans importance, mais parce que j'étais furieuse contre lui. Je sentis les regards outrés autour de moi et choisis de ravaler ma colère plutôt que de me donner en spectacle.

— Je… euh… Pardonnez-moi, monsieur Vulpescu. Le bureau principal vous demande en urgence.

— Ceci ne peut-il pas attendre ? grinça-t-il entre ses dents.

— Manifestement, non. Désolée, *monsieur*.

Il balaya la salle des yeux, évalua la situation en quelques secondes et parcourut les feuillets qu'il avait devant lui.

— La statuaire dans les temples de Bretagne romaine. Relisez vos notes du cours précédent pendant que je m'absente un instant.

Il insista sur ces trois derniers mots en me fusillant du regard.

— Je vous conseille de le faire sérieusement, vous aurez un compte rendu à me remettre.

Des grognements de protestation s'élevèrent. Je supputai que ce travail supplémentaire était loin d'être au programme, mais je ne m'en sentis pas coupable pour autant, j'étais bien trop énervée pour ça.

Grigore laissa ses cours sur le bureau et s'empara de sa veste.

Il me suivit pendant quelques pas avant de me retenir par l'épaule pour m'arrêter.

— Je peux savoir ce qu'il te prend ? Tu es tombée sur la tête ?

Je me dégageai d'un coup sec pour lui faire face, piquée au vif.

— Espèce de sale hypocrite, menteur, fourbe, manipulateur et… et tartufe !

Il ouvrit des yeux tout ronds.

— Ne fais pas cette tête ! Tu n'as rien omis de me dire, par hasard ?

Comme il plissait le front, je partis au quart de tour.

— Pitt, Petre, ton frère de « sang » ! Comment as-tu osé ne pas m'avertir de sa présence ici ? Comment as-tu pu avoir le culot de ne pas m'informer de la décision du Conseil ? Comment est-il possible que je ne sois pas au courant alors que c'est après moi que ce cinglé en a ? Je ne sais pas ce qui me retient de te casser le nez, Grigore Vulpescu ! Et Darius a bien de la chance d'avoir disparu, sans quoi, c'est avec sa tête que je t'aurais refait le portrait !

Ameutés par le tapage, quelques étudiants s'étaient arrêtés pour nous observer. J'étais tellement énervée que je me fichais royalement de leur présence, je continuai à aboyer comme s'il n'y avait que nous dans le couloir.

— Tu n'es qu'un traître ! Vous l'êtes tous ! Manipulateur, menteur, profiteur !

Grigore s'appuya nonchalamment contre le mur derrière lui alors que j'étais sur le point de commettre un meurtre.

— Ça y est ? Tu as terminé ?

J'eus l'impression que de la vapeur s'échappait de mes oreilles. Comment pouvait-il agir avec autant de désinvolture ?

— Grigore !

— Donne-moi deux minutes.

— Quoi ?

— Ne bouge pas d'ici ! s'énerva-t-il.

Je le vis faire demi-tour vers l'amphithéâtre, entrer à l'intérieur et revenir presque aussitôt. La minute d'après, tous les étudiants en sortaient, un sourire épanoui sur le bord des lèvres.

— Partons, m'enjoignit-il en me prenant par le coude.

— Tu as intérêt à t'expliquer, et vite ! maugréai-je en tâchant de suivre le rythme de ses foulées.

Nous continuâmes pendant encore quelques mètres, jusqu'à ce que nous arrivions devant la porte d'une salle de TD inoccupée. Il l'ouvrit et nous fit nous y engouffrer. Époumonée par la colère qui m'habitait, je le fixai, le souffle court.

— Tu mériterais que je...

— Tais-toi ! m'interrompit-il d'une voix forte. Plus un mot ou je t'étrangle. Tu écoutes ce que j'ai à te dire et ensuite, tu revendiques si ça te chante.

Les narines gonflées, j'attendis devant lui, les bras croisés.

Grigore ne cillait pas. Pourtant, ses yeux habituellement pâles et froids s'étaient enflammés. La mâchoire serrée, il passa une main dans ses cheveux et prit une profonde inspiration.

— Pour commencer, Pitt n'est pas encore ici. Il est parti à l'étranger pour plusieurs mois, puis il a fini par demander sa réintégration en décembre. C'est aussi la raison pour laquelle Darius était si préoccupé, ces temps-ci. Parce que, étant impliqué dans les événements qui ont rendu Pitt incontrôlable, il a été éloigné du vote par le Conseil alors qu'il aurait voulu y participer. La décision a été très longue à prendre. Ils ont statué il y a environ trois semaines. Pitt les a convaincus qu'il était de nouveau capable de vivre à St Andrews.

— Ils l'ont cru ! m'étouffai-je. Comment peuvent-ils imaginer une seule seconde qu'il soit revenu à de meilleurs sentiments ?

Il secoua la tête, dans l'impossibilité de répondre.

— Où est-il ?

— Édimbourg. Depuis hier matin.

Je sentais que j'avais blanchi à vue d'œil.

— Je vois. Il peut donc arriver n'importe quand.

Il acquiesça d'un mouvement de tête.

— S'il était à l'étranger, pourquoi penses-tu qu'il y soit pour quelque chose dans la disparition de Darius ?

— Je n'en sais rien, Hannah ! C'est une supposition ! Laissons-le venir. J'en apprendrai plus.

— Il n'a pas fait une croix sur sa vengeance, n'est-ce pas ?

Accablé, Grigore dut admettre que non.

— Ça m'étonnerait, Hannah.

— Il irait jusqu'à causer du tort à un vieil ami pour m'atteindre ? Jusqu'à te causer du tort, à toi ?

Il plissa les paupières.

— Je ne sais pas quoi te répondre, je ne le reconnais plus.

— Tout va recommencer, alors ? Il faudra que je me cache, que vous me suiviez partout, que je regarde à deux fois où je mets les pieds sous peine de tomber dans un piège ? Je ne suis pas prête à revivre tout ceci. J'ai changé, Grigore, je ne suis plus la fragile Hannah. Si je le croise, je le tuerai avant qu'il ne le fasse.

Mon avertissement ne lui donna pas à sourire, ce qui tombait plutôt bien, car je n'étais pas en train de plaisanter. Je n'étais plus la même. J'avais suffisamment essuyé de coups durs pour être certaine de ce que j'avançais. Je m'étais battue comme une forcenée pour être heureuse, jamais plus je ne laisserais quelqu'un briser l'équilibre de ma vie. Certes, un ange noir de l'expérience et de l'âge de Pitt était forcément plus fort qu'une femelle garou fraîchement née, mais ma volonté à être libérée de lui constituait ma meilleure arme. La jeune fille naïve et sans défense n'existait plus depuis longtemps. J'étais devenue un loup, un Lupus formé par un vampire, rompu aux situations hostiles. Je n'avais rien oublié de l'enseignement de Darius. Que Pitt se frotte à moi et il s'en rendrait compte.

— Tu es plus forte qu'avant, mais pas invincible, m'avertit Grigore comme s'il avait lu dans mes pensées. Ne sous-estime pas ton adversaire.

— Je n'ai plus autant peur de lui.

Grigore avança de quelques pas pour plonger dans le blanc de mes yeux.

— C'est bien ce qui m'effraie, gamine. Parce qu'il le sait, et c'est pourquoi il ne t'épargnera pas.

Grigore avait raison. Quelques mois auparavant, ce n'était pas ma mort qu'il souhaitait, mais m'arracher à mon âme sœur comme il avait été arraché à la sienne. Il voulait me voir souffrir du manque de Leith en me liant à mon créateur pour l'éternité. Aujourd'hui, il avait certainement revu ses ambitions à la hausse. Je frissonnai.

— OK, murmurai-je. Quelle aurait été la décision de Darius ?

Il inclina la tête d'incompréhension.

— Son choix pour Pitt, précisai-je.

Lentement, il avança la main vers mon visage pour caresser ma pommette du pouce.

— Une si jolie tête pour un cerveau si creux, se moqua-t-il gentiment. Non. Il aurait dit non. Et j'aurais donné la même réponse si on me l'avait demandé. N'en doute pas.

Tête baissée, je fermai les paupières et souris doucement.

— Darius avait l'intention de t'en parler, mais seulement quand il serait revenu ici. Je suis désolé de t'avoir menti, Hannah.

Je relevai les yeux pour le regarder en plissant le nez.

— Et moi de t'avoir traité de manipulateur.

Il rit sans bruit, un petit sourire au coin des lèvres.

— C'est ce que je suis, gamine. C'est même ce qui fait mon charme, dit-il en roulant exagérément les « r ».

— Que va-t-on faire ?

Il recula d'un mètre et mit la main sur la poignée de la porte.

— Retrouver Darius. Allez, dépêchons-nous de sortir avant que les ragots ne fusent.

Je ne compris ce qu'il insinuait que lorsque nous eûmes quitté la salle et que je vis trois étudiantes chuchoter en nous regardant partir.

Grigore et moi ? *Ah ah ah !*

Juste avant que nous nous séparions, je le retins par le bras.

— Grigore ?

— Oui ?

Je pris une courte inspiration avant de lui poser la question qui me brûlait les lèvres.

— Qui savait pour Pitt ?

Il bloqua un instant sur mon visage plein de doute, puis ses lèvres s'étirèrent doucement.

— Darius, le Conseil et moi. Ton poilu ne t'a pas trahie.

Chapitre 7

Salut, ma vieille !

Je rejoignis la meute chez Anneas, juste après les cours. Il n'était pas encore seize heures trente, mais le ciel était déjà bas. Ce que je détestais l'hiver en Écosse !

— Des nouvelles de Leith ? me demanda aussitôt Georgia en m'ouvrant la porte. Il n'a répondu à personne.

— Non.

Gwen ne m'avait même pas encore rappelée.

Georgia darda sur moi un regard inquiet. Je me crus obligée de la rassurer alors que je commençais moi-même à me faire un sang d'encre.

— Il est sur les Orcades. Il y pleut beaucoup ces derniers jours, et avec le vent, ça rend les réseaux mobiles capricieux. Ça sonne également dans le vide chez son oncle et sa tante. Il nous téléphonera dès qu'il pourra, j'en suis sûre.

Elle hocha la tête avec un léger sourire forcé.

— Entre, m'invita-t-elle, tout le monde est là.

L'appartement d'Anneas n'était pas très grand en comparaison de celui de Leith, et l'espace me sembla bien plus réduit encore lorsque nous fûmes tous installés dans le salon. Dan, Étienne et Anneas, avec leurs énormes cuisses, étaient serrés les uns contre les autres sur un petit canapé trois places. Ils me donnèrent à sourire. Ils ne se seraient pas mis ailleurs pour tout l'or du monde, idéalement situés à mi-chemin entre les sandwichs, les chips et la bière qui trônaient sur la table.

Dès que je fus assise, ils reprirent le fil de leur conversation.

— Je disais donc qu'il s'agissait d'un Lupus, reprit Dan. Mon père le connaissait bien, ils organisaient des balades dans la baie sur un rafiot quand ils étaient jeunes. À la fin de ses études, le type a racheté une flotte complète. Il était plein aux as. Sa fille unique va hériter d'une petite fortune. Elle est à peine plus vieille que moi et pas trop moche, je devrais peut-être aller faire un tour du côté de chez elle !

Cette bande de machos éclata de rire tandis que Georgia assenait un coup derrière la tête d'Anneas.

— De qui parlez-vous ? demandai-je.

— Le mec qui a été retrouvé mort à Bow Butts, m'expliqua Étienne. Il paraît que tu as vu le corps, Hannah ? C'est John qui me l'a dit.

— Tu jacasses encore avec ce chien ! lui reprocha Georgia.

— Ne pas être d'accord avec lui ne veut pas dire que je vais faire fi d'un brin de politesse ! Il me parle, je réponds.

— Tu l'as traité de fils de chacal !

Étienne fronça les sourcils d'agacement, ne supportant pas d'être pris en faute.

— Et alors ? Ce n'est pas ce qu'il est ?

— Exactement ! Je te préviens, si tu passes dans le camp ennemi, je t'arrache les yeux !

Étienne éclata de rire.

— Tiens ta louve, Anneas. Je pourrais la prendre au mot juste pour le plaisir de voir ça !

— Oh, ça suffit ! s'énerva ce dernier. Alors, Hannah, tu l'as vu ou pas ?

Je clignai une fois les paupières.

— Oui.

— Et ? Il paraît qu'il était dans le même état que l'ange noir.

— À la différence près qu'il était recouvert de bave, confirmai-je. Et pas la sienne.

À cet instant, Georgia, qui avait envisagé de s'offrir un en-cas, se ravisa bien vite. La main tendue au-dessus de la pile de sandwichs, elle s'immobilisa pour tourner la tête vers moi.

— Un garou ?

— Sans blague ? À ma connaissance, les sang-mort ne salivent pas en abondance ! la railla Dan.

— Chouette, Crinos l'Éventreur dans les rues de St Andrews ! persifla Étienne. Il n'y a bien que cette espèce pour être aussi barbare et dénuée de sens !

Le mépris dans sa voix était indiscutable. Seuls les Lupi et les Hispos étaient capables de continuer à raisonner en Humain sous leur forme animale. Toutes les autres espèces, Homidés, Galbros et Crinos, sauf lors de rares exceptions, ne réussissaient pas à se contrôler et à se souvenir de leurs actes quand ils étaient dans leur corps de bête. Les Crinos souffraient d'une très mauvaise réputation, considérés comme étant les plus dangereux et les plus stupides de la race garolle. Et puis, les derniers événements provoqués par Tarja n'étaient pas faits pour convaincre la meute du contraire.

— Évidemment que c'est un Crinos ! renchérit Anneas avec un rire gras. J'aime à penser qu'un Hispo réfléchirait à deux fois avant de chicaner un Lupus ! Nous sommes tout de même au-dessus !

L'Humaine de souche que j'étais manqua s'étrangler.

L'espèce lupus s'enorgueillissait d'être la plus accomplie de toutes, donc la plus puissante. Mais dans la réalité, un Hispo et un Crinos étaient tout à fait capables de vaincre un Lupus lors d'un combat singulier. Le Crinos, parce qu'il était incontrôlable, et l'Hispo, parce que, à l'instar de ceux de mon clan, il réfléchissait systématiquement à une tactique offensive. Quant aux Homidés et aux Galbros, c'était vrai, ils faisaient rarement le poids. Le souvenir de Phillip, le garou qui m'avait agressée l'année où j'avais rencontré Leith, en constituait la meilleure preuve.

— Voyons le bon côté des choses, continua Anneas, on aurait pu accuser la communauté garolle d'avoir tué un Exploiteur noir, mais le mode opératoire étant aussi appliqué sur l'un des nôtres, les sangsues comprendront peut-être que nous n'y sommes pour rien. En tout cas, espérons qu'ils soient suffisamment intelligents pour faire cette déduction et ne pas venir nous attaquer sournoisement pour se venger.

— Qui fait ça, bon Dieu ? glapit Dan.

Cette conversation était stérile, tout le monde était à côté de la plaque.

— Grigore a trouvé une serre d'ange noir couverte de sang à proximité, lâchai-je.

Le silence se fit.

— Mais..., bredouilla Étienne.

— Il dit, précisai-je, que dans la tradition vampirique, après un combat, le vainqueur emporte avec lui la tête du vaincu. De fait, il y a de fortes chances pour que le coupable ne soit pas un garou.

— Ces enfants de salauds se sont vengés ! tonna Anneas à en faire trembler les vitres. On est mal barrés, ça ne va jamais finir et tout le monde se renverra la balle. Combien pariez-vous que le prochain corps sera celui d'un ange noir ?

Je secouai vigoureusement la tête.

— Personne n'est au courant à part vous. Il ne l'a montrée qu'à Rufus, Simon et moi.

— Pas même à Darius ? s'étonna Georgia.

Ma mâchoire se crispa.

— Darius n'est toujours pas réapparu, décidai-je d'avouer.

Nouveau silence.

Étienne fronça les sourcils.

— Je vois. Que ne nous as-tu pas encore dit, Hannah ? Il y est pour quelque chose ?

— Ma réponse n'a pas changé depuis la dernière fois, tranchai-je aussitôt. Non.

— Si l'on en croit la serre, c'est pourtant bien un ange noir le responsable, siffla-t-il. Ton amitié pour lui ne t'aveuglerait pas un peu, dis ?

— Ce que tu peux vite retourner ta veste ! Il y a deux minutes, tu voyais déjà Crinos l'Éventreur sévir dans les rues de la ville, rétorquai-je avec ironie. Darius n'y est pour rien. Je dirais qu'il en est plutôt la victime !

— Comment ça ? demanda Dan avec le plus grand sérieux.

Ils étaient tous les quatre tournés sur moi, les yeux ronds, dans l'attente de la révélation du siècle. Ce que j'allais leur raconter n'était pas, à proprement dit, un scoop international, mais ils verraient tous là l'occasion de se jeter dans un nouvel affrontement. Ils adoraient ça. Plus que tout, même.

— Le Conseil des anges noirs a réintégré Pitt.

Ils ouvrirent tous la bouche en même temps.

— Bande de sangsues séniles ! vociféra Étienne. Tout ça afin de nous jeter à la figure leur manque de considération pour notre espèce ! Ils ont débloqué la boîte de Pandore ! Ça va chauffer dans la ville, et sans retenue ! Parce que s'ils croient qu'on le laissera arpenter les rues en attendant de trouver le meilleur moyen de te tendre un piège, ils rêvent tout éveillés ! Quand Leith saura, ça va faire très mal !

L'instinct de protection dont il fit preuve me donna envie de sourire.

— Il est où ? À St Andrews ? demanda Dan.

— Non, pas encore.

— Quel est le rapport avec Darius ? voulut savoir Georgia.

— Grigore pense qu'il pourrait être impliqué dans sa disparition. Qu'il l'aurait fait kidnapper en représailles du soutien qu'il m'a apporté.

— C'est sérieux ? s'étonna Anneas comme s'il réalisait enfin l'improbabilité de la fugue de Darius.

Il a vraiment disparu ? Aucune chance pour qu'il se cache dans un coin ?

— J'ai bien peur que non, Anneas. Il n'aurait jamais laissé ses frères seuls sans les avertir avant. Il y tient beaucoup trop, c'est son unique famille.

— Et on ne peut pas lui parler deux minutes, à cette ordure ? suggéra Dan, tout feu tout flamme. Ce n'est pas que la disparition de Darius m'importe, précisa-t-il, mais j'aimerais moi aussi qu'il comprenne que les femelles du groupe sont particulièrement entourées.

— Quand tu dis ce mot-là, je t'étriperais ! siffla Georgia en lui jetant un regard polaire.

Dan lui fit un clin d'œil et lui envoya un baiser de la main.

— Alors, il est où ? insista Étienne. En ville ?

— Non, pas que je sache.

Je me gardai bien de leur dire que Pitt se trouvait à quelques kilomètres d'ici. Vu leur état d'énervement, ça n'aurait fait qu'empirer les choses, alors qu'il nous fallait absolument savoir s'il était responsable ou non de la volatilisation de Darius : au minimum, avoir quelques informations.

— Eh bien, quand il osera montrer sa face de rat dans le coin, je me ferai un plaisir de lui raconter la vie ! persista Dan.

— Je vous remercie de vouloir me protéger, mais non. Laissons Grigore lui parler, ils étaient très proches à une époque. Il pourra peut-être en tirer quelque chose.

Anneas fit claquer ses paumes sur ses cuisses d'un geste déterminé.

— Très bien, mais en attendant que ton Guignol lui tire les vers du nez, nous allons assurer ta sécurité.

— Par pitié, ne commencez pas à me couver, je ne le supporterai pas ! Et pour votre gouverne, je n'ai pas du tout l'intention de me laisser faire. S'il m'approche, il apprendra que je suis devenue aussi venimeuse qu'un serpent à sonnette !

— Il n'est pas question de te couver, Hannah, mais de faire en sorte qu'il ne t'arrive rien.

Je fronçai les sourcils en les regardant un par un, je savais qu'il me serait impossible de les en empêcher. Leith absent, ils se sentaient encore plus responsables de ma petite personne.

— De loin, de très loin, alors ! les prévins-je, l'index dressé. Je ne veux même pas vous voir me rôder autour, c'est compris ? Si vous me collez d'un peu trop près, moi aussi je vous arrache les yeux !

— Donne-m'en cinq, ma sœur !

Georgia pouffa et leva la main droite pour que je la tape de la mienne.

Je souris en coin et claquai ma paume contre la sienne. S'ensuivit un grognement masculin général qui nous fit rire de plus belle. J'aimais cette meute, je l'aimais vraiment.

Je partis de chez Anneas deux heures plus tard, totalement revigorée. Tout du moins, juste ce qu'il fallait pour oublier un instant que tout allait de travers. Je décidai de flâner un peu devant les vitrines avant de rentrer à la maison, je n'avais pas fait ça depuis une éternité. Entre les cours à réviser, les recherches à la bibliothèque et les devoirs à rendre, j'avais fait une croix sur le shopping et les sorties depuis longtemps, m'octroyant tout juste deux ou trois séances de cinéma avec Leith et quelques balades à Clobber Argyll en compagnie de la meute. Le plus curieux était que j'eusse envie de me lâcher maintenant, alors que tout allait si mal. J'avais besoin de m'évader, de respirer et de ne plus me poser de questions pendant un instant, si court fût-il.

J'étais en pleine contemplation d'une paire de chaussures hors de prix quand j'entendis mon téléphone biper dans mon sac. Je me dépêchai de le sortir, croisant les doigts pour qu'il s'agisse de Leith. C'était un SMS de Sissi.

|Salut, ma vieille ! Ta mère m'a passé ton nouveau numéro. Tu vas bien ?

Je lui répondis dans la foulée et nous commençâmes à discuter.

|Salut ! Très bien à part que je salive devant une paire de chaussures qui doit coûter pas loin de deux cents livres. Et toi ?

|Quelle couleur ? Je me suis offert une paire de bottes rouges à tomber ! Attends, je te les montre !

La minute d'après, je recevais une photo de ses santiags en cuir que je n'aurais portées pour rien au monde. Sissi et moi avions toujours eu des goûts radicalement opposés.

|OK, je ne te les piquerai pas !

|Ah ah ! Ça ne m'étonne pas, tu t'es toujours habillée comme une nonne !

J'éclatai de rire toute seule au milieu du trottoir. Nous n'avions pas échangé depuis des lustres, pourtant, le courant passait comme si nous nous étions quittées le matin même.

|Tu m'as manqué, Sissi.

|Tu m'as manqué aussi, vieille branche ! On se téléphone bientôt ?

|Je serai chez moi d'ici dix minutes, si tu veux.

|Génial, je n'ai pas cours ! Je t'appelle !

|Alors à tout de suite ;-)

|;-)

J'enfouis mon téléphone dans ma poche et pressai le pas pour rentrer à la maison, j'avais hâte de lui parler. Juste avant de bifurquer à l'angle de ma rue, l'odeur d'un Lupus me parvint. Il était tout proche. Je scrutai les parages et vis, vers le resto grec, l'officier de police qui m'avait demandé de déguerpir, la veille, à Bow Butts. Il était en train de payer son sandwich. Il dut me percevoir aussi, puisqu'il pencha la tête de côté. Nos regards se croisèrent. Aussitôt, il me fit un signe du menton pour me faire savoir qu'il m'avait reconnue. Sans me démonter, je l'imitai et continuai ma route. Je lui tournai le dos, presque certaine qu'il allait me héler, ça ne manqua pas.

— Mademoiselle !

Je m'arrêtai tout net pour faire volte-face, il m'avait quasiment rattrapée.

— Oui ?

— Nous nous sommes rencontrés, hier.

— Je sais.

J'avais répondu du tac au tac, pourtant, j'osais à peine le regarder dans les yeux de peur qu'il ne me pose trop de questions.

Bingo !

— Que faisiez-vous sur les lieux du crime ?

Je tâchai de ne pas montrer mon trouble et évitai d'avaler ma salive alors que j'en mourais d'envie.

— Je vous l'ai déjà dit, j'étais là par hasard. Comme tous les promeneurs, d'ailleurs.

— Vous aviez passé le périmètre de sécurité.

— Je ne m'en étais pas rendu compte, rétorquai-je avec aplomb.

Il m'étudia attentivement en plissant les paupières.

— Êtes-vous impliquée dans cette histoire ?

— Absolument pas ! Ni de près, ni de loin ! niai-je.

— Je pense que c'est tout le contraire.

Je haussai les épaules pour cacher mon malaise.

— Quel est votre nom, mademoiselle ?

Je fus tentée de ne pas répondre, mais j'étais convaincue que ça n'aurait pas joué en ma faveur.

Je décidai de coopérer pour qu'il me fiche la paix rapidement.

— Hannah Jorion.

— Vous êtes Française ? Votre accent est impeccable.

— Merci. Mon père est franco-écossais, ma mère écossaise.

— En revanche, vous n'êtes pas un *faol-tùsail.*

Je haussai les sourcils d'incompréhension.

— Un quoi ?

— Un *faol-tùsail,* répéta-t-il sèchement, comme s'il était intolérable que je ne connaisse pas ce mot.

Je le sentis soudain si hostile que, malgré moi, je jetai un œil à la porte de mon immeuble. Elle était à quelques pas, si j'avais besoin de fuir.

— Désolée, répondis-je simplement. Euh..., je dois partir, à présent. Si vous voulez bien m'excuser.

Sans m'en rendre compte, j'avais encore regardé du côté de l'allée.

— Vous habitez ici ?

Je me serais bien mis une gifle pour la peine.

— Avec mon petit ami, oui, précisai-je dans le cas où il lui aurait pris l'envie de me suivre.

Je n'étais quand même pas suffisamment stupide pour penser que je pourrais avoir le dessus sur un mâle lupus.

— Chez le fils Sutherland ?

Surprise, j'écarquillai bien grand les yeux.

— Je... oui, vous le connaissez ?

— Je vois, répondit-il simplement.

Il fouilla dans la poche arrière de son jean et me tendit sa carte de visite.

Il s'appelait Keith Forbes.

Il m'observa quelques secondes et remonta le col de sa veste.

— Au revoir, mademoiselle Jorion.

Quand il fit demi-tour, j'étais à deux doigts de le rattraper pour lui demander quelques explications. Bien sûr, je n'en fis rien.

Sans perdre une minute, je m'élançai jusque chez moi. Lorsque je poussai la porte de l'immeuble, je fus stoppée presque instantanément par un effluve étranger. Bien que mon odorat de Lupus ne me permette pas de distinguer précisément le parfum d'un ange noir ou d'un autre, j'étais certaine à deux cents pour cent que je n'avais ni affaire à Darius, ses frères, Grigore, ou Simon, ni à Rufus.

Pitt !

Ça ne pouvait être que lui.

Il me restait à peine quelques secondes pour le contrer avant qu'il ne me tombe dessus lui-même. Si je l'avais flairé, il en allait de même pour lui. Au lieu de réfléchir à toutes les possibilités qui s'offraient à moi – partir et appeler Grigore, par exemple – je m'élançai dans les étages, plus rapide que le vent, rassérénée par le fait que pas un Humain ne s'y trouvait.

Inévitablement, je tombai nez à nez avec lui, tandis qu'il était nonchalamment appuyé contre la porte de notre appartement, un sourire narquois plaqué sur les lèvres.

J'avais oublié combien il était grand et bâti comme un roc. Ses cheveux blonds et bouclés retombant sur son front venaient éclairer le bleu profond de ses yeux. La blancheur de ses dents, la courbure délicate de ses lèvres, son regard naturellement doux que de longs cils venaient accentuer : Pitt ressemblait indéniablement à l'image qu'on se faisait d'un ange. Mais la réalité était tout autre : Petre était un démon.

— Il t'en a fallu du temps pour monter, j'ai bien failli attendre, siffla-t-il.

Chaque fibre de ma peau se ruait vers ma bestialité. C'en était presque douloureux tant l'animal voulait sortir, faire exploser mon enveloppe charnelle et s'épanouir dans toute sa puissance brute. Mon épine dorsale fut secouée d'un frisson tandis que je devais me faire violence pour ne pas me transformer sur-le-champ.

— Ton seuil de résistance s'effondre, Hannah ?

Une chose était sûre, je ne prendrais pas la peine de dialoguer avec lui. Il était là pour en découdre, j'allais lui donner ce qu'il désirait. Mais pas ici.

— Sortons, dis-je simplement.

Il étira un peu plus les lèvres et bougea la tête de droite à gauche.

— Non.

— Que veux-tu ?

Son dernier sourire eut raison de ma patience. Je sentis mes gencives se déchirer quand mes quatre crocs s'allongèrent. J'avais l'intention de lui montrer que je n'avais plus peur de lui, que j'étais bien décidée à le combattre quoi qu'il m'en coûte.

— Joli toutou, se moqua-t-il. Mais je te trouvais plus séduisante avant.

Il fit un pas vers moi que je pris pour une tentative d'agression.

Sans contrôler davantage la haine qui faisait rage en moi, et avant qu'il ne le fasse, je fondis sur lui en poussant un grognement féroce et le plaquai au sol. Aveuglée par la colère, je ne remarquai pas qu'il n'amorçait pas le moindre geste pour se défendre, se laissant totalement maîtriser alors qu'il aurait largement pu m'envoyer m'écraser à plusieurs mètres de lui. Je ne remarquai pas non plus que quelqu'un avait appelé l'ascenseur et qu'il montait tranquillement dans les étages, arrivant vers nous aussi sûrement que j'étais sur le point de déchirer le cou de Pitt.

— Hannah ?

Horrifiée, et rétractant mes crocs de justesse, je pivotai brusquement la tête pour vérifier à qui appartenait la voix derrière moi.

— Hannah Jorion ! Qu'est-ce que tu fais ? Lâche immédiatement mon petit ami !

En une fraction de seconde, la terre venait de s'arrêter de tourner.

— Sissi ?

Chapitre 8

Nous sommes faits l'un pour l'autre

Totalement pétrifiée devant mon amie de toujours, j'écrasais encore Pitt de tout mon poids.

Je me sentais comme les fois où un milliard d'idées vous traversent l'esprit en même temps, vous mettant dans l'incapacité d'en retenir une seule. J'avais la sensation que le ciel m'était tombé sur la tête, m'aplatissant comme une crêpe, me laissant sans force et réduisant à néant mon aptitude à raisonner. Toutefois, je me repris vite et m'efforçai de cacher l'état de choc dans lequel j'étais. Je me relevai d'un bond, tâchant par la même occasion de dédramatiser la situation avec un sourire exagéré sur les lèvres.

Sans aucun résultat.

Sissi ne mordrait sûrement pas à l'hameçon, elle m'avait trouvée sur le point d'étriper son petit ami. *Son petit ami !*

— Sissi !

Les poings sur les hanches, la mine sévère, et la bouche pincée, elle me fit tellement penser à sa mère.

— On peut savoir ce que tu fabriques !

J'interrompis ma respiration pour réfléchir deux secondes à ce que j'allais bien pouvoir répondre, je ne voyais pas trente-six issues.

— Je… Il m'a fait peur et… je...

Pitt allait sûrement adorer cette réplique.

— Pitt, tout va bien ? s'impatienta-t-elle, en anglais, tandis qu'il se relevait.

Elle avait d'ailleurs un drôle d'accent, transformant le « ou » en quelque chose comme « eah ». Je devais admettre qu'il n'était pas mauvais. Son séjour chez les kangourous avait anéanti sa prononciation si rudement française.

— Pas de problème, mon cœur.

Mon cœur ! J'eus la sensation que tous mes os se décalcifiaient brutalement.

— Je t'attendais comme convenu, j'ai fait un geste brusque quand elle est sortie de l'ascenseur et ton amie a cru que je lui voulais du mal. Je suis vraiment désolé, Hannah, roucoula-t-il de la façon la plus convaincante qu'il soit.

Je ne répondis rien, les yeux braqués sur Sissi.

— Que fais-tu ici ? réussis-je à lui demander. Je te croyais en Australie.

J'avais naturellement utilisé la langue de Molière, ce qui la fit tiquer.

— Parle anglais, s'il te plaît, Pitt est un Britannique pure souche, il ne maîtrise pas un mot de français !

Britannique pure souche ! eus-je envie de répliquer.

— Je voulais te faire une surprise, reprit-elle. Je n'aurais manifestement pas dû ! Depuis quand t'es-tu transformée en bête féroce ?

J'eus une mimique crispée tandis que Pitt pouffait derrière mon dos.

Je pivotai sur lui pour lui jeter un regard qui en disait long. À savoir qu'il n'allait pas s'en tirer comme ça. Il baissa sur moi des yeux perfides, tout en se pourléchant très discrètement une canine. Je fus électrisée pour la deuxième fois. Sissi connaissait-elle la vraie nature de Pitt ? Comment s'y était-il pris pour croiser son chemin ?

— Bon ! s'exclama mon amie en faisant tomber ses sacs par terre. Tu viens me faire un câlin ou tu veux encore te frotter à mon homme ?

Son homme... J'étais totalement abasourdie.

— Euh...

Toujours aussi tendue, j'ouvris les bras pour l'accueillir. Elle s'y jeta et m'enveloppa dans les siens.

— Sacrée Hannah ! Championne du monde de la gaffe ! Tu nous fais entrer ? Ma vessie ne va pas résister bien longtemps.

La situation m'interdisait de laisser Pitt sur le carreau devant Sissi comme il semblait l'espérer. Il le savait et n'eut d'ailleurs aucune appréhension lorsqu'il me tourna le dos pour pénétrer dans l'appartement. Il poussa même sa chance jusqu'à lever l'index pour me frôler la joue, un sourire fourbe sur le coin des lèvres, tandis qu'il précédait Sissi. Je dus prendre sur moi de toutes mes forces pour me permettre de passer sans lui arracher la tête.

Je poussai la porte, veillant à la garder entrouverte.

— Où sont tes toilettes ? demanda aussitôt mon amie.

Sans quitter Pitt des yeux, je lui indiquai la salle de bains la plus proche de l'entrée. Quand elle disparut, je me propulsai sur Pitt pour le plaquer contre le mur en le maintenant par la gorge. Je ne sus d'ailleurs pas ce qu'il y avait de plus horripilant : qu'il soit plus grand que moi et me méprise d'un regard supérieur, ou qu'il ne fasse pas le moindre geste pour se dégager.

— Espèce de déchet malodorant. Je ne sais pas ce que tu mijotes, chuchotai-je aussi bas que je le pus, mais tu as intérêt à déserter au plus vite la vie de mon amie. Je ne vais pas te laisser la briser pour le seul plaisir de m'atteindre. Je ne suis plus la même, je n'ai plus autant peur de toi.

— Plus autant peur ? répéta-t-il d'une voix doucereuse en inondant mon regard d'une coulée de lave destructrice. Alors, je me contenterai de ce qu'il reste de la crainte que je t'inspire. Prépare-toi à être tourmentée, jolie Hannah. Je vais faire de ta vie un enfer. Désormais, tu es mon seul et unique objectif.

J'aurais pu régler la situation maintenant, sans attendre, et payer le prix qu'il en coûterait, révéler brutalement la vérité à Sissi et faire en sorte que ses souvenirs soient totalement effacés. Mais je répugnais à agir ainsi. À faire comme lui, l'envoûter par la seule puissance de mon charme surnaturel. Depuis combien de mois Pitt se servait-il d'elle ? Était-elle seulement au courant de ce qu'il était en réalité ?

Le bruit de la chasse d'eau retentit, je me jetai en arrière avant que Sissi n'ouvre la porte.

— Ahhh ! Ça fait du bien !

Elle prit le temps de regarder où elle se trouvait et émit un sifflement admiratif strident.

— Mazette ! Tu aurais pu tomber plus mal. Tu me fais visiter ?

Cette situation était impossible ! L'idée de montrer l'intimité de mon appartement à ce rat me rendait malade. J'esquivai la demande de Sissi avec habileté.

— Ne voudriez-vous pas boire quelque chose, d'abord ? Installez-vous sur le canapé, je vous amène de quoi vous désaltérer.

— Volontiers ! s'exclama Sissi, enjouée. Je suis assoiffée et j'ai une faim de loup, aussi ! Ce que je suis contente d'être là, ma vieille !

J'aurais tellement aimé me réjouir avec elle et lui offrir des retrouvailles dignes de ce nom.

Je lui fis un demi-sourire et lui montrai le living du plat de la main.

J'aurais pu me taper la tête contre les murs. Je venais de nouveau d'entrer dans une sphère infernale, décuplant les catastrophes. Un espace-temps dans lequel tout allait de travers et où je subissais la saveur amère des imprévus. C'était cyclique. Ça ne s'arrêterait donc jamais !

Avant de m'engouffrer dans la cuisine à reculons, je vis que Pitt balayait la pièce d'un regard rapide et efficace, prenant sûrement note du moindre détail, par exemple la photo de Leith et moi prise cet été à Londres et qui ne manquerait pas de le faire grincer des dents. Aussitôt seule, je retirai mon duffle-coat et m'emparai de mon téléphone portable. J'envoyai un message à Grigore en cinq mots.

|Pitt est dans mon salon.

Inutile d'en dire plus.

Lorsque j'eus rempli un plateau de jus de fruits, d'eau, de sodas et de biscuits pour Sissi, je les rejoignis. Je dus réprimer un haut-le-cœur en les voyant vautrés dans le canapé, se picorant la bouche comme si leur vie en dépendait. Mon Dieu, elle n'avait aucune idée de ce qu'elle faisait et sur qui elle était tombée. Elle était l'agnelle qui allait se faire dévorer toute crue par une bête affamée et sans scrupule. Cette farce devait cesser, et vite !

Le prédateur se mit sur ses pieds et me prit de court en me libérant les mains.

Il posa le plateau sur la table basse et leva les yeux sur moi. Il emplissait tout l'espace et je ne voyais que lui, lui et son hypocrisie malsaine et presque nauséabonde.

Il me parcourut d'un long regard indéchiffrable puis pencha la tête de côté.

— Je te sers quelque chose, Hannah ?

Je réussis à sourire poliment, parce que Sissi m'observait, et fis non du menton.

— Et toi, mon cœur ?

— Comme d'habitude !

Il versa du Coca dans un verre et le lui tendit, l'œil énamouré.

À vomir.

— Tu ne t'assieds pas, Hannah ? s'étonna Sissi en me voyant raide comme un piquet devant eux.

Le mensonge vint aussi facilement que les paroles d'une chanson que je connaîtrais par cœur.

— Non. J'ai passé la journée assise en cours.

Pitt ne reprit pas place à côté d'elle. Je le vis se servir du jus d'orange, qu'il prit soin de couper avec de l'eau, se redresser pour en boire une gorgée, et le siroter comme s'il s'agissait du plus délicieux des nectars, alors que je savais pertinemment qu'il détestait ça.

Il bougea pour faire mine d'inspecter la pièce d'un air admiratif. Malgré la présence de Sissi, et parce que je ne voulais surtout pas lui tourner le dos, je suivis le même mouvement que lui.

— Comment vous êtes-vous rencontrés ? demandai-je sans le quitter des yeux.

Sissi émit un petit rire cristallin en reposant son verre sur la table.

— Dans un pub ! J'y allais tous les jours avec les filles de la promo, puis un soir, je l'ai remarqué. Il a mis des jours avant d'oser m'aborder. Pitt est timide !

Je ne pus réprimer un souffle moqueur que Sissi ne nota pas.

— Et tu ne sais pas la meilleure ?

— Non, fis-je semblant de m'intéresser.

— Il est de St Andrews !

Je jetai à Pitt un regard lourd de sens.

— Sans blague ?

— Oui ! J'ai trouvé ça extraordinaire comme coïncidence !

— Tu peux, maugréai-je dans ma barbe.

Je me concentrai sur Pitt en plissant les paupières.

— Et que faisais-tu à Melbourne..., *Pitt* ?

Il darda sur moi des yeux d'une sincérité stupéfiante de réalisme, puis il les dirigea vers Sissi, armés d'adoration.

— J'étais à la recherche de mon âme sœur et je l'ai trouvée.

— Ohhhh ! Chouchou ! roucoula Sissi, totalement sous le charme de ce fourbe.

Je levai les yeux au ciel, désespérée.

— Nous sommes faits l'un pour l'autre, affirma Pitt.

Ça m'étonnerait, grinçai-je en moi-même.

Je glissai la main dans mes boucles rousses et poursuivis mes interrogations pour saisir l'habileté avec laquelle il avait manipulé mon amie.

— Vous êtes ici pour combien de temps ?

— Une quinzaine de jours. Mes parents sont furieux, j'ai refusé de passer les vacances de Noël avec eux. Mais Paris, je connais. St Andrews, pas du tout ! s'amusa-t-elle. Les tiens ont été adorables, ils leur ont proposé de séjourner quelques jours chez eux pour qu'ils puissent venir me voir pendant que nous visitons la région. Ils étaient au courant de ma petite surprise. Heureusement, tu vas me dire, parce que c'était la croix et la bannière pour te contacter. J'ai eu de la chance que ta mère soit là !

Je n'écoutais plus, j'étais horrifiée.

— Vous comptez aller à Wick ? Chez moi ?

Une flamme de délectation sadique dansait dans les yeux de Pitt.

— Ils nous ont invités.

Je devais être en plein cauchemar !

— Sûrement pas ! explosai-je.

— Mais pourquoi ? protesta Sissi. Je sais qu'on ne s'est pas vues depuis un bail, mais je te trouve vraiment bizarre, Hannah.

Je respirai lentement, profondément, bloquai mon souffle et chassai discrètement l'air contenu dans mes poumons pour me calmer.

Je n'eus pas le temps de répondre, l'odeur de Grigore se distillait autour de nous au moment même où ma porte d'entrée claquait violemment contre le mur.

Sissi poussa un cri de surprise tandis que Pitt s'installait confortablement à ses côtés, enveloppé d'une totale sérénité.

Quand il pénétra dans la pièce, Grigore rayonnait d'une puissante énergie négative et extrêmement dangereuse.

— *N-ar fi trebuit niciodata sa te întorci*, s'adressa-t-il à Pitt en roumain.

Lequel se contenta de sourire, sachant que Sissi ne le voyait pas.

— Qu'est-ce qu'il a dit ? Hannah, tu le connais ? demanda Sissi d'une voix effrayée en se collant à ce dernier.

Je jetai un regard en biais à Grigore.

— Oui. C'est un ami.

— Tes amis défoncent les portes ? répliqua-t-elle, sceptique.

Grigore l'observa comme s'il venait seulement de la remarquer et déduisit que si Pitt était tranquillement assis sur mon canapé, c'était à cause d'elle.

— Je te présente mon amie d'enfance, Sissi, elle revient d'Australie où elle a passé plusieurs mois. Et voici Pitt, son… petit ami. Pitt est de St Andrews, mais ils se sont rencontrés à Melbourne. Incroyable, tu ne trouves pas ? m'empressai-je d'ajouter afin qu'il comprenne ce qu'avait manigancé Pitt.

Grigore ne le quittait pas des yeux.

La tension était telle que je m'attendais à ce qu'il explose d'une minute à l'autre. Il n'avait pas revu Pitt depuis plus d'un an et s'était peut-être surpris à attendre un revirement de sa part. Au lieu de quoi, l'ami qu'il avait toujours considéré comme son frère était devenu encore plus perfide qu'il ne l'avait été.

— Pourquoi a-t-il débarqué aussi subitement ? insista Sissi en s'adressant à moi. Que se passe-t-il ?

Je me tournai vers Grigore d'un air désespéré. Je n'avais pas la moindre idée de ce qu'il fallait que je dise. Il contempla Sissi un court instant, s'attarda sur Pitt et répondit à ma place.

— Rien que nous puissions révéler en votre présence.

Sissi nous observa à tour de rôle, totalement intriguée, tandis que Pitt se délectait de la situation.

— Peut-être devrions-nous revenir à un autre moment, Hannah ? C'était une mauvaise idée de venir à l'improviste. J'aurais dû te prévenir. Ça n'a pas l'air d'aller comme tu veux.

Je n'oserais quand même pas lui jeter la pierre de penser une chose pareille. En moins de trente minutes, j'avais essayé de tuer son petit ami et un type qui n'était pas le mien débarquait ici dans toute la quintessence de sa fureur et sans raison apparente. Sissi m'avait connu une vie beaucoup moins mouvementée.

Au lieu de démentir, je clignai les yeux en guise d'approbation – oui, ça n'allait pas exactement comme je voulais –, ce qui ne fit qu'attiser sa curiosité. Elle se leva et se posta devant moi.

— Je peux te parler une minute, avant ? En privé ?

Je me demandai si c'était une bonne idée de laisser Grigore et Pitt seuls, au risque de voir mon appartement complètement dévasté. Mais un regard rassurant de Grigore m'enjoignit à profiter de l'occasion pour éloigner Sissi.

— OK, lui répondis-je.

Je tournai le dos et l'invitai à me suivre. J'aurais aimé avoir un don d'ubiquité pour rester à écouter leur conversation qui promettait d'être houleuse.

Je conduisis Sissi jusqu'à ma chambre et fermai soigneusement la porte pour lui éviter d'entendre ce que Grigore et Pitt avaient à se dire. Elle s'assit directement sur le lit.

— Que se passe-t-il, Hannah ? commença-t-elle. Où est Leith ? Vous êtes séparés ?

— Pas du tout. Leith est encore sur les Orcades, il ne rentre que dans quelques jours.

Elle secoua la tête, contrariée.

— Ce garçon… J'ai trouvé qu'il te regardait comme si… je ne sais pas. Il est bizarre. J'ai eu l'impression qu'il était sur le point d'égorger quelqu'un.

Elle ne croyait pas si bien dire.

— Tu as une aventure avec lui ? demanda-t-elle tout à trac.

Je manquai m'étouffer.

— Mais non ! Grigore est un ami. Sissi, enfin ! Tu sais ce que Leith représente pour moi !

Elle plissa les paupières en faisant la moue.

— Tu ne ressens peut-être rien pour ce Grigore, mais je t'assure que lui, il doit voir les choses différemment ! Il était sur le point de te faire une scène !

— Tu es complètement à côté de la plaque, Sissi. C'est vraiment un ami.

— Tu devrais te méfier de lui, dans ce cas.

J'aurais aimé lui hurler que c'était de Pitt qu'elle devait se méfier. J'aurais voulu lui dire ce qu'il était, ce qu'il m'avait fait, ce qu'il planifiait pour parvenir à ses fins, mais je ne le pouvais pas. Pas comme ça.

— Pourquoi est-il arrivé chez toi dans un tel état de fureur ? insista-t-elle.

Je lui racontai la première bêtise qui me traversa l'esprit.

— Grigore souffre d'incontinence.

Elle fit une tête extraordinaire.

— Pardon ?

— Il passait dans le coin, il a vu de la lumière, la porte était ouverte et… enfin, tu comprends.

Pas vraiment, mais je la fis largement sourire.

— Hannah Jorion, tu n'as jamais manqué d'imagination quand il s'agissait d'inventer les meilleurs scénarios, mais tu as toujours été très mauvaise actrice. Je ne t'ennuie plus avec ça. Dis-moi que tu es heureuse.

Là, tout de suite, pas vraiment. Depuis quelques jours, je commençais à développer une angoisse obsessionnelle sur l'éventuelle mort de Darius et je ne cessais d'envisager, malgré l'amour qu'il me portait, que Leith se tenait volontairement éloigné de moi. L'un comme l'autre n'était pas totalement improbable, ce qui ne me rendait pas franchement épanouie. À ça venaient s'ajouter le stress de Grigore, l'inquiétude de Pierrick et Hermance et les tensions qui avaient conduit la meute à se diviser. Bien entendu, il m'était impossible de lui raconter ça, alors j'éludai.

— C'est plutôt à moi de te demander ça ! Comment va Cyril ?

— Hum..., bougonna-t-elle. On s'est un peu disputés et... les kilomètres aidant...

— Vous ne vous êtes pas réconciliés.

— Non. Puis Pitt est arrivé dans ma vie.

Je dus faire un effort considérable pour ne pas montrer le mépris qu'il m'inspirait. J'évitai même de la questionner sur le sujet, souhaitant m'abstenir de connaître les détails de leur relation. Rien n'était vrai. Il avait pris le temps d'enquêter sur moi pour trouver un moyen de m'atteindre sans trop de difficulté, il se servait d'elle comme d'un outil parfaitement aiguisé et quand le couperet tomberait, ça ferait mal.

— Il n'est pas comme les autres, me confia-t-elle. Il dit que je suis sa lune et son soleil, son univers, son Éden.

Il ment ! Il ment ! eus-je envie de hurler.

Elle se tut quelques secondes et avoua d'une voix sombre.

— Pour être complètement honnête avec toi, Hannah, parfois, il me fait peur.

— Peur ? Pourquoi ? Tu as remarqué quelque chose d'étrange chez lui ?

Autant savoir où elle en était exactement dans sa perception de Pitt.

— Pas particulièrement, à part qu'il est plein de mystère, qu'il mange trois fois rien et que c'est un sportif comme je n'en ai jamais vu. J'ai l'impression qu'il est capable de tout faire. Tu verrais sa force, c'est juste incroyable ! Écoute, nous nous connaissons depuis quelques semaines, six ou sept. Je crois que tout va trop vite parce que je ne sais pas lui dire non. Quand je tente de raisonner, il lui suffit de me regarder avec des yeux énamourés pour que j'arrête de penser. Pourtant, je suis certaine que nous brûlons des étapes. Je ne sais pas si tu comprends.

J'y arrivais très bien, hélas.

— Es-tu amoureuse ?

Elle resta silencieuse encore un moment, comme s'il lui était utile de réfléchir.

— Je suis attachée à lui, mais... non. Je ne crois pas. J'ai le sentiment que rien n'est vrai et que tout va partir en éclats.

Elle n'eut pas besoin d'en dire plus, je l'aurais serrée dans mes bras à l'en étouffer tant j'étais heureuse de cette nouvelle. Sous ses faux airs de jeune fille légère, Sissi n'avait jamais été stupide, loin de là. Personne n'aurait réussi à lui faire boire du vinaigre en la persuadant qu'il s'agissait de vin.

— Et toi, Grigore, tu es sûre que...

— Sissi !

— Quoi ? Il est monstrueusement sexy !

— Et célibataire ! l'informai-je avec un clin d'œil.

Elle secoua la tête en illuminant son visage d'un magnifique sourire.

— Tu m'as vraiment manqué, Hannah. Je suis contente d'être là.

— Toi aussi, ma vieille ! Toi aussi.

J'avais l'impression de faire un bond de deux ans en arrière, lorsque j'étais encore à Paris et que nous passions tout notre temps à discuter de cette manière, à nous confier et à refaire le monde. C'était bon de l'avoir ici.

— Où est-ce que tu loges ? m'enquis-je.

— Eh bien, justement..., je sais que je débarque comme ça, mais... je me demandais si...

— Toi, pas lui ! l'interrompis-je brusquement.

Elle ouvrit de grands yeux surpris.

— Non, bien entendu, Hannah. Pitt m'a dit qu'il serait peu disponible et...

— Tu comptes vraiment l'emmener chez mes parents ?

Les sourcils froncés, elle secoua la tête.

— Non. Il ne connaît même pas les miens. Tu n'as pas l'air de beaucoup l'aimer, je me trompe ?

Je l'examinai attentivement afin de bien choisir mes mots.

— Il ne m'inspire pas confiance.

Elle laissa filer un petit rire cristallin.

— Hannah la sceptique ! En fait, je retire ce que j'ai dit, tu n'as pas changé d'un poil ! Allez viens, il vaut mieux les rejoindre, ils doivent se demander ce qu'on fabrique.

Elle se leva et mit la main sur la poignée. Je la retins avant qu'elle ne l'ouvre.

Il fallait que je lui avoue une partie de la vérité. Si elle devait séjourner ici, elle finirait par me trouver plus étrange que je ne l'étais déjà.

— Sissi, l'un de mes proches amis a disparu depuis quelques jours. Nous n'avons aucune idée de l'endroit où il est et ses deux jeunes frères se retrouvent seuls chez eux. Tu peux rester là, mais si tu voulais bien venir avec moi pour y passer quelques nuits, ce serait vraiment sympa.

En réalité, étant donné les circonstances, j'aurais préféré qu'elle ne soit pas dans les parages et avoir le champ libre pour comprendre la disparition de Darius, mais il était hors de question que je la laisse sans surveillance, à la merci de Pitt.

— Disparu, disparu ? Par choix ou... ?

— Je ne sais pas.

— Tu peux compter sur moi et puis, tu sais, que j'adore les gosses ! Quel âge ont-ils ?

Plus de six cents ans…

— Sept ans.

— Parfait ! J'ai prévu de rester une semaine à St Andrews, la suivante, je la passerai à Wick avec mes parents.

Je lui souris doucement.

— D'accord.

Lorsque nous entrâmes dans le salon, Pitt n'était plus là et Grigore se tenait debout devant la fenêtre, les bras croisés sur le torse.

— Où est Pitt ? demanda Sissi.

Grigore se tourna vers elle, la mâchoire crispée.

— Il a dû s'en aller, il téléphonera.

— Il aurait pu dire au revoir ! s'exclama-t-elle, contrariée.

Grigore et moi nous regardâmes sans mot dire.

— Bref. Hannah, je sais qu'on s'en va chez ton ami, mais tu penses que je peux me doucher avant de partir ?

— Bien sûr. Il y a une salle de bains dans la chambre à gauche de l'entrée, tu peux l'utiliser. Prends ton temps, je dois rassembler quelques affaires.

— Je te remercie.

Puis elle porta son attention sur Grigore.

— Si jamais tu dois filer avant que j'en aie terminé, au revoir !

Il hocha la tête d'un air taciturne et observa Sissi quitter la pièce.

— Alors ? demandai-je aussitôt.

Je vis son regard vide, dirigé vers l'énorme vase contre le mur, juste derrière moi. Il revint enfin à mes yeux. Quelques boucles barraient son front devenu pâle comme la mort, accentuant davantage le froid glacial qui s'emparait peu à peu de ses iris. Comme asphyxiée par la réponse qu'il ne m'avait pas encore donnée, je tentai de reprendre mon souffle en entrouvrant les lèvres.

— Hannah, la situation est beaucoup plus grave qu'on ne le pensait.

Toute la chaleur contenue dans mon corps venait de remonter dans mes joues. Mon cœur pulsait lourdement et douloureusement dans ma poitrine.

— Dis-moi, chuchotai-je, oppressée par l'appréhension.

— Pitt n'a rien à voir dans la disparition de Darius. Il a été enlevé par les guerriers de l'ombre. Ils servent le *Tarâmul Vampirilor din Est,* le Royaume des Vampires de l'Est.

Je m'arrêtai de respirer pour la seconde fois.

— Les Strigoii ?

Il hocha la tête, la mâchoire serrée.

J'avais pris connaissance de cette communauté l'année dernière, lorsque Ewan était déterminé à me lier à lui et qu'il avait fait appel à eux. Grigore et Darius m'avaient expliqué qu'il s'agissait des vampires originels, ceux qui avaient donné naissance à toutes les autres espèces, y compris celle des anges noirs. Ils vivaient en Roumanie depuis toujours, n'avaient pas d'âge et étaient très puissants. Comment oublier leurs yeux injectés de sang, l'énergie malfaisante et destructrice qu'ils dégageaient ?

Je frissonnai.

— Que lui veulent-ils ?

Grigore fit couler sur moi un regard engorgé d'une souffrance presque intolérable.

— Pas du bien, Hannah. Si j'en crois Pitt, il sera torturé, démembré, puis tué pour avoir ôté la vie à l'un des leurs. Nous n'avons pas une seconde à perdre.

L'écho de cette phrase se répercuta dans ma tête comme autant de coups de marteau sur une enclume, je sentis mes jambes se dérober sous moi.

Pas Darius. Pas lui.

Chapitre 9

On a retrouvé l'ange noir avec qui Darius avait rendez-vous…

J'avais le cœur au bord des lèvres lorsque Sissi et moi nous arrivâmes chez Darius. Je fis rapidement les présentations, me contraignant à ne pas m'effondrer devant Pierrick et Hermance quand je les vis, si tristes, si vides de l'intérieur. Leur force morale ne tenait qu'à un fil et je m'apprêtais à donner le coup de grâce en la réduisant en bouillie d'un moment à l'autre. Je me détestais pour ça.

Ne pas flancher. C'était mon nouveau leitmotiv. En l'absence de Leith, je ne m'en donnais pas le droit. Habituellement, quand il n'était pas avec moi et que j'avais besoin de réconfort, c'était auprès de Darius que j'en trouvais. Mais Darius avait été enlevé. Je ne pouvais m'épancher auprès de personne, pas même Grigore qui gardait la tête aussi haute que la mienne alors qu'il était sérieusement ébranlé. Darius représentait beaucoup pour tous. Grigore avait raison. Sans lui, St Andrews ne tournait pas rond.

Sissi avait faim. Je lui proposai de commander des pizzas – le frigo était parfaitement vide et le placard ne contenait que des sucreries. Puis je pris congé quelques minutes pour téléphoner à Gwen, alors que j'aurais préféré parler à Leith en premier, lui demander d'aller à la rencontre de sa meilleure amie pour lui expliquer la situation de vive voix. Je n'étais pas lâche, mais je trouvais inhumain d'annoncer une nouvelle pareille à un proche sans pouvoir le serrer dans mes bras pour le réconforter. Sauf que ça allait réellement se passer ainsi puisque Leith ne répondait pas. Entre la maison et ici, j'avais dû essayer quinze fois de le contacter, tombant désespérément et toujours sur sa messagerie.

Le cœur en miettes, je composai le numéro de portable de Gwen. Elle décrocha à la deuxième sonnerie, d'une voix morne et terrifiante.

— Allô ?

— C'est Hannah.

— Oh ! Bonsoir ! Pardonne-moi, j'ai eu ton message à la boutique, mais je n'ai pas du tout eu le temps de te rappeler. Tout va bien ?

Je déglutis avec tant de difficulté que je crus ne jamais pouvoir lui parler.

— Gwen...

Elle partit au quart de tour.

— Quoi ? Il se passe quelque chose ? C'est Darius, c'est ça ?

— Oui, il...

Je me pinçai l'arête du nez pour neutraliser la vague d'angoisse qui s'abattait de nouveau sur moi.

— Parle ! Il ne répond pas à mes coups de fil depuis des jours ! Que lui est-il arrivé ?

D'une traite, il valait mieux que je le lui dise d'une traite.

— Il a été enlevé par les Strigoii.

J'entendis qu'elle étouffait un cri dans sa main.

— Nous l'avons appris aujourd'hui et...

— Quand ? Quand est-ce que ça s'est passé ?

— Lundi soir. On a retrouvé mort l'ange noir avec qui Darius avait rendez-vous et...

Je finis par tout lui raconter. Lorsque j'eus terminé, elle sanglotait au bout du fil.

— Oh, Gwen...

— Il… il m'a parlé d'eux, il… m'a dit qu'ils étaient cruels et sanguinaires et…

— Gwen, nous allons le sortir de là.

Bien plus qu'une promesse, c'était une vérité, quand bien même je n'avais aucune idée de l'endroit où je me préparais à mettre les pieds. Mon équilibre mental ne me permettait pas d'imaginer le contraire. Nous irions chercher Darius jusqu'en enfer s'il le fallait, et nous le ramènerions avec nous, sain et sauf. Point.

— Mais qu'est-ce qu'ils lui veulent ? cria-t-elle.

Je poussai un long soupir saccadé.

— C'est à cause du Strigoï qu'il a tué l'année dernière. Gwen, écoute-moi, enchaînai-je. Je vais devoir parler à Hermance et Pierrick. J'ai très peur pour eux, ils sont déjà dans un état épouvantable. Peux-tu venir jusqu'ici ?

— Tu n'as pas besoin de me poser la question ! s'énerva-t-elle. J'arrive !

— Attends ! l'arrêtai-je. Je n'ai pas eu de nouvelles de Leith depuis lundi, il est injoignable. Il doit être mis au courant. Si on fait les choses sans lui, il va être furieux. Je sais que tout de suite, c'est le cadet de tes soucis, mais Darius est devenu un ami pour lui et…

— Où est-il ? me coupa-t-elle.

— Sur les Orcades, chez son oncle et sa tante.

— Je pars immédiatement !

Je regardai rapidement l'heure sur mon portable avant de la reprendre.

— Gwen…, il est presque vingt heures, il n'y a plus de bateau à cette heure-ci.

— Je suis un ange noir, Hannah ! hurla-t-elle presque. Je vole !

Je ne répondis rien. Je ne m'étais pas encore faite à cette idée.

— Je le récupère et on part dans la nuit.

— OK.

— Hannah ?

— Oui ?

Un dernier sanglot s'étouffa dans sa gorge.

— Je l'aime...

Ça faisait mal. Très mal.

— Je sais.

Quand elle raccrocha, je laissai couler quelques larmes que j'essuyai du revers de la main. Pas question de jouer les dures, mais j'allais devoir parler aux enfants avant que Grigore nous rejoigne demain matin – je pouvais être certaine qu'il passerait la nuit à essayer de trouver une solution. Je voulais être forte pour eux, les soutenir du mieux que je le pourrais.

« Le torturer, le démembrer... »

Devant les séries américaines, j'avais toujours zappé les scènes insoutenables de violence, celles où un homme, une femme, était placé sur l'autel de la cruauté. Je refusais d'être mêlée à ça, au besoin cuisant d'un réalisateur de montrer jusqu'où pouvait aller la barbarie humaine. Pourtant, cette fois, je n'avais pas le choix. J'étais au cœur d'un compte à rebours intolérable pendant lequel Darius était peut-être déjà en train d'endurer le pire. Sauf que la torture infligée n'était pas imaginée par un groupement de terroristes, mais par les créatures les plus puissantes et dangereusement méthodiques que la Terre ait engendrées.

J'entrai dans la maison aussi lourdement que si mes pieds avaient été pris dans une chape de béton. Dans le salon, Sissi essayait de tirer les vers du nez à Pierrick et Hermance pour en savoir un peu plus sur eux. Complètement déphasés par la situation, je ne les avais jamais connus si peu loquaces. Les yeux fixés sur elle par politesse, on eût dit qu'ils ne la voyaient pas.

Je proposai à Sissi de lui montrer sa chambre et pris l'initiative de l'installer dans celle que j'avais occupée pendant ma mutation en ange noir. Elle était située au fond du couloir, au rez-de-chaussée, elle y serait à son aise. Darius y avait fait quelques changements. Il avait remplacé les meubles de style colonial par un mobilier moderne marron et blanc. De larges coussins étaient jetés sur le lit, alors qu'au pied, un tapis à bouclettes de couleur cuivre était posé. La psyché dans laquelle je m'étais regardée si souvent était toujours là, contre le mur.

Le souvenir du corps que je n'acceptais pas alors, s'y reflétant, me rendit effroyablement mélancolique. Je dus faire un effort extraordinaire pour que Sissi ne voie pas que j'étais sur le point de pleurer. Darius m'avait soutenue dans les moments les plus difficiles et importants de ma vie, il ne pouvait pas mourir, pas comme ça, je ne le permettrais pas !

— Joli ! s'exclama Sissi avec une expression enthousiasmée.

Puis elle me regarda et son sourire s'estompa.

— Hannah... Je suis vraiment désolée pour ton ami, je vois bien que tu es bouleversée. Vous êtes très proches ?

— Oui, murmurai-je d'une voix bancale. Très.

Elle s'avança pour me prendre par les bras avant de me frictionner avec ses paumes.

— Je suis sûre qu'il reviendra. Enfin non, je n'en sais rien, mais je vais prier pour que ce soit le cas.

Je lui souris et désignai le placard du menton.

— Tu peux y ranger tes affaires. Je dois rejoindre les garçons. Installe-toi.

Elle m'observa avec un regard compatissant.

— OK. À tout à l'heure.

Je quittai la pièce sans bruit et retrouvai Pierrick et Hermance dans le salon. Ils étaient tous deux assis sur le canapé, la mine abattue comme je ne leur avais jamais vu. Ils ne levèrent même pas les yeux sur moi, concentrés sur une photo de Darius qu'ils avaient déposée sur la table basse. Mon cœur se serra. Doucement, je m'avançai vers eux.

— Les garçons ?

— Ton amie va rester ici longtemps ? voulut savoir Hermance.

Je pris place à leur côté en croisant les mains sur mes cuisses.

— Non, juste quelques jours. Ça ne vous dérange pas qu'elle soit là ? J'aurais dû vous le demander avant.

Ils secouèrent le menton. Ils ne me regardaient toujours pas.

— Elle ne sait pas pour vous et moi, me crus-je obligée de préciser.

— Nous ferons attention, promit Pierrick.

Hermance tourna enfin la tête dans ma direction, les iris si translucides que je me demandais comment Sissi ferait pour ne rien remarquer de cette anomalie.

— Il ne reviendra plus, n'est-ce pas ?

Je retins mon souffle un court instant et recrachai l'air contenu dans mes poumons, par à-coups. Je ne souhaitais pas leur parler ici. Il ne fallait pas que Sissi nous entende.

— Allons à l'étage, si vous voulez bien.

Ils acquiescèrent tous les deux et se levèrent pour m'accompagner.

Lorsque je poussai la porte de leur chambre, j'eus un choc. À la place de l'endroit accueillant que je connaissais, dans lequel traînaient habituellement un train électrique, un camion de pompier, des petites voitures, des personnages démembrés, des tours en construction et toutes sortes de jeux d'enfants, je trouvai une pièce aseptisée, impeccablement rangée et dépourvue de vie. Ils n'avaient goût à rien depuis des jours. Puis je remarquai, sur le coin du bureau, un dessin au crayon. Pierrick et Hermance avaient eu plus de six siècles pour se perfectionner, c'est pourquoi, d'un seul coup d'œil, je n'eus aucun mal à identifier ce que l'un ou l'autre avait voulu reproduire. D'un geste sûr, appliqué et délicat, le corps d'un homme nu sans tête était représenté debout, bras et jambes écartés. La finesse des traits était stupéfiante de précision. Il me sembla voir les muscles bouger tant les mouvements rendus paraissaient réels.

Je m'en approchai et touchai le papier du bout des doigts.

— Pourquoi ne pas lui avoir fait de tête ? demandai-je.

Hermance bondit subitement et m'arracha le dessin des mains.

— Parce qu'il est mort !

Après quoi, il me jeta presque à la figure une feuille cartonnée. Je m'en emparai, la retournai et vis la parfaite reproduction du visage de Darius. L'expression chantante de ses yeux clairs, ses longs cheveux dorés, son large front, son nez droit, la courbe volontaire de son menton, ses lèvres charnues au modelé arrogant. J'en ressentis une nausée sournoise et grandissante me donnant l'impression d'être sur un chalutier en pleine tempête.

Les mains tremblantes, je reposai doucement le dessin sur le bureau et me tournai vers Hermance, dont les narines frémissaient de rage.

— Il ne l'est pas, Hermance.

— Comment peux-tu le savoir !

— Je le sais…

J'avançai jusqu'aux lits séparés par une table de chevet et m'assis sur l'un d'eux.

— Venez par-là, les encourageai-je en tapotant le matelas.

Pierrick se réfugia contre moi sans demander son reste, alors qu'Hermance, le regard noir et la respiration bruyante, se tenait debout devant nous, les poings serrés contre ses cuisses. Il était sur le point d'exploser.

— Connaissez-vous les Strigoii ?

Pierrick hocha la tête sans rien dire.

— C'est eux qui lui ont fait du mal ? aboya son frère.

— Oui, Hermance. Grigore a appris aujourd'hui que Perceval était retenu par les Strigoii.

— Retenu ? répéta Pierrick. Ils l'ont enlevé ?

Je lui fis signe que oui, désespérée.

L'instant d'après, Hermance tombait à genoux pour pleurer à chaudes larmes, se cachant le visage dans les mains. Anéantie, je me jetai à terre pour le prendre dans mes bras et le serrer fort contre moi.

— Pourquoi l'ont-ils attrapé ? sanglota-t-il contre mon épaule. Ils vont le couper en morceaux et le tuer ! C'est comme ça qu'ils font toujours quand ils capturent quelqu'un.

— Hermance, chuchotai-je, la bouche dans ses cheveux blonds.

Pierrick eut un hoquet de terreur qui ne sembla pas vouloir s'arrêter. Je me penchai et lui tendis la main. Il nous rejoignit aussitôt en tremblotant.

— On ne va pas le laisser là-bas, Hannah. Dis-moi qu'on va aller le chercher ! Dis-le !

— Oui, Pierrick, oui ! Écoutez-moi, exigeai-je plus fort en leur touchant les joues. Je ne sais pas comment, mais je vous promets que…

Je m'interrompis avant de faire une promesse que je ne serais peut-être pas en mesure de tenir. Je pris soudain conscience qu'il se pourrait que Darius ne revienne jamais vivant, que nous pourrions échouer dans cette entreprise dont je ne connaissais encore rien. Comment le sauver ? Avec qui ? Quand ? Où le trouverions-nous ?

— Je vous promets que je vais faire tout mon possible pour le ramener sain et sauf.

Et de ça, j'étais certaine.

Je les étreignis aussi fort que je le pus, leur apportant tout le réconfort que j'étais capable de donner. Ils finirent par s'étendre à même le sol, chacun posant la tête sur l'une de mes cuisses. Je les gardai comme ça un long moment, leur caressant les cheveux, jusqu'à ce que, surprise, je les découvre endormis, moralement épuisés par les événements.

Aussi délicatement que possible, je les portai jusque dans leur lit sans les déshabiller, retirai leurs chaussures et rabattis la couette sur eux. Au moment où j'ouvris la porte pour sortir, je vis qu'Hermance se levait afin de se coucher à côté de son frère jumeau. Serrés l'un contre l'autre, ils se réfugièrent dans une bulle où personne ne viendrait les déranger.

J'avais tellement mal...

Sissi avait terminé de s'installer lorsque je redescendis. La joue calée dans l'une de ses paumes, elle était accoudée à la table de la cuisine, en train de boire un verre d'eau.

— Comment vont-ils ?

Je tirai une chaise et m'assis en face d'elle.

— Bof.

— Personne n'a aucune idée d'où se trouve ton ami ?

Plutôt que d'inventer un mensonge sans queue ni tête, je me contentai de baisser la tête.

— Pauvres gosses... Dis, quelqu'un pense-t-il à faire les courses pour eux ? Parce que le frigo est complètement vide. Rien de rien ! En revanche, les placards regorgent de cochonneries. Je sais qu'ils ne vont pas bien, mais ce n'est pas une raison pour les laisser se nourrir n'importe comment.

— Je m'en occuperai demain, lui promis-je. Ce soir, ils sont couchés et je doute qu'ils se relèvent pour dîner.

— Ils n'ont pas de famille ?

— Personne à part Darius.

Elle plissa le front, surprise.

— C'est son prénom, Darius ?

— Oui.

— C'est pas banal.

— Rien n'est banal chez Darius, répliquai-je comme pour moi-même.

Sissi me considéra d'un air intrigué. Elle haussa un sourcil interrogateur, mais s'abstint de toute remarque. Ce fut le moment que choisit le livreur de pizzas pour arriver.

Je récupérai la commande et m'installai avec Sissi dans le salon. Afin d'éviter de lui montrer à quel point j'étais préoccupée, je lui proposai de regarder un film en même temps que nous mangerions. Je dégotai *Crocodile Dundee* dans la vidéothèque de Darius, et pendant tout le dîner, je me laissai distraire par les commentaires de mon amie sur l'Australie. En une heure trente, elle m'avait fait un résumé détaillé du pays, de l'université dans laquelle elle étudiait et des deux dernières années passées à Melbourne. Le visage de Darius hantait mon esprit à chaque seconde, mais j'oubliai, pendant un temps, que son enlèvement me rongeait de l'intérieur et que j'étais totalement désespérée. Si bien que, quand elle m'annonça qu'elle allait se coucher, j'appréhendai de me retrouver seule avec mes pensées.

Avant de me mettre au lit, je me glissai sous la douche et passai un long moment à laisser couler l'eau brûlante sur mes joues, souhaitant de toutes mes forces qu'elle ait le pouvoir de tout effacer.

J'avais hâte que Leith rentre, de me blottir contre son corps et de puiser en lui la force et le courage dont j'aurais tellement besoin. Ce serait sûrement pour cette nuit.

Calmée et rassurée, je me mis en pyjama et décidai de me coucher.

Il était plus de minuit, je n'aurais pas dû être capable de dormir, mais je fermai les yeux et oubliai tout.

Mon cerveau se mit en branle vers trois heures du matin, lorsque j'entendis la porte d'entrée s'ouvrir au rez-de-chaussée. Sans prendre la peine de me changer, je descendis les escaliers pieds nus, en courant. En même temps que je voyais Gwen et Grigore dans le salon, je pris conscience de l'odeur de fer rouillé propre aux anges noirs qui envahissait un peu plus la maison. Et je ne perçus que la leur. Où était Leith ? Je bougeai la tête dans tous les sens à la recherche de mon âme sœur, mais je ne le vis pas. Je ne le sentais même pas.

— Où est-il ? demandai-je en me plantant devant la fenêtre pour regarder dans la nuit noire.

Gwen, qui me sembla encore plus blanche que d'habitude, s'approcha de quelques pas avant de s'immobiliser derrière moi.

— Il n'était pas chez son oncle et sa tante.

Je fronçai les sourcils d'étonnement.

— Il n'y est jamais allé, Hannah.

Un afflux de sang me monta aux joues.

— Quoi ? Mais... il m'a dit que... Je ne comprends pas.

— Hannah, je n'ai souhaité paniquer personne, d'autant que je suis un ange noir et que je n'étais pas particulièrement la bienvenue. J'ai fait mine de ne pas être surprise, mais d'après Al, il a annulé et est rentré à St Andrews il y a trois jours.

Je me retournai d'un coup sec, je ne savais plus où j'en étais.

— Trois jours ? Mais non ! Qu'est-ce que ça signifie ?

Mon cœur cognait si fort que je me sentis sur le point de défaillir.

Le regard inexpressif, Grigore ouvrit la bouche et, avant qu'il ne profère un seul son, je compris.

— Les Strigoii ?

Son battement de cil éloquent finit par me glacer le sang.

— Il s'est battu avec le deuxième, Hannah.

— Mais il ne l'a pas tué ! vociférai-je.

— Ils vont montrer l'exemple, murmura Gwen d'une voix voilée par l'inquiétude. Dissuader quiconque de tuer l'un des leurs.

— Mais pourquoi ne pas me viser aussi ? Je me suis battue avec eux !

— Tu étais la proie, c'est différent, expliqua Grigore.

Lorsque je réalisai exactement ce que l'enlèvement de Leith signifiait, qu'il subirait probablement le même sort que Darius, je fus prise d'un tremblement semblant ne jamais vouloir s'arrêter. Puis je tombai à genoux en hurlant.

— Noooooon !

Gwen se jeta sur moi.

— Hannah...

J'étais complètement sonnée.

— Hannah ? entendis-je la petite voix paniquée d'Hermance. Pourquoi as-tu crié comme ça ? Gwen ? Grigore ? Les Strigoii ont tué Perceval, c'est ça ?

Les mains à plat sur le sol, je relevai la tête pour observer les garçons, des larmes invisibles dans les yeux. Mon cœur était gonflé d'une rage sans doute plus forte que la peur elle-même. Personne. Personne n'avait le droit de me séparer de Leith. Personne n'avait le droit de lui faire du mal.

— Venez, leur dit Gwen en leur tendant les bras.

Elle les prit tous les deux contre elle et ravala les sanglots qui lui montaient à la gorge.

— Leith a été enlevé aussi, leur répondit-elle.

— Quand ? apostrophai-je subitement Grigore

Il fut le seul à comprendre, c'est ce que je vis dans ses yeux, qu'une énergie calculatrice enflammait. Il avait déjà tout prévu. Il savait exactement ce que nous allions faire.

— Quand Pitt nous aura expliqué comment les récupérer précisément.

— Pitt ! nous écriâmes en même temps Gwen et moi.

Grigore resta impassible.

— Il connaît les lieux par cœur.

— Hors de question ! m'exclamai-je en me levant d'un bond.

— Tu ne vas quand même pas lui faire confiance ? s'écria Gwen.

Je me tournai vers Grigore afin de comprendre.

— Que t'a-t-il dit, exactement ? Il sait quelque chose ?

— Il est au courant que leur Conseil a statué sur les mesures à prendre. Le Strigoï que Darius a tué était un haut dignitaire du *Tarâmul Vampirilor din Est*. Écoutez-moi bien, toutes les deux, annonça-t-il d'un ton sévère et déterminé, parce que ce que je vais vous dire est capital. Que vous ayez foi en Pitt ou non m'importe peu. Ma décision est prise. Pitt a passé de nombreuses années dans le château où est détenu Darius, à servir le chef des Strigoii et à essayer de comprendre le fondement de leurs origines. Ce que je veux, c'est trouver l'endroit exact où Darius est prisonnier et le ramener ici. Il en connaît les moindres recoins, les souterrains, les cachots, la plus petite pièce dans laquelle les gens sont torturés, brisés.

Il me fixa droit dans les yeux.

— Je ne ferai rien sans lui, Hannah. Si tu veux sauver ton petit ami, je te conseille de te résigner à lui faire confiance. Tu n'auras aucun autre moyen de trouver Leith.

Je dardai sur lui un regard sceptique.

— Aucun autre moyen ? Tu penses que Pitt est le seul à connaître cet endroit ?

Il secoua la tête en pinçant les lèvres.

— Le seul, non. Mais le seul à pouvoir nous y mener dès demain, oui. Tu veux jouer avec les aiguilles du temps, Hannah ? Réfléchis, gamine, parce qu'il nous en reste très peu.

J'étudiai son visage avec minutie. Il était très sérieux.

— Ça ne t'a pas effleuré l'esprit qu'il pourrait nous tendre un piège ? Qu'il se sert de la disparition de Darius et du fait qu'il connaisse l'endroit où il est séquestré pour être réhabilité définitivement à St Andrews ? C'est peut-être même lui qui a organisé tout ça ! Comment serait-il au courant pour Darius et Leith, sinon ? Tu t'es posé la question ?

— Il ne m'a parlé que de Darius, corrigea-t-il. De ça, il en est certain, parce que c'était ce que le Strigoï avait promis à Ewan quand ce dernier a négocié leur intervention. Si l'un d'eux mourait et que l'autre survivait, le coupable le paierait de sa vie selon les rites ancestraux. Quant à ce que tu me demandes... Tu as peut-être raison, Hannah, tout ceci pourrait être un coup monté, mais n'oublie pas que le Conseil a déjà réintégré Pitt, et ce bien avant que Darius soit enlevé. Quoi qu'il en soit, le risque de tomber dans un guet-apens vaut-il que nous restions à attendre que les choses se passent ?

Il me répugnait de m'en remettre à lui, mais Pitt était bel et bien notre seule piste, nous n'avions pas d'autre choix.

— Pourquoi fait-il cela ? demandai-je. Pourquoi vouloir venir en aide à Darius ? Pour toi ?

Une lueur indéchiffrable vint caresser les yeux clairs de Grigore.

— Il le lui doit.

— Je viens avec vous ! décida brusquement Pierrick.

— Moi aussi ! renchérit Hermance.

Avant que quiconque ne les contredise, Gwen s'agenouilla à leurs pieds.

— Qui prendra soin de la maison pour l'accueillir quand il rentrera, si vous n'êtes pas là ?

Je ne doutais pas une seconde que cette tentative pour les éloigner ne fonctionnerait pas. Il s'agissait de leur frère, et Pierrick et Hermance étaient les deux petits garçons les plus courageux que je connaissais.

— Toi ! répondit Hermance du tac au tac. Parce que parmi les vampires, tu n'es encore qu'un bébé ! Et toi aussi, Hannah, parce que tu es un loup-garou et que les vampires détestent les loups-garous. Alors nous, on va aller sauver notre frère !

— Ne compte pas là-dessus ! cinglai-je avec autorité, malgré la bouffée de fierté que je ressentis pour eux. Vous n'avez strictement rien à faire là-bas. J'ajouterais que si vous tenez tant que ça à notre vie, vous avez tout intérêt à rester ici. Sinon, c'est Perceval qui nous tuera pour avoir osé vous emmener !

Hermance me jeta un regard noir, et Pierrick, habituellement plus réservé, en fit autant.

— Hannah a raison, approuva Grigore.

— Mais... protesta Pierrick.

— C'est non !

Hermance fusilla Grigore des yeux.

— Tu es moins vieux que nous, tu n'as pas à nous donner d'ordre !

Grigore prit un air condescendant en haussant les épaules.

— Considérez que ce n'est pas moi qui vous le donne, mais le président du Conseil.

Les deux frères firent une mine effarée.

— C'est toi ? Tu as pris sa place ?

— Tout juste.

J'étais presque sûre qu'il bluffait. Grigore n'aurait pas pu endosser de pareilles responsabilités dans une telle situation de crise.

Pierrick resserra les paupières en observant Grigore d'aussi haut qu'il le pouvait. Alors Grigore se mit à leur niveau pour leur parler.

— On ne désobéit pas au Conseil, n'est-ce pas, les garçons ?

Les membres étaient craints des anges noirs de St Andrews, parce qu'ils disposaient d'un droit de décision absolu. Personne ne pouvait les contredire sans risquer d'en payer le prix. Pierrick et Hermance avaient assisté à un bon nombre de représailles, ils savaient ce que ça voulait dire.

— Est-ce que vous avez compris ? insista Grigore. Et si par hasard il vous prenait l'envie de nous suivre, sachez que vous serez surveillés de près.

Pierrick, fou de colère, répondit en retirant son tee-shirt. Il bouscula violemment Grigore avant de courir vers la fenêtre. Il l'ouvrit et se jeta en bas de la falaise que la maison surplombait. Hermance le défia des yeux pendant quelques secondes, puis imita son frère.

Gwen fit un mouvement pour les rejoindre avant d'être retenue par Grigore.

— Laisse-les. Ils sont allés voler, ils reviendront.

— C'est vrai, tu as pris sa place ? lui demanda-t-elle.

— Non, avoua-t-il.

Elle soupira presque de soulagement en sachant que Darius n'avait pas été aussi vite remplacé.

— Le Conseil va-t-il s'impliquer ?

Il hocha la tête.

— Deux membres importants nous accompagneront pour tenter de plaider la libération de Darius. Mais ce que nous souhaitons, en réalité, c'est que les Strigoii comprennent qu'en aucun cas notre communauté ne l'abandonnera entre leurs mains. Nous voulons leur montrer que nous ne sommes pas un noyau faible et soumis. Cependant, n'espérez pas que nous réussissions à obtenir quoi que ce soit d'eux, il faut nous préparer à nous battre. Par ailleurs, pendant que nous nous entretiendrons avec eux, quelques-uns s'infiltreront dans le château pour trouver Darius et prendre de l'avance.

— Rien que deux membres ? C'est un peu maigre si vous voulez leur démontrer qu'il est important et que vous l'êtes aussi.

— St Andrews doit gérer une autre crise. Deux autres corps ont été retrouvés un peu avant minuit. Des Humains, cette fois. Et le nombre ne fait pas toujours la force, Hannah, ajouta-t-il avec un regard entendu.

— Bon sang, mais qui fait ça ? s'écria Gwen.

— D'après Pitt, il s'agirait des guerriers de l'ombre. Leur odeur serait celle que nous sentons systématiquement après chaque meurtre, celle qu'ils dégagent quand ils sont en chasse. Ce serait une façon de laisser leur empreinte sur leurs victimes.

— Et la serre que tu as découverte ?

Il secoua la tête, il n'en avait aucune idée.

Je repensai à la bave retrouvée sur le corps du garou. Par l'Esprit, de quel genre de créature s'agissait-il ?

— Pourquoi ? demandai-je platement. Pourquoi attaqueraient-ils St Andrews ?

— Je ne sais pas. Personne ne les a encore jamais vus, mais ils sont réputés pour leur barbarie et n'obéissent qu'aux Strigoii. S'ils sont toujours dans la ville, c'est qu'on ne leur a pas encore donné l'ordre de rentrer. Pas à tous… Écoute, Hannah, la situation est périlleuse, j'aimerais autant que Gwen et toi ne veniez pas, mais…

— Tu te fourres le doigt dans l'œil si tu crois que je vais rester bien gentiment ici à attendre que les choses se passent ! éructai-je.

— ... mais ça ne fait aucun doute que je ne saurais vous en empêcher, reprit-il paisiblement. Nous allons au moins tenter de te dissimuler. Darius m'avait parlé d'un médaillon en ta possession. Il te permettrait de cacher ta vraie nature, l'as-tu toujours ?

Je me calmai et acquiesçai d'un mouvement de menton.

— Oui. J'en ai même deux.

— Alors prends-les.

— Très bien. Quand partons-nous ?

— Lorsque Remus, Gabriel, Pitt, Simon et Rufus nous auront rejoints.

— Remus et Gabriel sont intervenus dans le parking souterrain, l'année dernière, n'est-ce pas ?

Il me fit signe que oui.

— Ce sont de très bons négociateurs, mais surtout, d'excellents combattants.

Je me souvenais parfaitement de la manière dont ils avaient réglé son compte à Oliver, l'ange noir qui accompagnait Ewan et Pitt. Ça n'avait pas pris dix minutes avant qu'il n'ait la tête arrachée.

— Il me répugne de me laisser guider par Pitt, Grigore.

— Je sais, mais nous n'avons pas le choix. Que vas-tu faire de ton amie ?

Sissi, je l'avais oubliée.

Gwen, qui était encore sous le choc, venait juste de percevoir son odeur.

— Elle est ici ?

— Elle dort.

— Tu devrais peut-être lui proposer de rester là avec Pierrick et Hermance, suggéra Gwen.

— Est-ce possible ? voulus-je m'assurer auprès de Grigore.

Vu la façon qu'il avait de faire se rejoindre ses sourcils, il semblait désapprouver.

— Ils savent vivre au contact des Humains, être avec ton amie ne leur posera pas de problème. Mais lorsque nous rentrerons de Roumanie, les Strigoii viendront chercher Darius ici. Du moment où nous quitterons cette maison, ils n'y seront plus en sécurité. Pas même à St Andrews.

— Wick ! intervint Gwen. Chez ma mère. Tu sais qu'elle est au courant pour moi, pour nous tous, et elle les adore.

Ce qui était totalement fou. Rebecca Fisher n'avait rien trouvé à redire, alors qu'avec mes parents, je n'osais même pas évoquer la possible existence d'êtres partiellement différents.

— Et ton amie pourra y aller aussi, ajouta Gwen, parce qu'elle ne peut pas rester là à t'attendre. Ce serait bien trop dangereux.

D'autant plus que personne ne savait si nous allions revenir un jour…

— Acceptera-t-elle de les emmener ?

— Je ne sais pas…

— Demande-lui, m'intima Grigore d'une voix douce. Ne tarde pas.

J'acquiesçai.

— D'accord. Je vais aller la réveiller et lui parler.

Je pris une grosse goulée d'air et amorçai un pas dans le hall d'entrée.

— Hannah ? m'interpella Grigore.

— Quoi ?

— La meute ne doit pas être mise au courant. En aucun cas. Leur présence pourrait tout compromettre si, par chance, nous parvenions à faire quelque chose.

Je le fixai avec une intensité aussi violente que les battements de mon cœur dans ma poitrine. Ses yeux, intraitables, donnaient l'impression qu'il ruinerait sans état d'âme tout ce qui se mettrait sur son chemin.

— Penses-tu que nous pourrions ne pas y arriver ?

— Je prends le risque quand même, donna-t-il comme seule réponse.

Je l'étudiai quelques secondes. Vu la façon dont il me regardait, il ne faisait aucun doute qu'il serait prêt à tout. J'en fus considérablement rassurée.

— Très bien. Je ne dirai rien.

Je sortis de la pièce, les muscles tendus.

Lorsque j'atteignis le couloir, je vis Sissi dans le noir. Elle était assise contre le mur du fond, les bras enroulés autour de ses genoux pliés.

Elle leva la tête quand elle aperçut ma silhouette se découper dans l'ombre.

Elle avait tout entendu.

Chapitre 10

Mais tu vas risquer ta vie !

— Dis-moi que vous répétiez une pièce de théâtre, que chaque nuit vous êtes victimes de somnambulisme et que vous vous retrouvez ici à déblatérer des âneries, ou que vous êtes tout simplement devenus fous. N'importe quoi, Hannah, mais dis-moi que rien n'est vrai dans tout ce que je viens d'entendre.

Je lâchai un profond soupir et m'approchai pour m'asseoir à côté d'elle.

Je n'avais pas envie de lui mentir. Bon sang, je ne voulais plus mentir à personne !

— Je ne peux pas, Sissi.

— Tu ne peux pas quoi ?

— Je ne peux pas te dire que rien n'est vrai dans ce que tu as entendu.

Je la vis appuyer la pulpe de ses doigts sur ses paupières closes avant de les rouvrir pour me regarder bien en face, dans le noir.

— Alors... dis-moi ce qui est faux.

— Rien, murmurai-je, rien ne l'est.

Elle se tut, avala bruyamment sa salive et eut un petit hoquet étouffé.

— Je devrais te rire au nez, m'inquiéter pour ta santé mentale, ou au moins refaire mes valises pour retourner d'où je viens et vous laisser à vos délires, mais je ne peux pas.

— Pourquoi ? demandai-je tout doucement.

— Parce que je te crois...

Elle renifla et essuya une larme qui coulait le long de sa joue.

Avant d'ajouter quoi que ce soit d'autre, j'enroulai mon bras autour de ses épaules pour lui prêter la mienne. Elle y déposa la tempe et soupira par saccades. Je ne me souvenais que trop bien de la manière dont j'avais réagi lorsque Leith s'était dévoilé à moi, cela avait été brutal, explosif et douloureux. Mon univers tout entier s'était effondré sous la violence de ses révélations. Skara Brae... Je me rappelais comme si c'était hier avoir eu le souffle coupé, la respiration chaotique et écrasante, la tête sur le point d'éclater. Mon cerveau refusait d'admettre ce que j'avais vécu, alors que j'avais été témoin de la transformation d'un Galbro. Bien sûr, Sissi n'avait assisté à rien de tel, mais on ne s'était pas vues depuis deux longues années, et nos retrouvailles, elle était loin de les avoir imaginées ainsi. Elle était plutôt ouverte d'esprit, soit, mais jamais elle n'aurait pu prévoir que sa copine darwiniste, ne croyant en aucun folklore, mette sur pied un plan de sauvetage avec des vampires pour retrouver son petit ami loup-garou. Elle s'attendait encore moins à découvrir que j'en étais également un. Mais elle restait là, près de moi, sans trop bouger. Sissi avait du cran. Bien plus que je n'en avais eu moi-même.

Elle releva la tête et passa les doigts dans ses cheveux blonds.

— Pitt est un vampire, n'est-ce pas ?

— Oui, soufflai-je.

Elle se mordit les lèvres et expira bruyamment.

— Je les ai vues. Je les ai vues, une fois, mais je ne voulais pas le croire. Je me suis convaincu que j'avais tout imaginé.

— Qu'as-tu vu ?

— Ses dents... Est-il... est-il vraiment mauvais ?

Comment pouvais-je répondre aussi radicalement à ça alors qu'elle était déjà sous le choc ?

— L'a-t-il été avec toi, Sissi ?

Elle secoua la tête. Je m'efforçai de sourire.

— Alors dis-toi que non. Non, il n'est pas si mauvais.

— Que t'a-t-il fait ? Comment l'as-tu connu ? Je veux savoir. Dis-moi ce qu'il s'est passé ces deux dernières années.

Je poussai un profond soupir tout en me frottant le front.

— Pour ça, il faudrait que je commence depuis le début et c'est très long.

Elle tendit le bras et posa la main sur la mienne, gentiment.

— Vas-y. Je suis prête. Raconte-moi tout.

Alors je m'y attelai du mieux que je le pus. Sincèrement, sans mensonge. Juste la vérité, le changement de ma vie et l'entière révélation de qui j'étais devenue.

Longtemps après, lorsque tout fut dit, sans que l'une ou l'autre eût pensé à allumer, Sissi promena son index sur le dos de ma main. Elle avait froid.

— Un loup-garou… Suis-je complètement dingue de croire une chose pareille sans avoir rien vu ? Bon sang, Hannah, j'ai l'impression que tu viens de me raconter les trois derniers tomes d'une saga fantastique !

Elle réussit à me faire rire intérieurement.

— C'est un peu ça…

C'était constamment l'effet que je me faisais, d'être une héroïne de roman.

— Que va-t-il se passer pour Leith et ton ami ? Vous allez vraiment partir les chercher ?

— Oui. Il le faut.

— Mais tu vas risquer ta vie ! s'exclama-t-elle.

— Nous la risquons tous, murmurai-je d'une voix presque inaudible.

Ses doigts se refermèrent brusquement sur mon poing.

— Je ne veux pas te perdre… Je veux… je veux savoir qui tu es devenue.

Je la regardai avec un sourire sans joie.

— Dans ce cas, je vais être obligée de revenir.

Elle me donna un petit coup dans l'épaule.

— Tu as intérêt, ma vieille !

— Sissi, je sais que je ne devrais pas te demander ça mais… à propos des garçons…

— Tu veux que je m'en aille avec les enfants, continua-t-elle à ma place.

— Oui…

Sa respiration s'arrêta, je sentais qu'elle hésitait.

— Ils ne sont pas dangereux.

— Eh bien, je… Laisse-moi quelques minutes pour digérer partiellement tout ça.

Elle savait qu'elle n'avait pas davantage de temps pour prendre une décision. Je partirais, quoi qu'elle décide, et les garçons iraient chez Gwen.

Sissi se leva pour appuyer enfin sur l'interrupteur.

— Honnêtement, Hannah, je suis sous le choc.

— Je suis désolée, m'excusai-je une nouvelle fois.

Elle soupira.

— Si on m'avait dit que tu… que je… Bref, il y a du thé dans cette maison ?

— Dans la cuisine, oui. Viens.

Alors que je commençais à m'éloigner dans le couloir, elle me retint par le bras.

— Ça va aller ?

Je pivotai pour la regarder, les yeux brûlants de larmes qui ne voulaient pas sortir.

— Il le faut…

— Tu as le droit de pleurer, dit-elle doucement en me touchant la joue.

Mes yeux s'étrécirent pendant qu'elle me couvait d'un regard bienveillant.

— Je n'en ai pas le temps.

— Ça pourrait te faire du bien de...

— Non ! tranchai-je.

Je n'avais pas voulu être aussi sèche, pourtant, c'est exactement ce que je ressentais. Tout m'échappait, je perdais totalement le contrôle de ma vie et j'avais le sentiment que, pour y remédier, je ne devais pas laisser la place à autre chose qu'à la détermination, l'acharnement et l'obstination.

— Pardonne-moi, Hannah. Je ne sais pas comment réagir. Vous avez peut-être perdu ce que vous avez de plus cher.

— Je n'ai encore rien perdu du tout ! explosai-je. Il est vivant, tu entends ? Je le sais ! Je le sens ! Il est là, dans mon cœur ! Il vit ! Ils vivent tous les deux !

Sissi eut un mouvement de recul pendant qu'elle fixait mes iris avec une expression d'effroi.

— Tes... tes yeux...

Je fermai les paupières deux ou trois secondes et tâchai de me reprendre, de faire disparaître cette rage dont Sissi n'était pas vraiment responsable.

— Ils étaient dorés, souffla-t-elle, ébahie.

— C'est parce que j'ai les yeux jaunes sous ma forme de loup. Quand je suis en colère, ils prennent cet aspect et...

Elle semblait horrifiée.

— Oh, Hannah... je ne sais pas quoi penser. Es-tu toujours la même ?

J'examinai ses traits tirés, ses prunelles élargies par l'angoisse. Elle donnait l'impression que le monde s'était effondré autour d'elle mais que, peut-être, je disposais d'un super-pouvoir pour recoller les morceaux. Or, je m'étais moi-même brisée de l'intérieur dès l'instant où j'avais su qu'on m'avait pris mon âme sœur. L'Esprit me mènerait à lui et seulement là, je réparerais ce qui pouvait encore l'être pour espérer reprendre le cours de notre vie.

— Non, répondis-je. Je ne le serai jamais plus. Allons-y.

Sans un mot de plus, je me rendis dans la cuisine pour lui faire chauffer de l'eau et regagnai ma chambre afin de me changer. J'enfilai un jean à la hâte, un pull noir, des bottes, je m'attachai les cheveux en queue-de-cheval et m'emparai d'un maigre sac à dos. Je n'avais aucune idée de ce qu'il était préférable d'emmener pour aller zigouiller des Strigoii. Après quelques secondes de réflexion, je me fis subitement l'effet d'être en train de préparer mes affaires pour un week-end d'évasion. Ridicule. Je n'aurais besoin de rien d'autre que les médaillons et ce que je portais déjà..., mais Darius, oui. Je m'élançai dans sa chambre pour fouiller dans son placard et attrapai, un tee-shirt, un pull chaud, des sous-vêtements, puis je pris la paire de Converse qui traînait au pied de son lit.

Lorsque tout fut prêt, je rejoignis Gwen, Grigore et Sissi en bas. Il était cinq heures et demie. Sissi était habillée et assise sur un fauteuil, dans un coin du salon ; il y régnait un silence de plomb. Elle observait silencieusement Gwen et Grigore, se demandant sûrement si elle aurait été capable de remarquer elle-même qu'ils n'étaient pas tout à fait comme elle, ou si elle se serait laissé manipuler comme avec Pitt. Du reste, je n'avais pas besoin de leur expliquer que Sissi était au courant, ils avaient entendu toute notre conversation.

Quelque chose dans le comportement de Grigore attira mon attention. Trois fois, je le vis jeter un œil en direction du hall d'entrée.

— Ils vont arriver.

Il avait un très bon odorat, particulièrement quand il s'agissait de repérer Pitt. Leur lien faisait qu'il le sentait bien avant moi.

— Remus et Gabriel nous rejoindront directement à l'aéroport d'Édimbourg.

— Où allons-nous, précisément ? demandai-je.

— Chez moi, en Transylvanie.

La Transylvanie… C'était tellement cliché que j'aurais pu en lever les yeux au ciel si je n'avais pas été de mauvaise humeur.

— Dans la région d'Hunedoara, où se situe le *Castelul Corvineştilor*, le Château des Corvins. Nous atterrirons à Sibiu.

— Sibiu est proche de là où Pitt et toi êtes nés, n'est-ce pas ? me souvins-je.

Nés deux fois…

— Oui.

Il s'approcha de moi d'un air grave.

— Hannah, y aller sera beaucoup plus simple que d'en revenir. Les ramener avec nous aura des conséquences lourdes. Ils nous traqueront pour récupérer ce qu'on leur a pris.

Je hochai silencieusement la tête, je savais tout ça.

— Je suis prête.

Puis je le flairai. Pitt. Comme un réflexe que mon corps aurait généré par automatisme, je sentis tous mes poils se hérisser sur mes bras, mes yeux se modifier, tandis que la chaleur augmentait graduellement dans mes veines. Je n'avais aucune confiance en lui. Il nous mènerait à la mort. Tous. Par vengeance. Mais cette mort, que j'attendais au tournant, n'emporterait ni Leith, ni Darius. Je m'en fis la promesse.

Abaissant les paupières, j'attendis qu'il soit sous le porche pour me tourner vers Sissi.

— Pitt est ici.

— Je ne veux pas le voir ! s'écria-t-elle en se levant, presque hystérique.

D'un pas volontaire, elle se dirigea vers le couloir pour regagner sa chambre. Elle fit un arrêt en plein milieu de l'entrée et se tourna vers nous.

— Dis aux enfants que je pars avec eux ! On prendra un petit déj solide sur la route, ils mangeront des fruits !

J'en fus réellement soulagée, même si j'avais l'impression que cette décision venait d'être prise sur un coup de tête. Sissi n'avait sûrement pas encore bien réalisé l'univers dans lequel je vivais désormais. Elle n'avait aperçu que la surface du problème. Pierrick et Hermance, à vue d'œil, semblaient ressembler à n'importe quels enfants, mais le seul fait de penser qu'elle pourrait assister à une de leurs parties de chasse me fit froid dans le dos. Sissi était loin, très loin de tout savoir, même si je lui en avais tracé les grandes lignes.

— Sissi, murmurai-je en la retenant par le bras. Mes parents ne sont pas au courant...

Elle pencha la tête de côté et haussa les épaules d'agacement.

— Je m'en doute ! Et je n'ai jamais été une pipelette, Hannah Jorion !

Elle s'éloigna lorsque la porte d'entrée s'ouvrit sur Simon, Rufus et Pitt. Avant de disparaître dans sa chambre, elle pivota, et son regard croisa celui de son ex-petit ami. Elle le fusilla des yeux tandis que, étrangement, je lus un soupçon de tendresse dans le sien, puis elle claqua le battant. J'en restai perplexe quelques longues secondes, puis je lui fis face, aussi glaciale que pouvait l'être le blizzard sibérien.

— Je n'ai aucune confiance en toi ! l'apostrophai-je.

— Ça n'a aucune importance, répliqua-t-il, une lueur maléfique dans les yeux. Ta confiance m'importe peu. Ce que je veux, c'est te tourmenter, te torturer, t'écraser. Et j'y parviendrai. Tôt ou tard. À moins que ce périple n'ait raison de toi avant moi ? Ah ! Prions pour que mes vœux soient exaucés, mes frères !

Pour passer devant lui, Rufus le rasa volontairement et le bouscula de l'épaule.

— Garde tes fantasmes pour quand tu n'auras rien d'autre à faire !

Pitt avait l'air si sûr de lui... Je sentais la violence en moi se décupler. Motivée par la nécessité de ne pas perdre mon sang-froid maintenant, je me composai une mine impassible et cachai ma fureur derrière. Ça ne prit pas. Un sourire au coin des lèvres, Pitt fit deux pas vers moi et tendit la main en direction du salon.

— Après toi..., *Hannah*.

Plutôt mourir que de lui tourner le dos. Je croisai les bras sur ma poitrine et attendis qu'il entre avant moi, imaginant le plaisir que j'aurais à lui enfoncer mes griffes entre les omoplates. Je fus presque surprise de m'égarer aussi facilement dans ce genre de divagation. Jamais, avant Ewan, je n'avais eu de désir de violence pure. Ma dernière transformation n'avait pas été seulement physique, elle avait produit en moi un bouleversement remettant en question mon essence même, ma nature humaine, et la peur de l'autre qui en découlait ; j'étais froussarde, autrefois. Oh oui, je n'avais pas menti à Sissi, je ne serais plus jamais la même.

— Merci d'être venus, dit Grigore à l'attention de Rufus et Simon. Tout est prêt ?

Simon hocha la tête.

— Ils nous attendent dans deux heures.

— Comment s'organise-t-on ?

Toute l'attention se porta sur Pitt. J'essayai de déceler en lui une ombre de moquerie, un éclat d'orgueil mal placé, une fourberie en demi-teinte... N'importe quoi qui l'aurait placé un peu plus dans ma ligne de mire, qui le discréditerait aux yeux des autres et mettrait fin à sa participation. Mais je n'y vis rien. Pitt, le visage dur et déterminé, semblait prendre son rôle de guide parfaitement au sérieux.

— Le Conseil a demandé un avion privé, l'embarquement sera donc très rapide. Nous arriverons à Sibiu vers quatorze heures trente, heure locale. Il nous faudra ensuite trois bonnes heures en 4 × 4 pour atteindre le *Tarâmul Vampirilor din Est*. Plus, si la route est enneigée. Les voies ne sont pas entretenues partout. Nous passerons la nuit dans un hôtel et nous nous rendrons au château des Strigoii au petit matin.

— Un chauffeur pour nous accompagner ? demanda Grigore.

Pitt laissa filer un rire léger.

— Toi en personne, mon très cher frère. Tu n'as pas pu oublier à ce point les routes de Transylvanie !

Grigore grimaça. En vérité, je savais qu'il n'avait pas mis les pieds en Roumanie depuis au moins quarante ans. Tout avait dû changer depuis.

— Ensuite ? s'impatienta ce dernier.

— Le Conseil a prévenu la guilde des chevaliers Strigoii de notre venue. Enfin… de la vôtre. Remus, Gabriel et toi êtes attendus. Seuls.

Si Grigore fut surpris, il n'en laissa rien paraître. Il n'eut pas le moindre battement de cils.

— Seuls ? répétai-je.

— Oui, seuls. Parce que j'ai coopéré avec feu Ewan, expliqua-t-il en prenant un ton exagérément dramatique, je ne peux me permettre d'être vu avec eux.

— Es-tu considéré comme un traître ? lança Gwen, qui ne pouvait dissimuler son aversion alors qu'elle le connaissait à peine.

— Non, mais je pourrais l'être si j'étais repéré. Donc, pardonnez-moi de vouloir assurer mes arrières. Il serait dommage que ma vie soit écourtée si rapidement, j'ai tant de projets, ajouta-t-il en me jetant un regard en biais scintillant de sarcasme.

J'ignorai sa dernière remarque et fronçai les sourcils de surprise.

Pitt prenait donc des risques en nous servant de guide ? Pourquoi ? Pourquoi s'apprêtait-il à mettre les deux pieds en enfer de plein gré ?

De nouveau, il s'adressa à Grigore.

— Tu accompagneras donc Remus et Gabriel, puisque tu es le nouveau « président » du Conseil et que les Strigoii ne savent rien de ton implication.

J'écarquillai de grands yeux.

— C'est ce que vous leur avez raconté ? Les membres du Conseil le savent ?

Grigore hocha la tête.

— De plus, Hannah, je suis Roumain. S'ils parlent entre eux, s'ils révèlent une information, je serai à même de les comprendre.

— Ils ne te connaissent pas ?

— Non. Et je compte bien là-dessus pour m'infiltrer.

— Et nous, pendant ce temps ? l'interrogeai-je.

Pitt ne cessait de me regarder.

— Nous serons dans un autre véhicule, m'informa-t-il d'un ton satisfait. Nous attendrons que Grigore et les autres soient entrés, puis nous nous glisserons dans le château.

Je plissai les yeux en le toisant de manière suspecte.

— Qui nous dit que tu ne vas pas essayer de nous berner ? Que tu n'envoies pas Grigore dans la gueule du loup pour mieux nous piéger ?

— Mais le loup sera avec moi, Hannah, ricana-t-il.

— Et s'ils décidaient de libérer Darius et Leith ? fit remarquer Gwen. Notre intrusion serait considérée comme une agression et ils changeraient d'avis. Pire, ils nous attaqueraient !

Pitt étouffa un rire cynique.

— Ils ne relâchent jamais personne. Ceux qui se retrouvent libres le sont morts. Quant à nous assaillir, ils le feront quoi qu'il arrive. Mais je connais l'endroit comme ma poche. Détendez-vous, se moqua-t-il, vous serez tous ravis de m'avoir avec vous.

Puis il pivota légèrement pour me regarder de côté, semblant dire : « Je sais que tu as besoin de moi et c'est jubilatoire. » Il avait raison, je ne pourrais pas me passer de ses services si je voulais retrouver

Leith. Il parlait le roumain, il connaissait l'endroit par cœur, il était un vampire... J'avais conscience que j'étais en train de foncer tête baissée dans un mur, mais malgré tout, oui, j'avais besoin de lui.

Tu as juste intérêt à ne pas nous entourlouper, l'avertit Simon d'une voix coupante.

Pitt s'amusa à rouler exagérément des yeux.

— Voyons, voyons..., je ne saurais trahir les miens.

Mais les autres, oui, aurais-je pu entendre, tant l'idée d'écraser les gens comme moi transpirait par tous les pores de sa peau.

— Et quand nous les aurons délivrés, que se passera-t-il ? demanda Gwen. Je doute fortement que nous puissions repartir aussi facilement que nous serons arrivés.

— Par les airs, ma jolie, répondit Pitt avec un clin d'œil. Les Strigoii ne savent pas voler.

— Les loups-garous non plus ! cingla Gwen. Tu comptes abandonner Leith et Hannah là-bas ? C'est ça, le plan ?

— C'est une idée, siffla-t-il en souriant joyeusement.

Un froid glacial vint se répandre dans mes os. J'avais envie de l'écorcher vif.

— Arrêtez de parler pour ne rien dire ! trancha Grigore, irrité. Nous ramènerons tout le monde. Mais pour ça, il faudra déjà réussir à sauver notre peau. Que tout soit clair entre nous, Petre. Tu nous montres où se trouvent les geôles du château, on récupère Darius, le petit ami d'Hannah, et on s'en va. Rien d'autre. Ne te sers pas de la situation pour assouvir tes ambitions personnelles. Tu fais un pas de travers, et je te jure sur ce que j'ai de plus cher que tu t'en mordras les doigts.

Pitt haussa un sourcil, perplexe et presque amusé.

— Et qu'as-tu de plus cher, mon très cher frère ?

— Assez !

Grigore ferma les paupières pour se donner de la contenance.

— Fais ce que je te dis et tu n'auras pas à te frotter à moi.

— Ça pourrait me plaire, au contraire, ironisa Pitt.

Grigore arrêta de respirer d'un coup. Quand il rouvrit les yeux, je vis qu'ils brillaient d'un éclat de fureur que Pitt ferait bien de ne pas ignorer.

— Ne tente pas ta chance avec moi, Petre.

Il avait parlé d'une voix si basse qu'elle en était presque inaudible.

Pitt afficha un sourire mesquin.

— Deux sangs pour un seul, l'un ne survivra pas sans l'autre. C'est ainsi que nous sommes liés pour l'éternité, *frère.*

— *Nu-ti supraestima valoarea, frate, ai putea fi dezamagit. Nu mai însemni nimic pentru mine.*

Personne n'était en mesure de comprendre ce que Grigore venait de dire, mais Pitt blanchit d'un coup. Le malaise ambiant était devenu soudain si pesant que Simon, qui n'avait pas dit grand-chose depuis qu'il était arrivé, frappa avec force dans ses mains comme pour réveiller tout le monde.

— Il va falloir partir !

Pitt et Grigore s'affrontèrent du regard encore quelques secondes avant de baisser les yeux en même temps. J'aurais donné cher pour savoir ce que Grigore lui avait dit, car après ça, Pitt ne lui décrocha plus un mot.

Pierrick et Hermance n'étaient pas encore revenus, et je me doutais qu'ils ne feraient leur apparition que lorsque nous aurions quitté le navire. C'est pourquoi je cherchai un morceau de papier pour leur griffonner un message.

Vous irez chez la maman de Gwen avec Sissi. Soyez coopératifs, pour Perceval. Nous allons le ramener. Je vous aime.

Hannah

Je le mis bien en évidence sur la table du salon et me tournai vers Pitt et Grigore.

— Je suis prête.

Grigore s'approcha et posa une main réconfortante sur mon épaule. Machinalement, je la recouvris de la mienne en lui souriant de dépit. Il tendit son autre bras et frôla délicatement ma mâchoire du bout des doigts.

— Ça va aller…

— Je l'espère, murmurai-je.

Pitt observa Grigore longuement, puis il fit glisser sur moi une expression indéchiffrable.

C'est le moment que choisit Sissi pour sortir de la chambre et nous rejoindre.

Braquée sur Pitt, elle se posta devant lui en secouant l'index juste sous son nez.

— Si tu lui fais le moindre mal, je jure que je te tue de mes propres mains, l'avertit-elle le plus sérieusement du monde.

Pitt se baissa pour lui soulever le menton du pouce et la fixer droit dans les yeux.

— Je savais bien que tu ne résisterais pas à l'envie de me dire au revoir. Sache que je laisserai tes mains me faire tout ce qu'elles veulent, bébé.

Puis il lui vola un baiser sur les lèvres.

De rage, elle s'essuya la bouche du revers de la main et le repoussa violemment de ses paumes.

Il aboya de rire. Mais quand il se tourna vers nous, sa joie avait définitivement disparu.

— Allons-y !

La pluie avait commencé à tomber dru. Remus, Gabriel et un troisième ange noir nous attendaient sur le tarmac. Il s'appelait Paul et il ferait le voyage avec nous. Il était supposé nous attendre dans un motel pendant que nous irions chercher Darius. Si aucun d'entre nous n'était revenu dans les temps, il préviendrait le Conseil.

Je descendis de la navette en m'abritant avec ma capuche, mais le temps de gagner l'avion, j'étais trempée. Nous montâmes les quelques marches de l'escalier amovible et fûmes accueillis par une hôtesse de l'air affichant un large sourire, celui dû aux passagers capables de se payer un vol en jet privé à 34 000 livres sterling.

— Mesdemoiselles, messieurs, bienvenue à bord de notre Hawker 4 000. Je suis Kirsten et je serai votre hôtesse pendant toute la durée de votre voyage.

Jamais, jusqu'alors, je n'avais remarqué combien la société des anges noirs était influente hors de St Andrews, ni même à quel point elle avait de l'argent. Ce petit voyage express avait été organisé en un rien de temps, sans que les autorités écossaises viennent poser la moindre question. Pas une fois nous n'avions été contrôlés à l'aéroport. J'avançai la première et entrai dans la cabine aux tons doux et épurés. L'aménagement intérieur était en tout point semblable à ce que j'avais déjà pu voir dans les productions américaines. Le couloir central séparait quatre îlots de deux places, suffisamment espacés les uns des autres pour pouvoir s'allonger, et dont certains étaient dotés d'une table en acajou. Dans le fond, un canapé crème en cuir pouvait accueillir allègrement quatre personnes, tandis que la porte ouverte d'un cabinet de toilette offrait la possibilité de prendre une douche en cours de vol.

— Bonjour, je suis Tatiana. Installez-vous, mademoiselle, m'invita une seconde hôtesse. Puis-je vous libérer de vos affaires ?

Je hochai la tête et lui tendis mon duffle-coat mouillé. Elle s'en empara du bout des doigts et alla le suspendre dans une penderie à l'arrière de l'avion. Pendant qu'elle s'occupait du reste des passagers, je pris place dans un fauteuil et attendis que quelqu'un vienne me tenir compagnie. C'est Grigore qui s'assit en face de moi. Il y avait pourtant beaucoup d'espace qui séparait nos deux sièges, mais je dus plier les genoux un peu plus quand il s'installa confortablement en étendant ses longues jambes devant lui, les mains croisées sur son ventre.

— Ça va aller ? chuchota-t-il en me considérant d'une drôle de manière.

Je tournai la tête vers le hublot et lui répondis sans le regarder.

— Je te dirai ça quand nous les aurons ramenés. Pour le moment, je refuse même de me poser la question.

Je l'entendis rire du nez.

— Tu as toujours été l'Humaine la plus courageuse qu'il m'ait été donné de rencontrer.

— Je ne le suis plus, Grigore, et je ne le redeviendrai jamais.

— Alors ça fait de toi la louve la plus téméraire de cette planète... avec une odeur d'humaine.

Cette fois, je pivotai pour l'observer.

L'amulette... Est-ce que ça l'affectait ?

Il s'étira un peu plus et me bouscula involontairement le pied. Nos yeux se rivèrent de longues secondes pendant lesquelles il me regarda vraiment, intensément et silencieusement.

— Quand je t'ai demandé pourquoi Pitt aidait Darius, tu m'as répondu : « Il le lui doit. » Pour quelle raison ? voulus-je savoir, ayant parfaitement conscience que le principal concerné pouvait entendre notre conversation.

— Parce que Darius lui a sauvé la vie un jour.

Il bascula la tête en arrière et ferma les yeux comme s'il s'apprêtait à dormir.

Il n'ajouterait rien.

Sans un regard, Pitt passa à côté de moi et s'installa dans l'îlot juste derrière. Sans que je puisse faire quoi que ce soit pour y remédier, mes cheveux se hérissèrent sur ma nuque. Je n'aimais pas le savoir dans mon dos. Je n'aimais pas le savoir dans les parages tout court. Je me demandais encore de quelle manière j'allais bien pouvoir m'y prendre pour le suivre aveuglément, d'autant que je sentais le traquenard à plein nez et que rien n'aurait pu me dissuader du contraire.

Gwen et Simon prirent place sur les fauteuils à côté des nôtres, tandis que Rufus, Gabriel, Remus et Paul s'assirent avec Pitt. Plusieurs fois, j'avais surpris les regards des membres du Conseil fixés sur moi dans une totale stupéfaction. Personne ne leur avait expliqué que je portais une amulette garolle capable de cacher ma véritable nature. Aucune créature surnaturelle n'aurait deviné ce que j'étais vraiment. La magie que dégageait cet objet était impressionnante et aurait rendu fou n'importe qui sachant réellement qui j'étais. Ignorant leurs coups d'œil effarés, je bouclai ma ceinture et attendis que l'avion manœuvre pour décoller. Vingt minutes plus tard, nous avions pris suffisamment d'altitude pour nous détacher. Le vol durerait trois bonnes heures.

Je me perdis de longues minutes dans la contemplation du tapis nuageux s'étendant juste en dessous de nous et, petit à petit, je me noyai dans la mélancolie la plus obscure.

Chaque fois que je croyais notre vie cousue de fil blanc, Leith et moi devions faire face à une nouvelle adversité, une nouvelle attaque. J'en venais à me demander si, un jour, nous goûterions à la paix à laquelle nous aspirions. On ne mesure pas l'immensité de notre chance quand on affirme que notre existence est monotone. Aux innocents les mains pleines… Mais je n'étais plus innocente du tout. Que me volerait le destin, cette fois-ci ? Leith ? Je devais me préparer au pire.

Chapitre 11

Les guerriers de l'ombre, qui sont-ils ?

Pitt l'avait prévu. Il neigeait.

La chaussée était glissante et les deux 4 × 4 que nous avions loués se suivaient lentement sur l'E68 depuis bientôt quatre heures. La nuit était déjà presque tombée. Il restait environ cent kilomètres avant que nous arrivions à destination, nous ne tarderions pas à faire une halte dans un motel. Avec Gwen, Simon et Paul, nous étions montés dans le véhicule qu'il conduisait, mais demain, en partant pour le château de Hunedoara, je me retrouverais confinée dans la même voiture que Pitt, hélas.

Paul et Grigore étaient parfaitement silencieux. Paul prenait son rôle très au sérieux et il ne me serait pas venu à l'idée d'engager la conversation avec lui tant il y semblait hostile et concentré. Quant à Grigore, j'avais conscience que cela lui faisait quelque chose de revenir ici, dans ce pays où il était né. J'avais aperçu ses yeux s'écarquiller de surprise lorsque nous étions arrivés à Sibiu – nul doute que plus rien n'était pareil – et c'était avec un faible tremblement dans les mains qu'il avait commencé à conduire sur les routes traversant les plaines. Elles nous menaient tout droit au pied des montagnes du sud-ouest des Carpates.

La Transylvanie était belle. Il faisait trop noir pour y distinguer quoi que ce soit désormais, mais alors que je ne l'avais jamais aperçue autrement que dans les livres ou les reportages, pendant que nous roulions dans la lumière décroissante, j'avais pu apprécier son paysage. Les vastes étendues couvertes de neige à perte de vue, les champs jalonnés de barrières fatiguées, les enclos dans lesquels les meules de foin oubliées faisaient courageusement face à l'hiver, les chapelles en bois et les toits de chaume, c'était brut, authentique et sauvage. Les maisons étaient rares, toutes construites en pierres grises, et les bosquets, sans feuilles, s'érigeant çà et là, donnaient un souffle particulièrement pittoresque à la campagne. Au loin, les montagnes enneigées qu'on percevait hautes, sombres et fières, terminaient de clôturer le panorama aussi remarquablement qu'un tableau de maître. Je détestais être là, mais j'adorais cet endroit.

— Nous allons nous arrêter à Sebeş pour la nuit, nous informa Grigore. Ensuite, il nous restera une bonne heure pour rejoindre le château.

Je m'étais assise derrière lui, je levai les yeux pour croiser son regard dans le rétroviseur.

— Il ressemble à quoi, ce château ? l'interrogeai-je

— Exactement à ce que tu as pu voir dans les films de chevalerie. Douves, tourelles, herse, donjons… Les Strigoii l'ont fait bâtir anonymement vers la fin du XIVe siècle. Officiellement, il appartenait au prince Voicu, offert par le roi Sigismond. En réalité, quel qu'en ait été l'usurier, les Strigoii ont toujours été derrière à régner en maîtres dans la demeure, et ça, depuis des centaines d'années. Après le putsch de 1946, le château a été indexé aux biens nationaux, mais ils y résident encore. C'est à cette période que le roi Michel a perdu une grande quantité de ses propriétés. Mais les Strigoii ont survécu à tout, même au communisme, ajouta-t-il avec un léger sourire.

— Il se visite ? demanda Gwen.

— Seulement en partie, mais je ne crois pas qu'on ait beaucoup de temps pour ça, tenta-t-il de plaisanter alors qu'il était lui-même aussi tendu qu'un arc.

Gwen, qui était assise à côté de moi, le fusilla des yeux.

— Où allez-vous vous présenter ? m'enquis-je.

— À l'accueil, tout bêtement.

— Et s'il est trop tard ? lâcha subitement Simon.

Je dardai sur lui un regard si hostile que même si personne n'avait encore rien répondu, il se garda bien d'insister pour avoir une réponse. À partir de là, le reste du voyage se fit dans un silence pesant que personne n'osa rompre.

Nous arrivâmes devant un motel qui n'était pas sans rappeler les chalets de haute montagne. Le premier étage était entouré d'un balcon en bois dont la peinture avait été mangée par le froid, tandis que le deuxième était mansardé et ouvert sur de grandes baies vitrées à la transparence douteuse. Cet établissement était en piteux état et n'avait d'un hôtel trois étoiles que la pancarte vieillissante qui restait désespérément accrochée au mur. Sans bagage, nous sortîmes du véhicule.

— Ça contraste avec le jet privé ! siffla Pitt en claquant la portière de son 4 × 4.

— On n'est pas là pour se la couler douce ! répliqua Gabriel d'une voix cassante.

Des trois membres du Conseil, cet homme était le plus imposant. Il devait mesurer presque deux mètres et peser plus de cent kilos, alors que Remus et Paul étaient plutôt petits et aussi secs que des coureurs de fond. Néanmoins, pour les avoir vus à l'œuvre, je savais que leur force était spectaculaire et que les plus frêles n'avaient rien à envier aux plus forts. Mais Pitt ne semblait pas impressionné outre mesure. Il avait du cran, je pouvais lui concéder cette qualité. Remus, Paul et Gabriel étaient clairement hostiles à son égard et ne devaient sans doute pas apprécier qu'il soit de retour à St Andrews. Les regards qu'ils avaient échangés pendant le vol prouvaient à quel point les membres du Conseil se méfiaient de lui et ça me rassurait, ils le tiendraient sous bonne garde.

Nous poussâmes la porte de l'hôtel pour prendre quatre chambres que nous partagerions. Il n'était pas question d'argent, bien entendu, mais ainsi, tout le monde pouvait garder un œil sur tout le monde. La situation était extrêmement tendue, il aurait suffi d'un rien pour faire tout rater alors que nous étions déjà très fragilisés par ce que nous ne pouvions pas prévoir. De toute évidence, Grigore resterait avec Pitt. Je supposai qu'ils avaient une quantité importante d'informations à échanger.

Avant de monter, Grigore vint nous parler, à Gwen et à moi.

— Je sais qu'il est encore tôt, mais Simon, Rufus, Pitt, Gwen et toi allez devoir vous infiltrer dans le château avant l'arrivée du personnel du musée et de la visite guidée, puisqu'ensuite, tous les accès possibles au sous-sol sont ultra-surveillés. Je vous recommande de dormir maintenant. Et ne présumez pas de vos forces, vous en aurez besoin.

Je levai le nez sur le mur, l'horloge affichait à peine dix-neuf heures quinze.

— As-tu l'autre médaillon ? me questionna-t-il.

— Bien entendu.

— Tu le prêteras à Gwen pour qu'elle le porte.

Je fronçai les sourcils.

— Je ne sais pas si ça peut marcher sur elle, Grigore. Les amulettes garolles ont été conçues pour les garous, afin que personne ne puisse identifier leur odeur quand ils les portent. Personne ne m'a jamais dit que ça fonctionnait sur les anges noirs.

Agacé, Grigore fit claquer sa langue contre son palais.

— Vous essaierez, et si ça ne marche pas, on avisera. Maintenant, montez vous reposer. *Noapte Buna*…

Puis il nous donna notre clé.

Nous hochâmes le menton sans même essayer de protester. En vérité, nous étions trop sur les nerfs pour dormir, mais bien trop fatiguées moralement pour résister.

Nous avançâmes jusqu'à la cage d'escalier afin de gagner le premier étage, Grigore me héla avant que je ne mette le pied sur la première marche.

— Hannah, attends !

Il pencha légèrement la tête de côté pour me faire signe d'approcher.

— Je te rejoins après, murmurai-je à Gwen.

Elle acquiesça d'un battement de cils et disparut rapidement.

Je me plantai devant Grigore, les yeux levés sur lui.

Son regard bleu se fit doux et protecteur, j'en ressentis un coup intolérable dans le cœur. C'est Leith qui m'observait ainsi, habituellement. Je dus me mordre les lèvres pour retenir un sanglot. Pourquoi ? Pourquoi lui ? avais-je envie de hurler. Pourquoi me l'avait-on enlevé ?

— J'ai parfois tendance à oublier que tu es la seule à avoir besoin de te nourrir souvent. Est-ce que tu as faim ?

Je secouai la tête. J'aurais été incapable de manger quoi que ce soit. Je n'avais d'ailleurs rien avalé de la journée à part quelques verres d'eau.

— OK. Ne crois pas que je radote, Hannah, mais ce que nous nous apprêtons à faire nécessite de l'énergie. Tu ne sais pas ce qu'on peut trouver dans ce château. Ne joue pas au plus fort, promis ? Je suppose que tu as appris à jauger ta résistance physique. Nourris-toi si tu sens que tu ne tiendras pas.

— Ne t'inquiète pas pour moi.

— Justement, si, dit-il sévèrement en passant nerveusement la main dans ses boucles blond foncé lui arrivant au-dessus du menton.

Pour avoir cette nuance de cheveux, plus sombre que celle de ses semblables, Grigore avait dû être très brun quand il était humain. Naturellement brun. Pas comme Gwen, qui était teinte en noir corbeau lorsque je l'avais rencontrée. En réalité, elle devait être beaucoup plus claire que ça, et c'est pourquoi elle était devenue blonde comme les blés, ensuite.

Grigore avait gardé un côté ténébreux. Il avait ce regard profond, énigmatique et obscur si typiquement latin. La bouche mince, le nez droit et la mâchoire carrée couverte d'une éternelle barbe de trois jours, un grain de beauté sur la joue ; il émanait de lui une virilité que personne n'aurait pu ignorer. Je me surpris à me demander si, comme Darius, il était capable de changer d'apparence, ou s'il avait ce visage-là au moment de sa transformation. Je me plaisais à penser que oui. Il lui allait si bien. Grigore était beau. Très beau.

Pendant que je réfléchissais en le regardant, il posa des yeux tourmentés sur moi.

— Il ne doit rien t'arriver, Hannah.

— On ne peut rien prévoir, Grigore. Je ne suis pas venue là pour sauver ma vie, mais celle de Leith et Darius. Il arrivera ce qu'il arrivera.

D'un geste inattendu, il tendit le bras et, du dos de la main, caressa doucement ma joue.

Surprise, je m'immobilisai complètement, comme glacée par le contact de sa peau sur la mienne, alors que celle-ci n'était pourtant pas si froide.

— Je déteste que tu le portes, gronda-t-il.

J'écarquillai de grands yeux.

— Quoi donc ?

Il m'électrisa un peu plus lorsqu'il passa les doigts sous le col de mon pull pour en tirer la cordelette de mon amulette.

— Ton médaillon.

— Pou-pourquoi ? bégayai-je.

— Parce que tu sens de nouveau comme elle. Ça me rend fou.

Tous mes poils se hérissèrent d'un seul coup.

Puis subitement, il me planta là et rejoignit les autres.

Je restai quelques secondes immobile à réfléchir. Il ne l'avait pas dit de cette manière-là, dans l'avion. J'avais simplement compris que mon parfum rendu humain par l'amulette le surprenait, pas que j'avais retrouvé mon odeur d'avant et que je faisais encore une fois ressurgir ses démons du passé, cette jeune fille qu'il avait décidé de tuer pour sauver sa peau. Grigore était torturé, tiraillé au-delà de ce que j'avais pu penser, et j'avais deux bonnes raisons pour ne pas aimer ça. D'une part, il était devenu un ami proche et sincère sur qui je pouvais compter – je détestais le voir souffrir – d'autre part, je savais que j'étais la demi-cause de ce trouble et ce qui en résultait était totalement ingérable pour moi : humaine, je l'attirais. Sauvagement, irrémédiablement et douloureusement, je l'attirais.

Un long frisson, dont je refusais catégoriquement d'interpréter le sens, s'épandit le long de ma colonne vertébrale. Il ne manquait plus que ça...

J'enfouis profondément mes poings dans les poches de mon manteau et, les nerfs à fleur de peau, je montai retrouver Gwen.

Dormir. Oublier. Récupérer. Juste pour quelques heures...

Il le fallait.

Simon venait de frapper à la porte pour nous réveiller. J'ouvris les yeux sur un ciel étoilé que la lune éclairait doucement. Les vasistas n'avaient pas de rideaux. Il faisait encore très noir et le soleil ne se lèverait pas avant trois heures. Il était à peine quatre heures du matin. Gwen et moi n'avions pas échangé un mot de la nuit, alors que nous ne nous étions pas vraiment endormies, nous n'avions pu que somnoler. Nous étions comme tenaillées par la peur, lestées par la crainte morbide de découvrir que nous avions perdu ce qui nous était le plus cher, qu'un effroyable vide naisse en nous. Inconsciemment, j'aurais souhaité être capable de reculer le temps pour que la nuit ne voie plus jamais le jour, pour rester dans l'espoir brut de ne pas échouer, car plus les heures passaient, plus nous nous approchions de la vérité. Et je n'étais pas prête pour toutes les vérités.

Je me levai la première, en sous-vêtements. Gwen demeura au fond de son lit, les draps remontés jusque sur le nez. J'allumai la lampe de chevet et, sans un mot, je marchai en direction de la salle de bains, barbouillée par l'angoisse, comme jamais je ne l'avais été de toute ma vie. Je frémissais d'effroi à la perspective que Leith puisse être… Non ! Je devais m'interdire d'y penser, d'imaginer quoi que ce soit de négatif. Comme prise d'un regain d'énergie, je décidai de m'habiller sans passer par la case hygiène. Il fallait se hâter, parce que le temps courait, court toujours plus vite que nous. Tant pis pour la douche, elle était parfaitement inutile pour ce que nous allions faire. Je me contentai d'asperger mon visage d'eau fraîche pour me remettre les idées en place et regagnai la chambre. Là, je sautai dans mes vêtements, je me fis rapidement une queue-de-cheval et arrachai brutalement les draps au-dessus de Gwen, qui n'avait pas daigné bouger d'un pouce.

— Dépêche-toi, nous n'avons pas une minute à perdre. Si tu n'es pas en bas dans cinq minutes, je remonte te chercher par les cheveux s'il le faut !

Je fouillai dans la poche de mon manteau et en sortis la deuxième amulette que je lançai sur la poitrine de Gwen.

— N'oublie pas de mettre ça !

— Depuis quand es-tu devenue un tyran, exactement ? grogna-t-elle sans vraiment être outrée – elle savait que traîner ici n'arrangerait pas les choses.

— Depuis que la tyrannie s'est emparée de ma moitié contre mon gré. Lève-toi !

Je sortis de la chambre en claquant la porte et rejoignis l'équipe. Ils étaient tous déjà là, si bien que je me sentis coupable de ne pas m'être réveillée avant tout le monde car j'étais l'une des premières concernées.

— C'est pas trop tôt ! m'apostropha Pitt. Puisque ta copine est prête, on y va !

Je me retournai pour voir Gwen qui descendait, son odeur d'ange noir totalement envolée. Elle dégageait de nouveau le parfum floral qu'elle avait lorsqu'elle était encore humaine. Chacun d'entre nous resta muet de stupéfaction pendant quelques secondes.

— Hannah doit manger, annonça finalement Grigore d'une voix sans réplique.

La bouche toujours fermée, je hochai la tête. Je n'avais pas plus d'appétit que la veille, mais il fallait que je me nourrisse, j'en avais besoin.

— Et moi, si j'ai faim, je peux également prendre le temps de déjeuner ? quémanda Pitt en claquant une fois des dents. Elle sent rudement bon avec ce machin qui camoufle son odeur de chien mouillé.

Puis il me sourit en se pourléchant les canines.

— Elle se bouge ? s'énerva Remus en me mitraillant des yeux. On ne va pas y passer la journée !

Je n'avais rien envie de répliquer. J'étais convaincue que je resterais en off tant que nous n'arriverions pas à destination. J'avais suffisamment à faire avec les batailles de mon cœur et de mon esprit pour me chicaner le museau avec l'un d'eux. Remus, Paul et Gabriel ne comprenaient probablement pas pourquoi Grigore faisait confiance à un ex-ange noir devenu garou, mais peu importait. Ils ne comptaient pas plus que celui ou celle qui se mettrait en travers de mon chemin. À contrecœur, je me dirigeai vers la salle de restauration et vis qu'une table avait été préparée pour moi, sûrement la veille. Je m'installai et soulevai les couvercles. Du thé à la menthe se trouvait dans un thermos et la nourriture était encore tiède. Omelette aux champignons, saucisses, soupe, fromage, confiture, petits pains… rien que de sentir tout ça, j'en avais la nausée. J'optai pour ce qu'il y avait de plus énergétique, protéines et féculents, et avalai le tout en un rien de temps, accompagné d'une grande tasse de thé. Dix minutes plus tard, j'étais prête. Encore cinq de plus et Gwen, Rufus, Simon et moi nous retrouvâmes dans le 4 × 4 de Pitt, laissant Paul derrière nous. Il attendrait notre retour.

La route s'était avérée difficile à pratiquer, il avait neigé tout le long, si bien que nous arrivâmes dans la ville même de Hunedoara vers sept heures, le jour commençait tout juste à se lever. Pitt s'était garé devant un commissariat de police, veillant à laisser les clefs sous le pare-soleil. Il savait ce qu'il faisait. Une fois sortis du château, nous ne pourrions probablement pas prendre la fuite en voiture, de fait, le véhicule resterait à l'abandon. Pitt veillait à ce que les autorités le récupèrent pour le restituer à l'agence. Venant de la part de quelqu'un d'aussi peu scrupuleux, il y avait de quoi être étonné.

Sous nos regards hébétés, alors que nous l'attendions sur le trottoir, Pitt descendit du véhicule, laissa la porte ouverte et se pencha à l'intérieur pour klaxonner furieusement. Deux officiers de police finirent par sortir pour régler son compte au petit malin qui ameutait tout le quartier aux aurores. Nous comprîmes à quoi Pitt jouait quand il prit la fuite. Il voulait que le 4 × 4 soit repéré au plus tôt.

Nous nous éclipsâmes à notre tour, sous l'œil furibond des policiers.

— T'aurais pu prévenir ! râla Rufus quand nous fûmes hors de vue. Tu es toujours aussi con !

Pitt éclata de rire comme un gosse fier de son mauvais tour.

— C'était pour vous préparer. Allons-y, le *Castelul Corvineştilor* est à quelques kilomètres.

Il s'élança comme une ombre dans le jour naissant. Aucun Humain n'aurait été capable de le distinguer. Nous le suivîmes au même rythme et cavalâmes pendant plusieurs minutes avant d'arriver aux abords du château. Je levai le nez pour mieux l'admirer. Il était magnifique et digne du plus beau des contes de fées, bien qu'il fût transformé, au cours des siècles, en forteresse militaire. Je restai subjuguée devant le pont-levis restitué, les tourelles gothiques ouvragées, les créneaux délicats et les fenêtres en encorbellement. Aucune fausse note mis à part les dizaines de cheminées d'usines alentour qui venaient gâcher le paysage. Ce château aurait pourtant mérité de s'élever au milieu d'un écrin de verdure. J'eus un violent pincement au cœur qui me ramena bien vite à la réalité. Leith était enfermé à l'intérieur, alors que l'étudiant en histoire de l'art qu'il était aurait adoré en faire la visite en homme libre.

— Qu'attendons-nous ? lançai-je à Pitt.

Il vira de côté pour me faire face.

— Tu as retrouvé ta langue ? L'appel du loup te réanime ?

— Arrête de parler pour ne rien dire, répliquai-je, et montre-nous où ils sont !

D'un air supérieur, Pitt s'appuya au muret qui ceinturait le château.

— Où *il* est, rectifia-t-il. Je n'ai jamais dit que je te conduirais à ton petit ami.

— Arrête de jouer au plus malin ! s'énerva Gwen. Nous ne repartirons pas sans Leith ! Alors, autant nous dire tout de suite ce que tu sais. Nous nous débrouillerons, avec ou sans toi.

— Mais je ne sais rien à son sujet, nous certifia-t-il, mielleux. Je ne sais rien, à part que je pense qu'il n'est pas ici.

— Tu mens ! m'écriai-je. Tu mens pour le laisser croupir dans cet endroit !

Pitt ricana, me contraignant à me retenir de lui envoyer mon poing dans la figure.

— Croupir n'est pas exactement ce qu'il fera, s'il est bel et bien là, *Hannah.*

Sa voix prenait une tonalité aigre chaque fois qu'il prononçait mon prénom.

— S'il est ici et qu'il y reste, il mourra. C'est aussi simple que ça.

— Assez pinaillé ! intervint Rufus. Par quoi commençons-nous ?

Pitt ne répondit pas et s'attarda à me considérer soigneusement. Je ne le lâchai pas des yeux. Il savait que je bouillais à l'intérieur, que je brûlais d'envie d'arracher les siens et de les lui faire avaler. « Le premier qui détourne le regard a perdu », semblait-il vouloir dire. Mais je n'avais pas de temps à gaspiller avec ces petits jeux stupides, je montrai du doigt le pont-levis et expirai exagérément d'un air moqueur.

— J'imagine que nous ne passerons pas par la porte principale. Quel chemin tu préconises, ô grand guide ?

— Le personnel utilise généralement l'entrée principale. Quant aux gardes strigoii, ils sont partout. Ils bloquent tous les accès.

Puis il sourit en baissant la tête en direction des douves.

— Tous, sauf un.

Du menton, il nous indiqua un rocher contre la pente intérieure du fossé. En le regardant comme ça, il me parut évident qu'il n'était pas là par hasard.

— Derrière se trouve une pièce menant à un niveau totalement inutilisé. Pendant des années, les gamins s'amusaient à y entrer en douce, les Strigoii en ont fait barrer l'accès.

— Un niveau ? s'étonna Rufus. Mais combien y en a-t-il ?

— Trois sous la terre. Celui-ci est le premier. Il permet de camoufler ce qu'il se passe dans les galeries du - 2 et du - 3.

J'évaluai la distance entre les pierres inférieures du château et le fond des douves, il devait y avoir une bonne dizaine de mètres. Les sous-sols devaient être immenses.

— Il s'y déroule quoi ?

J'imaginai toutes sortes de choses. Des gens emprisonnés, d'autres torturés comme pouvaient l'être Leith et Darius en ce moment même, des mises à mort, des hommes et des femmes parqués pour servir de garde-manger...

— À l'époque, les détenus étaient enfermés au niveau - 2.

— Et en dessous ? voulut savoir Simon.

Il me sembla voir Pitt serrer les mâchoires et gonfler imperceptiblement les narines.

— Les *Razboinicii din umbra*. Les guerriers de l'ombre.

— Qui sont-ils ? demandai-je, parce que Grigore avait déjà mentionné leur nom.

Il plongea les yeux dans les miens et, au lieu de la moquerie habituelle, ils me parurent animés par ce que je crus interpréter comme de la crainte.

— De très puissants vampires qui ne servent que le Grand Strigoï. Personne ne les a même jamais vus à part lui. D'ailleurs, priez le ciel pour que nous ne tombions jamais sur eux.

— Le Grand Strigoï ? répéta Rufus.

— Le maître suprême. Celui qui est à l'origine de notre espèce.

Simon et Rufus levèrent les sourcils en même temps, se demandant quelle crédibilité donner à cette histoire, et pour cause : d'après la légende, les anges noirs seraient nés de l'accouplement entre un vampire et une stryge. Mais leur amour éphémère aurait eu raison du vampire, lorsque sa compagne, assoiffée, se serait abreuvée de son sang avant de le tuer. Si tout ceci était vrai, comment pouvait-il être encore vivant ?

J'étais sortie du cadre classique de la vie depuis des mois, fallait-il que je sois de nouveau surprise ? Non. J'avais presque envie de croire ce qu'avançait Pitt. L'homme ne connaissait pas précisément son histoire, il en allait sûrement de même pour l'ange noir. La légende était incomplète.

— Il l'est vraiment ? murmura Simon, hébété.

Pitt hocha la tête.

— Probablement, oui. Il est sans âge. D'une puissance et d'un savoir immenses.

— Mais… comment ? demanda Gwen qui connaissait parfaitement le sujet.

— Nul ne le sait.

Il leva les yeux pour jauger l'état du ciel.

— Ne tardons plus, il fera bientôt trop jour pour passer inaperçus.

Sans rien ajouter, d'un geste maîtrisé et élégant, il appuya une main contre la rambarde en bois et sauta par-dessus pour atterrir souplement plusieurs mètres plus bas.

Gwen, Rufus, Simon et moi nous regardâmes furtivement, puis nous l'imitâmes.

Pitt se déplaça de façon presque invisible et aussi silencieusement que l'air. Arrivé en face du rocher, il demanda aux garçons de venir l'aider à le faire bouger. Ce fut fait en quelques secondes à peine. Derrière, une épaisse porte en bois cloutée, pourvue d'une vieille serrure rouillée et d'un loquet, nous fit fièrement face, nous défiant d'essayer d'entrer. Alors que je m'attendais à ce qu'elle vole en éclats sous les assauts de Pitt, celui-ci n'eut qu'à la pousser doucement pour l'ouvrir. Un par un, nous pénétrâmes dans une geôle sombre et humide que seuls quelques rats et insectes avaient bien voulu honorer de leur présence. Avec l'aide de Simon, Pitt réussit à tirer le rocher et à se faufiler derrière pour refermer l'accès.

— Dès que nous sortirons de cette pièce, murmura Pitt, vous ne proférerez plus un son. Même votre souffle devra être imperceptible.

— Et pour notre odeur ? s'enquit Simon.

— Plusieurs anges noirs sont au service des Strigoii. Notre présence ne sera pas particulièrement remarquée.

— Et pour elles ? continua Simon en faisant un geste vers nous.

— Pour tout le monde, elles sont humaines. Humaines et généreuses. Elles viennent pour partager leur sang avec le petit personnel des sous-sols, précisa-t-il sans plaisanter le moins du monde. C'est monnaie courante. Afin de préserver leur anonymat, les Strigoii ne chassent plus depuis longtemps, les humains se donnent à eux de leur plein gré. Enfin… ce n'est jamais à cent pour cent le cas. Nous aurons donc manipulé celles-ci pour les offrir aux gardes.

— Ils tuent ? s'inquiéta Gwen. Ils saignent à blanc ?

— Non. Jamais.

— Ça ira ? nous demanda Rufus, un peu paniqué.

Gwen et moi nous regardâmes dans le noir et hochâmes la tête d'un commun accord.

— Très bien, se satisfit Pitt. Il y a une dernière chose. Je ne dois être vu sous aucun prétexte. Dans ces galeries, bon nombre de vampires m'ont connu, des siècles plus tôt. Les Strigoii ont une excellente mémoire et ma présence ici serait plus que suspecte : ils savent que je viens de St Andrews et feront le rapprochement avec Darius. C'est pourquoi je partirai en éclaireur, prenant au moins cinq ou six mètres d'avance sur vous pour ne pas être repéré. Vous allez devoir me suivre précisément et dans un parfait silence. Si vous croisez quelqu'un, dites que vous apportez la *hrana rosie,* la pitance rouge. Utilisez bien ces mots, c'est un code. Pour le reste, personne ne sera surpris de vous entendre parler une autre langue. Des anges noirs de tous pays font un pèlerinage à Hudenoara, tout le monde s'exprime en anglais. C'est d'ailleurs ici qu'Ewan a rencontré les Strigoii avec qui il a négocié ton sacrifice, ajouta-t-il en me regardant. Veillez à ne pas trop jacasser, à rester discrets, et rappelez-vous que même pour le gardien le plus minable, vous lui êtes inférieurs. Un seul débordement et vous serez percés à jour. C'est compris ?

Nous acquiesçâmes tous silencieusement, tenus en respect par la peur qui grandissait un peu plus chaque fois que Pitt prononçait un mot.

— Nous allons les récupérer, chuchota Pitt en croisant volontairement mon regard.

Mon Dieu… Il avait dit « les ». Il avait dit « les »… Que lui prenait-il ?

Je n'avais plus le temps de réfléchir au fait qu'il n'en pensait rien et qu'il était peut-être sur le point de me tendre un piège. Il tourna le dos et, du pouce, appuya doucement sur le loquet séparant la geôle du couloir qui nous mènerait à Leith et Darius. Presque inconsciemment, je mis ma main dans celle de Gwen. Elle s'approcha de moi et la serra très fort entre ses doigts. Le cœur vibrant, je vis Pitt ouvrir sans bruit le battant en bois. Alors que nous nous apprêtions à franchir le seuil pour entrer dans le noir des galeries, un hurlement de douleur déchira le silence.

Celui de Darius.

Chapitre 12

C'est le Grand Strigoï

À cet instant, une autre Hannah venait de voir le jour. Celle prête à tuer de sang-froid pour sauver ceux qu'elle aimait. Jamais je n'aurais pensé pouvoir imaginer autant de possibilités de faire du mal. Un milliard d'idées meurtrières étaient train d'envahir mon cerveau, comme par exemple celle consistant à m'emparer de cette chaîne au mur, enroulée autour d'un piton, pour fouetter, broyer les os des bourreaux qui étaient en train de briser Darius. Je voulais les entendre bramer de souffrance, cracher, gémir, continuer jusqu'à ce qu'ils ne puissent plus se relever et meurent étouffés dans leur propre sang. Mais ce qui était encore plus déroutant, c'est que je n'éprouvais pas le moindre remords à penser de telles choses. Elles faisaient partie de moi, de qui j'étais devenue. J'avais tellement changé.

Pitt se tourna vers nous et, de l'index, nous intima de nous taire.

Il effectua un déplacement invisible de plusieurs mètres, un deuxième, puis nous fit signe d'avancer. Avant de bouger, j'entrepris une inspection rapide des lieux absorbés par une obscurité presque complète. Le couloir n'était éclairé que d'une simple torche accrochée sur le mur du fond, ne reflétant qu'une faible lueur. L'atmosphère, rance, humide et oppressante venait accroître l'insalubrité et le sentiment d'abandon de l'endroit. Ce n'était bien sûr qu'une illusion : les niveaux inférieurs étaient fréquentés et sûrement en moins bon état que celui-ci. La moisissure collée aux pierres semblait tout aussi ancienne que le château, et le sol, glissant et couvert de crasse, nous obligerait à nous mouvoir avec précision et attention. Une chute, une seule, et quelqu'un pourrait nous entendre.

Il me fallut quelques instants pour m'habituer. Pas d'air, pas de lumière… Cet endroit était plus inhospitalier qu'un tombeau. Combien de temps les prisonniers enfermés ici pouvaient-ils vivre sans perdre la raison ? Vivre tout court ? Et cette puanteur… Elle s'emparait de nos narines, de notre gorge, de nos poumons, accentuant la sensation de suffocation.

Le couloir était large et percé de cellules de différentes tailles, ce qui nous permit d'avancer les uns à la suite des autres sans nous bousculer. Le plafond, bas et voûté, obligea Simon – le plus grand d'entre nous – à courber le dos. Ce qui ne l'empêcha pas de se déplacer avec l'aisance et la rapidité propre à ceux de son espèce. Pas un bruit ne filtra, pas même le frottement du tissu entre ses cuisses.

Évoluer dans un silence absolument parfait rendait la situation plus angoissante encore. Là où la voix de l'autre nous aurait peut-être rassurés, apaisés, nous devions nous contenter, pour seul échange sonore, de nos souffles courts, erratiques et vibrants de panique que nous entendions pourtant à peine.

Nous nous précipitâmes dans une geôle au moment où un second hurlement retentit. Plus intense et horrifiant que le précédent. Il conduisit Rufus à poser la main sur la bouche de Gwen pour qu'elle ne rugisse pas de rage. Elle tremblait comme une feuille, était tendue comme un arc et semblait sur le point de tout casser. J'étais certes d'apparence plus sereine, alors que je n'étais pas dans de meilleures conditions. Ma colère, ma peur, mon empressement de leur sauver la vie… tout était intérieur, bouillonnant comme le pire des poisons dans un chaudron. Ce calme que je m'efforçais de garder, je le devais à l'enseignement de Leith, car je n'étais pas née lupus et rien n'était inné chez moi. Savoir combattre ses émotions permettait de conserver un maximum d'énergie, la maîtrise totale de notre corps et de notre esprit. Si je m'étais transformée brutalement, je serais devenue incontrôlable, j'aurais foncé droit dans le mur, tête baissée. J'aurais tout fichu en l'air. J'étais un trop jeune garou pour prendre des risques, et si malgré tout je me retrouvais dans l'obligation de le faire, je serais effrayée, parce que je n'avais jamais été dans ma peau de loup seule, sans Leith pour me guider.

Je rassemblai mes esprits et penchai discrètement la tête afin de vérifier la galerie et la progression de Pitt. Il venait de suivre le couloir de gauche, nous avions un temps de retard. D'un coup de menton, je leur enjoignis d'avancer et m'élançai la première pour rattraper Pitt. Ce dernier se faufilait tout juste derrière un large pilier en pierre.

Il n'y avait personne à cet étage, pas un bruit. Tout se passait dans le niveau inférieur d'où montaient des rires gras, des applaudissements et des phrases en roumain qu'il nous était impossible de comprendre. Ils s'amusaient de lui, de Darius, ils jouaient avec lui…

Mon cœur se fit plus noir que les ténèbres. Quand vous aimez quelqu'un aussi sincèrement que j'aimais Darius et qu'on lui fait du mal, il vous arrive de souhaiter, par la seule force de votre volonté, de faire exploser les murs, de désintégrer tout ce qui s'oppose à vous, d'effacer l'ardoise comme si rien n'avait existé. Eh bien, ce n'était pas ce que je voulais. Ce que je désirais, c'était les regarder agoniser, être torturés, s'éteindre à petit feu et en rire, en rire aussi fort qu'ils se moquaient de lui. Par l'Esprit, ce que j'aurais adoré avoir ce pouvoir.

Parmi les éclats de voix, nous entendîmes quelqu'un parler distinctement en anglais, plus fort que les autres, comme s'il exigeait que tout le monde l'écoute attentivement.

— J'ai bien vu qu'il était résistant, mais ne l'abîmez pas trop, il faut en laisser pour le Grand Strigoï. Vous savez qu'il n'aime pas se contenter des restes.

Il y eut un court silence, puis un nouveau cri de Darius.

Je réprimai un gémissement en me mordant les lèvres et continuai à avancer jusque vers la cage d'escalier où Pitt venait de s'engouffrer.

Les rires recommencèrent à retentir, tandis que l'odeur du sang imprégnait l'air.

Du plat de la main, Simon nous fit signe d'attendre. Il allait descendre les marches en éclaireur. Nous hochâmes la tête et le regardâmes avancer. Il remonta presque aussitôt. Nous pouvions le suivre. Hélas, nous avions à peine fait quelques pas qu'un bruit retentit derrière nous. Nous avions de la visite. Alerté par notre odeur, le Strigoï se hâta de nous rejoindre, trop vite pour que nous ayons la possibilité de nous cacher.

— *Ce faceti aici ?* demanda-t-il d'une voix froide.

Simon et Rufus ne perdirent pas de temps et se placèrent derrière nous en faisant mine de nous soutenir. Puis ils bravèrent le regard hostile du nouveau venu.

Il était très petit, pas plus d'un mètre soixante, et relativement corpulent. Mais il valait mieux ne pas se fier à sa taille, elle n'était en aucun cas proportionnelle à sa force, car comme ses congénères, il devait être d'une puissance extraordinaire. Brun, la peau mate et les yeux rouges injectés du sang de la soif, sa façon de nous observer était si naturellement machiavélique qu'il me donna des sueurs froides. Je me souvenais trop bien des deux Strigoii venus m'affronter pour me boire. Assoiffés, leurs iris étaient de la même couleur que ceux de l'homme qui se tenait devant nous.

— *Hrana rosie,* dit Rufus avec un fort accent britannique.

Le vampire haussa un sourcil. Ça ne devait pas encore être l'heure des repas, il parut surpris. Alors Gwen, qui jusque-là n'avait pas pris une once d'initiative tant la crainte la tenaillait, réagit bien plus vite que je n'aurais osé le faire. Elle se mit à glousser en poussant des petits cris aigus, donnant l'illusion d'être intimidée, tout en se caressant discrètement le cou d'une main langoureuse. L'effet escompté fut une totale réussite. Le vampire lui envoya un regard glouton qui tiendrait sans doute toutes ses promesses. Galvanisée par le courage de Gwen, je l'imitai et tentai un sourire avenant. Après tout, nous étions supposées être entièrement consentantes, d'autant que j'avais souvent entendu raconter que les donneurs de sang prenaient un réel plaisir à nourrir les vampires. Il était capital que nous les persuadions d'être honorées d'être là.

— Roumaines ? demanda-t-il en anglais.

— Non. Anglaises. Elles ont fait le voyage spécialement pour vous.

Et cet idiot le crut. Enorgueilli, il montra sa satisfaction par un sourire carnassier.

— Elle ! dit-il en pointant le doigt sur Gwen.

Ce qui n'était pas une bonne idée. Gwen et moi étions prêtes à être mordues s'il le fallait, mais à l'instant où le vampire planterait ses crocs dans le cou de Gwen, il pourrait se rendre compte qu'elle était un ange noir et lèverait le voile sur la supercherie. Nous savions que mon sang retrouvait ses propriétés d'origine lorsque je portais l'amulette, Grigore en était certain, mais pour Gwen, nous n'étions sûrs de rien. Une supposition ne suffisait pas pour que nous prenions le risque de tout gâcher.

— Oh, non ! m'insurgeai-je exagérément. J'ai bien meilleur goût qu'elle ! Essayez, vous verrez !

Le Strigoï s'en amusa et s'approcha pour me prendre la main. Il la retourna fermement et amena mon poignet juste sous son nez pour le sentir. Il respira bien à fond, ferma les yeux, les rouvrit et hocha la tête.

— Elle, pour moi. Autres, suivez !

D'un geste brusque, il me traîna avec lui dans l'escalier, obligeant Rufus à me lâcher.

Du coin de l'œil, en passant devant un renfoncement dans le mur, j'aperçus Pitt qui s'y tenait caché. Le garde ne le remarqua pas, son odeur se mêlait à celle de Rufus et de Simon. Le regard que nous échangeâmes sembla se conforter dans un accord silencieux : je devais me laisser faire, quoi qu'il m'en coûte. Et j'étais prête.

Plus nous avancions, plus l'odeur ensanglantée de Darius s'intensifiait. Mais je ne percevais toujours pas celle de Leith. Le vampire brailla quelque chose en roumain et poussa une grille métallique menant dans une cellule éclairée par quelques chandeliers. Plusieurs Strigoii attendaient. Nous y entrâmes tous.

— *Hrana !*

Il me jeta au milieu de la pièce tandis que les cinq autres braquaient sur moi des yeux affamés. L'un d'entre eux, plus grand, plus blond que ses congénères et avec des iris étrangement clairs, s'approcha lentement pour me tourner autour.

Je ne les avais plus dans mon champ de vision, mais je sentais la haine de mes amis crépiter jusque dans mes veines, parce qu'ils ne pourraient intervenir, ils ne pourraient pas m'aider. Ils allaient devoir assister à ça sans dire un mot, et peut-être même se battre intérieurement pour ne pas avoir envie de mon sang, eux aussi. Ce sang presque humain dont ils étaient privés depuis des siècles, pour certains d'entre eux.

Le vampire blond s'arrêta derrière moi, écarta ma queue-de-cheval et enfouit sa tête dans mon cou. Je retins un frisson. Puis, au comble de l'effroi, je sentis sa langue froide parcourir ma peau depuis le lobe de mon oreille jusqu'à la naissance de mon épaule et reproduire le mouvement dans l'autre sens. Je dus me faire violence pour ne pas fermer les paupières et montrer à quel point j'étais mortifiée, écœurée, scandalisée par ce qui allait suivre.

Subitement, il retira mon manteau. Puis, d'un geste brutal, il empoigna le col de mon pull le déchira brutalement pour dégager ma peau. Les manches encore enroulées autour de mes bras, ce qui restait de la laine couvrant à peine mon décolleté, je me retrouvai en débardeur, la gorge nue, la peau frémissante, totalement offerte. Instinctivement, je plaçai les mains contre ma poitrine, non pas pour me cacher, mais pour empêcher que quelqu'un remarque le médaillon calé entre mes seins. Pour détourner l'attention du précieux bijou, je penchai largement la tête de côté, offrant mon cou. Sans crier gare, le Strigoï planta violemment les canines dans mon épaule, me faisant hurler de douleur et de surprise. Mais immédiatement, je fis silence et serrai les dents de toutes mes forces, tandis qu'il s'abreuvait à grandes lampées. Quand il eut terminé, il se redressa, satisfait, et s'essuya la bouche du revers de la main. Le plus discrètement possible, je tentai de ramener un pan de tissu sur la plaie afin de cacher qu'elle était déjà en train de se refermer. J'étais couverte de sang.

— Laissons-la-lui ! ordonna-t-il en anglais avec un geste du menton comme pour désigner la pièce qui se situait de l'autre côté du mur. Son hémoglobine est bonne et forte.

Au son de sa voix, je compris que c'était lui qui avait exigé que Darius ne soit pas abîmé.

Mon cœur se mit à cogner plus fort dans ma poitrine, autant à cause de la peur de le trouver dans un piteux état, que parce que je m'apprêtais à lui permettre de me déchirer la peau. Lorsqu'un vampire a été vidé de toute son énergie, il est hors de contrôle, prêt à tuer pour boire et survivre. Darius serait impitoyable.

— *Niciodata !* brailla l'un d'eux. Elle, à nous ! Lui, mourir !

— Mais pas de votre main ! hurla le blond. Vous l'avez bien trop amoché, il pourrait rendre l'âme avant que le Grand Strigoï ne s'occupe de lui. Cela vous coûtera cher ! Vous n'aurez qu'à utiliser l'autre. L'ange noir doit récupérer.

D'un mouvement de tête, il désigna Gwen, qui devint le point de mire de cinq paires d'yeux assoiffés de sang. Nous nous observâmes. Puis je m'attardai sur Simon et Rufus. Nous le savions, Gwen allait être dévoilée, ce n'était qu'une question de minutes. À partir de là, nous finirions tous par nous battre, mais il était encore trop tôt, nous n'avions pas libéré Darius et encore moins retrouvé Leith. Hélas, nous n'avions plus le choix. Le vampire blond, sans aucun égard pour moi, m'attrapa par le bras pour m'obliger à le suivre. Ce que je fis le plus docilement possible.

— Toi, viens avec nous, dit-il à Simon.

Nous sortîmes de la geôle en laissant Rufus et Gwen derrière nous. Nous nous engageâmes dans le couloir et nous arrêtâmes quelques mètres plus loin devant les barreaux épais d'une cellule. Même avec une vision me permettant de deviner les formes dans la nuit, il y faisait trop sombre pour que je réussisse à distinguer quoi que ce soit au-delà d'un mètre. Je ne voyais pas Darius. En revanche, je le sentais. Il était là, tout au fond, sûrement prostré dans le coin le plus reculé du cachot. Simon, qui marchait derrière moi, fit quelques pas supplémentaires pour pencher la tête en avant. Contrairement à moi et parce qu'il était un vampire, dans le noir, il avait une vue parfaite, et ce qu'il vit le glaça d'effroi.

— Trop sensible ! se moqua le Strigoï d'un ton méprisant. Ceux de ton espèce n'ont pas hérité de notre courage. Avance et baisse les chaînes !

Simon s'enfonça dans la prison comme s'il marchait sur des œufs. Mon cœur ne cessait d'accélérer la cadence. Puis il s'arrêta tout net de battre lorsque le blond alluma une torche derrière lui.

Darius… Mon ami. Celui qui m'avait prise sous son aile quand j'en avais le plus besoin.

Brisé.

Meurtri.

Plus affaibli qu'un enfant malade.

Il était là, bras et jambes écartés, partiellement nu et attaché à un châssis en bois. Soulevé à l'aide d'une poulie, il était maintenu en l'air par une ceinture et des entraves dans lesquelles passaient des chaînes permettant de le monter et de le descendre. Ces barbares ne manquaient ni d'imagination ni de cruauté. Darius était maculé de sang formant une flaque juste en dessous de lui. Le dernier châtiment corporel venait de lui être infligé. Sa tête tombait en avant et ses cheveux lui cachaient entièrement le visage. Je n'entendais pas un bruit, pas un hoquet, pas un souffle, comme s'il était mort, mort une seconde fois.

J'avais peur. Peur d'entrer et de voir précisément ce qu'on lui avait fait subir, peur de la colère qui bouillonnait en moi, de la voix vengeresse me hurlant de laisser la bête me posséder. Je vibrais du désir de tuer ces ordures une à une, de me ruer sur elles, de les éviscérer, les décapiter et de répandre leur sang dans ce château maudit. Mes muscles me faisaient mal, me brûlaient, me tenaillaient. Comme dotés d'une vie propre, ils semblaient vouloir s'étirer sous ma peau, être libres de prendre une autre forme. J'étais sur le point de devenir folle, à résister comme je le faisais.

Le souffle court et la mâchoire serrée, je tentai de me ressaisir. Je n'avais pas le droit de baisser ma garde et de me laisser aller à mon penchant le plus primitif. Si je cédais, plusieurs autres Strigoii arriveraient et nous anéantiraient en un rien de temps. Grigore, Remus et Gabriel resteraient peut-être coincés ici et nous aurions fait tout ça pour rien.

Je m'interdisais de nous mettre en péril. Or, j'en étais quand même à me demander quel était le but de la manœuvre. En quoi rencontrer le chef suprême des vampires rendrait-il la mission plus facile ? Dès le départ, Grigore savait que ce monstre ne changerait pas d'avis. Alors pourquoi tenait-il tellement à plaider la cause de Darius ?

— Avance ! cria le Strigoï derrière moi. Et toi, tire sur ces foutues chaînes !

Simon et moi nous exécutâmes, pris dans l'étau de nos pulsions les plus meurtrières, littéralement écartelés entre ce que nous voulions faire et la manière dont nous devions agir à tout prix. En même temps que Simon faisait descendre Darius, j'eus l'impression que du plomb enrobait puissamment mes pieds, il me sembla que jamais je ne pourrais atteindre les deux mètres qui nous séparaient.

— Stop ! hurla le vampire blond à Simon. Maintenant, fais pivoter le châssis.

Simon obéit et tourna Darius face à nous.

Mes jambes me lâchèrent et le contenu de mon estomac remonta si vite que je me pliai en deux et vomis sur le sol avant d'avoir eu le temps de le voir venir. Je toussai, crachotai, soufflai, et me relevai lentement, osant à peine reposer les yeux sur Darius.

Le vampire éclata d'un rire sardonique.

— Ton sang va le requinquer, poulette ! Approche-toi !

Darius était dans un état épouvantable. Il avait disparu depuis trois jours et paraissait déjà si amaigri. Mais ce n'était pas ce qu'il y avait de pire. Il lui manquait des lambeaux de peau sur le torse, le ventre et les jambes. Ses côtes étaient lacérées de coups de lames tranchantes et ses genoux formaient un angle curieux, comme s'ils avaient été brisés à plusieurs reprises. Sur sa taille, ses aisselles et ses biceps, il me sembla qu'on lui avait arraché des morceaux de chair en le mordant.

Darius était un ange noir, il se régénérait sans cesse, et à cause de cela, il avait dû vivre un calvaire, laissant un terrain de jeu presque vierge à ses bourreaux, encore et encore. Mais à présent, il était bien trop mal en point. Les plaies étaient profondes. Il ne cicatrisait pas complètement tant il était affaibli. Son corps, puissant et solide, avait rendu les armes d'avoir été autant supplicié. S'il ne buvait pas à ma veine, il mourrait.

Le vampire blond me poussa en avant, jusqu'à ce que je me retrouve à quelques centimètres de Darius. Là, il empoigna ses cheveux pour lui relever la tête, Darius ne réagit pas. Alors, de son autre main qu'il passa derrière ma nuque, il s'apprêta à me soulever de terre, arrêté par Simon, dont je percevais la colère crépiter en chacun de ses pores.

— Je vais le faire, proposa-t-il.

Il m'attrapa par la taille et, tandis que le vampire me contraignait à pencher la tête de côté, il me leva à hauteur du visage de Darius.

— Elle ne saigne plus. Mords-la, ordonna-t-il à Simon. Ça le réveillera.

Je sentis la panique qui venait d'envelopper Simon. Depuis combien d'années n'avait-il pas bu une seule goutte de sang humain ? Même si le mien ne l'était plus vraiment, le pouvoir de l'amulette le rendait aussi commun que celui de n'importe quelle femme. Simon, comme tous ceux qui vivaient à St Andrews, avait fait le choix de se nourrir autrement, parce que la morsure divine, celle qui amène le sang riche et délicat de l'homme, était ensuite une véritable torture pour l'esprit. Je me souvenais de la puissance de son parfum, de l'énergie qu'elle avait décuplée en moi en seulement une gorgée. Je n'avais jamais rien goûté d'aussi bon alors même que j'étais un ange noir et que tout me paraissait écœurant à avaler. Les anges noirs souffraient de s'en priver. Simon souffrait à ce moment même.

D'un clignement de paupières, je lui fis comprendre qu'il ne fallait pas tarder. Ses iris, que l'excitation, l'envie et la culpabilité rendaient lumineux, se liquéfièrent complètement. Il prit une courte inspiration, ouvrit la bouche et plongea sur ma veine, rapidement, précisément. Puis il se releva aussitôt et s'empêcha de se lécher les lèvres, alors qu'une lueur de plaisir inassouvi l'embrasait. Le sang coulait le long de mon cou, abondamment et suffisamment pour contraindre Darius à lever les yeux. Derrière le rideau de ses cheveux blonds poissés par la saleté, la sueur et le sang, je vis le regard d'un prédateur, les iris rouges d'un vampire qui avait faim et, un instant, j'eus peur. Assoiffé, il ne me reconnaissait plus.

Soudain, les quatre autres Strigoii firent irruption dans la cellule.

— *Trage la masea ?* ricana l'un d'eux.

Puis il continua dans un anglais parfait pour que Gwen comprenne. Elle n'avait pas encore été mordue.

— On a dit à la fille qu'on voulait assister à ça. Ça nous excite. Ensuite, on s'occupera d'elle. Chérie, on te fera la totale. Prépare-toi.

Gwen…

Je l'entendis gémir, et pas parce qu'elle avait peur de ce que ces brutes pourraient bien lui faire subir. Elle venait de voir Darius.

Soudain, ce dernier se projeta en avant d'un puissant coup de reins. Il cogna durement mon front avec le sien, me conduisant à rejeter la tête en arrière. La seconde d'après, il rompait son jeûne de plus de six siècles en harponnant férocement ma gorge. Un hurlement effroyable s'en échappa. Ça faisait mal, tellement mal. Impossible de savoir ce qui était le plus douloureux exactement ; la violence de ses succions, ou le fait que mon ami pourrait me tuer froidement sans réaliser une seule seconde qu'il s'agissait de moi. Il n'était plus le même, ce n'était plus lui. Un instant, j'eus la conviction que je mourrais ici.

— Maintenant, c'est à nous, ma jolie ! s'écria une voix derrière nous. Je vais boire à ton cou et tu vas adorer ça !

Puis tout se déroula très vite. Un feulement sauvage retentit, suivi du bruit mat d'un coup qu'on aurait donné. Gwen venait d'exploser en éjectant brutalement l'un des vampires dans le mur de pierre. Passé la surprise de ce retournement de situation, le Strigoï blond ne mit pas longtemps à réagir, il se propulsa aussitôt sur Gwen et Rufus. Simon me lâcha immédiatement et, incapable de retenir le poids de mon corps avec sa mâchoire, Darius ouvrit la bouche, me laissant tomber par terre comme une poupée de chiffon. Sans bouger, je tentai de reprendre mon souffle, tandis que derrière moi, j'entendais des grognements, des cris... Un affrontement impitoyable venait de commencer. Cinq contre trois, dont une femelle ange noir de peu d'expérience, ils n'y arriveraient jamais. Les Strigoii étaient extrêmement puissants, sûrement plus encore lorsqu'ils étaient sur leur propre territoire.

À bout de forces, je réussis à me tourner doucement vers eux. Gwen se défendait comme un diable, tâchant d'éviter les coups qu'elle recevait quand même une fois sur deux. Elle était devenue le jouet d'un vampire qui s'amusait avec elle comme un chat avec une souris. Chaque fois qu'elle voulait répliquer, il se dématérialisait en fumée noire et les poings de Gwen s'abattaient dans le vide. Alors, il apparaissait derrière elle pour la frapper sournoisement et plus violemment encore. D'une soudaine détente, elle parvint à lui faire face et à lui envoyer le genou dans le bas-ventre. Déstabilisé, il se plia en deux. Gwen en profita pour lui agripper le cou à deux mains, serra de toutes ses forces et le fit craquer d'un geste sec. Sans perdre une seconde, Rufus prit la place de Gwen et laissa retomber ses serres tranchantes sur la nuque du vampire. La tête bascula sur le sol, roula, puis le corps s'affaissa.

Ce qu'il se passa ensuite, je n'eus pas le temps de le voir. En rage, déchaîné et assoiffé, Darius réussit à briser les entraves lui maintenant chevilles et poignets. Effréné, il s'écrasa de tout son poids pour chercher mon cou. Désespérée et épuisée, je tentai de le repousser en le tirant par les cheveux. Mais dans cet état proche de la transe, même affaibli, Darius était plus fort que moi. Il s'empara de mes mains qu'il bloqua au-dessus de ma tête pour mieux plonger sur le sang qui continuait de couler abondamment de mes veines. Il imprimait une telle puissance à son geste que je ne pouvais rien faire.

— Darius ! Darius ! m'écriai-je en m'étouffant. Darius !

Rien, il n'entendait rien. Il n'existait plus que pour ce fluide dont il avait tant manqué et qu'il percevait comme un miracle. Plus rien d'autre ne comptait que boire, se fortifier, se repaître de l'élixir sacré.

J'avais froid.

Je n'allais pas en sortir vivante.

Sa langue claquait contre son palais tandis qu'il aspirait ma vie. Je commençai à voir des étoiles. S'il ne s'arrêtait pas maintenant, il ne resterait plus rien de moi.

— Perceval..., réussis-je à murmurer.

Il répondit par un grognement de bête sauvage en lâchant mes mains pour agripper mes épaules et avoir plus de prise sur ma gorge. Il était insatiable, brutal et déterminé. Je n'avais plus la force de me débattre. Immobile, j'attendais que le glas sonne. Soudain, je sentis qu'on soulevait Darius de terre avec férocité. Libérée, je clignai plusieurs fois les paupières et aperçus Pitt. Il venait de me sauver la vie.

— Hannah ! s'écria Gwen en s'agenouillant à mes côtés. Ça va ?

Je repris mon souffle et réussis à relever doucement la tête, la vue brouillée.

Elle sentait de nouveau l'odeur ferreuse des anges noirs. Elle avait perdu son amulette.

Gwen m'aida à me redresser et posa sur mes épaules la laine chaude de mon manteau. Je me contorsionnai tant bien que mal et l'enfilai complètement. Car même si mon sang se régénérait rapidement, j'en avais perdu beaucoup et j'étais frigorifiée.

Lorsque je pus de nouveau prêter attention à mon environnement, il ne restait plus qu'un Strigoï dans le cachot, et il était mort.

Où sont les autres ? demandai-je. Ils ont pris la fuite ?

Gwen hocha la tête.

— Et Darius ?

— Il est là, murmura-t-elle. Il est là.

Je suivis son regard et le vit. Le souffle court, les yeux hagards, il était maintenu brutalement contre le mur par Pitt.

— Les renforts seront là d'une minute à l'autre, reprit Gwen. Il faut qu'on parte au plus vite.

— Pas sans Leith ! m'écriai-je alors qu'un vertige me contraignait à fermer les yeux.

— Ils arrivent, murmura Pitt dans un souffle.

À peine avait-il prononcé ces mots qu'une odeur de putréfaction, de chou pourri et de goudron frais devenue bien trop familière se répandait dans les galeries. La même qui persistait autour des corps retrouvés à St Andrews. C'étaient eux. Les guerriers de l'ombre.

Chapitre 13

Je percevais les vibrations de leur excitation

— Vite ! Par ici ! hurla Pitt en nous montrant l'opposé du couloir par lequel nous étions venus. Suivez-moi !

En quelques secondes, Gwen, Simon, Rufus et Pitt se séparèrent d'une partie de leurs vêtements qu'ils abandonnèrent au sol. Ils se retrouvèrent torse nu, prêts à s'envoler dès qu'ils auraient mis un pied dehors, si besoin. Rapide comme l'éclair, Rufus fit passer Darius par-dessus son épaule pour le porter. Enfin, tous les cinq s'élancèrent dans la galerie.

Aussi immobile qu'une pierre, je les vis se précipiter vers la sortie.

Je ne partirais pas sans Leith. Je ne quitterais pas cet endroit sans le ramener avec moi. Je ne réfléchis pas un instant de plus. Je ramassai l'amulette de Gwen qui se trouvait par terre et m'enfonçai en courant dans l'obscurité des souterrains, n'ayant aucune idée de la direction précise que je devais prendre.

— Hannah ! hurla Gwen derrière moi.

Ils avaient atteint le premier niveau, mais je n'écoutais pas, je ne m'arrêterais pas. Seul Leith comptait. Je puisais ma force dans l'adrénaline et la détermination. Elles compensaient la faiblesse de mon corps malmené qui se régénérait plus vite que jamais tant ma volonté était grande.

Même si l'odeur de Leith ne me parvenait toujours pas, j'étais certaine qu'il était caché dans les cellules inférieures, là où les guerriers de l'ombre se terraient. Ce que je m'apprêtais à faire était très dangereux, j'en avais conscience. Je pourrais y laisser la vie, mais rien ne saurait m'empêcher d'y aller. Rien.

En très peu de temps, j'atteignis l'embouchure d'un passage. Il donnait sur une cage d'escalier menant aux profondeurs extrêmes du château.

— Hannah ! redoubla Gwen d'une voix lointaine.

Un grondement sourd lui répondit aussitôt. Ils arrivaient.

Ce n'était pas la peine d'attendre qu'ils me tombent dessus. Je fis demi-tour et me dissimulai dans un renfoncement. Juste sous mes pieds, je sentis la présence d'une trappe. D'un geste souple et rapide, je me décalai pour la soulever silencieusement. Étant donné le système de poulies et de chaînes vissé à même les pierres, cet aménagement avait dû servir à faire passer des objets d'un étage à l'autre. Le goulot semblait large et profond, suffisamment pour que je m'y engouffre. Je distinguais la faible lueur qui s'en échappait, il me mènerait tout droit au niveau inférieur.

Les guerriers de l'ombre approchaient d'un pas lourd et bruyant. Sans attendre, je m'introduisis dans le conduit avec précaution. Je me tins quelques secondes sur le rebord par la seule force de mes bras et écartai les jambes pour trouver un point d'accroche. Je voulais absolument éviter d'utiliser les cordes, elles étaient sans doute là depuis si longtemps qu'elles se seraient rompues sous mon poids. D'un mouvement sûr, je me contorsionnai de telle façon que mon dos se retrouva calé contre le mur. En même temps, je pliai les genoux et poussai puissamment mes pieds à l'opposé. Je me maintins ainsi un instant avant de prendre soin de refermer la trappe derrière moi. En aucun cas ils ne devaient me sentir. Cachée ici, j'espérais que mon odeur serait amoindrie.

L'humidité suintante rendait les pierres glissantes. Assise dans le vide, je commençai à descendre contre la paroi avec précaution. Ce n'était pas tant la chute que je craignais, mais le fait d'être découverte avant d'avoir retrouvé Leith. Le souvenir encore vif du corps torturé de Darius me pinça violemment le cœur. Leith avait peut-être subi la même chose, voire pire, sous prétexte qu'il était un garou. Seul l'Esprit savait dans quel état j'allais le récupérer et j'en étais rongée d'angoisse.

J'arrêtai tout net ma progression quand j'entendis les guerriers passer juste au-dessus, emportant avec eux une odeur putride. Instinctivement, je retins ma respiration, fermai les yeux et baissai le menton comme si je voulais l'enfouir dans mon cou.

J'attendis.

Plusieurs secondes s'écoulèrent avant que leur odeur et le bruit de leurs pas ne s'éloignent. Ils étaient lents, et de ça, je comptais bien profiter. Je penchai la tête pour évaluer la distance jusqu'en bas, il y avait environ quatre mètres. Me jeter dans le vide serait plus rapide, le passage était suffisamment large pour ça. J'avançai le buste et mis les paumes en avant à la recherche de moellons auxquels j'aurais pu m'accrocher. Du bout des doigts, je repérai plusieurs trous me permettant d'y introduire les mains. Je m'y calai et fis glisser mes jambes contre la paroi. Finalement, je donnai une légère impulsion arrière à mon corps et, les bras le long des cuisses, je me laissai choir jusqu'en bas.

J'atterris souplement sur mes pieds dans un hall à peine éclairé. J'embrassai l'endroit des yeux, le temps de me situer par rapport à l'escalier qui montait vers ma gauche. À droite, la galerie continuait si profondément qu'il m'était impossible d'en voir le bout. Je m'emparai de l'une des deux torches accrochées au mur et m'y enfonçai.

L'allée distribuait plusieurs cellules. Les premières étaient intégralement vides. En avançant plus en amont, j'en découvris d'autres desquelles s'échappait une puanteur insoutenable. Depuis les grilles ouvertes, j'aperçus des paillasses, des excréments et des ossements que je me refusais à identifier. Les guerriers de l'ombre vivaient ici comme des bêtes sauvages qu'on aurait enfermées et nourries occasionnellement. Je ne me souvenais pas d'avoir connu lieu plus macabre et insalubre que celui-ci. Même les rats semblaient l'avoir déserté.

Je continuai jusqu'au bout, visitant invariablement chaque cachot, mais sans rien y trouver. Leith n'était pas là. À bout de ressources, je me pinçai l'arête du nez. Il n'y avait pas d'autre niveau, nul autre endroit où le chercher.

Les Strigoii l'auraient-ils monté au château ? Grigore l'avait-il vu ? Avait-il réussi à négocier sa libération ? C'était inutile de me donner de faux espoirs, il n'en irait sûrement pas ainsi. Je fis demi-tour et retournai dans le hall. Presque instinctivement, je levai la tête pour regarder l'ouverture par laquelle j'étais arrivée. En me tournant, mes yeux glissèrent aussitôt sur un large battant en bois qui remplaçait tout un pan de mur, juste en dessous du conduit. Mon cœur s'accéléra. Il y avait un autre endroit. C'était hypothétiquement là que tout se jouait. Leith était peut-être séquestré quelque part derrière cette porte.

Je l'observai pendant de longues secondes avant de me décider à la tirer vers moi, elle était entrebâillée. En faisant le moins de bruit possible, je l'ouvris davantage pour avoir une idée de ce qui m'attendait. Je m'immobilisai et pris le temps de renifler l'air. Je ne percevais rien de plus que l'odeur persistante des guerriers de l'ombre. Comme partout ailleurs.

Il faisait sombre. Bien plus que là où j'étais, mais je ne pouvais pas garder la torche avec moi. Si quelqu'un d'autre que Leith s'y trouvait, on me repérerait en moins de deux à cause de la lueur vive. Je l'accrochai à l'anneau contre le mur et fouillai à l'intérieur des poches de mon manteau pour en tirer mon portable. Enfin, le cœur battant, je pris une ample inspiration et m'engouffrai silencieusement dans les profondeurs ténébreuses avec pour seule alliée la lumière de mon téléphone.

Mes yeux s'accoutumèrent doucement à l'obscurité. Le sol était recouvert de dalles luisantes d'humidité et de crasse et, malgré l'équilibre que j'avais développé au cours de ces derniers mois, je manquai tomber plusieurs fois. De chaque côté de cette nouvelle galerie s'alignait de nouveau une série de cachots vides que j'inspectai systématiquement. Certains d'entre eux étaient aménagés d'anneaux muraux et de chaînes qui en disaient long sur leur utilité.

Presque à l'aveuglette, j'accélérai le pas et bifurquai désespérément à droite, à gauche, puis encore à droite, sans déceler le moindre indice qui aurait témoigné de la présence de Leith à un moment donné. Ma poitrine était secouée de spasmes, je m'en rendais compte seulement maintenant. En vérité, j'étais comme ça depuis que nous avions retrouvé Darius. J'aurais préféré découvrir Leith dans un état identique plutôt que ne trouver aucune trace de lui. J'avais peur de ce que sa disparition pouvait signifier. J'étais terrorisée à la seule pensée de ne plus jamais le revoir. Chaque parcelle de ma peau réagissait à son absence, je brûlais, je crépitais de colère, de tristesse et d'inquiétude. J'avais besoin de lui.

Et s'il était mort ? Non ! Je sortis cette idée de mon esprit et me concentrai sur l'unique objectif valable : le retrouver coûte que coûte. Mais cet endroit était plus infernal qu'un labyrinthe, plus sombre que les ténèbres, plus hostile qu'un gouffre volcanique. Et il me fallut parcourir encore une bonne dizaine de mètres à chercher dans les moindres recoins pour admettre que je ne trouverais rien. Leith n'était pas là.

Alors que je m'étais résolue à faire demi-tour, un léger bruit attira mon attention. Je m'immobilisai et écoutai. Comme sortis de nulle part, de distincts effluves de goudron et de putréfaction m'arrivèrent par vagues, m'arrachant un frisson mêlé de terreur et de répulsion. Instinctivement, je me collai contre le mur derrière moi et cachai la lumière pour ne pas être repérée, ce qui, au final, était totalement ridicule. Si ces créatures vivaient dans le noir, c'est qu'elles y voyaient sans doute très bien. D'ailleurs, aucun des meurtres de St Andrews n'avait été commis en plein jour. L'obscurité était leur élément, elle leur servait de protection, elle était leur alliée.

Presque aussitôt, un souffle chaud et nauséabond vint directement me balayer le visage. Le cœur au bord des lèvres, il me fallut quelques secondes pour comprendre qu'un guerrier était à quelques centimètres de moi. Une partie de mon esprit me hurlait de courir, l'autre, nettement moins lucide, m'enjoignait de rallumer ma lampe et de regarder. Le sentiment qui m'habita alors fut farouchement contradictoire. Je devais m'échapper d'ici, m'arracher à cette peur qui voulait me soumettre et me condamner là, mais je refusais de le faire sans connaître ce que je fuyais, sans voir qui m'avait pris Leith. Qui de mon cerveau ou des tréfonds de mon inconscience m'ordonna de déclencher la lumière ? Je ne sus le dire mais, comme dotée d'une volonté propre, ma main se dirigea vers mon ennemi. Je m'arrêtai aussitôt de respirer, totalement épouvantée par cette chose qui me fixait dans le blanc des yeux.

Grand, massif et légèrement courbé, le monstre qui se tenait devant moi était de loin ce que j'avais vu de plus abominable. Tout comme son corps, son impressionnante tête, surmontée de deux oreilles pointues, était couverte de longs poils bruns et graisseux qui venaient renforcer l'horreur de son large museau écrasé. Sa gueule, dotée de plusieurs rangées de dents épaisses et effilées, semblait ne pas pouvoir se refermer – aucune proie emprisonnée entre ses crocs ne devait jamais réussir à s'en sortir –, et de cette mâchoire puissante s'écoulait un liquide blanc, mousseux et visqueux. Je n'arrivais pas, ou plutôt, je ne voulais pas déterminer si cette substance était la manifestation de sa faim ou de la férocité que renvoyaient ses yeux plus rouges que le sang. Il était terrifiant.

J'ignorais d'où venait l'abondance de notre imagination, mais j'étais certaine que la mienne avait toujours été aussi infertile qu'un désert aride. De toute ma vie, à aucun moment je n'aurais pu croire en l'existence d'une telle créature. Le guerrier de l'ombre irradiait de puissance et d'énergie maléfique. À n'en pas douter, c'était un prédateur, une machine programmée pour tuer, l'incarnation de la force destructrice. J'en avais le souffle coupé.

Subitement, il feula et m'envoya en pleine face son haleine putride. Presque au même moment, il leva une patte velue et, horrifiée, j'évitai de justesse les cinq serres immenses semblables à celles des anges noirs et qui auraient dû m'arracher la tête.

Pendant que j'étais dans le conduit, en entendant leurs pas pesants, j'avais compris que ces créatures étaient lourdes et se déplaçaient lentement, alors que j'étais légère, agile et véloce. De fait, je me laissai tomber à même le sol et, simultanément, je basculai sur le côté pour le déstabiliser avant de m'enfuir plus vite que je n'aurais cru pouvoir le faire.

Si bête que cela puisse paraître, je n'avais pas lâché mon téléphone portable des mains. Tout en battant le sol de mes longues foulées, je l'enfouis dans la poche de mon manteau et me précipitai dans les galeries.

C'est parce que j'étais désormais une louve et que j'avais un sens de l'orientation affûté que je retrouvai sans mal la direction que j'avais empruntée. J'atteignis rapidement la porte, prête à m'élancer hors de cet enfer, lorsque la créature arriva derrière moi et empoigna ma queue-de-cheval pour me tirer en arrière. Je criai de surprise plus que de douleur et, déséquilibrée, je m'avachis sur le sol. Il me traîna ainsi pendant un ou deux mètres avant que je ne reprenne mes esprits. Avant de me tuer, l'animal voulait d'abord jouer. Je me contorsionnai d'un mouvement de hanches et agrippai l'une de ses lourdes pattes à deux mains. Pris au dépourvu, il lâcha mes cheveux. Je me remis debout sans attendre et, à l'aveuglette, je levai la jambe pour lui envoyer un coup de pied, avec toute la puissance dont j'étais capable. Je compris à ses gargarismes que j'avais atteint son estomac et qu'il s'était plié en deux sans tomber. Aussitôt, je m'élançai une nouvelle fois vers la sortie. J'avais à peine posé un pied dans le hall principal que deux guerriers se manifestèrent en bas de l'escalier.

À la lumière, ils étaient encore plus effrayants. Ils marchaient sur deux jambes, mais il n'y avait rien d'humain dans leur apparence. Leurs pieds imposants et pourvus de larges ergots faisaient des cliquetis sur le sol, tandis que leurs genoux fléchis semblaient ne pas pouvoir se déplier. Leurs bras longs et forts se terminaient par une main gigantesque dont les griffes étaient faites pour déchiqueter. Le buste étiré et bombé, ils étaient dotés d'une musculature impressionnante. Il s'agissait d'ailleurs du seul endroit de leur corps qui n'était pas recouvert de poils. Ils possédaient aussi une longue queue au bout de laquelle s'élevaient trois pointes noires. Mais leur visage, si l'on pouvait appeler ça ainsi, était ce qu'ils avaient de plus horrifique, avec cette mâchoire puissante faite pour arracher et broyer la chair. Ces créatures étaient monstrueuses.

Je percevais les vibrations de leur excitation.

Une peur panique s'enroula alors autour de mes muscles, de ma langue que je sentais sèche et lourde, m'immobilisant totalement. La respiration chaotique, je tentai de me ressaisir. Sans trop savoir ce que je devais faire, je reculai lentement, ne les quittant pas des yeux, jusqu'à ce que les pas de mon précédent adversaire résonnent. J'étais totalement piégée. D'un bref coup d'œil, j'évaluai mes chances de réussir à passer entre eux pour atteindre l'escalier. Elles étaient maigres, trop maigres. Je levai la tête dans l'espoir de trouver au plafond quelque chose auquel j'aurais pu me suspendre. Rien. Rien à part le conduit qui menait à l'étage supérieur. Si je m'y engouffrais, peut-être aurais-je le temps de gagner la sortie avant qu'ils ne montent ? Ils étaient lents, et j'étais souple et agile.

Subitement, à la façon des Strigoii, celui que j'avais laissé derrière moi se matérialisa à côté des deux autres dans un nuage de fumée noire. Horrifiée, je compris que si j'avais eu quelque espoir de m'échapper en les prenant de vitesse, je pouvais y renoncer. Les guerriers de l'ombre marchaient gauchement, mais personne n'était capable de se déplacer aussi rapidement qu'eux s'ils se mouvaient ainsi.

L'angoisse et la peur faisaient douloureusement palpiter mes veines contre mes tempes. C'était trop dur, trop lourd à supporter, je perdais l'équilibre. Mon centre nerveux était sous pression, prêt à exploser. Je voulus faire un pas de côté pour me stabiliser et ne réussis qu'à provoquer un cataclysme. Les trois créatures ouvrirent grand la gueule et poussèrent un cri effroyable avant de s'élancer dans ma direction.

En une fraction de seconde, je songeai à l'une des raisons qui m'avaient obligée à venir ici : Leith. Quel que soit l'endroit où il se trouvait réellement, je lui serais plus utile vivante que morte. Sans compter qu'on ne séparait pas des âmes sœurs. Jamais ! L'adrénaline au plus haut niveau, je laissai l'instinct de survie s'emparer de moi, s'approprier mon cerveau en m'interdisant de réfléchir à ce qui était réalisable ou non. Tandis qu'ils se collaient les uns aux autres pour faire barrage de leur corps et m'empêcher de passer, je les pris par surprise en sautant brusquement en l'air. Les bras levés au ciel, je réussis à attraper l'une des cordes suspendues à l'intérieur du conduit et me mis à grimper avec l'énergie du désespoir, aussi vite que je le pus. Si celle-ci rompait, je mourais. En moins de cinq secondes, j'atteignis la trappe. Mais alors que je m'attendais à ce que les guerriers me récupèrent en haut, je fus brutalement tirée par une cheville. Je hurlai à m'en briser les cordes vocales, battant violemment des pieds et m'accrochant de toutes mes forces aux poulies métalliques qui menaçaient d'être arrachées du mur. Puis la trappe s'ouvrit. Les deux autres avaient fini par monter.

Quand je vis le visage de Pitt penché sur moi, j'eus envie de pleurer, alors que je n'étais encore pas sortie d'affaire et que je ne connaissais toujours pas ses intentions. Profiterait-il de cette occasion inespérée pour me faire mourir rapidement ou... ? Je n'eus pas le temps d'aller au bout de mes pensées, Pitt passa ses avant-bras sous mes aisselles et me souleva d'un coup sec en même temps que le guerrier de l'ombre tirait de son côté. Un craquement sinistre retentit au niveau de mon bassin, mais Pitt m'avait délivrée. J'étais en vie.

— Tu peux courir ? me demanda-t-il en comprenant que je venais de me déboîter les os.

Je secouai la tête, au bord des larmes. Je guérirais vite, mais pour ça, il me faudrait un peu plus que la poignée de secondes dont nous disposions.

Sans perdre une minute, il me fit passer par-dessus son épaule nue et se précipita en direction de l'escalier. Le temps de compter jusqu'à trois et nous y étions.

Pitt était terriblement rapide, comme l'étaient tous les anges noirs, mais je ne pus m'empêcher de jeter des regards inquiets derrière nous. Au dernier coup d'œil, je les vis. Ils se déplaçaient en se dématérialisant par à-coups. C'est alors que je compris qu'ils étaient incapables de parcourir de longues distances de cette manière, sans faire de micro-haltes. C'était un bon point pour nous, mais tant que nous serions ici, dans ces lieux qu'ils connaissaient par cœur, nous serions en danger.

— Vite, vite ! hurlai-je. Ils arrivent !

Horrifiée, je sentis qu'il ralentissait le pas.

— Qu'est-ce que tu fais ? Ils arrivent, je te dis ! Ils sont là, regarde ! braillai-je en me contorsionnant pour les lui montrer de l'index.

Pitt se déporta pour vérifier, puis il s'arrêta subitement. Je levai le visage vers lui et examinai son expression. Il ne les voyait pas. Il ne les voyait pas !

Il ne restait plus qu'une quinzaine de mètres avant d'atteindre le cachot par lequel nous étions tous entrés, mais les créatures gagnaient du terrain. À quoi jouait-il ?

— Par l'Esprit, Pitt !

J'essayai de me dégager, mais il me tenait fermement.

— Cours, cours ! sanglotai-je, plus paniquée que jamais.

Pitt m'entendit suffoquer sous le coup d'une respiration trop courte, mais il ne bougea pas.

Alors, le premier guerrier arriva devant nous, amenant avec lui son odeur pestilentielle, plus forte, plus concentrée au fur et à mesure qu'il était stimulé par le parfum de notre sang. Les deux autres suivirent, mus du même désir de massacre, ahanant comme un taureau dans une arène. En trois confrontations seulement, j'avais compris leur fonctionnement. Ils ne sautaient pas immédiatement à la gorge de leurs proies, ils aimaient les observer un court instant. On aurait dit qu'ils se nourrissaient de leur peur. Pitt ne voyait pas ça. Il semblait totalement subjugué par ce qu'il sentait, entendait, mais ne percevait pas. Au prix d'un effort douloureux, je me laissai glisser derrière lui. Pitt était aveugle, alors, au moment où les guerriers attaqueraient, je serais ses yeux. Ma taille, mes hanches et mon bassin me faisaient toujours souffrir, mais je pouvais tenir debout. Il ne nous fallut pas attendre bien longtemps, les monstres ouvrirent leur gueule et envahirent les souterrains de leurs cris. L'instant d'après, Pitt réagissait, mais trop tard.

Le premier leva un bras qu'il voulut abattre sur Pitt. Je hurlai pour le prévenir. Puis tout alla très vite. Pitt bondit en arrière et, comme rechargé d'une énergie toute nouvelle, il m'agrippa par la taille et m'emporta avec lui à travers les galeries à une allure vertigineuse. Je ne distinguais plus ce qu'il se passait derrière nous, mais tandis qu'il parcourait les quelques mètres qui nous séparaient du cachot, le battant s'ouvrit sur Simon. Nous nous y engouffrâmes et nous jetâmes sur le rocher qui bloquait la sortie pour le faire bouger. Au même moment, la porte de la geôle vola en éclats, laissant pénétrer les trois créatures de la nuit. Gwen, Simon, Rufus et Darius – qui avait vaguement repris conscience du monde autour de lui –, restèrent muets de stupéfaction en ne voyant rien d'autre que des morceaux de bois éparpillés sur le sol.

— Déplacez ce rocher, déplacez-le ! m'égosillai-je.

Pitt et Rufus s'y affairèrent avec moi tandis que les guerriers entraient.

— Non ! entendis-je hurler Gwen au moment même où le rocher basculait.

Je me retournai quand les rayons du soleil investirent la geôle, faisant aussitôt reculer nos adversaires qui se fondirent dans l'obscurité des couloirs.

Ils ne supportaient pas la lumière du jour !

— Ils s'en vont ! Sortez, sortez ! criai-je.

Mais personne ne bougea.

C'est alors que l'odeur métallique et salée du sang s'engouffra dans mes narines. Puis j'ouvris de grands yeux dans un éclair de lucidité. Le corps sans vie de Simon gisait sur le sol. Le guerrier de l'ombre avait emporté sa tête avec lui. Je n'avais rien vu.

— Simon..., murmurai-je en portant les mains à mes lèvres.

Je n'arrivais pas à y croire. Il avait joué gros pour sauver Darius et il avait perdu.

Même si nous nous connaissions peu, sa mort me faisait très mal et pour plusieurs raisons. Quelques mois auparavant, il avait pris des risques en m'aidant à me libérer d'Ewan, il s'était battu contre lui, contre les siens : pour moi. Il s'était éloigné de ceux qui ne soutenaient pas ma cause pour faire ce qu'il pensait juste. Il avait compris mon besoin de redevenir humaine alors que lui-même aurait peut-être donné n'importe quoi pour être à ma place. Il avait tout juste dix-sept ans quand il s'était changé en ange noir. Il l'avait fait par amour, un peu plus de quatre-vingts ans plus tôt, un amour finalement éphémère qui l'avait plongé dans l'amertume. Je me souvenais du jour où il avait admis avoir longtemps regretté ce choix. Sa famille lui manquait, il ne devait plus jamais la revoir. Puis Simon avait appris à aimer sa nouvelle vie, celle qui venait de lui être arrachée brutalement. Simon avait été un homme courageux, fidèle et noble de cœur. Il n'avait pas mérité de mourir. Sa disparition était injuste.

— Nous ne pouvons pas rester ici, nous avertit Pitt, dont l'expression était aussi froide qu'un bloc de glace. Les Strigoii arrivent.

Pitt était bien plus affecté qu'il n'en avait l'air. Simon et lui se connaissaient depuis des décennies et, quelles qu'aient pu être leurs divergences, c'était un ami qu'il avait perdu.

Je jetai un œil à Darius, il ne réalisait pas. Il était là sans être là. Il fixait Simon avec le regard vide d'un homme qui venait de passer trois jours en enfer. Mon sang l'avait revigoré. Il se tenait debout normalement et quelques-unes de ses plaies s'étaient miraculeusement refermées. Son corps irait de mieux en mieux, mais son esprit, que deviendrait-il ? Ils l'avaient cassé, meurtri, anéanti. En à peine soixante-douze heures, ils avaient écrasé une partie de son âme et, en l'observant, j'eus l'impression qu'il ne serait plus jamais le même. J'aurais voulu croire en un dieu pour le supplier d'apaiser ses souffrances, de lui faire tout oublier. J'aurais aimé prendre le temps de le serrer dans mes bras, de lui dire que je serais toujours là pour lui, mais je ne pouvais pas. Je m'effondrai. J'aurais pu pleurer toutes les larmes de mon corps, de joie, parce qu'il était à nouveau parmi nous, et de douleur, parce que nous l'avions récupéré lui, et pas encore celui que j'aimais.

Mais rien n'était fini, il me fallait être forte. C'est pourquoi je me contentai de le regarder en étirant doucement les lèvres sur un sourire sans joie. Il ne le vit même pas.

Rufus s'agenouilla devant le corps décapité de Simon, à côté de Gwen, horrifiée. Il étendit doucement le bras et lui posa la main sur le cœur.

Ensemble, ils avaient partagé bien plus qu'une simple collaboration au sein du Cercle. Ils étaient presque inséparables et montraient, l'un envers l'autre, une fidélité que bien des anges noirs leur auraient enviée.

Sourdement, il murmura quelques paroles que personne ne put entendre distinctement. Hâté par le temps, il essuya une larme de rage qui coulait sur sa joue et se leva.

— Allons-y, dit-il en se précipitant à l'extérieur, sans un regard en arrière.

Nous nous élançâmes à sa suite, alors que ma démarche boitillait, tournant définitivement le dos à cet endroit où je n'avais trouvé que la moitié de ce que j'étais venue chercher.

Nous y étions restés une heure, mais c'est toute une vie en enfer que j'avais eu l'impression de passer.

Nous parcourûmes quelques mètres dans l'herbe gelée des douves avant de nous arrêter tout net. Une dizaine de Strigoii nous rejoignaient, Grigore et les membres du Conseil solidement escortés au milieu de tous.

Chapitre 14

Par pitié, enlève ce truc-là !

— Emmène-le ! ordonna Pitt à Gwen. Par les airs, partez retrouver Paul. Vite !

Bien que ne sachant pas exactement où aller, Gwen ne perdit pas une minute et s'empara du poignet de Darius. Elle l'entraîna avec elle dans les douves, à l'arrière du château, puis disparut, à couvert des visiteurs qui avaient tous le regard braqué sur nous.

— Gwen s'en sortira. Ne tentez rien, nous ordonna Pitt à voix basse. Il y a trop de touristes, ils n'oseront pas nous attaquer devant eux.

Je levai les yeux sur les rambardes dressées autour du monument, une cinquantaine de personnes attendaient l'heure des premières visites. Ils paraissaient tous intrigués par notre rassemblement et par la semi-nudité de certains d'entre nous. La température extérieure avoisinait les moins dix degrés, il fallait être totalement illuminé pour se promener ainsi par ce froid… ou paré à fuir.

— C'est exactement la raison pour laquelle vous allez nous suivre gentiment, lança calmement le vampire en tête de file, d'une voix profonde et vibrante.

Il avait l'ouïe plus fine que celle d'un rapace.

Il avança vers nous d'un pas lent et dominateur. À sa démarche princière et arrogante, il ne faisait aucun doute qu'il s'agissait de celui qu'on appelait le Grand Strigoï. Dans mon imaginaire, c'était une créature athlétique et intimidante. En réalité, il était tout le contraire. Petit et chétif, il avait de longs cheveux bruns tirés en arrière qui accentuaient la pâleur de son visage effilé et osseux. Ses grands doigts maigres, qu'il gardait croisés sur sa poitrine tandis qu'il approchait, semblaient prêts à se rompre sur une unique poignée de main. Cependant, son enveloppe, d'apparence fragile, n'était qu'un leurre. L'aura malfaisante qu'il dégageait venait évincer toute présomption de faiblesse le concernant, et ses iris, aussi sombres que les ténèbres, renforçaient la noirceur de son esprit pourtant invisible à l'œil nu. Mais je la sentais, sa force destructrice qui crépitait dans tous les pores de ma peau, m'envahissant d'une énergie négative pure qu'il m'était impossible de refouler. J'avais l'impression qu'il nous étudiait tous profondément, et en même temps, qu'il possédait une multitude de paires d'yeux. Rien qu'en croisant brièvement mon regard, il fit accroître mon malaise. Cet homme était d'une puissance inouïe, il agissait sur moi comme un aimant. Son pouvoir me repoussait et m'attirait invariablement.

Il s'arrêta devant nous, à moins de deux mètres, pour considérer Pitt attentivement.

— *Petre, au trecut ani de zile de cand nu te-am mai vazut ! Asadar, ai ales tabara celor slabi ?* Soit, reprit-il en anglais, tu sais, en connaissance de cause, de quoi je suis capable. Limitons les dégâts et accompagnez-nous à l'intérieur.

Il accentua ses paroles d'un geste de la main en direction du château.

— *Nu e in program*, rétorqua Pitt.

Aussitôt, le regard du vampire s'illumina d'une lueur mêlant étonnement et satisfaction.

— *Ai devenit un om curajos. Dar curajul nu te va salva.*

— Le courage ne me sauvera peut-être pas, mais mon honneur, lui, sera indemne, répondit Pitt en anglais d'une voix claire et incisive. Relâche-les.

« Mon honneur. » Venant de la bouche de Pitt, ces deux mots résonnèrent dans ma tête dans la plus totale incompréhension. Je ne savais plus comment le situer. Il était avec nous, mais contre moi. Pourtant, il m'avait sauvé la vie deux fois. Par honneur, là aussi ?

Mon regard croisa celui de Grigore. Ni lui, ni les deux membres du Conseil ne semblaient avoir été malmenés. Ils n'étaient pas maintenus par les Strigoii et circulaient presque librement. Nous nous observâmes sans nous lâcher des yeux. Je fermai et ouvris lentement les paupières dans un dialogue muet pour lui signifier que Darius était sain et sauf. Il hocha discrètement le menton, me signifiant qu'il avait saisi, puis il pencha sensiblement la tête en fronçant les sourcils comme s'il voulait savoir ce qu'il en était pour Leith. Sinistrement, je lui fis signe que non. Puis je posai les yeux avec insistance sur Rufus avant de regarder de nouveau Grigore, l'air triste, afin qu'il comprenne que l'absence de Simon n'était pas normale. Il blêmit instantanément.

Le Grand Strigoï se tourna vers Grigore, Remus et Gabriel, et s'adressa à eux.

— Vos vaines tentatives pour détourner mon attention étaient parfaitement ridicules. J'ai senti vos amis à la minute où ils sont entrés dans ce château. Tout ce que vous avez gagné, c'est la mort de l'un des vôtres.

Nous fûmes tous surpris qu'il soit déjà au courant, dans la mesure où cela venait juste de se produire. Il se rendit compte de notre étonnement, alors, il lâcha un rire mesquin.

— Vous ne connaissez rien de moi, pauvres fous ! Je sais tout, je vois tout, et hélas pour vous, les leçons que j'ai enseignées à votre ami Petre, il y a bien longtemps, n'ont pas porté leurs fruits. Il devrait le savoir, je n'abandonne ni ne cède jamais ce qui m'appartient.

— Il n'est pas à vous ! explosai-je en laissant éclater la fureur qui avait gonflé en moi de minute en minute.

Le vampire tourna la tête dans ma direction pour me considérer d'un air médusé.

— Qui est cette charmante créature ? demanda-t-il, amusé. Une groupie à vampire ?

— Peu importe qui je suis, répliquai-je avec hargne. Il ne vous appartient pas !

— Bien sûr que si ! me contredit-il avec un sourire calculateur. Il a pris la vie de l'un de mes plus loyaux sujets, je m'empare donc de la sienne pour la remplacer.

— Votre larbin voulait la mienne ! Comme vous, mes semblables auraient-ils dû revendiquer le droit de posséder sa misérable existence ? hurlai-je sans me rendre compte qu'indirectement, je venais de lui dévoiler qui j'étais.

Mais ça n'avait aucune importance. Je me fichais des conséquences. J'étais bien trop en colère pour mesurer l'importance de mes mots.

Le vampire m'étudia attentivement d'un œil intrigué.

— Ainsi, tu es l'ange noir qui a tué son créateur pour redevenir humaine. Tu entends, Rémy, elle a survécu...

Ce prénom bourdonna dans mes oreilles comme l'écho d'un très mauvais souvenir. Rémy était le Strigoï contre lequel je m'étais battue dans le jardin de Gwen. Je lui avais alors balafré la joue, je m'étais défendue bec et ongles pour qu'il n'obtienne pas une seule goutte de mon sang, et il n'en avait pas eu. Il avait fini par s'enfuir lorsque Henry, l'autre vampire, avait été tué de la main de Darius. Tout ceci était sa faute. S'il y avait bien quelqu'un à qui j'avais envie d'arracher la tête sans réfléchir, c'était bien lui. Je pris une profonde inspiration pour me calmer avant d'affronter son regard. Implacable et froid, le Strigoï en avait autant après moi. Son visage semblait avoir été taillé à coups de serpe, et ses cheveux noirs parfaitement lissés lui donnaient un côté plus déterminé encore. Si je n'avais pas senti le pouvoir démesuré de leur chef, j'aurais juré qu'il n'y avait pas plus dangereux que lui à ce moment même. Il irradiait d'hostilité à mon égard.

— *Ramai calm,* lui signifia le Grand Strigoï. *Razbunarea va veni la timpul ei.*

Puis il se tourna vers les siens, secouant la tête de haut en bas tout en pinçant exagérément les lèvres pour leur montrer combien il était admiratif.

— Elle est en vie, mes frères. C'est une prouesse rare que de recouvrer l'humanité. Applaudissez ! Allez, applaudissez !

Les Strigoii se regardèrent à tour de rôle sans comprendre.

— Applaudissez ! leur ordonna-t-il d'une voix assourdissante.

Ils obtempérèrent mollement, toujours incertains du comportement à tenir.

— Assez ! Assez ! hurla presque aussitôt le vampire en grimaçant comme si le bruit le rendait fou.

Et fou, il l'était. Fou, instable et dangereux.

— Où est-il ? coupai-je court à cette insupportable mascarade.

Le Grand Strigoï posa sur moi des yeux aussi surpris qu'amusés.

— Où l'avez-vous mis ? insistai-je sans attendre sa réponse.

Il laissa filer un rire si léger que je dus me retenir pour ne pas le lui ôter d'un violent coup de griffes.

— L'avons-nous abîmé à ce point pour que vous ne le reconnaissiez plus ? demanda-t-il en dirigeant son regard par-delà le château.

— Pas lui ! Le garou, où l'avez-vous séquestré ?

Cette fois, je vis son visage se décomposer sous l'effet d'une totale incompréhension.

— Le garou ?

Je sentais l'appel du loup dans le creux de mon ventre, de mes reins, le sang bouillonner dans mes veines, mes muscles se dilater et s'étendre comme s'ils s'apprêtaient à jaillir. Je voulais tuer cet être vil et maléfique. Mais quand bien même en aurais-je été capable, je m'interdisais de me transformer ici, face à tous ces gens qui n'avaient aucune idée de ce qui était en train de se jouer sous leurs yeux, car ma mutation serait forcément l'élément déclencheur d'un affrontement sanglant. Quand ils reprendraient leurs esprits, comment pourraient-ils supporter la boucherie qui s'étendrait devant eux ? Je connaissais la réponse à toutes ces questions, mais je n'arrivais à me souvenir que d'une seule chose : protéger l'être humain. C'était la première leçon que Leith m'avait apprise. Protéger l'être humain en se cachant de lui.

— Je n'ai pas la moindre idée de qui vous parlez, ajouta-t-il.

— Mensonge ! hurlai-je.

— Je ne mens pas, insolente gamine, gronda-t-il. Sachez que quand un garou met les pieds ici, nous ne le séquestrons pas, nous le donnons à manger aux *Razboinicii* !

Il attendit quelques secondes, puis il éclata de rire en voyant la mine effarée que je prenais.

Les autres l'imitèrent niaisement, s'amusant à mes dépens.

Je les entendais à peine, je m'étais concentrée sur Grigore dont les yeux étaient braqués sur moi. Ce que le vampire suprême avait dit était vrai, Grigore essayait de me le faire comprendre d'un intense regard. Et je le croyais. Je n'avais senti Leith nulle part et n'avais repéré aucun indice de sa présence ici à un moment donné. Peut-être avait-il simplement décidé de s'isoler un peu, de rester seul avec lui-même ? L'espoir grandissant de le savoir en vie quelque part fut aussitôt submergé par la réalité : il n'aurait jamais agi ainsi. Il n'aurait jamais fait le mort de cette manière-là. Il ne se serait jamais éloigné de moi sans m'en donner la raison. Leith avait des ennuis.

Subitement, Le Grand Strigoï leva la main pour ordonner le silence.

— Trêve de plaisanterie ! Nous allons continuer cette conversation à l'intérieur et tâcher de trouver un terrain d'entente.

— Il n'y aura pas de terrain d'entente, l'avertit Gabriel. Nous ne vous donnerons pas ce que vous voulez. Il en est hors de question.

— Alors, je me servirai moi-même ! tonna-t-il dans un accès de colère hystérique.

C'est à ce moment-là que la situation dégénéra. Grigore, Remus et Gabriel, d'une subite flexion de jambes, sautèrent par-dessus l'attroupement pour nous rejoindre. Aussitôt, nous perçûmes les « oh ! » de stupéfaction émis par la foule de touristes qui n'entendaient rien, mais qui ne perdaient pas une miette de la scène.

Ce sursaut d'énergie fut férocement accueilli par les Strigoii. Quatre d'entre eux se jetèrent sur nous pour nous affronter. Je me catapultai en arrière tandis que les anges noirs s'apprêtaient à en découdre violemment.

— Nu ! ordonna leur chef d'une voix forte et claire. *Lasati-i !*

Aussitôt, la horde de Strigoii s'interrompit, stoppant tout net les hostilités.

Le vampire suprême fit mine de relâcher tout l'air contenu dans ses poumons et ramena lentement ses paumes l'une contre l'autre, devant son visage. Puis il les approcha de son menton avec l'impression de réfléchir intensément à la situation.

— Tâchons de garder notre calme. Nous n'avons nul besoin de nous donner en spectacle devant tous ces gens innocents, plaida-t-il, mielleux, alors que ne pas être découvert ne venait servir que son unique cause.

Les Strigoii devaient leur longévité et leur tranquillité à leur extrême discrétion. Rien n'aurait pu être plus contrariant que de dévoiler leur existence au grand jour. Il aurait été considérablement difficile d'en contrôler les effets, quand bien même les vampires jouissaient de la faculté exceptionnelle de manipuler le cerveau humain. Plus les minutes s'écoulaient et plus les touristes arrivaient. Pas moins de deux cars entiers venaient de se garer sur le parking. Laver la mémoire de tous ces gens s'avérerait impossible.

— Il faudra donc nous laisser partir calmement, l'avertit Pitt. Et tout se passera bien.

Le Grand Strigoï rit doucement du nez, mais cette fausse joie cachait une irritation, une contrariété, qui n'avait rien de drôle.

— Très bien. Vous êtes libres de vous en aller. Cependant… cependant, mes amis aux ailes enchantées, retenez bien que nul n'échappe jamais à mon courroux. Vous avez déclenché ma colère en violant l'accès à ma maison et en récupérant ce qui me revenait de droit. Je ne vous laisserai pas vous en tirer comme ça, il en va de mon honneur de Strigoï, père fondateur de votre espèce dont la faiblesse à l'égard des hommes me fait tellement honte. Sachez que les *razboinicii din umbra* n'obéissent qu'à moi et que jamais, jamais ils ne faillissent. Ils vous traqueront, ils vous retrouveront, et ils vous tueront avant de ramener votre ami ici pour que son châtiment soit exécuté ! nous avertit-il en montrant du doigt l'endroit hypothétique où se trouvait Darius. Trois nuits. C'est le temps qu'il leur faudra pour atteindre vos terres. Mais ne vous réjouissez pas trop vite.

Nous avons des alliés dans toutes les régions du monde, vous ne serez plus jamais tranquilles nulle part. Partez, mes amis. Partez tous. La chasse n'en sera que plus distrayante ! Quant au *razboinici* déjà sur place..., trouvez-le avant qu'il ne vous trouve, si vous le pouvez ! s'esclaffa-t-il une nouvelle fois.

Ne voulant paraître nullement impressionné, Grigore se posta devant lui pour le dominer de toute sa taille, animé d'une énergie meurtrière que je ne lui avais jamais vue.

— Que feras-tu si nous les tuons tous, Traian ?

Cette fois, le chef Strigoï explosa d'un rire si énorme que j'en restai stupéfaite.

— Alors je baisserai les armes et ferai des vôtres nos égaux. Mais ne rêvez pas trop, anges noirs, il vous faudra bien plus que du courage pour venir à bout des guerriers les plus puissants de tous les temps. Vous devriez trembler au lieu de caresser de vains espoirs !

Grigore se mit à sa hauteur pour l'affronter d'un regard déterminé.

— Nous n'avons pas peur, Traian. Notre communauté ne te laissera jamais le récupérer. Jamais.

Le vampire redoubla d'hilarité.

— *Ar trebui, sarmani nebuni, ar trebui !*

— Nous sommes fous, oui, le railla Grigore qu'un sourire en coin inquiétant venait égayer. Et même bien plus que tu ne le crois !

La seconde d'après, il se débarrassait de la veste et du pull qu'il portait, aussitôt imité par Remus et Gabriel.

Ils n'allaient quand même pas...

Ma question silencieuse resta en suspens. Sidérée, je sentis Rufus me soulever dans les airs par l'arrière, les mains sous mes aisselles, tandis que j'avais les yeux fixés sur la foule qui ne voyait plus que nous.

— Vous me le paierez ! hurla le vampire suprême, fou de rage. Vous me paierez ce coup bas !

En une poignée de secondes, nous nous retrouvâmes largement au-dessus de la cime des arbres les plus hauts.

— Pourquoi avez-vous fait ça ? m'écriai-je en même temps que Rufus s'élevait à la verticale dans le ciel, loin de ce lieu maudit. Tous ces gens nous ont vus, ils nous voient encore ! Grigore, que t'est-il passé par la tête ?

Je vérifiai l'expression du visage de Rufus, Gabriel et Remus, pas un ne semblait condamner la décision de Grigore. C'était inimaginable !

— Le temps de laver le cerveau de tout le monde, les Strigoii auront de quoi s'occuper pendant un bon moment, rétorqua Grigore, qui ne donnait pas l'air d'avoir envie d'épiloguer sur ses choix. Hâtons-nous !

J'avais conscience que l'urgence de quitter cet endroit était loin d'être une illusion, mais recourir à de telles mesures me rendait malade. Il y aurait des conséquences, la presse en parlerait et nous devrions tous répondre de nos actes à un moment donné, sans compter que les Humains en seraient totalement secoués, et ça, c'était ce qu'il y avait de plus grave. Les Strigoii ne réussiraient jamais à contrôler tous ces touristes qui, pour certains d'entre eux, étaient peut-être en train de filmer nos irréelles acrobaties ou de prendre quelques photos. Nous aurions pu partir en courant, les Strigoii ne nous auraient pas suivis. J'étais consternée de me rendre compte qu'ils avaient fait preuve de plus d'intelligence que nous et que jamais ils n'auraient pris le risque de se révéler au monde aussi brutalement.

— Ne te rends pas malade, ajouta Grigore d'une voix glaciale. Nous n'allions quand même pas les laisser s'en tirer comme ça !

— Justement si ! hurlai-je. Nous aurions dû procéder autrement ! Car ce n'est pas de nous qu'il s'agit, mais de tous ces Humains !

— Qu'est-ce que tu es rabat-joie ! répliqua-t-il d'un ton qui frisait le mépris. Détends-toi, ça leur fera un souvenir inoubliable !

— Sombre idiot ! braillai-je pour couvrir le bruit du vent qui, à l'altitude où nous étions, soufflait de plus en plus fort. Comment oses-tu t'amuser à leurs dépens ?

— Dans la vie, il y a toujours des moqueurs et des moqués, gamine !

Bon sang ! Je venais d'être marquée à vie par la vision de mon meilleur ami torturé à l'extrême, j'avais failli mourir deux fois, j'avais fait face aux créatures les plus horribles qu'on puisse imaginer et je n'avais pas réussi à retrouver l'homme que j'aimais. Si égocentrique que fût mon état d'esprit à cet instant, Grigore avait tout intérêt à ménager ses arrières, car ça faisait bien longtemps que je n'avais pas été autant sur les nerfs. D'ailleurs, il pouvait s'estimer heureux. Si Rufus n'était pas en train de me tenir solidement et si nous n'étions pas dans les airs, je me serais jetée sur lui pour lui mettre ma main dans la figure.

— Tu n'as pas le droit de te servir d'eux, Grigore ! Même pas pour sauver ta peau !

— Je suis fort et ils sont faibles, ça me donne tous les droits !

J'eus l'impression de prendre un coup de poing en pleine face.

— Tu ne peux pas dire une chose pareille !

— Bien sûr que si ! Fiche-moi la paix, tu ne comprends rien à rien !

— Ce que tu avances est juste, Grigore, rétorquai-je sèchement, je ne peux pas comprendre. Car contrairement à toi, je ne suis pas un Exploiteur, mais un garou. C'est d'ailleurs la raison pour laquelle j'ai encore un cœur et pas toi !

Je sentis les bras de Rufus tressaillir autour de moi. Pour autant, il n'osa pas intervenir dans cette dispute qui n'aurait jamais dû avoir lieu. Il se plaça à l'horizontale, comme les autres, et continua à voler droit devant lui, sans émettre un seul son.

J'en restai bouche bée quelques secondes. J'étais bêtement tombée dans le piège de la provocation. Car en réalité, Grigore ne pensait pas un traître mot de ce qu'il venait de dire. Je ne connaissais finalement pas grand-chose de son passé, mais j'étais certaine que jamais il n'avait considéré l'homme comme un sous-ordre des espèces. Il avait été humain, un jour, il ne pouvait l'oublier. C'était en se cachant derrière une attitude implacable qu'il réagissait à cette situation infernale. Parce que nous avions tous des ennuis, de gros ennuis desquels nous ne savions pas si oui ou non nous réussirions à nous sortir.

Électriques, nos regards s'affrontèrent quelques secondes tandis que nous montions toujours plus haut. Puis quelque chose passa entre nous, un sentiment d'une intensité fulgurante que j'étais bien incapable de décrire et qui me donna furieusement envie de pleurer. Je détestais m'être confrontée à lui de cette manière-là, j'exécrais me retrouver usée, affaiblie, à bout de ressources, j'enrageais d'avoir perdu un ami aussi précieux que Simon, je maudissais la terre et le ciel qu'on m'ait sournoisement arraché Leith, et je me haïssais de penser qu'il était peut-être mort. Sans que je puisse rien faire pour l'en empêcher, une boule monta dans ma gorge, menaçant d'éclater en longs sanglots. Tremblante, je portai les deux mains à mes lèvres et tentai de la retenir.

Soudain, je vis Grigore s'approcher de nous en faisant un signe de tête à Rufus. Ce dernier se redressa complètement et Grigore, d'un geste lent, me fit passer dans ses bras. Je n'eus pas la force de protester. Je le laissai me hisser vers lui de telle façon que nous nous retrouvâmes presque face à face. Silencieusement, tout en continuant à battre des ailes, il étudia mon visage pendant d'interminables secondes, puis il me serra subitement contre lui, calant ma joue au creux de son cou. Doucement, il enroula ses longs doigts autour de ma nuque et, de son pouce, il la caressa lentement. Je sentais sa bouche sur mes cheveux, son souffle plus chaud que l'air sur mon oreille. Il me réconfortait.

Mais il ne dit rien.

Pas un mot.

Pas un son.

Rien.

J'eus l'impression qu'il venait d'ouvrir les vannes secrètes de mon cœur, et le barrage que j'avais soigneusement construit pour ne pas craquer céda. Je me retrouvai engloutie par la violence de mes émotions. La poitrine déchirée par la douleur, je m'accrochai avec brutalité à ses épaules nues et, la bouche contre sa clavicule, je laissai sortir de ma gorge un cri de détresse trop longtemps retenu. Puis je fondis en larmes. Je pleurais ma colère, ma rage, ma haine, ma rancœur contre cette vie qui ne nous épargnait pas. Je pleurais aussi l'amour, l'amitié, la joie et la quiétude auxquels j'avais goûté et que je refusais de perdre.

La respiration saccadée, Grigore raffermit la pression de sa main sur mon cou et me fit relever la tête pour que je le dévisage. Il était si proche que je n'eus d'autre choix que de le faire. Son regard gris semblait plus brûlant que du métal en fusion et ses iris en avaient pris la teinte scintillante et argentée. J'étais happée.

— Par pitié, enlève ce truc-là ! gronda-t-il.

Avant que je ne réagisse et comprenne de quoi il parlait, il avait glissé ses doigts sous ce qui restait de mon pull pour arracher le cordage retenant l'amulette. Quand ce fut fait, il la tint un moment dans son poing et me parut de nouveau respirer normalement.

Nous ne nous lâchâmes pas des yeux, comme tous deux harponnés par le lien indomptable qui était en train de se créer entre nous. Il était bien réel, inévitable, palpable et presque odorant. Il mêlait nos empreintes olfactives, embaumant l'air de l'engagement sincère pris entre deux êtres et nous plongea dans une totale incompréhension.

Nos sangs s'appelaient.

Comme ceux de deux anges noirs.

Grigore se ressaisit et fronça les sourcils, sous le coup d'un choc violent. Il se pencha en avant et huma sous mon oreille le parfum que dégageait ma peau. Je frissonnai.

Puis il se redressa, la bouche entrouverte sur un souffle brisé.

— Je ne te lâcherai plus d'un pouce, dit-il en resserrant son étreinte autour de ma taille, les yeux dans les miens. Plus jamais.

Ce matin-là, je doutais de beaucoup de choses, mais de ça, j'en étais certaine.

Nous nous retrouvâmes dans le jet privé pas moins de six heures plus tard.

À vol d'oiseau, rejoindre l'hôtel où nous attendaient Gwen, Paul et Darius nous avait pris à peine trente minutes. Ensuite, nous avions fait appeler deux taxis pour nous conduire dans la boutique la plus proche, car si Darius portait les vêtements que je lui avais apportés, Gwen n'avait que mon manteau pour cacher sa semi-nudité, et les autres arboraient un torse nu qui ne passait pas inaperçu. Sans compter que j'étais en haillons. Aussi, nous finîmes par regagner l'aéroport en milieu d'après-midi seulement.

Grigore, Darius, Gwen et moi étions assis tous les quatre dans le même îlot. Pitt, Gabriel et Remus dans l'autre, tandis que Paul restait à l'écart, comme à l'aller. Il avait rempli son devoir, il semblait ne plus être concerné par quoi que ce soit.

Mon regard vola sur Gwen un moment. Elle n'avait pratiquement pas retiré sa main de celle de Darius depuis que nous les avions retrouvés au motel. Un peu comme si elle l'enchaînait à elle de peur de le perdre une seconde fois. Dieu sait que je la comprenais. Mais tandis qu'elle le couvait d'un amour sincère, les yeux bleus de Darius se posaient sur elle de façon inexpressive. Il avait été brisé, écrasé, détruit. À cet instant, il n'était plus capable de voir en elle celle qui avait enduit son cœur d'un baume réparateur après la mort de Julia. Il s'était entièrement renfermé sur lui-même et semblait ne jamais vouloir sortir de la carapace de protection qu'il avait lui-même créée. Même moi, je n'avais pas encore osé lui parler, lui dire combien j'étais heureuse qu'il soit en vie, de retour près de nous. Je le ferais, mais plus tard, quand il serait plus en paix. Parce qu'il croisait parfois mon regard, je m'étais contentée de lui faire comprendre par un sourire que je ne lui en voulais pas de m'avoir violemment mordue, d'avoir cherché à me vider de mon sang. Il n'était pas lui-même. Le Darius que je connaissais, Perceval, n'aurait jamais intenté quoi que ce soit contre moi. Jamais il n'aurait bu mon sang. Jamais il ne m'aurait fait le moindre mal.

Je tournai la tête vers Gwen pour l'observer. La façon dont elle le regardait lui donnait l'air d'un animal blessé. Voir ainsi sa souffrance mise à nue m'ébranla au-delà des mots. Trois jours. Trois jours et tout avait changé.

Nous avions tous changé.

Après nous avoir fait un accueil chaleureux, l'hôtesse de l'air n'osa plus s'adresser à nous tant notre mutisme plombait l'air d'une charge électrique constante. Nous étions tous à bout, sur le fil du rasoir, prêts à exploser pour le moindre détail insignifiant. Nous évitions presque solennellement d'exprimer le fond de notre pensée sur cette mission à moitié ratée pour moi, qui avait coûté la vie d'un de nos amis et promettait un avenir catastrophique. Mais le silence n'empêcha pas les questionnements de se bousculer dans mon esprit : qui retenait Leith contre son gré ? Que faisait-il en ce moment ? Où était-il ? Comment allais-je bien pouvoir découvrir la raison de sa disparition et réussir à le trouver ? Par où devais-je commencer ? Fallait-il que je prévienne la famille de Leith ? Aurais-je seulement le temps de le faire ? De quelle manière parviendrions-nous à échapper aux guerriers de l'ombre ? Devrions-nous rester à St Andrews ? Nous retrouveraient-ils si facilement ? Était-il possible de les arrêter ? Pourquoi les avais-je vus et les autres non ? Et par l'Esprit ! Qui pourrait bien m'expliquer la raison pour laquelle je ressentais subitement Grigore comme mon alter ego vampirique, alors que j'étais un garou ? C'était impensable ! Pitt et Minah avaient connu ce lien exceptionnel, c'est même ce qui justifiait l'insatiable envie de vengeance de Pitt, mais bon sang, ils étaient tous les deux des anges noirs !

Grigore ne me quittait pas des yeux. Il était aussi perdu que moi.

Épuisée de ressasser toutes ces questions, je rejetai la tête en arrière pour me reposer un peu. Nous arriverions dans un peu plus de deux heures et ce que la destinée nous réservait ne serait plus jamais serein. J'allais essayer de dormir, de reprendre des forces.

Je fermai les yeux et tâchai de ne plus penser à rien.

Juste avant de m'assoupir, une dernière réflexion me traversa l'esprit : je ne parvenais toujours pas à comprendre pourquoi Pitt m'avait sauvé la vie. Deux fois.

Chapitre 15

Je sais voler !

De retour à St Andrews, pour plus de sécurité, nous passâmes la nuit dans un hôtel de l'aéroport d'Édimbourg à attendre que le jour se lève. Au petit matin, nous nous rendîmes chez Darius pour réfléchir à ce que nous allions faire, car désormais, nous avions quatre problèmes à régler : supprimer le guerrier de l'ombre qui perpétrait des meurtres à St Andrews, empêcher ses semblables de faire la même chose lorsqu'ils nous traqueraient, sauver notre peau et retrouver Leith. Jamais la pression n'avait été aussi grande. Nous avions tous un enjeu personnel, et pas un, même Pitt, ne pouvait prétendre ne pas être concerné. Grigore allait foncer tête baissée pour essayer de redresser la situation et par là même, mettre sa propre vie en danger. Rien que pour cette raison, Pitt était pris à la gorge, il ne laisserait jamais son frère de sang prendre de tels risques sans lui venir en aide. Ainsi, l'ange noir qui avait eu pour unique objectif de me nuire se retrouva avalé par le tourbillon des événements.

Paul, Remus et Gabriel quittèrent très vite la maison. Darius étant dans l'incapacité de reprendre sa place au sein du Conseil, ils s'étaient eux-mêmes rendus sur place pour faire leur rapport et tenter de trouver la solution au problème numéro un : venir à bout du *razboinici din umbra.* Le guerrier de l'ombre avait constitué notre principal sujet de conversation, comme si en aborder d'autres reculait l'échéance de l'apocalypse qui nous pendait au nez.

Cependant, pas une fois Pitt ou moi ne fîmes mention de ma capacité à les voir. D'un commun accord silencieux, nous avions compris qu'il était plus sage d'en parler entre nous, lorsque Paul, Remus et Gabriel seraient partis.

De mon côté, et sans en avoir encore touché un mot à personne, je me disais qu'il serait peut-être judicieux de mettre au courant le détective dont j'avais gardé la carte. Avec mon aide, en devenant ses yeux, il saurait mettre en œuvre tous les moyens pour le neutraliser. Je n'avais jamais eu l'âme d'un superhéros, mais je n'en étais plus à me demander si c'était raisonnable ou non de m'impliquer autant. Que je l'eusse désiré ou pas, nous risquions tous notre vie et j'étais l'une des premières en ligne de mire. Mais avant de faire quoi que ce soit, nous devions tous convaincre Darius de changer de visage et de porter l'amulette garolle autour de son cou. Il était la cible principale des Strigoii, et comme ceux-ci ne connaissaient ni les capacités de métamorphose de Darius, ni l'existence des médaillons, nous avions là un bon moyen de le camoufler sans qu'il ait à se cacher réellement. Cependant, Darius ne réagissait pas. Il n'avait rien répondu à ça, il était totalement enfermé sur lui-même, comme si le monde extérieur n'existait pas. Pas une seule fois il n'avait demandé des nouvelles de Pierrick et Hermance, alors qu'ils étaient ce qu'il avait de plus précieux dans la vie. Son amour pour eux était sans limite et je n'aurais pas donné cher de son existence s'il leur était arrivé quelque chose.

Sissi avait réussi à emmener les enfants à Wick, et de ça, j'étais extrêmement soulagée. Je les savais en sécurité là-bas. C'est même la première chose que j'avais dite à Darius lorsque nous étions rentrés, qu'il ne devait pas être inquiet pour eux. Le cœur lourd, je n'arrivais pas à savoir s'il l'était seulement...

Exténuée, je me dirigeai à l'étage pour rejoindre Gwen qui, désespérée, s'était enfermée dans la chambre qu'elle avait occupée lors de son premier séjour ici. J'imaginais parfaitement ce qu'elle pouvait ressentir en ce moment. Toute cette peur, toute cette angoisse, pour finalement retrouver celui qu'elle aimait et découvrir qu'il n'était plus que l'ombre de lui-même et qu'elle n'avait pas le pouvoir de changer ça.

Je me demandais d'où je tirais cette force. J'aurais voulu m'écrouler, moi aussi, hurler qu'on me rende Leith, qu'on m'explique pourquoi on nous avait séparés une nouvelle fois, car c'était bien cela le plus insoutenable : ne pas savoir, ne pas comprendre. Au lieu de ça, je faisais face du mieux que je le pouvais, affrontant mes pires terreurs, la tête haute et la tenaille au ventre. Quand est-ce que tout ceci se terminerait ? Quand pourrions-nous avoir une vie ? Une vraie vie ?

Je soupirai en saccades et posai la main sur la poignée de la porte.

J'allais parler à Gwen. Ensuite, je prendrais une douche, une longue douche, et je tâcherais d'oublier que tout allait si mal. Une illusion, juste un instant, créer l'illusion.

— Gwen ? demandai-je doucement en entrebâillant le battant.

Elle ne répondit pas.

J'ouvris carrément et entrai dans la pièce. Je la trouvai assise sur le rebord de la fenêtre, en serviette de bain, à contempler la mer qui, à l'aide de la fureur du vent, se soulevait en vagues de plusieurs mètres claquant avec fierté contre les falaises.

La baie vitrée était grande, je m'installai d'abord à côté de Gwen, dos au paysage, puis je pivotai en repliant les jambes et contemplai la tempête devant nous. Elle était aussi violente que celle qui ravageait nos cœurs en ce moment même.

— Je ne sais pas quoi faire, se lamenta-t-elle.

Je posai une main réconfortante sur sa cuisse et calai ma tête sur son épaule.

— Ne fais rien... Il est encore tôt. Le temps cicatrise les plaies les plus profondes.

C'est ce que j'espérais, tout du moins...

— Il n'a même pas la force de se battre, comme s'il se fichait royalement de ce qui pourrait bien lui arriver. J'ai dû le porter pour le ramener à l'hôtel. Hannah, il ne voulait pas voler ! Il m'a dit : « À quoi bon ? Ma vie a été si longue. » Mais pas assez pour moi ! Je viens juste de naître, de le connaître !

Je soupirai longuement.

— Je sais que tu as mal, Gwen, mais il a souffert bien plus que n'importe lequel d'entre nous. Il a besoin de temps, de repos, et de toi aussi.

— Je ne sais pas... Je pensais que... Je ne pensais pas que trois jours puissent...

Sa voix s'étrangla dans un sanglot.

— Je vais voler !

Je n'eus pas le courage de l'en empêcher. Personne ne prendrait le risque de mettre le nez dehors avec un temps pareil. Elle abandonna sa serviette et s'élança dans le ciel tourmenté, nue, glissant avec les rafales pour prendre de la vitesse. Je la contemplai un moment, puis tournai le dos pour sortir de la pièce et tombai nez à nez avec Grigore.

Il s'était douché, habillé, et sentait bon le savon. Mon cœur s'emballa, je détestais ça.

— Nous devons parler, annonça-t-il d'une voix profonde.

Pétrifiée, je secouai la tête. Depuis que nous étions rentrés, j'avais volontairement évité de me retrouver seule avec lui, totalement perturbée par notre précédent échange mystique. Personne n'avait encore dormi et je n'étais pas certaine d'être capable d'entendre ce que Grigore avait à me dire sur le sujet.

— Pas maintenant.

— Il le faudra.

— Pas maintenant, répétai-je.

Il fit un pas en avant, je reculai aussitôt.

— Hannah…

Me ressaisissant de toutes mes forces, je levai l'index devant lui pour le faire taire.

— Grigore ! La situation est déjà bien assez compliquée comme ça. Je ne sais pas ce qui nous arrive, mais ça devrait être le dernier de nos soucis. Il y a plus urgent à régler.

Il m'observa quelques secondes, les yeux luisant davantage de colère que de frustration, puis il enfouit les mains dans les poches de son jean, les mâchoires serrées, se retenant de dire quelque chose qui porterait à conséquence.

— Comme tu voudras.

Les paupières semi-ouvertes, il se mit de côté pour me laisser le champ libre. Bien plus fébrile que je ne l'aurais voulu, je passai devant lui sans dire un mot et me hâtai de rejoindre ma chambre.

Je n'aimais pas ça. Je n'aimais vraiment pas ça.

Une fois seule, je me déshabillai mécaniquement, les gestes sûrs, alors que mes mains tremblaient. Que m'arrivait-il ? C'était venu subitement, sans prévenir. En la présence de Grigore, ma peau réagissait presque, j'avais l'impression de la sentir crépiter. Pourtant, rien n'était physique entre nous. Il était séduisant, grand et fort, tout ce qu'une femme pouvait désirer chez un homme, mais ce n'était pas son enveloppe charnelle qui m'attirait, plutôt ce qu'elle contenait.

Il s'agissait de son âme.

Comme frappée d'effroi par cette monstrueuse déduction, je m'immobilisai, les doigts crispés autour de ma gorge.

Je la ressentais comme étant le reflet de moi-même.

Toutes les cellules de mon corps rejetèrent brusquement cette évidence, pourtant, nos âmes s'attiraient bel et bien. Pas par leurs différences, mais parce qu'elles se ressemblaient. Elles se ressemblaient en tout point. Elles se cherchaient ardemment. C'était tout bonnement impossible ! La mienne appartenait déjà à quelqu'un d'autre, personne n'y pouvait rien et pour rien au monde je ne voulais que ça change !

Par l'Esprit ! Leith était parti depuis trop longtemps, je perdais complètement la tête.

Sérieusement ébranlée, je m'efforçai de balayer le flot de mes pensées et disparus dans la salle de bains. Là, je me positionnai sous les jets d'eau brûlante et fermai les paupières.

Seule avec moi-même, tandis que la vapeur engourdissait mes muscles, je me laissai glisser contre la paroi et pleurai.

Je sortis de la chambre au moins une heure plus tard. Gwen, Pitt, Grigore et Rufus étaient dans le salon, je les entendais discuter. Ils parlaient de Darius. Agacée, parce que je savais pertinemment que ce dernier n'était sûrement pas en train de participer à la conversation, je me dirigeai d'un pas déterminé au dernier étage. Là, je levai le poing pour taper à sa porte.

— Entre ! s'éleva la voix de Darius avant que je ne frappe.

Elle était si tranchante et énergique que j'en restai bouche bée quelques secondes, interdite.

Lorsque je pénétrai dans la pièce, je le trouvai debout, dos à la fenêtre, les bras croisés sur la poitrine. Il avait dans le regard cette lueur volontaire et familière qui éclairait ses yeux chaque fois qu'il avait quelque chose d'important à dire. J'étais si heureuse de lire sur son visage une expression qui lui ressemblait vraiment que je faillis me jeter contre son torse pour l'étreindre. Mais je me contrôlai. Après ce qu'il venait de vivre, il ne supporterait probablement pas que quelqu'un le touche.

— Approche, dit-il, voyant que j'hésitais.

J'obtempérai et fis quelques pas dans sa direction. Je m'arrêtai à un mètre de lui, le cœur battant, ne sachant quoi dire. J'optai pour une formule toute faite, mais néanmoins vraie.

— Tu as l'air d'aller mieux.

— J'ai bu à ta veine, répliqua-t-il sans écouter ce que je lui disais.

Déstabilisée, je ne pus m'empêcher de fuir son regard.

— Eh bien, je...

Il se posta juste devant moi et fit doucement glisser le col de mon tee-shirt pour inspecter mon cou. Je savais qu'une légère marque subsistait encore. Il n'y était pas allé de main morte, il faudrait peut-être plusieurs jours pour qu'elle s'estompe complètement.

— Ce n'est rien, murmurai-je.

Il serra fermement ses doigts autour de mes épaules.

— Ne me mens pas, Hannah, tu as été sérieusement ébranlée.

— Tu n'étais pas toi-même.

Il plongea ses yeux dans les miens avec une expression douloureuse.

— J'aurais pu te tuer...

Et j'aurais pu mourir pour toi, eus-je envie de répondre, mais je ne le fis pas. Il le savait. J'aimais Darius comme un frère, je ne l'aurais jamais laissé s'éteindre sans bouger.

— Mais ça n'a pas été le cas.

— Tu m'as sauvé la vie.

— Et tu aurais fait la même chose pour moi, répliquai-je aussitôt pour dédramatiser.

Je ne voulais pas qu'il se noie dans la culpabilité, car rien n'était sa faute, il n'avait pas demandé à être sauvagement enlevé, mis à nu, puis torturé.

— Je te dois beaucoup.

— Ne dis pas de bêtises, Darius. Avant ça, je te devais bien davantage. Rien n'a changé entre nous. Heureusement que tu as eu la bonne idée de me mordre seulement après ma transformation en Lupus, sans quoi, nous aurions été liés pour l'éternité, toi et moi, et là, tu aurais compris ta douleur ! tentai-je de plaisanter.

Mais il ne rit pas. Dans ses iris bleu azur passait le reflet d'une loyauté bouleversante.

— Ç'aurait été un grand honneur, Hannah.

— Oh, Darius !

Sans plus d'hésitation, je me jetai dans ses bras. Doucement, il les referma sur moi et caressa mes cheveux.

— J'ai vécu un enfer, Hannah, par le ciel, j'ai vécu un enfer !

Je ravalai un sanglot et le pressai un peu plus contre moi.

— Sauras-tu oublier ? demandai-je, réalisant que je n'employais pas les bons mots.

Pourrait-il reprendre le cours normal de sa vie ? Être le frère aimant qu'il avait toujours été, l'ami protecteur que le Cercle connaissait et le compagnon généreux et doux qu'avait découvert Gwen ? De tout mon cœur, je l'espérais.

— Jamais, souffla-t-il d'une voix brisée, jamais... Ils ont mutilé mon âme... Ils m'ont dévoré, encore et encore, ma chair, mon sang... ils m'ont dévoré.

Les marques sur sa taille et ses bras... Ils s'étaient nourris de lui. Plusieurs fois.

Mon cœur se serra et, lorsque je sentis une goutte d'eau s'écraser sur mon front, il vola en éclats. J'enroulai mes mains autour de son cou et fis pression sur ses épaules pour qu'il fléchisse les genoux.

Nous nous laissâmes tomber sur le sol, où Darius s'abandonna et pleura longuement. Jamais je n'avais été autant bouleversée de toute ma vie.

Nous sortîmes des abîmes de nos larmes lorsque Gwen vint frapper à la porte. Un véritable changement s'opéra alors chez Darius. Il se releva fièrement et reprit le masque impassible qu'il avait revêtu en quittant ce château maudit. Je le suppliai d'un faible sourire.

— Ne l'éloigne pas.

Il baissa sur moi des yeux tourmentés, mais sincères.

— Jamais.

Je fis demi-tour et m'arrêtai juste avant de poser la main sur la poignée.

— Vas-tu accepter de changer de visage ?

Il hocha brièvement la tête.

Je revins vers lui, me levai sur la pointe des pieds et lui embrassai légèrement la joue.

— Merci.

Je quittai la pièce en même temps que Gwen entrait. Elle ruisselait d'eau de pluie sous la serviette de bain dont elle s'était protégée. Avant de refermer derrière moi, nous échangeâmes un regard profondément doux, le sien brillait d'un amour inconditionnel pour Darius. Gwen saurait panser ses blessures... peut-être.

Je descendis dans le salon, Pitt et Grigore étaient tous deux installés dans les fauteuils, devant un feu de cheminée qui crépitait follement dans l'âtre.

— Où est Rufus ? demandai-je. Parti ?

— Il est sorti un moment, m'informa Pitt.

Pitt était le seul qui n'avait pas eu l'occasion de se détendre sous la douche, et même si je ne désirais pas me retrouver face à face avec Grigore, je lui proposai d'utiliser l'une des salles de bains.

— Tu m'offres l'hospitalité ? s'étonna-t-il.

Techniquement, non, car je n'étais pas chez moi, mais je saisis parfaitement ce qu'il voulait dire, alors je lui répondis en toute honnêteté.

— Je te le dois.

Il secoua la tête.

— Tu ne me dois rien.

Nos regards se bravèrent quelques instants tandis que Grigore nous observait, muet.

— Tu m'as sauvé la vie. Deux fois. Pourquoi ?

Il jeta un œil à Grigore et haussa les épaules d'un air nonchalant.

— Pour lui.

Puis il quitta la pièce, laissant derrière lui un silence pesant.

Le téléphone de la maison retentit au même moment, me faisant sursauter tant j'étais tendue. Je courus décrocher et reconnus la voix de Pierrick. Hermance était avec lui.

— Vous êtes revenus ! s'écria-t-il. Il est là ? Hannah, il est là ?

Après ces douze interminables heures, Pierrick m'arracha mon premier sourire.

— Perceval est ici. Il va bien.

Les enfants émirent un hurlement de joie à m'en faire éclater les tympans.

— Nous pouvons rentrer, alors ?

— Pas encore, nous avons deux ou trois choses à régler. Comment ça se passe avec Sissi ?

— Elle nous oblige à manger des fruits et des légumes à chaque repas depuis qu'on est arrivés, et hier soir, on a dû se coucher à vingt et une heures, au plus tard ! Elle est plus folle que toi, dit-il en riant de bon cœur. On peut parler à Perceval, s'il te plaît ?

— Passe-moi d'abord Sissi, j'irai le chercher ensuite. Mais il est très fatigué, Pierrick. Il n'est pas tout à fait comme d'habitude, le prévins-je. Ne soyez pas surpris s'il est distant.

— C'est notre frère, protesta-t-il, il sera content de nous parler !

— Bien sûr, murmurai-je en espérant que Darius ne les décevrait pas.

Il y eut un bruit de combiné qu'on déplace puis Sissi s'empara du téléphone.

— Alors, ma vieille, tout est bien qui finit bien, on dirait !

— Il est de retour parmi nous, oui.

— Il est ? répéta-t-elle en insistant sur le « il ». Où est Leith ?

Je ne répondis pas immédiatement, le souffle coupé comme chaque fois que sa disparition était pointée du doigt.

— Je ne sais pas, avouai-je d'une voix atone. Pas encore...

— Comment ça, « pas encore » ? Tu disais qu'il avait été enlevé par les mêmes créatures qui ont kidnappé ton ami. Hannah, que se passe-t-il ?

— Leith n'était pas là-bas, et je n'ai aucune idée de l'endroit où il se trouve.

— Seigneur ! s'écria-t-elle.

— Quoi ? entendis-je la voix lointaine de la mère de Gwen.

Sissi lui répéta mot pour mot ce que je venais de dire, elle lui arracha immédiatement le combiné des mains.

— Hannah, c'est Rebecca. Qu'est-il arrivé à Leith, exactement ? Dois-je prévenir son père ? Il n'est toujours pas rentré chez lui, mais je pourrais lui envoyer un mess...

— Non ! m'écriai-je aussitôt. Pas encore, s'il vous plaît, madame Fisher. Nous devons d'abord essayer de comprendre. Il est inutile de l'inquiéter tant que nous ne savons pas de quoi il retourne, précisément.

— Très bien, je ferai ce que tu me dis. Est-ce que vous allez tous nous rejoindre ici ?

— Je ne pense pas, madame Fisher.

— Il faudra vraiment que tu perdes cette habitude de m'appeler par mon nom de famille, me morigéna-t-elle gentiment. Pourrais-tu me passer Gwen, s'il te plaît ?

— Bien sûr, ne quittez pas.

Elle était déjà en train de descendre l'escalier au bras de Darius, les yeux rougis par les nombreuses larmes qu'elle avait versées. Mais elle semblait en paix et j'en fus profondément soulagée.

Je m'installai sur un fauteuil, en face de Grigore, et attendis dans un parfait silence qu'ils eurent tous terminé leur conversation. Darius rassura ses frères du mieux qu'il le put, évitant de leur parler des passages les plus sordides de sa détention. Pierrick et Hermance n'en sauraient jamais rien et c'était préférable.

Pitt et Rufus nous rejoignirent à ce moment-là, l'air grave et soucieux lorsqu'ils virent que Darius avait retrouvé ses esprits. Du plat de la main, ce dernier les invita à s'installer près de Grigore. Il suivit en détail les mouvements de Pitt et s'adressa à lui quand il fut assis.

— Je te dois la vie, lui dit-il simplement.

Pitt croisa les jambes et fit mine de se curer les ongles.

— Tu la dois aux autres. Nous, nous sommes quittes.

Darius le fixa un moment, mais ne releva pas la pointe d'agressivité présente dans la voix de Pitt. D'un regard poignant de sincérité, il nous remercia tous. Puis il commença à raconter son calvaire, provoquant en moi des spasmes d'angoisse étouffants.

— Je ne le voyais pas, quand le guerrier de l'ombre nous a attaqués, je ne le voyais pas. Il a tué devant moi le jeune serveur du *Red Lion* avec qui j'avais rendez-vous, je n'ai rien pu faire pour lui venir en aide. Son corps se déchiquetait sous mes yeux sans aucune raison, j'ai cru que je devenais fou. Puis la volonté de la créature s'est insinuée en moi, m'empêchant de fuir et de réagir, implantant la peur et le chaos dans mon esprit. Je n'avais jamais rien connu de tel, j'étais devenu plus impuissant qu'un enfant affaibli par la maladie. Il m'a manipulé comme un pantin dont on tire les ficelles.

— Ce sont les pouvoirs du Grand Strigoï qui passaient par lui, nous expliqua Pitt. Il peut les contrôler à distance, comme il peut contrôler chacun d'entre nous, s'il le désire.

— Il n'a pas eu besoin de me blesser, continua Darius, je l'ai suivi, j'ai marché vers mes bourreaux sans résistance. Bien après qu'il m'eût abandonné entre les mains des gardes strigoii, même quand ils m'ont fait traverser la mer, j'étais toujours groggy. J'ai été longuement supplicié avant qu'on m'explique pourquoi, quelle avait été ma faute. Mais je le savais. Je m'en suis douté à la minute même où j'ai senti leur odeur.

Puis il se tourna vers moi pour me regarder.

— Hannah, Leith n'a jamais été dans ce château, pas plus qu'un autre garou, tout le temps où j'ai été torturé.

— Je l'ai compris, murmurai-je.

— Depuis quand a-t-il disparu ?

— Il n'a plus donné de nouvelles depuis lundi dernier et personne ne sait où il est. Pas même sa famille. Tout part de travers, je… je voudrais que tout cela cesse.

Je m'interrompis en posant les yeux sur Grigore. Les siens ne me lâchaient pas. Il semblait souffrir avec moi et ce fut presque insupportable à ressentir.

Je me ressaisis très vite et lui expliquai tout ce qui s'était passé en son absence, et le reste. Les meurtres, la division de la meute, la venue de Pitt, les révélations faites à Sissi, la réaction de ses frères, ma rencontre avec le détective, les guerriers de l'ombre, je lui racontai tout, sauf ce lien qui voulait nous unir, Grigore et moi. Ça, je le garderais pour moi aussi longtemps que Grigore ferait de même.

— Tu as vu les guerriers ? s'étonna ce dernier puisque nous n'en avions encore pas parlé.

— Comme je te vois, alors qu'ils m'étaient totalement invisibles, répondit Pitt à ma place.

— À quoi ressemblent-ils ? demanda Gwen.

Nul besoin de chercher dans les tréfonds de ma mémoire pour les décrire, je me souvenais parfaitement de leur apparence hideuse et agressive. Je leur détaillai tout.

— D'où sortent-ils ? nous questionna-t-elle encore.

Pitt se racla la gorge.

— Personne à part le Grand Strigoï ne le sait exactement, mais la légende raconte qu'ils ont été créés de la main des sorcières pour le servir. Il est leur unique maître, ce serait la raison pour laquelle personne d'autre que lui ne les voit.

— Mais Hannah, si, ajouta Grigore. Tu portais l'amulette. Serait-il possible que ce soit grâce à elle ?

J'écarquillai de grands yeux.

— Je n'y avais pas pensé.

— Ont-ils réussi à manipuler ton esprit comme ils l'ont fait avec Darius ? me demanda Grigore.

— Non.

— C'est qu'aucun n'en a reçu l'ordre, nous rappela Pitt.

— Ou alors c'est un effet du médaillon, suggéra Grigore.

Ça, je n'en croyais rien.

— Je me suis sentie attirée par lui, annonçai-je de but en blanc. Par le Grand Strigoï.

Mes mots restèrent suspendus dans l'air, entourés d'un silence perplexe.

— Sa puissance et son énergie coulaient sur moi. J'aurais pu me jeter à ses pieds, j'ai résisté.

Pitt secoua la tête de droite à gauche.

— S'il t'avait manipulée, tu n'aurais même pas pensé à résister. Sa force mentale est herculéenne, bien plus que sa force physique. Suffisamment pour soumettre des créatures aussi indomptables que les guerriers de l'ombre.

— Mais il nous a laissés partir…

Pitt acquiesça, conscient que pour moi, rien n'avait de sens.

— C'est vrai. Parce qu'il y a une faille dans la cuirasse. Il ne peut contrôler plusieurs esprits en même temps.

Je baissai les yeux et replongeai un instant dans le souvenir de cette interminable matinée.

— Ils ont pris ton esprit, dans la galerie. Il te fallait fuir et tu ne bougeais pas.

Il hocha la tête, il se le rappelait parfaitement.

— Et bientôt, ils seront de nouveau là. Tous, gémit Gwen d'une voix chancelante. Vont-ils réellement mettre trois nuits pour arriver jusqu'à nous ?

Personne ne savait répondre à ça.

— C'est ce que le Grand Strigoï a prétendu, répondit Pitt.

— Il a également dit qu'il baisserait les armes si nous réussissions à les tuer, nous interrompit Rufus. Le pensait-il vraiment ?

Pitt n'hésita pas une seconde avant de répondre.

— Oui, parce qu'il est convaincu que nous n'y parviendrons pas.

— Est-ce le cas ?

— Ils sont le diable, déclara brusquement Darius d'une voix méconnaissable. Ils sont le diable et l'enfer réunis. La Géhenne. Ils nous tueront tous.

Ses traits étaient déformés par la peur. Dans ses yeux défilaient les images d'une agonie dont il avait cru ne jamais sortir. Impuissants, nous retrouvâmes l'homme que nous avions découvert dans les couloirs de la mort : anéanti, brisé, meurtri dans sa chair, dans son âme.

Happée par sa douleur, par le mal qui le rongerait encore longtemps, j'aurais voulu souffrir à sa place pour le revoir en paix.

Gwen posa une main douce sur sa cuisse. Il s'en empara aussitôt et l'écrasa entre ses doigts. Elle dut encercler son poignet avec force pour lui faire reprendre ses esprits.

Il réagit, sursauta et l'étudia, le regard vide. Puis il appuya son pouce et son index sur ses yeux en expirant bruyamment, le souffle court.

— Est-il possible de les abattre ? demanda Rufus sans quitter des yeux Darius, qui s'était de nouveau plongé dans un silence absolu.

La bouche de Pitt se tordit en un rictus amer.

— Si nous réussissons, c'est que nous aurons eu beaucoup de chance.

— Ils sont lents, intervins-je. Nous sommes rapides et leurs réflexes sont bien moins vifs que les nôtres.

— Ils se dématérialisent, me contredit Pitt.

— C'est vrai, mais sur de petites distances. J'ai vu la manière dont ils bougent quand ils sont proches de leur proie : lourdement, grossièrement. Ils n'ont que leur invisibilité comme véritable atout. Si nous les voyons, nous pourrons les éviter et nous battre.

— Jusqu'à présent, il n'y a que toi qui les vois.

— Si c'est vraiment grâce à l'amulette, nous pourrons être deux.

— Deux, ça ne suffit pas, insista-t-il.

— Ce sera bien assez pour éliminer celui qui rôde à St Andrews, affirmai-je.

— Tu ne doutes de rien ! s'esclaffa-t-il presque.

— Nous pouvons le prendre par surprise, m'entêtai-je. Et puis..., nous n'agirons pas seuls.

Les regards convergèrent vers moi, intrigués.

Grigore fronça les sourcils.

— À quoi penses-tu ?

— Keith Forbes, le détective dont je vous ai parlé. Informons-le de ce que nous savons à propos des guerriers de l'ombre.

— Pourquoi ?

— Car c'est un Lupus d'expérience et que conjuguer nos forces ne peut être que bénéfique, éludai-je.

Exagérément, il haussa un sourcil.

— T'entendre soumettre de telles idées me laissera toujours perplexe, gamine.

— Parce que c'est un garou ?

— Tout juste. Je doute que ton Forbes ait envie de se mêler aux membres de notre communauté.

— Pas si nous lui permettons de mener à bien son enquête.

Gwen se pencha en avant en posant les avant-bras sur ses cuisses.

— Qu'as-tu derrière la tête ?

Je fixai sur elle des yeux déterminés. J'étais prête à tout, même à marchander pour lui dire tout ce que je savais.

— C'est un Lupus, il peut m'aider à retrouver Leith.

— Et après ? creusa Grigore.

— J'irai le chercher.

Ils échangèrent tous un regard muet, puis Darius sortit du silence pour s'exprimer d'une voix forte :

— C'est ce que nous ferons tous.

Chapitre 16

Laisse-faire l'Esprit

Le détective m'attendait dans un pub du centre-ville où je n'étais encore jamais allée. C'était lui qui avait choisi l'endroit, un peu en retrait des rues principales, et qui, d'après lui, n'était fréquenté que par des Humains. Il était à peine quatorze heures trente, et comme le temps s'était fait clément, il n'y avait pas grand monde, les gens étaient dehors. Des yeux, je fis un tour rapide de la salle et le trouvai, installé à une table tout au fond. Je le rejoignis d'un pas lent, passant en revue tous les détails de son visage.

La quarantaine bien tassée, Keith Forbes avait un physique qu'on ne pouvait pas ne pas remarquer. Ses traits étaient rudes et particulièrement virils. Il possédait le charme brut des hommes du nord. Grand, fort et solidement bâti, il avait la peau burinée et piquetée de rides profondes qu'un hâle léger venait appuyer. Son large front, dégagé sur des cheveux blonds coupés très court, rendait plus expressifs encore ses yeux bleus entourés de longs cils et rehaussés de sourcils plus foncés. Mais surtout, il portait une cicatrice qui lui barrait le nez, la moitié de la joue gauche et une partie du cou.

Il suivait mes pas d'un regard tranchant. Il n'avait toujours aucune idée de ce pour quoi je lui avais donné rendez-vous, mais il se doutait bien que la raison était importante. Il décroisa les mains de devant sa chope de bière et m'invita à prendre place en face de lui.

— Je vous en prie, mademoiselle Jorion, asseyez-vous.

Je tirai une chaise et obtempérai.

— Je ne pensais pas vous revoir de sitôt, dit-il sans l'ombre d'un sourire.

— Moi non plus, monsieur Forbes.

— Venons-en au fait, si vous voulez bien.

Je laissai tomber ma besace sur le sol et posai les coudes sur la table.

— Vous aviez raison, je suis impliquée dans l'affaire des meurtres de St Andrews.

Il recula contre le dossier de sa chaise et croisa les bras sur sa poitrine.

— Tiens donc... Je suis tout ouïe, mademoiselle. Je vous écoute.

Forbes devait être le genre d'homme capable de se passer de formules diplomatiques et d'explications enrobées, j'allai droit au but.

— Connaissez-vous l'existence des Strigoii ?

Il secoua brièvement la tête.

— Il s'agit de la plus ancienne espèce de vampires. On dit qu'ils sont à l'origine de la naissance des anges noirs.

Il fronça les sourcils et crispa légèrement la mâchoire.

— Poursuivez.

— J'ai été un ange noir, monsieur Forbes.

Il fut tellement surpris qu'il ouvrit promptement de grands yeux.

— Qu'êtes-vous en train de me raconter ?

— J'ai été mordue contre mon gré, il y a un an et demi.

Dans son regard, une lueur de totale incompréhension s'animait. Il déplia les bras et les posa sur la table brusquement, les poings fermés.

— Ce que vous dites n'a aucun sens, vous êtes un Lupus !

— Je suis devenue un Lupus, le corrigeai-je. Je suis restée dans la peau d'un ange noir pendant six mois.

Comme j'insistais, il secoua la tête pour me notifier que la plaisanterie ne prenait pas. Je ne pouvais pas lui en vouloir. De prime abord, une telle révélation ne pourrait convaincre personne.

— Vous divaguez !

— Non, monsieur, le père de mon petit ami m'a transformée.

— Jeremiah ? demanda-t-il aussitôt.

— Vous le connaissez ?

Il claqua la langue, agacé.

— Peu importe, je ne crois pas un mot de ce que vous dites !

Je poussai un long soupir et replaçai une mèche de cheveux derrière mon oreille.

— Vous souvenez-vous de Julia Giordano, la jeune fille lupus qui a été…

— Je me souviens parfaitement d'elle ! s'impatienta-t-il. Elle venait de décéder lorsqu'on m'a réaffecté à St Andrews. Quel est le lien avec vous ?

— Elle a été tuée lors d'un affrontement entre Lupi et anges noirs. C'est même comme ça que tout a commencé pour moi.

Il plissa davantage le front, perplexe.

— Un affrontement ? Ce n'est pas ce que le rapport de police raconte. Elle a eu un accident de voiture.

Je ne pus m'empêcher d'évincer l'ironie de son explication par un rire sec.

— Un accident de voiture ? Un garou ?

— Je sais parfaitement de quoi je parle, *faol-ur* ! gronda-t-il, très irrité de voir que je remettais en cause sa connaissance de l'espèce garolle. Nous ne sommes pas invincibles, quelques débris profondément enfoncés dans le cœur et nous mourons !

— Si c'est ce que dit le rapport, c'est entièrement faux, monsieur Forbes. Ce sont des serres d'ange noir qui l'ont tuée. J'étais là, et j'étais encore humaine.

Je dus lui paraître particulièrement certaine de ce que j'avançais, parce qu'il soupira à son tour et croisa de nouveau les bras pour m'étudier attentivement.

— Très bien. Racontez-moi ça.

— J'ai habité quelques mois avec une jeune Crinos sans avoir conscience de sa vraie nature. Elle cachait son identité à l'aide d'une amulette garolle, tout le monde n'y a vu que du feu. Il y a eu des frictions entre elle et l'un des membres du Cercle. C'est une sorte de confrérie de...

— Je sais qui ils sont ! m'interrompit-il. Continuez.

— Bien. Minah, l'ange noir avec qui elle ne s'entendait pas, a été retrouvée morte sur une plage. C'était ma colocataire, Tarja, qui l'avait tuée. Plusieurs anges noirs se sont regroupés pour le faire payer à la meute qu'ils considéraient comme coupable. Coupable d'avoir dissimulé la responsabilité de Tarja, alors que personne n'était au courant. Personne ne pouvait savoir. Ils nous ont attaqués à l'occasion du barbecue que nous avions organisé pour fêter la fin des examens. Julia est morte, ce jour-là, ainsi que beaucoup d'anges noirs, mais ceux qui ont survécu se sont enfuis, déterminés à se venger pour ceux qui avaient péri. J'ai été la cible principale, mordue juste après les funérailles de Julia. Nous avons été pris par surprise, tandis que nous étions encore au cimetière. Quelques mois plus tard, j'ai appris que je pouvais redevenir humaine. Je devais tuer mon créateur dans les neuf mois succédant ma mutation. Je l'ai fait. J'y suis parvenue, avec l'aide de mes amis garous et anges noirs.

Sur cette dernière révélation, il cilla. À l'instar de tous les autres, il considérait comme impensable l'alliance entre les deux espèces.

Puisque rien ne pourrait le conduire à raisonner différemment, je m'interdis de lui faire remarquer qu'il se trompait, que Leith et Darius avaient appris à être amis. Aussi allais-je continuer mon récit.

— Pourquoi vous a-t-il changée ? demanda-t-il, de plus en plus intrigué, en faisant allusion à Jeremiah.

— J'étais sur le point de mourir. Mon corps avait subi trop de chocs, trop de violences. Quand je suis redevenue humaine, il m'a tout simplement lâchée. Jeremiah a tenté le tout pour le tout, et voilà...

— Vous êtes un phénomène de foire ! résuma-t-il, non sans ironie.

Je ne trouvai rien à répondre à ça. Oui, c'est ce que j'étais.

Puis il m'observa un long moment.

— Concluez, mademoiselle Jorion. Venons-en à ces fameux Strigoii. Parce que tout a un lien, n'est-ce pas ?

J'acquiesçai d'un hochement de tête.

— Mon créateur n'a pas été pris de court, lorsque je l'ai tué. Il était connecté à moi par l'esprit, il connaissait mes plans depuis des semaines. C'est pourquoi il a assuré ses arrières en demandant de l'aide.

— Les vampires fondateurs...

— C'est ça. Ils étaient deux. L'un d'entre eux est mort de la main d'un ange noir, l'autre a réussi à s'enfuir. C'était il y a à peine plus d'un an.

— Et les Strigoii sont du genre rancunier ? en déduisit-il.

— Oui. En début de semaine, l'ami qui a tué l'un des leurs a été kidnappé. Avec les siens, nous sommes allés le chercher en Roumanie et nous l'avons ramené.

Il haussa un sourcil dubitatif.

— C'était quand, ça ?

— Nous sommes revenus hier.

Il émit un sifflement strident qui fit se retourner les quelques clients présents.

— Quelle vie trépidante vous avez, mademoiselle Jorion. Si jeune et déjà si occupée...

— Croyez bien que je n'ai pas eu le choix et que je n'ai rien demandé à personne ! répliquai-je, piquée au vif. Il s'agit de mon meilleur ami, il est comme un frère pour moi, peut-être même davantage, mais ça, je ne suis pas sûre que vous puissiez le saisir.

Je le sentis se raidir devant moi. Son visage devint plus dur et plus froid qu'un bloc de glace.

— Un ange noir ?

— Parfaitement. Mais peu importe, monsieur Forbes, ce n'est pas le sujet.

— Quel est-il, dans ce cas ? J'aimerais comprendre.

Je le regardai. Je savais que je ferais mouche.

— Les Strigoii ont envoyé l'un de leurs plus puissants guerriers pour neutraliser mon ami et le leur amener vivant. Depuis, il est à St Andrews et... il a faim, terminai-je d'un ton clair et distinct.

Il blêmit.

— Quel genre de créature est-ce ?

— Invisible.

Il rejeta la tête en arrière, pris de surprise.

— Je vous demande pardon ?

— Les guerriers de l'ombre sont invisibles, redoutables et destructeurs.

Je lui racontai alors ce que j'avais vu. Leur apparence tout droit sortie des pires films d'horreur, l'odeur qu'ils dégageaient lorsqu'ils étaient en chasse, leur façon de se déplacer pour atteindre leur cible plus rapidement, les ordres qu'ils ne recevaient que du chef vampire, l'amulette qui m'aurait permis de les voir, leur incapacité à évoluer le jour. Je ne négligeai rien. Rien, sauf une chose : je ne lui parlai pas de la disparition de Leith, qui m'avait poussée à errer dans les galeries souterraines du château. Je le ferais quand le guerrier de l'ombre serait mort et que je pourrais lui demander de me renvoyer l'ascenseur.

— Ils seront donc plusieurs à venir ? finit-il par me faire répéter, abasourdi, après que je lui eus révélé leur plan. Dans deux nuits ?

— Trois, avec un peu de chance.

Il se frotta le front dans un instant de réflexion, puis il leva les yeux sur moi.

— Puis-je vous croire sur parole, mademoiselle Jorion ?

— Sur parole, monsieur, lui certifiai-je. Je dispose de deux amulettes, nous pourrons les arrêter.

Il me toisa, de plus en plus ahuri.

— Nous ?

Je plissai les paupières lentement. Je savais ce qu'il sous-entendait : que cette bataille n'était pas pour moi. Mais je n'étais plus une enfant et j'avais été suffisamment couvée comme ça. Beaucoup d'eau avait coulé sous les ponts depuis ma rencontre avec Leith. Il n'était plus question que je regarde les autres prendre des risques, que je subisse la violence, les affronts, sans rien faire. Oui, je participerais et nous en viendrions à bout. De ça, je ne voulais pas en douter.

— Vous et moi, lui répondis-je.

— Vous n'y pensez pas !

— Je suis très sérieuse. Vous avez besoin de moi.

Un grondement rauque sortit de sa gorge. Il ne fulminait pas, il était déstabilisé. Mais je présumais que Keith Forbes était un homme intelligent. Il ne possédait aucune solution de repli, il lui faudrait ravaler sa fierté de mâle dominant. Ce qu'il fit sans attendre.

— Très bien. Nous allons donc... coopérer, *faolur*. Si nous réussissons, combien d'autres arriveront ensuite ?

Je repensai à ce qu'avait dit le Grand Strigoï à ce sujet, qu'il baisserait les armes si nous venions à bout de ses guerriers, mais je ne le mentionnai pas. La seule certitude que nous avions, dans cette histoire, c'était qu'il fallait nous battre. Tout le reste n'était que spéculation.

— Je ne pourrais pas vous le dire, monsieur.

— Savez-vous vous défendre, au moins ?

— Oui, monsieur.

— Appelez-moi Keith, Forbes, ou détective, si ça vous chante, s'emporta-t-il brusquement, mais cessez de me donner du « monsieur » !

Je hochai la tête, presque amusée.

— Alors, appelez-moi Hannah.

Il me fixa dans le fond des yeux.

— Je n'y manquerai pas.

— Parfait. Comment procédons-nous ?

Il s'empara de sa chope de bière et but d'un trait tout ce qu'elle contenait. C'est-à-dire une bonne moitié. Puis il s'essuya les lèvres du revers de la main.

— Nous allons lui tendre un piège.

Je fronçai les sourcils.

— Sauf votre respect, le plus dur sera justement de l'attirer jusqu'à nous. Nous n'avons aucune idée de l'endroit où il se terre et il ne dégage une odeur infâme que lorsqu'il chasse.

Une lueur de vive intelligence brilla dans ses iris bleutés.

— Le plus dur serait de l'éloigner, au contraire...

J'attendis qu'il s'explique.

— Ces créatures ne reçoivent d'ordres que de leur chef. Soyez certaine que votre départ anticipé et l'enlèvement de son prisonnier auront plongé ce grand seigneur dans une rage folle. À peine levé, le guerrier n'aura qu'un seul but : vous chercher. M'est avis que si vous ne bougez pas de chez votre ami, il saura exactement où vous trouver.

J'acquiesçai silencieusement. Il avait probablement raison. Traian ferait tout pour récupérer Darius au plus vite, et mieux valait que ce monstre vienne directement sur nous plutôt que d'arpenter la ville en tuant sur son passage.

— Donnez-moi son adresse.

Je fouillai dans mon sac et en sortis un stylo et un morceau de papier où la noter.

Il s'en empara et l'enfouit dans la poche arrière de son jean.

— Je vous retrouverai là-bas un peu avant la nuit.

Le soleil se coucherait dans à peine deux heures.

— Si tard ? Vous ne souhaitez pas élaborer un plan d'attaque ?

Il éclata de rire si brusquement que j'en sursautai.

— Vous regardez trop la télévision, jeune *faol* ! Tous les plans du monde seraient parfaitement inutiles face à une créature qui fonce plus qu'elle ne réfléchit.

— Très bien. Nous serons prêts.

— Il vaudrait mieux, Hannah, il vaudrait mieux.

Il se leva et décrocha la veste suspendue au dossier de sa chaise, je l'imitai.

Sans un mot de plus, il m'invita à le suivre pour sortir.

Lorsque nous nous retrouvâmes sur le trottoir, je penchai la tête pour l'observer.

Son regard était sombre et froid, il était déjà dans la bataille.

— Qu'est-ce qu'un *faol* ? voulus-je subitement savoir.

Ses yeux s'illuminèrent d'une lueur énigmatique.

— Mot pour mot : un loup.

Je haussai un sourcil, perplexe.

— La deuxième fois que nous nous sommes rencontrés, vous m'avez dit que je n'étais pas un *faol* quelque chose...

— Ne pas être un *faol-tùsail* signifie que vous n'êtes pas un garou de naissance.

Il sourit – un véritable et beau sourire qui me donna presque envie de l'imiter.

— Et un *faol-ur*, c'est la traduction plus poétique de jeune blanc-bec ! Ce que vous êtes, Hannah Jorion, une jeune louve avec toute l'arrogance et le courage dus à votre âge.

Je baissai les paupières pour regarder la pointe de mes chaussures, un petit signe de satisfaction sur le coin des lèvres.

— Je prends ça comme un compliment.

— Vous pouvez, c'en était un.

Je le remerciai d'un battement de cils.

— J'ai aussi une question, lança-t-il.

Je penchai la tête de côté et étrécis les yeux.

— Je vous écoute.

— Pourquoi votre petit ami n'est-il pas directement venu me parler ?

Je sentis le sang accélérer sa course dans mes veines. Feignant d'être dérangée par le vent, je remontai le col de mon manteau et répliquai de façon détachée.

— Il est dans le nord des Highlands pour travailler sur son mémoire.

— Il n'a pas pensé une seule seconde à vous retrouver ici ? demanda-t-il, perplexe.

— Il est injoignable.

Je répondis un peu trop rapidement à sa question mais, soulagée, je le vis hocher la tête comme pour me faire comprendre qu'il n'insisterait pas.

— À ce soir, *lass*[1].

Depuis que je venais en Écosse, c'était bien la première fois qu'on m'appelait comme ça.

Je refoulai un sourire et le saluai.

— À ce soir, détective.

Je le suivis des yeux tandis qu'il longeait le trottoir.

Keith Forbes m'intriguait. J'aurais bien aimé apprendre la teneur de sa relation avec les Sutherland. Quand il employait leur nom – deux

1. Jeune fille en gaélique écossais. (*N.d.A.*)

fois depuis qu'on s'était rencontrés – il en ressortait des tonalités aigres, presque douloureuses. Il les connaissait bien, c'était certain.

Quand la silhouette eut disparu au coin de la rue, je me ressaisis et hâtai le pas jusqu'au parking afin de récupérer ma voiture. Il ne restait plus beaucoup de temps, le soleil se coucherait bientôt. Quelques minutes plus tard, j'allumai le contact et rentrai chez Darius.

Lorsque je racontai à tous ma conversation avec le détective Forbes et la manière dont je pensais m'y prendre pour neutraliser le guerrier de l'ombre – en étant plus rapide et plus précise que lui –, Grigore se mit dans une colère noire.

— Ton idée est complètement stupide, Hannah !

Je me plantai devant lui, les mains sur les hanches et le regard noir.

— Je ne te demande pas ton avis, Grigore !

— Laisse-nous faire.

— Vous, les mâles ? ironisai-je, mauvaise. Espèce de macho !

Il sursauta, comme sous le choc que je puisse lui parler sur ce ton.

— Si tu penses qu'en vous battant à ma place, vous me permettrez de me cacher dans la maison en attendant que ça passe, tu te mets le doigt dans l'œil, repris-je de plus belle. Quand il viendra ici, il sera partout à la fois. Partout !

— Toi, Gwen et Darius, vous partirez et vous nous laisserez nous occuper de lui.

Nous savions tous que Darius n'aurait jamais la force mentale de l'affronter, mais en ce qui me concernait, il pouvait toujours rêver !

— Il est hors de question que je m'en aille, enfonce-toi bien ça dans le crâne !

Il me dévisagea d'un air furieux, puis il se retourna pour tous nous embrasser du regard.

— Mais dites-lui quelque chose !

— Il n'a pas tort, Hannah, plaida Gwen. Donne tes amulettes à Rufus ou à Pitt, ils s'occuperont de ça avec Grigore.

Je le mitraillai des yeux, irritée et tendue comme un arc.

— Et pourquoi donc ? Parce que ma vie vaut mieux que la leur, alors il faut que je la protège, c'est ça ? Arrêtons ces bêtises, vous voulez bien, et regardons les choses en face. Vous n'avez qu'une seule certitude : je les vois. Que se passera-t-il si les médaillons n'ont aucun effet sur vous ? Vous serez morts avant de vous en rendre compte !

Un silence profond se cristallisa autour de nous. Ce que j'avançais était totalement vrai, et ils le savaient.

— Dans ce cas, laisse-moi faire, tu aurais l'occasion d'être débarrassée de moi plus facilement, finit par dire Pitt d'un ton badin.

— Et toi, de moi ! rétorquai-je. Profites-en, c'est peut-être ton unique chance ! C'est non, je ne vous les donnerai pas !

Grigore s'interposa une nouvelle fois, crépitant de colère.

— Il ne va faire qu'une bouchée de toi !

— Pour ta gouverne, ils étaient trois à me poursuivre et je suis encore là !

— Justement ! Tu ne les as pas assez vus à l'œuvre que tu veux te jeter dans la gueule du loup ?

— C'est *justement* parce que je sais de quoi les guerriers de l'ombre sont capables que je peux me battre ! Arrête de me couver comme si j'étais ton â...

Je m'interrompis, la langue aussi lourde qu'une barre de plomb, tandis qu'une lueur sauvage passait dans ses yeux. Grigore était effrayant de détermination.

— Tu l'es ! rugit-il. Et tu le sais ! Là, à l'intérieur.

Il leva l'index et imprima un geste brusque au-dessus de mon sein gauche.

— Non, je ne le suis pas !

Le mouvement de ses épaules était cadencé par sa respiration heurtée. Il ne parvenait pas à se calmer et je n'étais pas dans un meilleur état que lui.

Pendant un instant, nous nous affrontâmes du regard comme si nous étions complètement seuls, refusant de concéder à l'autre la part de vérité qu'il détenait. J'étais l'âme sœur de Leith, pas la sienne. Or, j'étais également quelque chose d'important pour lui, mais quoi, je ne le savais pas encore.

Je sentis l'atmosphère s'épaissir au fur et à mesure que le silence se creusait autour de nous. Tout le monde s'était arrêté de bouger, de respirer, considérant nos visages à tour de rôle, totalement stupéfiés par ce qu'ils pensaient comprendre.

— Que se passe-t-il entre vous ? demanda Darius d'une voix forte, alors que jusque-là, il était resté parfaitement muet.

Je détachai mes yeux de ceux de Grigore et pivotai la tête vers mon ami en me mordant les lèvres. Il me sondait d'un air inquisiteur, paternel et sévère, qui acheva de faire grossir l'énorme boule qui s'était sournoisement créée dans ma gorge.

— Rien. Rien du tout ! Je ferais ce que j'ai dit et si vous n'êtes pas d'accord, tant pis !

Complètement liquéfiée par le regard de Darius sur moi, je tournai les talons et quittai la pièce pour me préparer. Le détective Forbes arriverait d'un moment à l'autre.

En grandissant, j'avais appris à défendre mes idées tout en tenant compte de l'avis des autres. Mais aujourd'hui, il était hors de question que j'accepte ce qu'on me demandait, cela revenait à les envoyer directement à la mort. Simon l'était déjà. Si personne n'en avait parlé et s'ils faisaient tous comme si rien n'avait eu lieu, moi, je n'oubliais pas. Il s'était fait surprendre parce que les guerriers de l'ombre lui étaient parfaitement invisibles. Je les avais vus, c'était un fait. Le pouvoir de l'amulette protectrice n'était qu'une hypothèse, je continuerais peut-être à les distinguer sans. Et si je me trompais, personne ne pouvait prétendre que ça fonctionnerait sur eux. Le temps de se rendre compte que ce n'était pas le cas et ils seraient morts. Je refusais de courir de tels risques sur la foi d'une simple supposition.

De rage contre les événements qui ne cessaient de prendre de l'ampleur plus que contre mes amis qui faisaient preuve de courage, je gravis l'escalier et regagnai ma chambre pour me préparer. Je n'étais pas l'une de ces héroïnes de films d'action, je n'avais pas à accrocher mon holster en haut de la cuisse, ni à y insérer un neuf millimètres pour tuer le méchant. Non, j'avais pour seules armes une amulette qui ne me servirait peut-être à rien, mais que je ne devrais pas quitter, ma rapidité, et une force surnaturelle qui était loin d'égaler celle de notre ennemi.

J'enfilai un pantalon souple, un débardeur, ma paire de bottes, puis je m'attachai les cheveux en banane pour éviter que la créature ne me les tire. J'ouvris la poche intérieure de mon manteau et m'emparai de l'un des médaillons que je passai autour de mon cou.

J'étais prête.

Je fermai les paupières et me frottai le visage.

Je n'en pouvais plus. Où était Leith ?

Son absence devenait douloureuse. C'était dans mes tripes, il me manquait. J'avais bien du mal à réaliser que j'étais en train de vivre tout ça sans lui, sans son soutien, son énergie, sa force. Mais il était quelque part, retenu dans un endroit insoupçonné, il avait peut-être plus besoin de moi, que moi de lui. De toutes les possibilités, penser que j'allais le retrouver dans le même état que celui de Darius était celle que je redoutais le plus et qui venait me hanter sans cesse. Sa mort ? Non. Plus le temps passait, plus je me refusais à l'imaginer. Il n'était pas mort. Je l'aurais senti. Je le saurais.

Rétrospectivement, je revis tout ce que nous avions vécu. En quelques secondes, toutes les images de notre vie commune s'abattirent sur moi pour m'écraser de leur doux souvenir.

Je voulais qu'il revienne !

Être entre la foi et la réalité. Il n'y a rien de pire.

Quelques coups portés à la porte vinrent me tirer brusquement de cet engourdissement infernal. Il s'agissait de Rufus.

Je me hâtai de lui ouvrir pour savoir ce qu'il désirait. Keith Forbes n'était pas encore là.

— Puis-je te parler ?

— Oui, bien sûr. Entre.

Il pénétra dans la chambre et resta debout, à me regarder sombrement.

— Simon était mon meilleur ami.

— Je sais...

— Je crois sincèrement que ton amulette te confère la possibilité de les voir.

Il ne sautait pas du coq à l'âne pour rien, j'attendis la suite.

— Je veux venger Simon. Personnellement.

Je baissai les yeux en retenant ma respiration. Je le comprenais, je le comprenais vraiment, mais je ne changerais pas d'avis.

— Rufus, le médaillon fonctionne peut-être sur moi, mais pas forcément sur vous. Ce n'est que devant le fait accompli que vous le saurez. Vous ne pouvez pas tenter votre chance comme ça. L'enjeu est trop lourd.

— Il nous appartient de décider de courir le risque.

— Rufus...

— Désolé, Hannah...

Je ne compris pas immédiatement de quoi il s'excusait, mais lorsque je vis ses iris prendre l'apparence de l'eau et ses canines jaillir de dessous ses lèvres, il était trop tard.

Ce fut le noir complet.

Lorsque je repris connaissance, j'étais allongée dans le 4 × 4 de Darius, sur la banquette arrière. Pitt conduisait, et Gwen était installée sur le siège passager. Il faisait nuit, la lune était pleine et le ciel parfaitement dégagé.

— Mais que..., grommelai-je, la tête prise dans un étau.

Je me redressai d'un coup. Je n'avais plus mon amulette autour du cou, et j'étais presque certaine que celle dans mon manteau avait disparu aussi.

— Vous n'avez pas... Vous n'avez pas osé !

— Du calme, Hannah. Ils savent ce qu'ils font.

— Justement, non ! hurlai-je. Où est Darius ?

Gwen baissa les yeux sur ses chaussures.

— Par pitié ! Ne me dis pas qu'il y est allé aussi ?

— Il veut les affronter.

— Et tu l'as laissé partir ?

— Je n'ai pas pu l'en empêcher, murmura-t-elle d'un ton coupable.

— Il en est incapable, Gwen ! Conduis-moi à eux ou arrête cette voiture ! ordonnai-je à Pitt.

Il fit mine de ne pas avoir entendu.

— Arrête cette maudite bagnole !

J'étais prête à défoncer la portière s'il n'obéissait pas.

Je me mis à secouer le dossier de son siège avec tant de violence qu'il n'eut d'autre choix que d'obtempérer. Il immobilisa le 4 × 4 dans un crissement de pneus brutal.

La seconde d'après, j'étais dehors.

Je humai l'air tout aussi rapidement et compris que nous n'étions pas loin de la côte. Un ou deux miles, tout au plus. Plus vive que le vent, je m'élançai dans la nuit en direction du nord.

Mais alors que je courais, je fus vite rattrapée par Gwen et Pitt. La main de Pitt s'abattit sur moi, il me retourna et me cloua au sol en faisant peser tout son poids sur mon corps.

— Lâche-moi ! Lâche-moi ! hurlai-je !

Non seulement il ne répondit rien, mais il m'écrasa un peu plus.

J'étais forte, hélas, il l'était bien plus que moi.

— Tu ne comprends rien à rien ! Lâche-moi !

— C'est toi qui ne comprends rien, la louve ! Il ne veut pas que tu y ailles !

J'arrêtai de me débattre pour le fixer.

— Grigore ?

Il hocha la tête.

— Et que penses-tu que ça me fasse ! m'emportai-je. Ce n'est pas ma mère ! Ils vont tous mourir ! Si les amulettes ne fonctionnent pas, ils mourront ! Tu piges ?

— Et toi aussi si tu te bats contre cette créature. Tu ne feras jamais le poids contre un guerrier, entre-toi bien ça dans le crâne !

— Depuis quand as-tu décidé de me sauver la vie à tout prix ? Depuis quand ? Bon sang ! Lâche-moi et laisse-moi partir !

— Non ! gronda-t-il.

Désespérée, je tournai la tête de côté et vis le visage défait de Gwen.

— Si tu meurs, tu ne retrouveras jamais Leith, tenta-t-elle de me convaincre.

— Je ne sais même pas où il est, tu entends ? Je ne sais pas où il est ! Il peut m'aider, j'en suis sûre. Forbes peut m'aider.

— Tu vas y arriver, m'assura Gwen. Tu n'as besoin de personne pour ça. Laisse faire l'Esprit.

— Non !

Comme Pitt avait relâché sa garde, j'imprimai dans son bassin un violent coup de reins qui l'obligea à me libérer. Je me relevai aussitôt et lui assenai un formidable revers du pied dans l'estomac pour l'empêcher de me suivre.

— Hannah ! s'écria Gwen.

Je fis dix mètres supplémentaires et Pitt m'arrêta une nouvelle fois en m'aplatissant face contre terre.

— Je t'ai dit de rester tranquille ! grinça-t-il.

Je n'essayai plus de me débattre, il concentrait toute sa force et son énergie à me maintenir.

— Pourquoi ne me laisses-tu pas tranquille ? Qu'en est-il de nous deux ? demandai-je, la respiration courte.

Puis nerveusement, je laissai un petit rire sortir de ma gorge.

— Tu ne veux plus que je meure, c'est ça ? Tu t'es attaché à moi, toi aussi ?

Je me raidis lorsque je sentis qu'il enfouissait son visage dans mon cou pour me humer. Doucement, la pointe de ses canines vint se frotter contre ma peau.

— Je te voue une haine sans limites, susurra-t-il à mon oreille. Bien plus encore depuis que mon frère s'est imprégné de toi, car te tuer reviendrait à lui faire subir ce que j'ai subi moi-même. Et ça, je n'en suis pas capable.

Lorsqu'il se redressa, je n'essayai pas de fuir de nouveau.

— J'en ai marre, assez joué. Je ne suis pas ta baby-sitter. Remonte dans cette bagnole. Je t'amène à eux puisque tu y tiens tant. Et si tu y passes, ce ne sera pas ma faute.

Il tourna les talons sans un mot de plus, emportant avec lui l'anéantissement de tous ses espoirs de vengeance. Pitt ne chercherait plus jamais à me tuer. Mais ce soir, je n'arrivais pas à m'en réjouir.

Chapitre 17

Les bàs-taibhsearan

Tout se passa comme dans un film, et malheureusement, exactement comme je l'avais imaginé : personne ne voyait le guerrier de l'ombre. Personne… à part moi.

L'amulette n'y était pour rien.

Ils étaient tous aux quatre coins de la cour, Darius, Rufus, le détective Forbes et Grigore, tous totalement désarmés, tendant l'oreille dans l'espoir de déceler le moindre bruit qui aurait pu les aider à le repérer. Rien. Le guerrier était un prédateur, une machine programmée pour tuer, et afin de mieux surprendre ses proies, il savait se déplacer aussi silencieusement qu'un ange noir. Seule l'odeur pestilentielle qu'il dégageait trahissait sa présence.

— Par tous les démons de l'enfer…, murmura Gwen, que la puanteur faisait reculer.

— Où est-il ? me demanda doucement Pitt. Tu le vois ?

J'acquiesçai sans répondre et montrai le monstre du doigt.

Il était bien plus grand que les autres. Plus massif, plus musclé. Son corps explosait de puissance et, sous l'éclat de la lune, son pelage luisait d'une matière phosphorescente jaunâtre, le rendant plus irréel encore. Immobile au milieu de tous, il observait, étudiait, examinait avec soin son environnement, bougeant la tête lentement pour ne rien rater, pour tout analyser. Les naseaux frémissants, la gueule entrouverte, il choisissait sa victime.

Il s'arrêta un instant sur Grigore et grogna. Je crus qu'il allait s'en prendre à lui, mais avant que je ne l'avertisse, il s'attaqua à Rufus, qui se tenait juste sous le grand chêne, à sa gauche. Il fondit sur lui et, d'un seul coup de patte, il le fit voler dans les airs comme une poupée de chiffon. Rufus tomba lourdement sur le capot de ma voiture, immobile et ensanglanté.

Pitt se propulsa si vite en direction de lui que je le vis à peine bouger. Il le cala par-dessus son épaule et le déposa derrière le 4 × 4 de Darius pour contrôler ses blessures. Il était amoché à la poitrine, mais il guérirait. La bête l'ignora et se tourna vers le détective Forbes.

Cette fois, tout dans son attitude m'assura qu'elle le visait bel et bien et qu'elle ne changerait pas d'avis au dernier moment. Elle n'était qu'à quelques mètres de lui et reniflait son parfum comme pour s'en imprégner avant dégustation. La respiration chaotique et le regard perdu, Keith Forbes était totalement inconscient d'être la prochaine cible. J'avais moins de deux secondes pour agir.

— Forbes ! Il fonce droit sur vous, disparaissez ! hurlai-je au moment où le monstre se dématérialisait. Maintenant !

Il obtempéra, s'élança et courut sur plusieurs mètres comme s'il avait le diable aux trousses, avant que la bête ne réapparaisse exactement là où il s'était trouvé un instant plus tôt. Déjoué, le guerrier cracha un rugissement de fureur que tout le monde entendit, puis il se volatilisa une deuxième fois, et une troisième, sans jamais vraiment s'arrêter, dans le seul but d'être le moins détectable possible. Puis il stoppa tout net en plein milieu de la cour, rétractant et ressortant successivement les serres de ses longs pieds sans que j'en comprenne la raison.

Pendant ce temps-là, Grigore et Darius avaient changé de place. Grigore se trouvait tout proche du chemin s'enfonçant dans les sous-bois et Darius…

— Où est Darius ? criai-je. Je ne vois plus Darius !

— Là ! me répondit Gwen en levant l'index.

Il était accroupi sur le toit inférieur, les yeux rivés sur moi. Je compris qu'il attendait le bon moment pour agir, celui où je lui ferais signe. À travers son regard aussi dur et froid que l'acier, je devinais ses peurs les plus profondes exécuter une danse macabre, sournoisement, langoureusement. À cet instant, alors que je m'étais farouchement opposée à son intervention, je pris conscience qu'il ne retrouverait jamais la paix autrement qu'en affrontant ses bourreaux. Il devrait peut-être même tous les tuer de ses propres mains. Tous. C'est pourquoi il était là.

L'abominable bête s'arrêta brusquement à deux pas de moi, l'échine courbée, les bras crispés et gonflés du désir de détruire. Ses yeux rouges s'étrécirent et me fixèrent. Je compris ses intentions, je lisais en elle comme dans un livre ouvert : me manipuler, m'immobiliser, faire que je ne fuie pas comme les autres. Alors, je ne bougeai pas et attendis le bon moment, celui où l'un d'entre nous interviendrait. Je devais la garder à portée de mains. Elle s'approcha. Le cœur au bord des lèvres, je sentis son haleine fétide sur mon visage, les gouttes de bave qu'elle rejetait sur mes joues en respirant bruyamment.

Pas un geste, je ne ferais pas un geste.

Puis je hochai imperceptiblement la tête en direction de Darius. Il comprit.

Aussi léger que le vent, silencieux comme un mouvement dans l'air, il sauta du toit pour atterrir souplement sur le sol. Sans un bruit, sans un son, il s'approcha. Grigore, l'imita et je retins mon souffle. Le monstre avança sa gueule vers moi, montrant les crocs, toutes ses effroyables rangées de dents. Les battements de mon cœur s'accélérèrent, alors que j'osais à peine respirer.

— Nooon ! hurla Gwen, qui ne distinguait pas la bête, mais uniquement l'expression de mon visage qui avait suffi à l'horrifier.

Comme dans une scène au ralenti, je vis la créature lever une patte. Synchronisée à lui sans le savoir, Gwen me tira en arrière. Les serres du guerrier, aussi longues que des lames de couteau, manquèrent ma tête de peu. Aussitôt, il feula sauvagement et se dématérialisa.

— Noooooon ! criai-je à mon tour.

Il attrapa Gwen par le cou et la secoua violemment. Pendue au bout du bras de ce monstre, elle ressemblait à un pantin désarticulé. De fureur, je sautai par-dessus le capot de la voiture et me jetai sur lui pour l'étrangler. C'était comme s'il ne sentait pas la force que je décuplais autour de sa nuque, il ne réagissait pas. Puis il la lâcha subitement en poussant un rugissement de douleur. Darius venait de lui déchiqueter les épaules d'un coup de serres, frôlant mes bras. Déchaîné, le monstre s'ébroua férocement et me fit tomber sur le sol. Sur les fesses, je reculai contre le 4 × 4 sans le quitter des yeux. Il se retourna d'un coup, rugit de plus belle et d'un revers la patte, éjecta Darius plusieurs mètres plus loin.

— Devant toi, devant toi, Grigore ! braillai-je.

Grigore prit le relais et infligea un second coup de serres dans le dos du guerrier. Furieux, il pivota pour lui faire face et c'est Pitt qui lui lamina la peau.

À cet instant, je savais que le combat ne durerait pas. Nous étions déterminés, enragés, assoiffés de vengeance. Nous avions tous quelque chose à lui faire payer : la mort d'un ami, la torture d'un autre, la peur qu'il semait dans notre ville...

Alors qu'ils se resserraient autour de lui pour infliger l'ultime sentence à cet ennemi qu'ils ne voyaient pas, le guerrier de l'ombre émit un son strident se répercutant dans mes tympans, diffusant dans ma boîte crânienne une onde mécanique insoutenable qui me mit à genoux. Des mains, je me bouchai les oreilles et me balançai d'avant en arrière, hurlant pour que ça cesse. Je n'étais pas la seule, mes cris se noyaient avec ceux du détective Forbes ? que j'entendais comme un lointain écho.

La pluie avait recommencé à tomber.

Brisée par le choc auditif, je levai des yeux implorants sur mes amis. Ils supportaient ces tonalités destructrices bien mieux que moi mais, surpris, ils baissèrent leur garde. En même temps qu'il cessait ses ultrasons, le guerrier fléchit les genoux et bondit. Il tendit les bras et empoigna d'une main le cou de Grigore, alors que de l'autre, il enfonçait ses griffes meurtrières dans l'épaule de Pitt, le faisant hurler de douleur. D'un mouvement sec, il les lança loin au-dessus de lui. Avant qu'il ne s'attaque à Darius, Rufus, qui s'était ressaisi, se leva, baissa la tête et chargea la bête à l'aveuglette. Le choc fut si brutal qu'elle fut déstabilisée. Il chancela et retomba lourdement sur le sol.

C'est là qu'une détonation retentit. Keith Forbes, un revolver à la main, venait de tirer. La balle avait atteint sa cible, le guerrier grondait de douleur, mais pas suffisamment pour être totalement hors-jeu. Il se releva et sembla plus furieux encore. L'instant d'après, la gueule dégoulinante de bave, il se ruait sur le détective.

— Forbes ! Droit sur vous ! hurlai-je.

Je m'attendais à ce que l'impact fasse très mal, mais Forbes appuya sur la détente une seconde fois, puis une troisième et finalement, le monstre s'écroula. Il avait reçu une décharge en plein cœur, mais il respirait toujours. Je m'approchai de son corps, incertaine. Darius apparut derrière le rideau de pluie, le visage écorché et couvert de boue dans laquelle des mèches de cheveux étaient collées. L'œil brillant et déterminé, les doigts ouverts sur ses longues serres recourbées, il avançait avec une démarche lente. La bête était à l'agonie. Il prendrait tout son temps pour l'achever.

— Où ? me demanda-t-il simplement lorsqu'il fut devant moi.

Sans rien dire, je levai le bras droit et désignai notre ennemi de l'index.

Il marcha quelques pas et s'arrêta, surplombant de toute sa hauteur la créature dont la forme se dessinait vaguement sur la terre humide.

Ma respiration se fit courte. Je savais... je savais que c'était la fin. Le début de la fin. Darius en tuerait d'autres. Il exorciserait ses démons. Un à un. De ça, je n'en doutais pas.

Il baissa les yeux sur la bête, la devina, et plongea profondément ses griffes dans sa poitrine. Sans un cri, sans un son, elle se raidit et rendit son dernier souffle. Darius rejeta la nuque en arrière et hurla sa victoire.

Pitt, Rufus, Gwen et le détective Forbes se retrouvèrent autour de la dépouille invisible, à fixer le sol sur lequel grossissait une flaque de sang qu'ils ne voyaient pas non plus.

Tandis qu'ils l'observaient, la substance phosphorescente s'éteignit d'un seul coup, me faisant cligner les yeux.

— Que se passe-t-il ? demanda Grigore.

— La lueur s'est éteinte...

— Quelle lueur ?

— La matière dont il était enduit.

— De quoi s'agissait-il ?

— Je ne sais pas.

Je levai les paupières sur eux, incrédule, alors que la pluie redoublait d'intensité. Le détective me regardait en haussant un sourcil.

— *Arzi in iad !* lança Pitt en crachant par terre. Brûle en enfer !

— Il est mort ? murmura Gwen.

Je hochai doucement la tête.

— Tant mieux ! Tout le monde va bien ? s'assura-t-elle alors qu'elle-même présentait toujours de vilaines marques rouges autour du cou.

Darius lui envoya un regard que la fierté et le soulagement illuminaient. Il s'approcha d'elle et mit son bras autour de ses épaules pour la serrer très fort contre lui.

— Tu as été grandiose pour ta première bagarre, la félicita-t-il.

Elle laissa filer un rire cristallin avant d'enfouir la tête contre sa poitrine, rassérénée.

Ils se régénéreraient tous très vite, mais la clavicule de Pitt saignait encore abondamment. Je fixai les yeux dessus et lui souris faiblement lorsque nos regards s'accrochèrent.

— Ne vous réjouissez pas trop, nous avertit-il, tout ne fait que commencer. Ce soir, nous avons eu de la chance, il était seul. Quand ils seront plusieurs, nous ne ferons pas le poids.

Les visages se tournèrent vers lui, mais personne n'osa dire un mot à ce sujet. Nous étions encore tous sous l'influence de ce qui venait de se passer, peu désireux d'envisager l'avenir dans la minute.

— Que fait-on de lui ? demanda le détective Forbes.

— Nous ne voyons pas son corps, mais nous pouvons le toucher. Déplaçons-le et brûlons-le, proposa Darius.

— Il craint la lumière du jour. M'est avis que dès les premiers rayons du soleil, il grillera tout seul.

Nous nous dévisageâmes sans mot dire.

— Personne ne le voit. Laissons-le là jusqu'à demain et attendons de vérifier, proposa Darius. Rentrons. J'en ai ras le bol de cette foutue pluie !

— Mademoiselle Jorion et moi avons à parler, s'interposa Keith Forbes. Ça, ça ne peut pas attendre.

Décidée à ne pas polémiquer, je hochai la tête et acceptai de le suivre dans son véhicule qu'il désignait de la main : un vieux pick-up Nissan semblant avoir fait la guerre tant il était rouillé par endroits. Il m'ouvrit la portière côté passager et me fit entrer, puis il s'installa à son tour.

Juste avant qu'il ne démarre, je croisai le regard de Grigore. Il demeurait immobile sur le palier. Dans ses yeux étrécis, je lus tout ce qu'il attendait de moi : que je quitte cette voiture et que je parle avec lui. De mon âme. De la sienne.

Pas ce soir.

Et peut-être jamais.

Keith Forbes arrêta son pick-up à peine trois kilomètres plus loin, sur l'unique emplacement d'un belvédère surplombant la mer. Les vagues étaient déchaînées, s'écrasant en contrebas, explosant en un millier de gouttelettes glacées qui remontaient jusqu'à nous.

Il éteignit le contact et se tourna vers moi, l'air inquisiteur.

— J'ai deux questions pour vous, mademoiselle Jorion.

Le retour à l'utilisation de mon nom de famille démontra qu'il n'était pas particulièrement content, et il m'était avis que ça n'avait rien à voir avec ma présence chez Darius, quelques minutes plus tôt.

— En premier lieu, quand alliez-vous vous décider à me dire que le fils de Jeremiah Sutherland avait disparu ? Deuxièmement, d'où sortez-vous réellement ?

Je haussai un sourcil de surprise.

— Vous le savez très bien, lui répondis-je, piquée au vif. Je vous ai déjà expliqué toute mon histoire.

Il leva l'index devant mon visage.

— Faux. Vous m'avez dit avoir été humaine, ange noir, de nouveau humaine, puis lupus. Vous ne m'avez certainement pas mentionné votre appartenance à l'ordre des *bàl-taibhsear.*

J'écarquillai de grands yeux.

— À l'ordre des quoi ?

Il balaya l'air de la main, agacé.

— Les *bàl-taibhsear.*

— Je n'ai pas la moindre idée de ce à quoi vous faites référence, monsieur Forbes.

— Certains garous sont capables de prévoir la mort de leurs semblables. Ce sont les *bàl-taibhsear.* Peu de temps après leur trépas, une lumière phosphorescente recouvre le corps des condamnés que seuls les *bàl-taibhsear* peuvent distinguer.

Ma mâchoire s'ouvrit d'elle-même.

— OK. Je ne prétends pas détenir tous les secrets de notre espèce, mais à moins d'être complètement idiote, il ne me semble pas avoir compris que les guerriers de l'ombre faisaient partie de la race garolle !

Il haussa un sourcil presque amusé.

— Non, en effet.

— Alors votre théorie tombe complètement à l'eau, détective ! Il est fort possible que les guerriers de l'ombre aient cette particularité pendant les nuits de pleine lune.

Parce qu'en y songeant, ceux que j'avais rencontrés en Roumanie ne reflétaient aucune lumière. Pas la moindre lueur ridicule.

— Peut-être, mais celui-ci est quand même mort, finit-il par déduire calmement.

Il marquait un point. Je ne savais quoi ajouter.

— Votre pouvoir s'étend probablement à autre chose.

Mon pouvoir ! Je crus que j'allais m'étrangler. Je n'avais aucune espèce de pouvoir, si ce n'était celui de me transformer en loup. Et ça, pour un garou, ça ne représentait pas une capacité exceptionnelle !

— Je ne suis pas ce que vous pensez que je suis, détective.

Il m'étudia quelques longues secondes, puis plissa les yeux.

— Nous verrons bien.

— Nous ne verrons rien du tout ! protestai-je. Je n'ai pas l'intention de regarder mourir qui que ce soit pour vous prouver que vous avez tort.

— Ce n'est pas quelque chose qu'on choisit, mademoiselle !

Bla bla bla, c'est ce que j'avais envie de lui lancer à la figure, je m'abstins.

— Maintenant, répondez à ma deuxième question, exigea-t-il.

Je me contentai de hausser les épaules.

— Vos charmants amis se sont chargés de m'expliquer la situation.

J'arquai un sourcil réprobateur.

— Vous êtes comme tous les autres, vous ne les aimez pas, dis-je comme pour moi-même.

— Cela vous étonne ?

— Hélas, non.

— Nos deux espèces ne sont pas faites pour s'entendre.

— Vous vous basez sur une vieille légende ridicule !

Lors de notre première année à St Andrews, Leith m'avait raconté que les anges noirs, fatigués de voler, avaient pactisé avec les sorcières pour soumettre les loups-garous afin d'en faire leurs montures. Cette histoire était sans doute parfaitement infondée. Je ne comprenais même pas que les miens puissent lui accorder autant de crédit.

— Chaque légende a sa part de vérité, fit-il d'un ton blasé. Mais ce n'est pas ce pour quoi je les hais.

— Alors pour quelle raison ?

Il tourna la tête pour me regarder bien en face et alluma le plafonnier. De l'index, il partit de son crâne nu pour suivre la cicatrice qui lui barrait le visage.

— Est-ce une raison suffisante ? ironisa-t-il. J'avais à peine quinze ans et je n'avais pas encore subi ma première mutation.

— Vous vous êtes battu ? demandai-je, sur mes gardes.

— J'ai été attaqué !

Je baissai les yeux, sans savoir quoi dire de plus.

— Vous pensiez que j'étais un sang-mêlé et que cette blessure en était la punition ?

Je fis non de la tête. Je n'avais rien pensé du tout.

Il m'observa silencieusement un instant, comme s'il avait deviné que cet aparté me ramenait à Leith et à son profil mutilé.

— Votre petit ami, que croyez-vous qu'il lui soit arrivé ?

Je retins ma respiration un instant avant de lui répondre.

— Je ne sais pas. J'imaginais qu'il avait été enlevé par les Strigoii, ce n'était pas le cas.

— Vous ne m'avez pas parlé de ce détail, pourquoi ?

Je le fixai droit dans les yeux, je n'avais pas l'intention de lui mentir.

— Je vous ai manipulé.

Il rejeta la nuque en arrière, surpris.

— Je vous demande pardon ?

— Je voulais vous aider à neutraliser le guerrier de l'ombre afin d'avoir une bonne raison de vous demander un service.

Il ouvrit la bouche, la referma, puis la rouvrit en secouant la tête.

— Un prêté pour un rendu ? C'était une idée brillante, mais parfaitement inutile. Il vous aurait suffi de m'en parler directement pour que je vous aide.

— Je n'en étais pas certaine.

Dans ses yeux, une lueur amusée scintilla.

— Et maintenant que vous venez de m'avouer que vous vous êtes servie de moi, en êtes-vous un peu plus sûre ?

Je secouai la tête, il éclata de rire.

— Vous avez encore beaucoup de choses à apprendre sur notre espèce, *faol-ur*. Un Lupus en laisse rarement tomber un autre.

— Vous auriez pu être cette exception.

— Non.

Il s'enfonça un peu plus contre le dossier du siège et se frotta l'arête du nez.

— Jeremiah Sutherland et moi étions à la fac ensemble.

Ce qui devait suffire comme explication, puisqu'il n'ajouta rien.

— Bien. Commencez par tout me raconter depuis le début. À votre connaissance, où s'est-il rendu avant de se volatiliser ? Quel a été votre dernier contact, ainsi que toutes les situations étranges survenues depuis sa disparition, indépendamment de l'épisode Strigoï ?

Intérieurement, je poussai un profond soupir de soulagement. Keith Forbes n'était pas seulement un Lupus, c'était un professionnel, un professionnel qui allait m'aider.

Je respirai un grand coup et lui racontai tout, n'omettant pas le moindre détail.

Lorsque j'eus terminé mon récit, il fronçait les sourcils.

— Il serait très intéressant d'avoir une petite conversation avec John Slater.

— John ? répétai-je, en prenant la même expression que lui.

Forbes croisa les bras sur sa poitrine et soupira en me regardant de côté.

— Laissez-moi vous dire deux ou trois choses, Hannah. Vous comprendrez mieux.

D'un mouvement de tête, j'acquiesçai.

— Dageus Slater, le père du jeune John, Jeremiah Sutherland et moi-même faisions tous les trois partie de la meute. Jeremiah en était le chef et pour une raison d'orgueil évident, Dageus ne l'a jamais accepté.

— L'histoire se répète ! lançai-je, pince-sans-rire.

— Dageus a une forte personnalité. Et comme il est issu d'une famille respectée de la communauté Lupi, il considérait que le rôle lui revenait de droit. Pour les gens comme lui, vous n'imaginez pas à quel point l'étiquette est importante.

— C'est un alpha ?

— C'est exact.

Je le regardai en baissant les paupières. Ce charisme, cette autorité naturelle, cette énergie toute masculine qu'il dégageait…

— Vous aussi ?

— Oui.

— Trois alphas dans la même meute…

L'expression de son visage resta implacable, comme s'il n'aimait pas s'en souvenir.

— C'était mouvementé.

— Qu'est-ce qui vous amène à penser que John y est pour quelque chose ? Il n'aurait quand même pas fait enlever Leith pour prendre sa place ? Il est opportuniste, mais je ne peux pas le croire capable d'une telle bassesse.

— Son père l'aurait fait, lui…

— Vous plaisantez !

Il secoua la tête.

— Dageus Slater est l'exception à laquelle vous faisiez référence, tout à l'heure. Il ne recule devant rien pour asseoir son autorité. Mais il était encore jeune, à l'époque, il manquait de courage.

Mon sang se glaça dans mes veines.

— Et maintenant, non ? C'est ce que vous sous-entendez ? Vous ne pensez tout de même pas qu'il…

— Écoutez, Hannah, dit-il d'un ton paternaliste. Il y a ce que je pense, les pistes que je vois, et il y a la réalité. Qu'est-ce que vous préférez ? Oublier ce que je viens de suggérer ou creuser un peu plus dans ce sens ? À vous de décider.

Pas un seul instant je n'avais envisagé la possibilité que John puisse être impliqué dans la disparition de Leith. J'avais bien du mal à m'en convaincre et restais persuadée qu'il existait une tout autre explication. John n'avait jamais défié l'autorité de Leith – encore que parler d'autorité n'était pas vraiment ce qui qualifiait le mieux l'attitude de Leith vis-à-vis des membres de la meute : il n'imposait rien, il proposait – et il n'avait même jamais fait preuve d'hostilité à son égard. J'avais beau fouiller minutieusement dans ma mémoire, je ne parvenais pas à me souvenir d'un clash entre eux, d'une seule prise de bec ou parole désobligeante. Avant que la meute ne se dissolve, il m'avait semblé qu'ils avaient toujours été de bons amis. Peut-être le resteraient-ils malgré tout ça ?

Le visage aux traits rudes du détective Forbes se fit grave.

— Hannah ?

Je gardai la tête baissée sur mes chaussures, indécise.

— Considérez-vous que vous avez le choix ? insista-t-il.

Je secouai le menton de droite à gauche.

— Non... Mais si nous nous trompons, je perdrai un ami.

Parce que, au fond de moi, je ne m'étais pas encore résolue à ce que cette belle équipe se soit définitivement déchirée. Nous nous étions battus tous ensemble, ils m'avaient défendue, aidée, secourue. Non, dans mon cœur, rien n'était terminé.

— Et si j'ai raison, vous récupérerez votre âme sœur.

Je levai les yeux et clignai les paupières, je ne lui avais rien précisé à ce sujet. Il sourit.

— Nul besoin de me l'avoir dit pour que je m'en sois rendu compte, *faol-ur*. Vous êtes quelqu'un de particulier. L'Esprit vous a choisie. Vous êtes à lui, et lui à vous.

À mon tour, je lui souris.

— Je ne suis pas différente des jeunes filles de mon âge, c'est ma vie qui l'est.

Il poussa un profond soupir résigné.

— On a la vie qu'on mérite, petite. La vôtre est pour le moment mouvementée, mais le calme, à l'issue du voyage, vaut toutes les batailles que vous gagnerez.

— Et je ne l'aurais pas volé ! m'exclamai-je en riant sourdement. Merci pour votre aide, détective.

Une lueur d'une incroyable douceur passa dans ses yeux.

— Je n'en dois pas moins au fils de Rose.

Un silence presque religieux s'abattit pendant quelques secondes.

— La mère de Leith, l'avez-vous bien connue ?

— Pas autant que je l'aurais voulu, répondit-il d'une voix morte.

J'éprouvais une étrange impression, celle que Keith Forbes avait dû renoncer à toute une vie de bonheur, contre son gré. Je fus parcourue de frissons. La déchirure de son cœur était visible, palpable et écrasante. Il y avait au fond de lui des secrets qu'il lui était difficile de faire remonter à la surface. Mais lesquels ?

Ses yeux bleus me scrutèrent.

— Demain midi, je viendrai vous chercher à la fac et nous irons parler au jeune Slater.

Je hochai doucement la tête.

— Cours de l'horloge, ajouta-t-il.

Je faillis sourire. Des générations entières l'avaient connue. De tout temps, elle avait dû être le point de réunion de bien des étudiants. Demain, Keith Forbes reviendrait sur les lieux de son passé, là où il avait peut-être vécu les meilleures heures de sa jeunesse… et les pires.

— Très bien, acquiesçai-je. J'y serai.

— Je vous ramène.

Il ralluma le contact.

Jusqu'à ce que nous arrivions devant le chemin de terre qui menait chez Darius, le bruit des essuie-glaces occupa la pesanteur lourde de l'habitacle. Je lui demandai de m'arrêter là.

Lentement, je marchai sous la pluie battante, levant la tête au ciel, laissant les cordes d'eau fouetter mon visage offert. Le vent soufflait fort. Il avait emporté avec lui les odeurs fétides de la créature. Je m'immobilisai un moment et stoppai devant son corps sans vie. Je l'observai, les yeux dans le vide, le cœur étreint dans un étau qui semblait ne jamais vouloir se desserrer.

L'avenir me faisait peur. Il me tétanisait. Qu'y verrais-je ? Qu'apprendrais-je ? À quoi devrais-je renoncer, moi aussi ? On abandonne toujours quelque chose derrière soi, c'est inévitable. Étais-je seulement prête pour ça ? Tôt ou tard, la vie reprendrait son cours, j'en étais certaine, mais elle ne serait plus jamais la même, plus aussi normale qu'avant. Accepterais-je alors mon destin la tête haute, le torse bombé ? Je n'arrivais toujours pas à comprendre comment tout avait commencé, mais je savais une chose : je serais encore debout quand tout finirait.

Je m'en fis la promesse.

Chapitre 18

Je suis un descendant d'Aonghas

Le matin se leva sur un ciel encore étoilé. La pluie avait cessé de tomber depuis déjà plusieurs heures et le bruit cassant des vagues avait fait place à un paisible bercement.

Je me redressai, clignai les paupières, et m'assis. J'avais l'impression de n'avoir dormi que quelques minutes pendant lesquelles j'avais rêvé de Leith, mais je n'arrivais pas à me souvenir de quoi. Même mes songes m'échappaient... J'étais épuisée, vidée, une pointe de fer ancrée dans la poitrine. Un jour de plus... encore un jour de plus sans lui. J'allais finir par devenir folle.

Je pris mon téléphone portable sur la table de nuit et vérifiai l'heure : huit heures et demie.

Il me restait peu de temps pour me préparer et aller à la fac. Je bâillai, me frottai les yeux et sortis du lit sans tarder. Il me fallut moins de dix minutes pour prendre ma douche et m'habiller. Je m'installai devant le miroir, démêlai mes cheveux énergiquement et commençai à me coiffer. Mes mains tremblaient. J'avais l'estomac serré dans un étau.

Le détective Forbes avait-il raison au sujet de John ?

Je n'étais pas prête à découvrir une trahison d'une telle ampleur. Depuis le début, je n'étais prête à rien. Pourquoi est-ce que... ?

Stop !

Je poussai un soupir de désespoir. Je refusais de me lancer une nouvelle fois dans de vastes réflexions. Je terminai de me tresser les cheveux et sortis de la chambre. En descendant, je croisai Gwen qui montait l'escalier.

— Oh, j'allais te réveiller, me dit-elle. Les garçons t'attendent pour le corps.

Le corps… évidemment. Quand vous êtes un garou poursuivi par une horde de créatures sanguinaires, votre petit déjeuner consiste à faire brûler l'ennemi sur un bûcher et à vous délecter de l'odeur cramoisie qui s'en dégage… Je commençais sincèrement à détester ma vie.

À neuf heures, le jour serait suffisamment levé pour vérifier si oui ou non le guerrier de l'ombre était toujours là. En attendant, je décidai de me faire une tasse de thé, je ne pourrais rien avaler d'autre.

De mauvaise humeur, les poings serrés, je rejoignis tout le monde dans le salon.

— Que te voulait Forbes ? attaqua Darius d'entrée de jeu.

Sans rien dire, je me dirigeai vers la cuisine et remplis une bouilloire d'eau que je mis sur le feu, Darius sur mes pas.

— Hannah ?

Je pris le temps de me laver les mains, de les essuyer et je me retournai pour le regarder.

— Me proposer son aide pour retrouver Leith.

Il hocha la tête sans rien dire.

— Il a une piste, précisai-je.

À ces mots, Grigore, Gwen, Pitt et Rufus nous rejoignirent.

J'eus soudain l'impression d'être sur le point de faire une crise d'agoraphobie. Tout ce monde autour de moi, en permanence… J'étouffais. Si j'avais pu m'exiler au fin fond de l'Écosse, je l'aurais fait. Me retrouver seule avec moi-même, réfléchir, reprendre des forces, tout ça me serait strictement interdit jusqu'à ce que toute cette histoire soit terminée. Mais en ressortirais-je seulement plus apaisée ? J'en doutais. Plus les mois passaient et plus je devenais une créature que l'angoisse de l'avenir faisait trembler. Tout le temps.

— Il pense que la meute pourrait être impliquée dans sa disparition, expliquai-je.

Je n'aurais pas pu faire mieux pour leur arracher l'expression d'ahurissement qui tapissait leur visage à ce moment-là.

— La meute ? répéta Darius.

Grigore me fixait droit dans les yeux. Il avait compris plus vite que tout le monde.

— John ?

Je hochai la tête.

Bien qu'il ne les aimât pas particulièrement, Darius était sceptique. Il s'assit à moitié sur le rebord de la table et croisa les bras sur sa poitrine.

— Et d'où lui est venue cette brillante idée ?

— Quelques souvenirs passés avec le père de John.

Je remplis ma tasse et fis infuser un sachet. Puis, au lieu d'être assaillie de questions, je leur racontai ce que nous nous étions dit la veille.

— Nous nous retrouverons à midi pour l'interroger, terminai-je.

— Tss, tss, fit Pitt, qu'une lueur de mépris animait. Et après, on nous dira qu'un loup est toujours fidèle à son clan. Balivernes !

Je dardai sur lui un regard noir intense, tandis que Darius se plantait devant la fenêtre donnant sur la falaise pour observer le ciel.

— Nous allons régler cette situation, et vite. Hannah, ne nous cache rien, ajouta-t-il comme s'il avait peur que je les laisse de côté.

Je secouai la tête alors qu'il ne me regardait même pas.

— Il fait suffisamment jour, allons voir si nous avons besoin de faire le ménage, décida-t-il.

Je lavai rapidement mon mug, le posai sur l'égouttoir et les suivis. Grigore m'arrêta au moment où je passais la porte de la cuisine. Il abaissa les paupières sur moi et s'appliqua à rester de marbre tandis qu'il m'étudiait avec toute l'attention du monde, faisant soudain battre mon cœur à un rythme croissant.

— Rien d'autre ?

— Quoi, rien d'autre ?

— Ta conversation avec Forbes.

Je plissai les yeux tout en le considérant, médusée.

Je n'avais pourtant pas envie de dissimuler quoi que ce soit sur cette histoire de garous devins, mais je n'avais pas jugé bon d'en parler, c'était tout. Ce n'était pas important, infondé, et totalement inutile pour la suite des événements.

— Tu ne dis pas tout, insista-t-il d'une voix douce et chaude. Je le vois.

Le sang dans mon crâne se mit à bouillir. Grigore lisait en moi comme dans un livre ouvert. Il était terrifiant. Ce qui se passait entre nous *me* terrifiait.

Je pris une respiration discrète et tâchai de cacher tant bien que mal mon état.

— Plus tard. Darius et Pitt nous attendent.

Je tournai les talons, il me retint une nouvelle fois par l'épaule, me forçant à le regarder bien en face. Là, je lus les mots qui flottaient dans le gris de ses yeux : « Tu peux fuir, mais je te certifie que tôt ou tard, nous parlerons. De nous. De tout. »

J'avalai ma salive et me dégageai d'un mouvement sec pour rejoindre les autres, tandis que je sentais le regard brûlant de Grigore sur ma nuque.

Ils se tenaient tous devant ce qu'il restait du guerrier de l'ombre, c'est-à-dire : rien. Rien de plus que quelques traces d'une poussière plus foncée et que le vent avait déjà apportée en grande partie. Pitt avait eu raison.

— Il s'est désintégré, les informai-je impassiblement.

Personne ne proféra un mot. Mais qu'auraient-ils eu à dire ?

La créature était morte, nous avions encore une ou deux nuits de répit.

Je consultai mon téléphone, neuf heures et quart. Les cours commençaient dans quarante-cinq minutes. Aussi froidement que si j'avais assisté à l'évaporation d'une flaque d'eau en plein été, je fis demi-tour et récupérai ma besace et mes clefs de voiture. La réparation du capot allait me coûter un bras, mais heureusement, ça ne l'empêcherait pas de rouler.

Sans desserrer les dents, je saluai tout le monde d'un hochement de tête, et partis.

À midi cinq, le détective Forbes m'attendait assis sur un banc de la cour de l'horloge.

Tout en avançant vers lui, mon regard glissa sur la pelouse. Le vent et le froid avaient cristallisé l'herbe qui ressusciterait au prochain printemps. Alors je réfléchis à toutes ces étapes de la vie qui vous changent, vous font devenir quelqu'un de plus fort. Elles vous tuent et vous font renaître. Mon moral était au plus bas, mais il n'en serait pas toujours ainsi. Bientôt, les nuages laisseraient place aux éclaircies tant attendues. Aujourd'hui, l'Esprit était avec moi. Aujourd'hui, il ferait en sorte que je sache. J'en étais certaine.

J'avançai d'un pas vif et déterminé. Keith Forbes se leva et hocha la tête pour me saluer.

— Ils sont dans un pub du centre-ville, l'informai-je.

En arrivant ce matin, j'avais demandé à Anneas où je pourrais trouver John. Il serait à l'endroit habituel, celui-là même où il avait pris la décision de remplacer définitivement Leith. Anneas avait d'abord essayé de comprendre pourquoi, puis, voyant qu'insister ne servirait à rien, il avait fini par me renseigner sans poser davantage de questions. Je ne voulais pas mettre les miens sur la touche, mais n'était-il pas préférable de savoir exactement de quoi il retournait avant de les avertir de la situation ? Aucun d'eux n'avait même conscience de ce que j'avais vécu ce week-end, que nous étions partis en Roumanie pour récupérer Darius, qu'un membre du Cercle était mort et que le guerrier de l'ombre opérant à St Andrews avait été neutralisé. Ils ne savaient rien. Le moment venu, je leur dirais tout. Parce qu'ils seraient là pour Leith, parce qu'ils lui étaient fidèles, parce que je comptais sur eux.

— Ils ? répéta le détective.

— Les cinq qui constituent la nouvelle meute.

Il acquiesça non sans montrer sa désapprobation. Je savais ce qu'il pensait : nous n'étions pas des animaux sauvages contrôlés par leur instinct primitif, une meute ne se divisait pas. Seul le membre gangrené par l'envie du pouvoir devait partir, les autres restaient attachés à leur clan, à leur chef. Mais la réalité était tout autre. La meute telle que je la connaissais n'avait jamais été un clan et Leith n'avait jamais été un chef. Il était un ami, un ami qui avait besoin des autres, un ami en qui ils avaient tous confiance.

Je rajustai le col de mon manteau et lui fis signe de me suivre.

Nous traversâmes les rues pavées et froides de St Andrews dans lesquelles le vent s'engouffrait en rafales. Les passants, bien qu'habitués aux bourrasques, avaient froid. Ils se réfugiaient derrière de longs manteaux et d'épaisses écharpes, cachant leur corps et la moitié de leur visage. Je les observais marcher, suivre le cours de leur vie, ignorant ce qui se jouait autour d'eux. Inconscients que des créatures plus fortes, plus anciennes, se battaient pour sauver leur tranquillité et leur existence.

— Arrêtez de faire cette grimace, me dit tout à coup le détective.

Tout en avançant, je pivotai vers lui pour le considérer avec étonnement.

— Vous n'avez pas vingt-cinq ans et vous avez l'air d'en avoir dix de plus. On dirait que le ciel vous est tombé sur la tête. Arrêtez de froncer les sourcils comme ça.

Je haussai les épaules et continuai à marcher.

— *Il* m'est tombé sur la tête, détective.

— Non, pas encore.

Cyniquement, je ris du nez.

— Vos encouragements me vont droit au cœur !

— Ne vous barricadez pas derrière des murs, gronda-t-il. Ne faites pas comme si rien n'était possible ! C'est l'espoir qui fait avancer, tout le reste n'est que mensonge. L'apitoiement, les jérémiades, les pleurs. Ça ne sert à rien.

Si je me retins de lui rétorquer que je n'étais pas particulièrement disposée à recevoir ses leçons de morale, c'était parce que je savais pertinemment qu'il avait raison. Il n'empêche que si j'avais envie de me créer des rides prématurément, c'était mon problème, pas le sien !

— Vous avez des enfants ? demandai-je subitement.

Je l'entendis marmonner dans sa barbe.

— Non.

— Vous devriez. Vous avez le profil de l'emploi, ironisai-je.

— On ne choisit pas !

Sa remarque fut si amère qu'elle me mit la puce à l'oreille.

— Avez-vous aimé la mère de Leith ?

— Tout le monde l'aimait, répondit-il un peu trop rapidement.

— Mais vous, un peu plus que les autres…

Je sentis qu'il retenait son souffle. Ses traits étaient tendus par la colère et ses yeux brillaient d'une lueur enragée. Il s'immobilisa au milieu de la rue et m'envoya un regard aussi glacial que l'air ambiant.

— Mademoiselle Jorion, si j'ai accepté de vous aider, ce n'est pas pour me donner l'occasion de vous dévoiler quelques bribes sordides de ma vie d'étudiant. Rose était une femme exceptionnelle, amoureuse d'un homme exceptionnel, et ensemble, ils ont donné naissance à un garçon suffisamment exceptionnel, lui aussi, pour que vous ayez envie de risquer votre peau pour le sortir du pétrin dans lequel il est. Considérez que je vous suis redevable, puisque c'était le plan que vous vous étiez fixé. Je suis un homme d'honneur, alors concentrons-nous sur cette mission et foutez-moi la paix avec mon passé, compris ?

Médusée, je hochai la tête sans dire un mot de plus.

J'enfouis les mains dans mes poches et avançai droit devant moi.

Je perçus l'odeur de John bien avant que nous n'atteignions le pub. Ma peau crépitait d'impatience autant qu'elle redoutait ce que j'étais sur le point d'apprendre.

Lorsque nous poussâmes la porte, nous le repérâmes immédiatement. En nous sentant, John, Tony, Jeff, Mario et Eddy se retournèrent pour nous étudier avec étonnement.

— Il est là, murmurai-je.

Les yeux de Keith Forbes se plissèrent jusqu'à ne former que d'étroites fentes.

— Je le vois. Il ressemble beaucoup à son père.

Les coudes sur la table, John m'envoya un regard qu'il voulait intimidant. La présence du Lupus à côté de moi n'était pas un pur hasard, tout comme notre présence ici, il le savait. C'est pourquoi il se leva lorsque nous fîmes un pas dans sa direction.

Nos regards s'affrontèrent un moment, puis il fit lentement glisser le sien vers le détective.

— Que se passe-t-il ?

— Détective Forbes, nous aimerions vous parler, monsieur Slater.

Ce dernier haussa un sourcil et prit un air hautain.

— C'est officiel ?

Forbes ne se laissa pas impressionner par le formalisme de sa question. Il plissa le front et pinça les lèvres.

— Ça peut le devenir.

Puis il se tourna vers le reste de la meute et en examina les membres un par un.

— Partez, leur dit-il simplement.

Tony eut un sursaut scandalisé tandis que les trois autres comprenaient que ce n'était pas le moment de faire de la résistance.

— Je ne vous permets pas ! s'indigna John.

— Mais vous n'avez rien à me permettre, mon garçon. Il y a en réalité deux solutions qui s'imposent à vous : on discute ici, seuls, sans vos petits copains, ou vous me suivez au poste. Votre choix sera le mien.

Il termina sa tirade avec un petit haussement de sourcils éloquent.

John observa ses amis et leur fit un signe de tête.

Mario, Tony, Jeff et Eddy se levèrent et repoussèrent leur chaise. Ils s'habillèrent, me lancèrent un regard à glacer un peu plus une congère et sortirent.

John attendit que le détective Forbes et moi ayons pris place avant de se rasseoir. Il s'empara de son verre de bière et en but une longue gorgée avant de le reposer brusquement.

— Que voulez-vous ?

Mon cœur battait à tout rompre, à tel point que j'étais presque persuadée qu'ils pouvaient s'en rendre compte tous les deux. Je me mordis les lèvres, calai mes mains entre mes cuisses et attendis.

— Je voudrais vous parler de la disparition de Leith Sutherland.

John pencha la tête de côté en fronçant les sourcils.

— Sa disparition ?

— Exactement.

Il me considéra, considéra le détective, revint à moi...

— Mais de quoi il parle ? Leith est chez lui, à Wick. Qu'est-ce que raconte ce type ?

Il avait l'air surpris, et pour le coup, très sincère. Malgré le contentement que je ressentis en déduisant que John n'avait pas trahi Leith, je fus assommée par une déception bien plus grande encore : mon dernier espoir venait de s'effondrer comme un château de cartes. Il n'avait sûrement aucune idée de l'endroit où se trouvait Leith.

— Je suis sans nouvelle de lui depuis une semaine, John. Il ne s'est jamais rendu chez son oncle et sa tante comme prévu. Personne ne sait où il est.

John semblait réellement dérouté.

Comme si je ne l'avais pas déjà fait moi-même, il prit son téléphone portable et composa le numéro de Leith. Évidemment, il tomba sur sa messagerie.

— Bon sang ! Que se passe-t-il ? demanda-t-il le plus sérieusement du monde.

Le détective Forbes se cala tranquillement contre sa chaise et croisa les bras sur sa poitrine. L'une de ses positions fétiches, manifestement.

— Je me demandais si vous n'y étiez pas pour quelque chose.

— Vous êtes complètement malade ! s'écria-t-il aussitôt d'une voix grondante.

— Sa disparition a particulièrement bien servi votre prise de pouvoir, monsieur Slater, vous ne trouvez pas ?

John ne donnait pas seulement l'impression d'être fou de colère, il l'était vraiment. Toute la puissance de son énergie lupus irradiait et dégageait une aura menaçante. Je ne me rappelais pas l'avoir déjà vu dans un état pareil, pas même la fois où la meute était sur le point de se battre avec le Cercle, sur l'estuaire de l'Éden.

— Qu'osez-vous insinuer ? Que je lui ai tendu un piège pour prendre sa place ?

Il fit glisser sur moi un regard de dément.

— C'est ce que tu crois, toi aussi ? grinça-t-il entre ses dents pour ne pas se faire remarquer.

Je secouai la tête sans pouvoir dire un mot.

— Je n'insinue rien, je vous pose la question, monsieur Slater : lui avez-vous tendu un piège pour prendre sa place ?

John serra les doigts comme pour se retenir et mitrailla son interlocuteur des yeux.

— Je vais vous mettre mon poing dans la figure, le menaça-t-il.

Ses iris brûlaient de cette lueur qui précède la transformation, il était hors de lui.

— Leith Sutherland, en dépit de notre profond désaccord quant à la gérance de la meute, est un ami sincère. Jamais, jamais, par l'Esprit, je ne lui ferais le moindre mal, et encore moins pour servir ma soi-disant soif de pouvoir ! Il existe des valeurs qu'un Lupus ne saurait bafouer, détective !

Lequel leva le menton pour le toiser de haut.

— Vraiment ? Pas même votre père ?

John blanchit d'un coup d'un seul.

— J'ai l'impression qu'on se comprend..., ajouta Keith Forbes avec un sourire mauvais.

L'air qui était chargé de particules électriques l'instant d'avant revint aussitôt à la normale.

— Maintenant, répondez à cette question, monsieur Slater. Votre père a-t-il insisté pour que vous preniez la place de Leith Sutherland ?

John ouvrit la bouche et la referma sans proférer un son.

— Très bien. Pensez-vous qu'il puisse lui-même être responsable de sa disparition ?

— Non ! s'écria-t-il comme douze voix réunies.

Un grand silence se forgea autour de nous, me conduisant à sourire bêtement comme pour m'excuser. Les regards des clients glissèrent sur nous un moment avant de retourner au fond de leur verre.

Je me concentrai de nouveau sur John et le détective Forbes, ils ne s'étaient pas lâchés des yeux un seul instant.

John avala sa salive difficilement, comme s'il venait d'ingurgiter une cuillerée d'épingles. D'une main, il se frotta les yeux et se pressa l'arête du nez quelques secondes.

— Voilà des mois que mon père insiste pour que je revendique la place de chef de meute. Il trouvait les absences répétées de Leith intolérables, peu dignes de son rang, et je… Selon lui, je suis le plus qualifié pour ce rôle.

— Pourquoi ça ? demandai-je un peu sèchement.

— Parce que je suis un descendant d'Aonghas. Je viens d'une famille plus ancienne que la sienne.

Je fronçai les sourcils et tâchai de rassembler les pièces de ma mémoire.

Aonghas était le garou qui avait repris la gouvernance bien après Tyros, le père de toutes les espèces. Il avait souhaité créer une communauté soudée et avait instauré des règles strictes pour que cette dernière survive, comme marquer d'une blessure le visage de chaque enfant né d'un Humain et d'un garou – reflet de la cicatrice de Leith –, afin de persuader les espèces de ne plus procréer qu'entre elles. C'était par elles que tout avait commencé. Car Angus, un autre chef, avait ensuite décidé de les resserrer davantage, en interdisant définitivement aux loups-garous de s'accoupler avec l'homme. L'Humain concerné était exécuté, comme l'avait été la mère de Leith. C'est là qu'était intervenu Filan Sutherland, l'ancêtre de Leith. Il avait provoqué une rébellion qui avait fini par séparer la communauté en deux : la communauté du Sutherland et la communauté du monde libre. La première suivait toujours les règles imposées par Aonghas et Angus, l'autre vivait comme elle l'entendait.

Puis quelque chose me chagrina.

— Aonghas était un Crinos, lui rafraîchis-je la mémoire. Tu es un Lupus. Comment est-il possible qu'Aonghas soit ton ancêtre ?

Les cinq espèces ne pouvaient pas procréer entre elles. C'était certain.

Keith Forbes éclata subitement de rire.

— *Faol-ur,* Aonghas, comme tous les hypocrites de son genre, était friand de belles femmes, humaines ou non ! Si vous croyez que donner des ordres l'empêchait de se priver, c'est que vous êtes encore plus naïve que vous n'en avez l'air ! Un Crinos couche avec une Humaine. De cette relation naît un enfant humain. Celui-ci rencontre à son tour un Lupus et conçoit un Lupus, etc., etc.

— Nos arbres généalogiques sont précis, ajouta John. Les hommes et les femmes de ma famille ont subi la répression, comme les autres. À plus forte raison parce qu'ils n'ont pas suivi les règles alors qu'ils auraient dû être les premiers à le faire.

La répression garolle… J'avais appris l'histoire des garous l'été où j'avais rencontré Leith, elle m'avait bouleversée, car j'avais compris alors que, bien qu'un traité de paix ait été signé entre les deux communautés, un jour peut-être, Leith et moi devrions payer pour avoir transgressé les règles. Nous les avions toutes bafouées. Nous étions des âmes sœurs, je savais donc que les garous existaient, nous avions fait l'amour et Leith m'avait transformée.

— Mais votre père soutient la communauté du Sutherland, mon garçon.

John parut plus abattu que jamais. Je savais qu'il ne partageait pas ces idées-là. Il avait bien des défauts, mais celui-ci n'en faisait pas partie.

Puis je m'arrêtai subitement de respirer, le souffle court. Je levai les yeux sur John et sentis le feu s'emparer de mon visage. J'étais en train de comprendre. Tout s'éclairait. Pourquoi n'y avais-je pas pensé plus tôt ?

— Nous les avons toutes brisées. Les trois règles…

Leith m'avait dévoilé son monde, nous étions tombés amoureux et il m'avait transformée.

Keith Forbes plissa les paupières pour m'observer, puis il fixa John. Dès lors que je lui avais parlé de John, le détective avait compris. Dès le début.

— Votre père a-t-il des relations avec la communauté du Sutherland ? demanda-t-il alors qu'il était évident qu'il connaissait parfaitement la réponse.

— Non ! s'écria aussitôt John. Il n'aurait jamais pu faire ça !

— En a-t-il ?

John baissa la tête, plus accablé que jamais.

— Oui.

— Voilà. Vous venez de comprendre le nœud du problème. Votre père s'est servi de Leith Sutherland pour vous élever au rang de chef de meute.

Le détective se leva calmement et repoussa sa chaise.

— Nous allons lui parler.

— Il n'aurait jamais fait une chose pareille…, répéta John d'une voix éteinte en se prenant la tête entre les mains.

Tout dans son attitude dévastée montrait combien il était presque sûr du contraire. J'eus de la peine pour lui. Vraiment. L'homme qui l'avait vu grandir était un traître, un menteur, un opportuniste, un manipulateur.

— Vous seriez surpris de savoir ce qu'il a été capable de faire dans sa jeunesse. Navré, mon garçon. Je crois que vous êtes de bonne foi, mais votre père ne pourra jamais en dire autant.

Il lui tapota gentiment l'épaule et m'invita à le suivre. Puis il fit demi-tour vers la sortie.

Je demeurai quelques instants à regarder John, seul avec lui-même, puis à mon tour, je posai doucement la main sur son bras.

— Je suis désolée...

Brusquement, il enferma mes doigts dans les siens et releva la tête pour me fixer intensément, les yeux brillant d'une lueur douloureuse qui aurait pu m'achever.

— Je ne voulais pas ça... Je ne voulais pas ça. Il faut que tu me croies.

— Je te crois, murmurai-je. Je te crois, John.

Il relâcha la pression de sa main et me libéra. Avec un dernier regard pour lui, je rejoignis le détective Forbes, le cœur serré dans un étau.

Dageus Slater habitait une somptueuse maison à la sortie de la ville, en direction du sud. Elle était cachée dans un écrin de verdure, entourée de sous-bois et de champs, sans un seul voisin alentour. Keith Forbes était convaincu que nous le trouverions chez lui. M. Slater possédait plusieurs entreprises dans des domaines variés, si bien qu'il en gérait la plupart depuis son domicile. Le détective se gara dans la cour et coupa le moteur.

— Êtes-vous certain qu'il est coupable ? lui demandai-je.

Il détacha sa ceinture de sécurité et se tourna vers moi, l'œil déterminé.

— Je ne suis pas ici pour m'en assurer, *faol-ur*, il ne s'agit de personne d'autre que lui. En dépit de sa présence à St Andrews, Dageus Slater a toujours été un fervent défenseur des principes de la communauté du Sutherland.

— Dans ce cas, pourquoi perdre notre temps ici, si vous savez que c'est lui ? Vous voulez comprendre pourquoi il l'a fait, c'est ça ?

— Non, Hannah, pourquoi, je le sais déjà.

— Alors quoi ?

Il me scruta d'un air étonné.

— Avez-vous la moindre idée de l'étendue des adeptes de la communauté du Sutherland ? De leur présence dans le monde ?

Je secouai la tête.

— Ils sont partout, ce qui fait que votre petit ami peut être dans n'importe quel endroit de la planète.

Je fronçai les sourcils.

— Vous exagérez.

Il haussa les épaules.

— Pas le moins du monde. Seul Slater sait où il se trouve, alors allons-y.

Il descendit du 4 × 4 et claqua la portière. Je le suivis d'un pas chancelant, craignant autant l'accueil qui nous serait réservé que les révélations de Dageus Slater. Qu'était-il advenu de Leith ? Que lui avait-on fait subir ? Je connaissais la tyrannie de nos semblables à l'égard des gens comme lui, comme nous… Mon cœur était puissamment comprimé par l'angoisse et la révolte. Je redoutais de savoir. Je dus faire preuve de toute la contenance dont mon esprit lupus était capable pour ne pas me ruer chez ce monstre et tout casser. Forbes savait ce qu'il faisait, je devais lui faire confiance.

Nous avançâmes le long de l'allée de pierres plates et sonnâmes à la porte. Une dame d'une soixantaine d'années, une domestique définitivement humaine, nous ouvrit.

— Oui ?

— Bonjour, madame, commença Forbes tout en sortant un badge de police de sa veste, détective

Keith Forbes. Nous aimerions parler à M. Dageus Slater, s'il vous plaît.

Notre interlocutrice fronça les sourcils et nous demanda de patienter.

Nous attendîmes tout juste deux minutes avant qu'un homme du même âge que Keith Forbes se présente à nous. Grand, les cheveux poivre et sel, avec une carrure impressionnante de judoka, Dageus Slater ne donnait pas envie d'oser le contrarier. Et pourtant, je lui aurais bien crevé les yeux sans sommation.

— Forbes..., lâcha ce dernier d'un ton sec et froid.

Puis son regard glissa sur moi et, l'espace d'un instant, je lus un sentiment de surprise sur son visage. Il ne m'avait encore jamais rencontrée, mais j'étais une *faol-tùsail,* peut-être même le seul garou transformé qu'il ait jamais vu, ce qui lui suffisait largement pour savoir qui j'étais. Puisque je me tenais devant lui aujourd'hui, il prenait certainement conscience que ce n'était sûrement pas pour lui vendre des gâteaux, ou financer le voyage de fin d'année. Il savait. Il avait compris en quelques secondes que le pot aux roses avait été découvert. Mais ça ne le touchait pas. L'expression sournoise de son visage sentait l'arrogance et le mépris. Il se fichait royalement qu'on ait mis au jour sa ruse.

— Vous êtes ? fit-il mine de ne pas savoir.

— Hannah Jorion, monsieur. La compagne de Leith Sutherland.

Il resta implacable.

— Que puis-je faire pour vous ?

Keith Forbes attaqua fort.

— Tu as toujours été un enfoiré de la pire espèce, Dageus, ce que tu n'as pas réussi à entreprendre avec Jeremiah, tu l'as accompli avec son fils. Sauf que, heureusement pour nous, ton manque de finesse n'a d'égale que l'incroyable stupidité dont tu fais preuve depuis que tu es né. Le faire enlever par la communauté du Sutherland n'était pas ce qu'il y avait de plus difficile à découvrir. Maintenant, deux solutions s'offrent à toi : tu me dis précisément où il se trouve, comment tu t'y es pris et qui le détient – de cette façon, je te donne une chance de te racheter et de quitter cette ville pour sauver tes fesses –, ou tu m'affrontes ici, maintenant, et je te jure que je t'arracherai des aveux en même temps que je ferai des nœuds avec tes tripes.

Dageus Slater partit d'un éclat de rire à briser toutes les vitres de sa maison. J'eus la certitude à ce moment-là qu'il n'allait pas essayer de nier.

— Et toi, tu as toujours été profondément aveuglé quand il s'agissait de Rose, mon pauvre Keith. Ça t'a même coûté l'exil pendant des années ! Elle est morte et tu n'as toujours pas changé. Ce petit morveux de Sutherland ne vaut pas mieux que son père, tu devrais t'en rendre compte ! C'est même pire ! Car lui, il est allé jusqu'à transformer une Humaine pour s'assurer une descendance ! Il méritait de payer !

Je sentis mon sang bouillir dans mes veines, éclater en un milliard de bulles d'énergie meurtrière. L'agressivité qui était en train de s'emparer de moi allait exploser comme autant de particules destructrices. Les poings serrés, je fis un pas en avant et le poussai de toutes mes forces du plat des mains. Il chancela à peine.

— Oh, oh ! Mini-loup veut se frotter à moi ?

— Non, gronda Keith, mais Maître loup, oui !

Sans crier gare, il lui envoya un crochet du droit si puissant que Dageus Slater alla s'écraser contre un miroir de l'entrée, faisant voler des centaines d'éclats de verre.

— Monsieur Slater ! Monsieur Slater ! s'écria la domestique en se jetant sur son employeur pour le relever.

— Dégagez ! lui hurla-t-il, fou de rage.

Il la repoussa violemment, se releva d'un mouvement souple avant de s'élancer sur Forbes pour le plaquer sur le sol. Tous les deux roulèrent hors de la maison, ronflant et soufflant comme des bêtes.

— Je vais appeler la police ! brailla la gouvernante en poussant des cris stridents.

— Vous n'en ferez rien ! tonnai-je d'une voix menaçante tandis qu'elle s'élançait déjà vers le téléphone. Si vous touchez à ce téléphone, je vous écorche vive !

Elle s'arrêta tout net, tétanisée par ce qui n'était pourtant qu'une menace idiote, avant de partir se réfugier dans un coin du salon.

Un grognement féroce me fit me retourner.

— Espèce d'enfoiré ! hurla Forbes. Tu es responsable de la mort de Rose !

Du coup, il frappa sa mâchoire de toutes ses forces. Slater retomba sur le sol et, avant qu'il n'ait eu le temps de se relever, le détective l'écrasa de tout son poids.

— Tu sais très bien que non !

Slater releva la nuque et lui assena un coup de tête qui fit craquer les parois nasales de Forbes. Ce dernier bascula en arrière, donnant suffisamment de liberté à son adversaire pour pouvoir se redresser et lui décrocher un revers du pied qui atteignit son estomac. Forbes siffla, toussa et se retrouva en boule sur le sol.

La force qu'ils décuplaient était farouche, ils déchaînaient une vigueur inouïe, une haine tellement palpable qu'elle en était étouffante. C'était comme s'ils réglaient des comptes qu'ils avaient gardés en instance toute une vie. Ça n'avait plus rien à voir avec Leith.

Le visage tuméfié et le nez explosé, Forbes se remit sur ses pieds, le souffle court, pour se confronter une nouvelle fois à Slater. D'un mouvement souple et presque invisible, il fit pleuvoir une volée de coups sur le visage de son adversaire, qui ne fut bientôt plus qu'un amas de chairs sanguinolentes. Forbes semblait ne plus pouvoir s'arrêter de frapper, si bien que j'eus peur qu'il n'aille trop loin. Slater paraissait incapable de se défendre davantage.

— Arrêtez ! Maintenant, arrêtez ! hurlai-je en enroulant mes bras autour de Keith Forbes. Il doit parler, arrêtez !

Le détective lâcha Slater qui retomba sur le sol, immobile, puis il rejeta la tête en arrière et rugit sa colère et sa rage. Les crocs intégralement sortis, brillants de salive, il était effrayant de puissance. Et son visage… par l'Esprit ! Je ne me souvenais pas d'avoir déjà vu quelqu'un aussi abîmé de toute ma vie. Sa nature lupus le ferait guérir vite, mais ce n'en était pas moins monstrueux.

Je baissai les yeux sur Slater, il gémissait de douleur. Il réussit à basculer sur le côté et leva les yeux sur Keith.

— Va en enfer, Forbes, il est sûrement trop tard pour lui, à l'heure qu'il est !

— Où est-il ? hurlai-je en me jetant sur lui pour l'attraper par le col. Où est-il ?

La bouche gorgée de sang, il s'étrangla de rire pendant que je le secouais.

— Allez le chercher, si vous osez ! Allez le chercher dans les Entrailles de la Terre !

Interdite, je le laissai choir sur le sol.

Forbes passa devant moi et surplomba Slater de toute sa hauteur.

— Merci pour l'info, vieux frère !

Il lui décocha un dernier coup de pied dans les côtes et tourna les talons.

Par l'Esprit, les Entrailles de la Terre…

Chapitre 19

C'est qui, le Mór-fear-faol ?

Rien n'aurait pu être pire que ça.

Si Leith s'était trouvé enfermé chez quelque garou, il aurait été facile de l'en déloger, de le sortir d'affaire. Mais là, il s'agissait du cœur de la communauté du Sutherland. « Dans les Entrailles de la Terre » signifiait « au centre du territoire ennemi », là où aucun Sutherland n'était plus accepté depuis des siècles, là où étaient réunis les dirigeants suprêmes de l'Ancien Monde, la terre qui leur avait donné naissance. Les montagnes du comté étaient réputées pour leur côté brut et sauvage, et j'avais entendu dire que le noyau central de la communauté vivait dans des galeries troglodytes, à l'écart de la lumière du jour et de la civilisation. C'est avec une boule d'angoisse grossissante que je revoyais les cellules du château des Strigoii et le martyre de Darius, ne pouvant m'empêcher d'imaginer Leith dans un endroit similaire, subissant peut-être le même calvaire.

Il me fallut un certain temps pour me ressaisir et réfléchir à ce que je devais faire. J'allais d'abord devoir parler aux miens, puis à la famille de Leith, mais pas au téléphone, je me rendrais à Wick. Keith Forbes, en me déposant, avait sous-entendu que son intervention ne s'arrêterait pas là. Il retrouverait Leith avec moi, et pour une raison tout à fait compréhensible, après l'avoir vu se battre avec autant de détermination, cela me rassura. Mes amis anges noirs m'aideraient aussi, j'en étais convaincue, mais évoluer en territoire ennemi sans passer inaperçu leur serait très difficile, ils pourraient risquer leur vie bien plus que moi, la mienne ou celle de la meute. Hélas, je n'en étais plus à vouloir tous les protéger coûte que coûte. Ce que je désirais ardemment, c'était récupérer mon âme sœur. Peu importaient les moyens.

L'horloge sonna quatorze heures, exactement au moment où il commençait à pleuvoir. Deux minutes plus tard, il y avait une véritable averse. Tout en évitant soigneusement de croiser le regard des étudiants abrités sous des parapluies et qui se demandaient pourquoi je restais ainsi à me faire tremper, je levai la tête et fermai les paupières. Le visage offert, je laissai la larme qui glissait le long de ma peau se mêler aux gouttes de pluie. Puis je me repris en m'essuyant rageusement. Je calai mes mains entre mes cuisses et fixai un point droit devant, tandis que mes cheveux me collaient aux joues. Je ne voulais pas me laisser aller, je ne voulais pas craquer maintenant. C'était dans mon ventre, dans mes tripes, je me battrais jusqu'au bout et même sans savoir sur quoi je tomberais.

— Hannah...

Je fermai les yeux et arrêtai de respirer en entendant la voix de Grigore derrière moi. Il était arrivé si vite que je n'avais même pas eu le temps de percevoir son odeur. Il fit le tour du banc et se posta devant moi, la paume tendue.

— Viens... Ne reste pas ici.

Je retins un rire cynique.

— Tu as peur que je tombe malade ?

Comme je ne bougeai pas, il alla lui-même chercher ma main, y mêla ses doigts pour me forcer à me lever et me ramena presque contre lui. J'en eus le souffle coupé.

— Non...

Doucement, il repoussa mes cheveux en arrière et me sourit.

— Mais ton mascara est en train de couler, tu as l'air d'un clown.

Je souris à mon tour.

— Je n'en mets pas.

— Alors je l'ai imaginé.

— Imaginé ?

— Pour pouvoir te l'ôter.

Je levai les yeux sur lui en une question silencieuse.

Quoi ?

— Parce que j'avais juste envie de faire ça..., murmura-t-il.

Il pencha la tête de côté et essuya ma joue de son pouce, à l'endroit où mes larmes avaient coulé. Immobile et silencieuse, j'observai ses paupières baissées.

— Allez, viens ! décida-t-il soudain.

Il me prit par la main et m'entraîna avec lui vers le bâtiment d'histoire de l'art. Nous nous abritâmes dans l'allée centrale, complètement trempés.

— Alors ? Ton rendez-vous avec Forbes ?

Je me passai les mains dans les cheveux pour les frictionner et m'arrêtai afin de renifler l'air presque en même temps que Grigore.

Anneas et Dan arrivaient derrière moi.

— Hey, Hannah !

Grigore se crispa et étrécit les yeux. Je roulai les miens. C'était parfaitement ridicule, mais également plus fort que lui. De mon côté, j'avais cessé, depuis des lustres, de faire le gendarme. Et surtout, j'avais fini par comprendre que chaque membre de nos deux clans grognait plus qu'il ne mordait. Je ne m'en fis pas et haussai les épaules.

— Je te laisse, murmura Grigore entre ses dents. On se retrouve chez Darius quand tu auras terminé avec eux.

— Non. Chez moi. On se réunit chez moi au plus vite.

Il sembla surpris, mais ne posa pas plus de questions. Il acquiesça et partit en sens inverse d'Anneas et Dan.

— Où étais-tu passée ? m'interrogea Dan en se postant devant moi. Tu es montée à Wick, ce week-end ? Et Leith ? Il est revenu avec toi plus tôt que prévu ?

Je secouai le menton, la mine grave.

— Où sont les autres ? demandai-je.

— Étienne et Georgia n'avaient pas cours, ils sont chez eux.

— Retrouvons-nous tous à la maison d'ici trente minutes, j'ai à vous parler.

Anneas plissa les yeux comme pour essayer de comprendre.

— Non. Pas ici.

Ils acquiescèrent et me regardèrent sortir sous la pluie battante.

Je quittai l'enceinte de l'université d'un pas lourd en direction du centre-ville.

Tous les lampadaires étaient déjà éclairés. Les journées de janvier étaient toujours très courtes et dès qu'il y avait des intempéries, c'était encore pire. J'accélérai le rythme et me retrouvai rapidement au début de ma rue. Je ralentis lorsque je vis la silhouette de John se dessiner devant l'allée de mon immeuble. J'avançai sans le quitter des yeux, un peu sur mes gardes. Puis il me fit un signe de la main comme pour me saluer. Instinctivement, je compris qu'il n'avait pas l'intention de me faire payer ce que le détective Forbes avait fait à son père. Une fois devant lui, John me sourit faiblement.

— Je suis profondément désolé, Hannah.

— Je sais, lui dis-je.

D'une part parce que je le croyais sincère, d'autre part, parce que je ne trouvais rien d'autre à lui répondre.

— Peut-on discuter, tous les deux ?

— De quoi ? demandai-je en cherchant mes clefs dans mon sac.

— Je souhaite t'aider.

Je haussai un sourcil et levai la tête vers lui.

— Vous aurez peut-être besoin de quelqu'un dont le nom veut dire quelque chose, là-bas, m'expliqua-t-il sans la moindre trace de prétention dans la voix.

Je le considérai avec toute l'attention dont j'étais capable.

— Et tu trahirais ton père ?

Il passa la main dans ses longues boucles blondes et prit une profonde inspiration avant de recracher bruyamment l'air contenu dans ses poumons.

— Non. Je tiens à réparer ce qu'il a fait.

Je dus me retenir de rire sèchement.

— Parce que tu penses que ça va le protéger de la colère des Sutherland quand ils l'apprendront ?

J'osais à peine imaginer la réaction de Jeremiah et Alastair.

Il secoua la tête, abattu.

— Non, mais ça sauvera Leith.

Une bourrasque se mêla à la pluie, apportant une vague de froid qui me fit frissonner. Je mis la clef dans la serrure et ouvris la porte.

— Entre. Nous en parlerons à l'intérieur.

Nous montâmes les trois étages par l'escalier et pénétrâmes dans l'appartement. J'avais beaucoup de mal à venir ici, depuis quelques jours. L'odeur de Leith n'y volait plus… Et puis, une quantité effroyable de souvenirs revenait par vagues,

m'empêchant de réfléchir correctement.

— Ils l'ont enlevé mardi dernier, m'informa John, tout près de Sinclair Castle.

— Que vont-ils ou que lui ont-ils déjà fait ? demandai-je froidement.

John retira sa parka mouillée et la pendit au portemanteau dans l'entrée.

— Ils ne le tueront pas, Hannah.

— Alors quoi ? Ils le gardent prisonnier pour l'exemple ? ironisai-je.

Il fronça les sourcils et me sonda littéralement.

— Écoute-moi... Mon père n'a pas suffisamment d'influence pour se faire entendre du *Mór-fear-faol.*

— Qu'est-ce que c'est supposé vouloir dire ? C'est qui le *Mór-fear-faol ?* Le grand chef ?

— Exactement. Le traité de paix est farouchement respecté, car les deux communautés ont souffert de la répression. Et même si les membres du Sutherland sont furieusement attachés aux règles, ils ne pourraient les imposer à quelqu'un d'autre que l'un des leurs. Simplement parce qu'elles ne concernent plus le monde libre. Ils ne le tueront pas. Ils ne prendront pas ce risque.

— Je ne comprends pas. Leith a été enlevé pour cette raison, non ? m'énervai-je. La violation des règles, c'est le prétexte qu'a trouvé ton père pour qu'on vienne le chercher ! C'est un fiasco pour lui s'il n'y a pas de sentence, non ?

— Hannah... Comme partout, il existe au sein de la communauté du Sutherland des garous qui se moquent pas mal des décisions prises par leurs supérieurs. Ils ont probablement fait ça dans le dos du *Mór-fear-faol.* Mon père est loin de ne connaître que des gens bien.

Mon sang se concentra sur mes joues, alors qu'un froid glacial se diffusait dans ma colonne vertébrale.

— Il pourrait ne pas être là-bas ? C'est ce que ça signifie ? Mais ton père a dit qu'il était dans les Entrailles de la Terre !

John hocha la tête en pinçant les lèvres.

— Il l'est probablement, mais... les souterrains sont vastes, on aurait pu ne pas remarquer sa présence.

— Alors que faire ? On pète tout au bulldozer jusqu'à ce qu'on le retrouve, c'est ça ? persiflai-je.

— Nous irons à la rencontre du *Mór-fear-faol* et nous lui parlerons.

— Rien que ça !

— Je te le répète, il ne sait sûrement pas ce qui se déroule sous son nez. Hannah, bon sang ! Leith est un Sutherland ! Le *Mór-fear-faol,* en dépit de l'histoire des garous, de la haine qu'Angus vouait à Filan Sutherland, ne ferait jamais kidnapper quelqu'un d'aussi important pour les deux communautés !

— On dirait que tu parles d'une divinité ! Je te rappelle qu'ils sont interdits de territoire ! Il y a belle lurette que la famille de Leith est passée aux oubliettes !

Il secoua énergiquement le menton.

— Détrompe-toi... Tu finiras par comprendre pourquoi.

Je l'examinai un instant, le front plissé.

— Y es-tu déjà allé toi-même, John ?

— Plusieurs fois, oui, lorsque j'étais petit. Mais ne me demande pas si je saurais y retourner, nous avions toujours les yeux bandés. La communauté du Sutherland est très protégée. Quand mon père veut contacter l'un des membres, il passe systématiquement par un intermédiaire infiltré dans le monde libre.

— Ne t'inquiète pas, je sais exactement comment trouver le cœur de leur territoire.

Il haussa les sourcils, surpris.

— De quelle manière ?

Je ne pus résister et souris d'un air satisfait.

— Bonnie, la tante de Leith, a grandi là-bas.

Il m'observa un long moment avant de se passer la main dans les cheveux.

— Écoute, Hannah, j'ai toujours su qu'il était en relation avec eux, mais jamais je n'aurais pu penser que... Je n'ai aucune idée de ce qui le motive, ni pourquoi il est comme ça. J'ai l'impression que c'est de pire en pire depuis que ma mère est morte et...

Je l'interrompis d'un geste de la main.

— Ne t'excuse pas pour lui, John. Tu n'y es pour rien.

— Concernant la meute, enchaîna-t-il, j'ai conscience que mes excuses ne serviront à rien, mais… j'ai agi comme un idiot. Je n'ai jamais vraiment eu l'intention de prendre sa place.

— Mais pourtant tu l'as fait ! sifflai-je plus sèchement que je ne l'aurais voulu.

Puis je me ressaisis et me mordis les lèvres.

— Souhaites-tu vraiment nous accompagner ?

Il plissa les yeux.

— Sans hésitation. C'est le minimum que je puisse faire.

— Très bien. Sache d'avance que Grigore, Darius et mon amie Gwen seront là aussi, ainsi que le détective Forbes.

— Aucun membre de la meute ? s'étonna-t-il.

— Ils vont arriver d'une minute à l'autre. Nous en parlerons.

Il acquiesça silencieusement alors que nous commencions à flairer l'odeur du musc. Presque simultanément, se mêla celle d'un ange noir. Grigore n'avait rien écouté, il était déjà dans l'allée. J'ouvris la porte, convaincue que les autres ne lui feraient pas bon accueil. Je descendis l'escalier en vitesse et les rejoignis.

— Que fait-il là ? aboya Georgia qui, à bien des égards, était plus hargneuse que n'importe qui envers les anges noirs quand elle en voyait un.

— Je suppose qu'il n'a pas su attendre son tour, répondis-je en jetant un regard de reproches au principal intéressé. Montons, j'ai à vous parler.

Nous nous retrouvâmes dans l'appartement quelques instants après.

— Et lui ? s'irrita davantage Georgia en remarquant John.

Je la fis taire d'un geste de la main et les invitai tous à entrer dans le salon.

Grigore se tint à l'écart, proche de la fenêtre, tandis que Dan, Anneas, Georgia et Étienne agirent en habitués en s'installant sur le canapé. Quant à John, il resta debout dans l'encadrement de la porte, plus tendu qu'un arc. Je l'invitai à s'asseoir aussi, il secoua lentement la tête. Résignée, je hochai les épaules et me laissai tomber sur le fauteuil en cuir placé devant Grigore, lequel avait les yeux posés sur ma nuque, si bien que je dus réprimer le réflexe de me frotter la peau. Crispée, je joignis mes mains sur mes cuisses. Je pris une respiration profonde et discrète, puis je les dévisageai tous.

— Leith est en ce moment même retenu prisonnier sur le territoire de la communauté du Sutherland, annonçai-je d'une voix tremblante.

Georgia poussa un cri si strident qu'elle réussit à me faire sursauter. Quant aux autres membres de la meute, pas un ne bougeait, pas un ne respirait.

Je leur racontai alors tout ce qui s'était passé ces trois derniers jours. Les Strigoii, la Roumanie, le guerrier de l'ombre, tout. John se chargea de leur expliquer lui-même ce qu'avait commis son père et ce qu'il comptait faire, lui : aller le chercher avec moi.

Tout le monde regardait John comme s'il venait de débarquer d'une autre planète.

— Tout ça pour que tu prennes sa place ? finit par demander Anneas.

— C'est mon père, répondit John avec fatalisme.

— Quand partons-nous ? trancha Georgia qui ne semblait pas avoir envie d'épiloguer sur les désirs psychotiques du père de John.

— Tu ne vas nulle part, trancha Anneas d'un ton froid qui ne laissait place à aucune réplique.

Mais il s'agissait de Georgia, et Georgia se fichait royalement qu'on lui donne le droit de faire quelque chose ou pas. C'était une femme forte. Elle écoutait ses instincts plutôt que la raison. Elle le fixa droit dans les yeux et parla avec un timbre étrangement calme et maîtrisé.

— Je ne me disputerai pas avec toi, Anneas, ni ici, ni ailleurs, mais mets-toi tout de suite dans le crâne que personne, *personne* ne m'empêchera d'aller plaider la cause de Leith. Tu es content, c'est bien, tu ne l'es pas, c'est le même prix.

— C'est dangereux, insista-t-il.

— Et alors ? Être un garou m'oblige à vivre dangereusement, rien de nouveau sous les tropiques, chéri !

— Anneas a raison, Georgia, approuva Étienne qu'une voix rauque rendait particulièrement persuasif.

Elle embrassa chaque membre des yeux, les lèvres pincées, puis elle fixa Dan qui se trouvait juste en face d'elle.

— Oh là ! Je vous vois tous venir avec votre testostérone de macho bien sous tous rapports ! Alors, écoutez-moi attentivement parce que je ne vais pas me répéter ! Vous voulez partir sans moi ? Très bien, faites-le ! Mais je vous suivrai. Je poserai les pieds dans chacun de vos pas, à bonne distance. Comme je ne suis qu'une femme, ironisa-t-elle, et que vous avez de grands pieds et des empreintes profondes, je risquerais de trébucher dedans à n'importe quel moment, de hurler, donc de me faire remarquer et saboter la mission malgré moi. De fait, mes loulous, vous n'avez pas le choix, il faut m'emmener ! Sans compter que si vous m'écartez vraiment, après la mort, je vous suivrai jusqu'en enfer pour vous pourrir l'existence ! Et croyez-moi sur parole, quiconque tentera de relever le défi pointera immédiatement sur ma liste noire. Des volontaires ?

— Georgia..., soupira Anneas.

— Tu ne m'empêcheras pas de sauver la vie de Leith Sutherland, Anneas. Ni toi, ni personne. S'il le faut, je tuerai de mes propres mains chaque intermédiaire de cette foutue communauté pour être capturée et le retrouver. Il a été mon amant, mais il est à présent mon ami. Je le ferai, n'en doute pas une seule seconde.

Ils s'affrontèrent du regard quelques secondes, puis Anneas capitula. Elle était loin d'avoir proféré des paroles en l'air. Toutes proportions gardées, ce qu'elle avait dit, elle le mettrait à exécution dans la mesure de ses moyens.

— Donc, je me répète, quand partons-nous ? conclut-elle.

Et cette fois, elle s'adressait à moi.

— Sachez d'abord que vous ne serez pas les seuls à entreprendre ce sauvetage.

— Ce qui signifie ? siffla Étienne qui commençait à comprendre.

— Gwen et Darius seront de la partie.

Il fronça les sourcils, se demandant en quoi tout ceci pouvait bien concerner deux anges noirs, négligeant par là même que Gwen connaissait Leith depuis l'enfance et que Darius et lui avaient bâti une véritable amitié.

— Ne m'oublie pas, gamine, lâcha soudain Grigore qui s'était conduit en spectateur jusque-là.

Je tournai lentement la tête vers lui et le considérai avec attention.

En avais-je réellement une seule fois douté ? Non. Au fond de moi, je savais déjà. Il me l'avait dit : « *Je ne te lâcherai plus d'un pouce. Plus jamais.* »

La douce chaleur qui se répandit en moi me cloua sur place. Elle m'envahit d'un tel sentiment de sécurité, de satisfaction et de confort, que j'eus envie de me laisser aller à pleurer toutes les larmes de mon corps. Ce corps qui me trahissait chaque jour un peu plus, qui me rendait totalement folle et démunie. Qu'était Grigore pour moi ? Que m'avait-il fait ? Depuis quand n'était-il plus l'ange noir arrogant qui m'évitait comme la peste à cause de mon odeur qui le fragilisait ?

Je devais regarder les choses en face : c'était arrivé parce qu'il avait décidé de combattre ses démons, ses plus douloureux souvenirs, qu'il avait vu en moi autre chose qu'une menace qu'il fallait à tout prix éviter. Parce qu'il avait regardé plus loin que mon enveloppe de Lupus, qu'il était allé au-delà des apparences. Grigore avait tout chamboulé. J'aurais pu le détester pour ça. Mais ce n'était pas le cas.

Je demeurai immobile, incapable de prononcer un mot, ma fierté m'imposait de rester sereine devant lui. De quoi aurais-je eu l'air à lui montrer que l'absence de mon âme sœur me déchirait le cœur, et qu'une partie de moi voulait se consoler dans les bras rassurants d'un autre ? Les siens.

Par l'Esprit ! Je commençais à développer une obsession, il fallait que ça cesse !

— Je te remercie, finis-je par dire de la manière la plus détachée possible. Le détective Forbes sera également avec nous. Pour ma part, je m'en vais dès ce soir pour Wick.

— Nous venons tous avec toi, décida Dan.

Je hochai la tête silencieusement, n'ayant pas la force de leur expliquer que la présence de tous n'était peut-être pas nécessaire, car en réalité, je n'en savais rien du tout. C'est Bonnie qui nous dirait ce qu'il conviendrait de faire ou pas. Je me fierais à elle.

— Je vous remercie, murmurai-je. Je pense que Jeremiah pourra tous vous loger, mais il faudra d'abord me laisser lui parler.

— Bien entendu, acquiesça Anneas. Nous attendrons avant de nous manifester.

Il ne se passa pas cinq minutes avant qu'ils n'échafaudent des pseudo-plans d'attaque n'ayant ni queue ni tête. Ils ne semblaient pas avoir conscience du danger que représenterait cette mission. Ils n'avaient pas encore compris qu'il existait quelque chose de bien plus redoutable que la plus puissante des machines de guerre. Ils ne voyaient rien, parce qu'ils étaient des loups, des prédateurs, et que rien ne les excitait davantage que de les mettre au défi de récupérer quelque chose qui leur appartenait : leur chef de meute.

— Les guerriers de l'ombre nous suivront, se chargea de leur rappeler Grigore d'une voix forte. Si vous n'avez pas conscience de ce qu'ils sont, je vous conseille d'imaginer les créatures les plus effroyables que vous n'ayez jamais affrontées. Vous les sentirez peut-être, mais vous ne les verrez pas. Or, eux vous surveilleront et guetteront l'instant où ils feront tomber leurs griffes comme un couperet sur votre nuque.

Je passai la main dans mes cheveux et fermai les paupières.

— Ils sont la pire chose à laquelle vous n'ayez jamais songée, murmurai-je. Ils sont la mort et l'enfer réunis. Si vous ne les distinguez pas, vous n'avez aucune chance de survivre.

— Mais ils t'ont, toi, gamine. Tu es leur arme secrète.

La voix de Grigore était si proche de moi que je rouvris les yeux. Il s'était avancé de quelques centimètres. Je n'avais qu'à tendre à demi mon bras pour toucher la fermeté de ses cuisses.

— Pourquoi les vois-tu ? me demanda Georgia.

Je secouai la tête, incapable de lui donner une autre réponse que « je ne sais pas ». Puis j'ajoutai :

— Ils cherchent Darius pour le ramener et finir ce qu'ils ont commencé. C'est l'ordre qu'ils ont reçu. Pour le récupérer, ils n'hésiteront pas à détruire tout ce qui se trouve sur leur passage. Les hommes, les animaux, tout. Darius a l'intention de changer de visage et de porter une amulette garolle, mais cela ne sera pas suffisant. Ils connaissent l'odeur de Grigore, de Rufus, de Gwen, de Pitt… Ils suivront les premiers qu'ils repéreront. La nuit, nous ne devrons jamais nous quitter. Seul, pas un d'entre nous ne sera en sécurité.

— Elle sera nos yeux, ajouta Grigore.

— Bon. Si je comprends bien, dit Étienne d'une voix grave, face à eux, tu es notre unique chance de survie ?

Je détestais me donner autant d'importance, mais oui, c'était bel et bien ce que j'étais.

En levant la tête vers Grigore, je vis qu'il les considérait tous avec beaucoup d'attention. Il réalisait combien leur quasi-silence constituait la preuve irréfutable de leur inquiétude. Ils étaient jeunes. Aucun d'entre eux n'avait jamais été confronté à une telle situation. Ils ne manquaient pas de courage, mais le courage ne suffirait pas. Il leur faudrait ne pas s'éparpiller, ne pas faire cavalier seul, jamais. Grigore le savait et, pour la première fois depuis que je le connaissais, je lus de la compassion dans ses yeux à l'égard de mes semblables. J'en fus ébranlée malgré moi, parce que cela signifiait que tout était en train de changer.

— Vous quitterez St Andrews quelques heures avant nous, de façon à ce que les guerriers ne fassent pas le lien entre nous. Nous servirons d'appât, dit-il en haussant les épaules. Les anges noirs seront les derniers à partir. Hannah vient avec vous.

Mes cheveux se hérissèrent derrière mon cou.

— Quoi ? Mais qu'est-ce que tu racontes ?

Il plongea un regard plein de détermination dans mes yeux.

— Grigore ! Il n'a jamais été question que vous vous sacrifiez ! Ce n'est pas le plan, ça !

— Il n'y en a toujours eu qu'un, Hannah : retrouver ton âme sœur. Vrai ou faux ?

Je fronçai les sourcils.

— Bien sûr, mais…

— Donc peu importe la méthode, seul le résultat compte, n'est-ce pas ?

— Eh bien, je...

— Tu ? insista-t-il en feignant d'être intéressé.

— Je... Leith n'aimerait pas savoir que vous preniez de tels risques pour lui et...

Subitement, devant les visages ahuris de la meute, il m'attrapa par le bras pour me tirer du fauteuil et m'entraîna avec lui dans la première pièce qu'il trouva : la chambre d'amis. Il referma brusquement la porte derrière nous et fit un pas vers moi. Sans le lâcher des yeux, je reculai. Il avança encore. Je reculai. Alors il stoppa.

— Hannah, tu...

Il prit une profonde inspiration, comme s'il se retenait d'exploser.

— Tu veux un scoop ? Je me fous royalement que tu le retrouves ou non ! Je me moque éperdument de ce qu'il est devenu, ma bonne grâce envers tes semblables ne va pas jusque-là !

Je penchai la tête de côté, stupéfaite.

— En revanche, continua-t-il, pour une raison que j'ignore encore, tu es là !

Il tapa violemment sur sa poitrine.

— Et pour ça, je suis obligé de te suivre.

— Tu n'es obligé de rien, je ne t'ai rien demandé ! m'écriai-je en levant l'index. C'est toi qui as décidé de...

D'un geste rapide, il s'empara de mes deux poignets et m'attira d'un coup contre lui, enroulant ses bras autour de moi. Je me retrouvai solidement collée à sa poitrine, avec juste assez d'espace pour relever le menton, le souffle aussi heurté que si j'avais couru des heures durant. Je sentis mes genoux se dérober et ma tête tourner quand je croisai son regard. Je crus voir danser dans ses iris les vagues de la tempête qui faisait rage dans mon ventre à cet instant même. Jamais je n'avais vécu un tel moment de promiscuité avec lui. Son eau de toilette, l'odeur métallique de sa peau, ses paumes fraîches...

Qu'il me lâche ! Par l'Esprit qu'il me lâche, maintenant !

Sa respiration se fit longue et mesurée, il ne me quittait pas des yeux. Puis il se pencha vers mon visage, se dirigeant avec une lenteur étudiée vers mon cou, frôlant ma joue avec ses cheveux. Je ne bougeai plus, pétrifiée.

— Je te suivrai jusqu'en enfer, murmura-t-il à mon oreille. Même enchaîné, je te suivrai.

Mon cœur s'arrêta de battre. Un raz de marée venait de me submerger. C'était comme si je me noyais, incapable de remonter à la surface.

Il n'avait pas le droit de me dire ça ! Je n'étais rien pour lui et il n'était rien pour moi !

Un sanglot s'engouffra dans ma gorge et vint s'écraser à la lisière de mes lèvres entrouvertes. Je gémis.

Trop de pression, trop d'émotions, trop de tout... Je serrai les dents, les poings et, incapable de me retenir plus longtemps, je me laissai aller à pleurer devant lui. Mes larmes, ces traîtresses, semblaient ne plus vouloir s'arrêter de couler. J'étais ébranlée bien plus que je n'aurais dû par cette déclaration. Même dite à demi-mot, elle était parfaitement claire, intolérable. Il m'aimait. Il m'aimait comme un fou.

Grigore finit par sourire face à l'effondrement imprévu de mes barrières, secoua la tête et, du pouce, vint essuyer mes joues. C'était la deuxième fois que je pleurais devant lui.

— Il y a un mec prêt à affronter les légions de l'enfer pour toi, et toi, tu pleures ?

Je lâchai un petit rire angoissé, baissai les paupières et m'efforçai de lui sourire aussi.

— Tu es complètement dingue, Grigore.

Il me serra un peu plus contre lui, je ne trouvai rien à y redire.

— Ça fait des années que je consulte un psy, depuis que la profession existe, en fait. Mon cas est désespéré. Oui, je suis fou, confirma-t-il en élargissant un peu plus les lèvres.

L'âme comprimée dans un étau, je tentai de reculer et de sortir de ses bras.

— Je n'ai pas terminé, chuchota-t-il en retrouvant son sérieux. Reste tranquille.

J'obéis, le cœur battant.

— Je disais donc que j'irais jusque dans les abîmes, jusqu'au bout, pour toi, et je n'ai pas l'intention de m'en excuser.

À essayer de puiser dans ses yeux l'explication de ce qui était en train d'arriver, de quand tout ça avait commencé exactement, j'eus la sensation que les miens bougeaient à toute vitesse.

— Pourquoi ? Pourquoi, Grigore ?

Il haussa les épaules.

— Parce que mon cœur me le dit.

— Tu es fou...

— Je le sais déjà, ne revenons pas là-dessus.

Je me raidis lorsque je sentis son souffle froid caresser mes lèvres, ses doigts remonter le long de ma colonne vertébrale et se caler sur ma nuque.

— Je suis désolée, ce... ce n'est pas ce que je voulais. J'aime Leith. De tout mon cœur, de toute mon âme. Grigore, je ne suis rien sans lui...

— Je le sais, murmura-t-il. Je le sais...

Je secouai la tête, totalement déstabilisée.

— Par l'Esprit ! Qu'est-ce qu'il te prend, alors ? Redeviens qui tu étais !

— Je ne peux pas, nos sangs s'appellent.

— Ils ne savent pas ce qu'ils racontent ! Ils déraillent !

— C'est ce que tu aimerais croire, mais tu as parfaitement conscience qu'il s'agit de tout le contraire.

Les mâchoires serrées, je fixai ses pupilles dilatées.

— Si tout ceci est bien réel, Grigore, comment l'expliques-tu ?

Il ferma furtivement les paupières.

— Tu as été un ange noir, Hannah. Il t'en reste quelque chose...

Évidemment... Quelle autre explication, sinon ?

— Écoute-moi bien. Même si tu devais avoir raison, ce lien-là n'est pas celui de... de... ce n'est pas celui de...

De l'amour...

Parce qu'il n'y avait que Leith. Personne d'autre que lui.

Je me tus, à court de mots.

— Peu importe ce qu'il est, Hannah. Il existe et tu ne peux pas le nier.

Grigore soupira longuement et plongea une énième fois dans mon regard, profondément. Inconsciemment, il envoya des décharges électriques dans mes veines, des ondes de chaleur qui firent bouillir mon sang. J'étais privée d'air. Son contact, sa voix, son odeur, j'avais soudain besoin de tout ça pour me sentir vivante. Je réalisai brutalement qu'il était le chaînon manquant de ma vie, une partie de moi dont je découvrais seulement l'existence. Je sus alors que je ne pourrais plus jamais l'ignorer. Que nous échangions nos sangs ou non, nous étions liés. À jamais.

Horrifiée par mes propres pensées parce qu'elles me condamnaient aux pires tourments, je plaquai mes deux paumes sur sa poitrine et le repoussai violemment.

Il ne me retint pas. Pas cette fois.

Sans un regard en arrière, je sortis de la pièce et claquai la porte derrière moi.

Quant à la meute..., ils n'avaient pas intérêt à me poser une seule question.

Fin de la parenthèse.

Chapitre 20

C'est une enfant de la Terre des Loups

Il faisait encore plus froid à Wick qu'à St Andrews. Cependant, ce n'était pas l'air glacial qui raidissait mon corps, ni même la nuit noire et silencieuse, mais simplement le fait que dans moins d'une minute, Jeremiah Sutherland ouvrirait la porte de sa maison pour me faire entrer et que je devrais tout lui expliquer.

— Allez-y, m'encouragea le détective Forbes en posant la main sur mon épaule.

Je levai des yeux accablés vers lui.

Par quoi devais-je commencer ? Comment justifier que j'avais attendu des jours avant de dire à Jeremiah que son fils avait disparu ? Que lorsque je pensais qu'il avait été capturé par les vampires de l'est, j'avais choisi de me taire ?

Je me trouvais aussi ridicule que lâche. Ridicule, parce que Jeremiah aurait mieux à faire qu'à me reprocher d'avoir voulu lui éviter de mettre sa vie en danger, et lâche, parce que s'il le faisait, je me devais d'être prête à assumer les conséquences de mes actes. Mais je ne l'étais pas. Je ne souhaitais pas entendre que j'avais pris de mauvaises décisions, que j'avais perdu du temps, car tout ce que j'avais fait, c'était écouter mon cœur. Et mon cœur avait mal, en ce moment.

Keith Forbes s'impatienta et sonna à ma place.

Lorsque Jeremiah apparut devant moi, le sang battait violemment à mes tempes. Son physique imposant n'était pas aussi impressionnant que la mine dure et froide qu'il s'était composée. Il en allait de même chaque fois qu'il devait faire face à un imprévu désagréable. Ses magnifiques yeux verts et pénétrants brûlaient d'une flamme impétueuse et agressive. Il savait. Il avait compris que venir ici sans son fils signifiait quelque chose d'important. À plus forte raison quand Keith Forbes ressurgissait de son passé pour m'accompagner. Je n'avais pas su lui avouer aussi directement la raison de sa présence, mais Jeremiah était un homme de sagesse, il avait conscience qu'à un moment ou à un autre, je lui donnerais une explication.

Les deux anciens amis échangèrent un regard appuyé dans lequel le prénom Rose se reflétait. C'était comme si leurs souvenirs enfouis, leurs vieilles rancœurs, tout ce pour quoi leurs routes s'étaient séparées refaisaient surface. Ils se dévisagèrent un instant, hochèrent la tête poliment, puis Jeremiah ouvrit la porte en grand.

— Entrez.

Al et Bonnie étaient déjà là, je les sentais, et à en croire les manteaux trempés accrochés aux patères du hall d'entrée, ils étaient arrivés peu de temps auparavant.

Je m'avançai, les pieds comme emprisonnés dans des enclaves, et refermai doucement le battant derrière nous. L'intérieur familier, l'odeur de Lupus qui imprégnait chaque chose et le calme qui régnait dans la maison pesèrent sur moi plus lourd qu'une chape de plomb. Leith était le seul fils de Jeremiah, mais il était aussi l'enfant qu'Al et Bonnie n'auraient jamais. Leur annoncer cette terrible nouvelle me vrillait les intestins à tel point que j'en aurais gémi de douleur.

Lorsque nous pénétrâmes dans le salon principal, Al et Bonnie se levèrent aussitôt. Ils saluèrent brièvement Keith Forbes et se tournèrent vers moi.

— Que se passe-t-il, Hannah ?

Jeremiah se plaça à côté d'eux et attendit.

La boule qui se formait dans ma gorge m'empêcha de proférer le moindre son.

— Hannah, où est Leith ? insista Al.

Je baissai les yeux sur mes chaussures et murmurai d'une voix sourde :

— Il a été enlevé...

J'osai lever la tête pour les observer, ils se regardaient, complètement interdits, donnant l'impression de ne pas avoir compris ce que je venais de leur annoncer.

— Il est retenu prisonnier au cœur de la communauté du Sutherland, finis-je par avouer.

— Par l'Esprit ! s'écria Bonnie, qui me sembla sur le point de défaillir.

Le souffle de Jeremiah s'accéléra, si bien que je crus qu'il allait se transformer sur-le-champ et courir comme un damné jusqu'à son fils. Son visage était défiguré par la rage. On lui avait déjà pris sa femme, rien ne saurait lui retirer le fruit de leur amour.

— Jeremiah, je...

Il avala une grande bouffée d'air, se contrôla et s'assit lentement sur le fauteuil derrière lui. Il nous désigna le canapé et nous invita à faire de même, puis il fixa toute son attention sur moi.

— Tout, ordonna-t-il, les mâchoires serrées. Dis-nous tout !

Je hochai la tête et, les yeux plongés dans ceux de Jeremiah, je me lançai dans le pire récit de mon existence. Au fur et à mesure que je racontais ce qui s'était passé, je voyais leur visage rougir de fureur bien plus que d'angoisse. Leur esprit Lupus était déjà en train d'élaborer mille et un plans pour sortir Leith de là. À cet instant, j'eus l'envie de me persuader que non seulement nous y parviendrions, mais qu'en plus, ce serait beaucoup plus évident que je l'avais imaginé. Simplement parce que la rage, la détermination et l'amour qu'ils portaient à Leith formaient le meilleur combo pour gagner. Même dix contre cent, nous y arriverions.

— Combien sont-ils ? me demanda Al à propos des guerriers de l'ombre.

Je secouai le menton de droite à gauche.

— Je ne sais pas. Je n'en ai vu que trois en Roumanie, mais je suppose qu'ils sont bien plus nombreux que ça.

— Ne perdons pas de temps, décida Bonnie. Si nous devons être pistés, tâchons d'avancer plus vite qu'eux et de prévenir la communauté du danger que nous amenons avec nous. Quelques-uns détiennent peut-être Leith, mais nous ne pouvons pas laisser des innocents être massacrés.

— Si tu crois que ça nous importe ! vociféra Al.

Bonnie pivota vers lui d'un coup sec. Ses yeux verts flamboyaient de colère.

— Ce sont les miens, Alastair ! Je me fiche que tu les aimes ou pas. Il y a des familles, des femmes, des enfants, des anciens. Je refuse de les condamner, de les ignorer ! Si tu as pu m'aimer moi, l'Hispo issu des Entrailles de la Terre, dis-toi que je ne suis sûrement pas la seule à mériter le respect d'un Sutherland ! siffla-t-elle non sans ironie.

Bonnie, des années plus tôt, avait quitté sa communauté parce qu'elle ne pouvait plus vivre selon leurs préceptes. Elle n'y croyait plus, elle s'était fait passer pour morte. Ensuite, elle avait bravé les interdits et, en se mariant avec un Sutherland, tout retour possible était condamné. Néanmoins, l'amour qu'elle ressentait pour les siens ne s'était jamais éteint. Ses parents, ses frères, ses sœurs..., ils comptaient encore et ce serait toujours le cas.

Ils se lancèrent dans une joute silencieuse, mais Bonnie ne cilla pas.

Elle avait le tempérament d'un guerrier, elle aurait combattu jusqu'à la mort et sans jamais se plaindre pour protéger ceux qu'elle aimait. Pourtant, j'avais rarement vu quelqu'un faire preuve d'autant de douceur à l'égard de son prochain. Bonnie était une femme de valeur, et Al en avait conscience. Elle saurait le ramener à de meilleurs sentiments.

Mes yeux s'égarèrent dans ceux de Jeremiah. Il fixait un point derrière mon dos, sans bouger, semblant ne pas respirer tant son souffle était contenu. Or, j'étais parfaitement lucide. Le calme qu'il affichait ne signifiait pas qu'il avait encaissé le coup et qu'il gérait la situation. C'était même tout le contraire. Jeremiah était plongé dans des pensées dont il valait mieux ne pas connaître la teneur... Mais malgré la rage qui le rongeait tel de l'acide, Jeremiah était un lupus expérimenté et sage. Il savait que ce qui se dirait ici était très important pour la suite et qu'il devait laisser de côté ses intentions impulsives. À plusieurs reprises, il m'avait démontré qu'il avait une confiance aveugle en Bonnie. Ce soir encore, il remettrait tous ses espoirs entre ses mains.

— Une partie de la meute est venue aussi, les informai-je.

Bonnie plissa les yeux.

— Ça pose un problème ?

Elle soupira puis secoua la tête.

— Non. Je suppose que non. Nous ne pouvons pas les empêcher d'avoir envie d'aider leur ami. Cependant, nous resterons entre nous pendant le voyage : Jeremiah, Al, toi et moi. Lorsque nous nous présenterons au *Mór-fear-faol* également.

— Il y a aussi quelques anges noirs, avouai-je d'une voix moins assurée.

Mais pas un ne tiqua. Bonnie et Al se contentèrent de hocher la tête ; Jeremiah était toujours sans réaction apparente. Ils avaient conscience que mon attachement pour cette espèce était suffisamment important pour que quelques-uns m'aient accompagnée jusque-là.

— Qui ? s'enquit simplement Al.

— Gwen, Darius, Grigore et Pitt.

Darius avait demandé à Rufus de rester à St Andrews pour s'occuper du Cercle. En vérité, c'était une façon détournée de le tenir à distance. La mort de Simon l'avait affecté bien plus que n'importe lequel d'entre nous, il n'était pas au meilleur de sa forme, et notre mission était bien trop périlleuse pour prendre le risque de le voir tomber à son tour.

— Pitt ? s'étonna Al alors que je réalisais que je n'avais encore pas une seule fois fait allusion à lui. N'est-ce pas l'ange noir qui en avait après toi ?

J'acquiesçai et leur résumai la situation. Contrairement au sauvetage de Darius, Pitt n'avait aucune raison personnelle de venir en aide à Leith. Mais comme Grigore m'accompagnait, Pitt se sentait obligé de nous suivre. Son frère de sang risquerait sa vie, il lui était impossible de le laisser se débrouiller. Mais une part de moi-même ne se satisfaisait pas de cette explication. D'une part parce que Grigore était suffisamment solide et expérimenté pour affronter nos ennemis, d'autre part parce qu'il n'était pas seul et qu'il n'avait pas concrètement besoin de Pitt pour défendre sa peau. Je ne savais pas vraiment ce que Pitt voulait, ou alors, je n'avais pas encore conscience de l'intensité du lien qui l'unissait à Grigore.

— N'as-tu pas peur qu'il vous trahisse ? se méfia Al.

Je secouai le menton sans répondre.

En vérité, il s'agissait du dernier de mes soucis. Tout ce que je voyais, c'était qu'un ange noir chevronné nous prêterait main-forte. Nos adversaires étaient puissants, son aide ne serait pas inutile.

— Ils resteront à l'écart, exigea Bonnie.

— Uniquement la journée, la prévins-je. Je vous ai expliqué pourquoi.

Elle soupira.

Je savais ce qu'elle s'apprêtait à me dire. Elle allait me rappeler que des anges noirs, sur le territoire de la communauté du Sutherland, pourraient ne pas passer vingt-quatre heures sans être repérés et que leur présence avec nous serait considérée comme une provocation ; qu'ils nous mettraient des bâtons dans les roues plus qu'ils ne nous aideraient. Peut-être, peut-être pas. Mais quoi qu'il en soit, si les choses devaient tourner au vinaigre, nous serions tous ravis de les avoir à nos côtés.

— Ils sont fiables, intervint Keith, qui était resté discret jusque-là.

Jeremiah leva la tête sur vers son ancien ami.

— Nous le savons déjà. En revanche, ce que je ne sais pas, c'est pourquoi tu es ici, Keith.

Les deux hommes se jaugèrent plusieurs secondes sans vraiment bouger.

— Pour la même raison que celle qui m'a amené à quitter St Andrews il y a vingt-trois ans, Jeremiah. Toujours la même raison.

Les yeux de Jeremiah s'étrécirent.

Pas besoin d'être bien avisé pour comprendre qu'il existait entre eux une dualité endormie qu'il valait sûrement mieux ne pas réveiller. Ce dont, *a priori*, Keith se fichait royalement. Il soutenait le regard hostile de Jeremiah avec une impassibilité toute britannique.

— Ce n'est pas ton affaire ! maugréa Jeremiah.

— Parce que tu penses être en position de refuser mon aide, peut-être ?

Les paupières abaissées cachant très mal l'irritation qui dansait dans ses yeux, les muscles du visage tendus, Jeremiah se retenait d'exploser parce qu'il savait que Keith n'avait pas tort. Finalement, comme pour Pitt, peu importait la véritable raison de sa présence, il était un allié puissant dont personne ne pouvait se passer.

Jeremiah ne répondit rien et m'observa attentivement.

— J'ai besoin de parler à Hannah. Laissez-nous, s'il vous plaît.

— Bien sûr..., murmura Bonnie pendant que ma salive glissait difficilement vers le fond de ma gorge.

Elle, Keith et Al nous considérèrent à tour de rôle et sortirent de la pièce.

Jeremiah se leva de son fauteuil et marcha jusqu'à la cheminée dans laquelle quelques braises crépitaient. Il ajouta une bûche et raviva doucement les flammes.

— Je sais ce que tu penses, dit-il, le dos toujours tourné.

Il remua encore un peu l'âtre à l'aide du tisonnier, puis il me fit face.

Ses prunelles se dilatèrent au maximum, jusqu'à ne laisser visible que le fin contour vert de ses iris. La puissance de son regard me fit me sentir toute petite, assise dans le large fauteuil de cuir noir.

— Je ne te reproche rien. Ta bravoure dépasse celle de bien des guerriers de notre peuple. Mon fils est ton âme sœur, il n'y a rien que tu aurais fait pour lui nuire. Rien ne saurait émousser l'amour que tu lui portes, j'en suis parfaitement conscient. C'est pourquoi je veux que tu ravales tes craintes, Hannah. Tu as toute ma confiance. Nous allons le sortir de là.

— Oh, Jeremiah, gémis-je. Que lui auront-ils fait ? Dans quel état le retrouverons-nous ?

Un muscle de sa mâchoire solide tressaillit. Et la rage de Jeremiah glaça aussitôt l'air ambiant.

— Dans leur propre intérêt, souhaitons qu'ils aient seulement retenu Leith contre son gré.

À cet instant, il donnait l'impression que même seul contre tous, il serait capable d'anéantir une armée par la simple puissance de sa volonté et de sa détermination.

— John Slater pense que le *Mór-fear-faol* n'est pas impliqué.

— C'est aussi ce que je crois.

— Dans ce cas, avons-nous la moindre certitude qu'il se trouve bien dans les « Entrailles de la Terre » ?

Il fixa un point derrière mon épaule et plissa les yeux.

Un long frisson me secoua les épaules. Si Leith n'y était pas, quelle autre piste aurions-nous ? Nous nous retrouverions sûrement dans la même situation que je l'avais été à mon retour de Roumanie. Nous reviendrions voir le père de John, tenterions d'obtenir quelques informations supplémentaires – qu'il n'aurait, du reste, certainement pas – et finirions par devenir totalement dingues. En tout cas, en ce qui me concernait. Plus les jours passaient et plus je plongeais dans un désespoir qui ne cessait de croître. Non, nous devions le récupérer coûte que coûte. Il n'y avait aucune autre issue possible.

— Il y sera, voulut-il me rassurer.

Je hochai la tête.

— Comment serons-nous accueillis ?

Jeremiah s'adossa contre le manteau de la cheminée. Il fronça les sourcils et ses lèvres laissèrent échapper un profond soupir, puis il secoua le menton.

— Sans doute très mal, Hannah. Les Sutherland ont été bannis depuis des siècles et n'ont jamais remis les pieds sur les terres sacrées.

Nous foncions tout droit dans la gueule du loup. Jamais métaphore n'avait été aussi correcte.

— Je suppose que Bonnie entrera la première pour les avertir de notre arrivée, continua-t-il, et tâcher d'éviter qu'on nous règle notre compte sans avoir eu le temps de discuter.

— Pourraient-ils nous tuer sans même s'interroger sur la raison de notre présence ? demandai-je en tentant de masquer le trémolo dans ma voix.

— Le lieu est tenu secret depuis des millénaires, répondit-il simplement. La forteresse est bien gardée, alors je suppose que oui.

— Une forteresse ?

— Pas au sens architectural du terme, mais la montagne qui les abrite en a toutes les caractéristiques. Le cœur est inaccessible pour celui qui n'y est jamais allé.

— Que risque Bonnie ?

Jeremiah crispa la mâchoire.

— Son retour fera beaucoup de bruit, n'oublie pas qu'elle a dû se faire passer pour morte afin de pouvoir s'enfuir.

— L'écouteront-ils ?

— C'est une enfant de la Terre des loups. Ils l'écouteront.

Des extrémistes..., c'est ainsi que je les voyais tous. Mais ma perception était sans doute altérée par tout ce que j'avais entendu sur eux – leur idéologie, la cruauté de leurs décisions et leur incapacité à admettre qu'ils pourraient peut-être avoir tort –, de fait, c'est avec beaucoup de difficulté que je les imaginais réserver un accueil respectueux à Bonnie, ou tout simplement civilisé. Mais pour être tout à fait honnête, je ne connaissais rien d'eux. À quoi ressemblaient les Entrailles de la Terre ? Qui étaient les membres de la communauté, en réalité ? Vivaient-ils réellement comme à l'époque de nos ancêtres, au cœur de la société médiévale ? Je posai la question à Jeremiah.

— La rupture a eu lieu après la révolte menée par notre ancêtre. C'était au XIVe siècle. Les idées des membres de la communauté sont devenues de plus en plus extrêmes, ils sont allés jusqu'à refuser toute avancée technique qui pourrait les pervertir et les conduire à oublier leurs origines. Pas d'électricité, pas d'eau courante... Ils font du feu pour se chauffer, pour s'éclairer, ils forgent, ils tissent, ils cultivent, ils chassent, ils cueillent… Mais tous ne vivent pas ainsi. Seuls les habitants des Entrailles de la Terre ont choisi de se priver de la modernité. Ils se considèrent comme le noyau fort.

La juxtaposition de nos deux univers était étonnante, mais pas impossible. Les Amish vivaient déjà ainsi. Et à n'en point douter, la communauté du Sutherland avait une organisation sociale tout aussi élaborée.

— Bonnie m'a souvent narré les souvenirs de son enfance, continua-t-il, l'enseignement strict, les châtiments corporels pour ceux qui ne le respectaient pas. Elle en est partie dès qu'elle a pu.

— Leith m'a raconté que ce sont ses parents qui l'ont aidée à fuir, qu'est-ce que son retour implique, pour eux ?

— C'est bien là tout le problème, Hannah… En réapparaissant, elle les condamne probablement. Les lois ancestrales ne peuvent être violées par les membres qui les suivent. Ils seront considérés comme traîtres.

— Par l'esprit ! chuchotai-je en posant une main sur mes lèvres.

Il n'y avait rien que Bonnie ne ferait pas pour Leith, je le savais. Elle l'aimait comme s'il était son propre fils, elle irait jusqu'au bout pour lui. Je l'admirais tellement.

— La régence a changé depuis la dernière répression. Peut-être que… peut-être que le nouveau *Mór-fear-faol* sera plus indulgent, espérai-je. Il comprendra, il…

Il poussa un juron.

— Personne ne compte là-dessus, Hannah. Bonnie sait ce qu'elle fait.

— Elle risque sa vie.

C'était bien plus une certitude qu'une question.

— Autant que toi, la tienne, tu n'es pas une *faol-tùsail.* Les gens comme toi étaient tués, à une époque.

Ils ne sont pas plus appréciés aujourd'hui, pas même du côté du monde libre. Si je ne connaissais pas ton tempérament impétueux et ta détermination, je te demanderais de ne pas nous accompagner.

Il me fit presque sourire. Personne ne m'empêcherait de retrouver Leith. Personne.

— Je pense que j'ai moins à craindre des membres de la communauté que des guerriers de l'ombre, Jeremiah.

— Ne sous-estime pas leur puissance, Hannah. Ce sont des combattants. Même la plus faible femme sait se battre aussi bien qu'un homme.

— Je suis la seule à les voir. Quand ils l'auront tous compris, je n'aurais plus rien à redouter d'eux, ils me devront sûrement quelque chose.

Jeremiah étrécit les yeux à leur maximum tout en me sondant du regard.

— Qu'es-tu en train de suggérer, Hannah ? Tu vas leur proposer une monnaie d'échange ?

Je m'interdis d'avoir un sourire ironique. Pourtant, Dieu sait que j'en avais envie. J'étais entrée dans une phase où la plus vile manipulation ne me faisait pas peur. Je voulais réussir et je ne reculerais devant rien.

— Un service en échange d'un autre, oui. Ils me rendent celui que j'aime, je leur prête mes yeux. Si nous partons demain matin, il nous restera très peu de temps avant que les guerriers de l'ombre ne nous tombent dessus. La communauté du Sutherland aura peut-être même affaire à eux avant que nous ayons eu l'occasion de leur exposer le problème. Jeremiah, je ne négligerai aucune chance de retrouver Leith. Si le *Mór-fear-faol* n'est pas impliqué dans son enlèvement, alors je l'obligerai à nous aider.

Jeremiah m'observa comme s'il avait devant lui une personne nouvelle. Il ne me reconnaissait pas, mais qui aurait pu l'en blâmer ? La jeune Hannah influençable et naïve avait bel et bien disparu. Et ce, depuis tellement longtemps que je me souvenais à peine d'elle. À sa place se tenait une femme que la haine et le désespoir rendaient chaque jour plus manipulatrice, résolue et déterminée à aller jusqu'au bout.

J'étais recrue de fatigue, davantage morale que physique, même si j'accumulais un manque de sommeil croissant, mais je n'abandonnerais pas. Tous les ennemis de la terre pouvaient bien se mettre sur mon chemin, pas un ne m'empêcherait de rejoindre mon âme sœur. Je garderais le contrôle, bravant mes peurs et mes doutes, j'irais aussi loin que mon corps me porterait. Loin..., très loin.

— Tu ne manques pas de cran, Hannah, murmura Jeremiah.

— On ne me laisse pas le choix.

Néanmoins, la bataille serait sans doute l'une des plus difficiles que j'eusse jamais à affronter. Nous ne savions absolument pas combien de guerriers de l'ombre seraient à nos trousses, ni même quel combat il faudrait mener contre les nôtres pour être entendus. C'est vrai, je refusais de baisser les bras, même si je gardais à l'esprit que rien n'était gagné d'avance et que nous aurions tous du sang sur les mains. Peut-être beaucoup. Mais j'étais prête. Je ne l'avais jamais autant été de toute ma vie.

Il fit quelques pas pour s'approcher de moi et s'agenouilla de telle façon que son visage se retrouva à la hauteur du mien. Même comme ça, il me parut si grand. Il emprisonna mes mains dans les siennes et plongea son regard d'émeraude dans le mien.

— Tu es devenue un Lupus dont le courage ne fait pas défaut. Je ne doute pas un seul instant de tes capacités à abattre des montagnes. Nul n'est mieux placé que moi pour te comprendre. S'ils m'avaient donné le choix, s'ils ne me l'avaient pas arrachée brutalement, j'aurais fait la même chose que toi et rien n'aurait pu m'arrêter, dit-il d'une voix sourde que l'amertume faisait trembler, à propos de Rose. Je ne les laisserai pas me prendre mon fils.

Il resserra la pression de ses doigts tandis que mes larmes affleuraient. Alors qu'un son étranglé traversa la barrière de ma bouche pincée, Jeremiah ouvrit les bras et m'attira contre lui de toutes ses forces. Je l'étreignis à mon tour, sanglotant tout mon soûl.

Un long moment plus tard, alors que la rivière de mes pleurs s'était enfin tarie, le toussotement de Bonnie nous fit nous détacher. Ses lèvres tremblaient.

— Je... je ferai tout ce qui est en mon pouvoir pour le ramener, nous promit-elle.

Je me redressai lentement et lui offris un regard reconnaissant. Surprise, je vis Bonnie s'élancer vers moi pour me serrer à son tour contre elle. Pendant quelques instants, je fus littéralement engloutie par mes émotions. Mon cœur battait à une cadence lourde et oppressante, si bien que je faillis la repousser pour reprendre le contrôle. Mais Bonnie n'avait pas l'intention de me lâcher, comme si elle estimait que j'avais encore besoin de vider mon sac, de puiser en elle l'énergie que je n'avais plus. Et elle avait raison. Tout au fond de moi, malgré la rage qui me faisait tenir debout, j'étais désespérément creuse et sans force.

Qu'est-ce qui aurait pu m'empêcher de me laisser aller davantage à mon chagrin, à mes craintes ? Nous étions entre nous, les Sutherland étaient devenus ma famille, je n'étais pas obligée de me cacher derrière une cuirasse, de faire semblant. Je pouvais être moi. À ce moment-là, ils me comprenaient mieux que personne.

J'enroulai mes bras autour de Bonnie et appuyai mon front tout contre son épaule.

— Ça va aller, Hannah. Là, là..., chuchota-t-elle en me tapotant doucement le dos.

La chaleur de nos corps se mêla comme pour sceller un accord muet : tous ensemble, nous ne ferions qu'un pour le retrouver. Tous ensemble, nous y parviendrions.

Chapitre 21

Pour l'heure, je ne suis pas malade, je suis allergique !

Je me calai sur la banquette arrière du 4 × 4 de Jeremiah en me frottant les yeux. J'avais désespérément besoin de dormir. Or, ce maudit sommeil donnait l'impression de m'avoir définitivement abandonnée : j'avais passé une nuit entière à essayer de le chercher, en vain.

Étirant les jambes sous le siège conducteur, je tentai de trouver une position confortable. Hélas, mes muscles étaient si tendus que, même enfouie dans un écrin de coton, je n'aurais jamais réussi à me décontracter.

Machinalement, j'avais enroulé une mèche de cheveux autour de mon doigt et en mordillai la pointe. Ne pas connaître ce que l'avenir nous réservait était pour moi une source de stress plus vaste qu'un puits sans fond. Nous avions contrôlé les préparatifs dans les moindres détails, décidé quand nous partirions, qui ferait quoi, mais le reste… Ce qui se passerait ensuite n'était pas entre nos mains, et savoir que nous ne maîtrisions pas ce qui était finalement le plus important créait en moi un sentiment d'aigreur presque insoutenable.

Nous avions traversé le Caithness d'est en ouest, et il était tout juste huit heures lorsque le 4 × 4 s'engouffra dans la bourgade de Bettyhill, la seule ville moyennement fréquentée à des miles à la ronde. Elle marquait la limite du territoire de la communauté du Sutherland. Géographiquement, il occupait toute la zone de Kyle of Tongue, l'un des paysages les plus sauvages des Highlands du nord, et sans doute aussi l'un des plus majestueux. N'importe qui se promenant dans le coin pouvait constater qu'il y avait plus de moutons au kilomètre carré que d'habitants. Nous y étions allés plusieurs fois avec mes parents lorsque j'étais plus jeune – Kyle of Tongue n'est qu'à une heure et demie de Wick –, bien avant que je ne connaisse l'existence du monde garou, mais je n'y étais jamais venue en hiver. L'été, la lande était toujours très verte, même lorsque la pluie se faisait exceptionnellement capricieuse. J'avais le souvenir des prairies qui longeaient les rares voies de circulation. Elles étaient bordées de fougères grasses et touffues, de forsythias en fleurs, de buissons épineux, et elles s'étendaient à perte de vue, ondulant sur les collines. Mais aujourd'hui, la nature qui nous entourait était presque lunaire, avec sa végétation rouge, brûlée par le froid glacial, s'accrochant aux roches grises et humides. Le soleil illuminait tout. Le contraste était saisissant.

— Faisons halte ici, nous dit Al qui conduisait.

Il s'arrêta sur le parking d'un bureau de poste, à quelques dizaines de mètres de l'endroit où la meute serait supposée nous attendre pendant que nous nous rendrions dans les Entrailles de la Terre. Bonnie avait demandé à Dan, Étienne, John, Georgia, Anneas et Keith de partir une demi-heure plus tard, de telle façon qu'on ne puisse pas faire le rapprochement entre nous, en cas de problème. Quant à Darius, Gwen, Grigore et Pitt, ils avaient pris le même chemin, mais soixante minutes après. Car même si Bettyhill ne faisait pas partie du territoire garou, la zone était largement fréquentée par les loups. C'est pourquoi Bonnie avait exigé qu'ils fassent un arrêt cinquante kilomètres en amont et qu'ils se tiennent prêts à intervenir, si besoin. À vol d'oiseau, il ne leur faudrait pas plus de trente minutes pour être sur place. Bonnie avait bravé tous les interdits en leur donnant la position exacte du cœur de la cité garolle. Et j'avais vu, à son visage, combien il lui en avait coûté. Les anges noirs n'avaient jamais été les alliés des garous, bien au contraire, et même si elle n'en avait pas dit un mot, je savais ce qu'elle pensait être devenue : une traîtresse, une infidèle à son espèce, bien plus qu'à son clan.

— Nous sommes arrivés ? demandai-je en inspectant vaguement les lieux.

Combien de personnes vivaient ici à l'année, exactement ? Cent, cent cinquante ? Je n'en avais aucune idée. Le village de Bettyhill semblait avoir été construit sur la côte afin de constituer une halte avant l'immersion au cœur de la lande désertique. On y trouvait un établissement faisant office de point d'information, un petit hôtel, une école, une épicerie pour se ravitailler… Les touristes et les randonneurs y étaient très fréquents, et en été, nul doute qu'ils étaient plus nombreux que les habitants eux-mêmes.

— Non, me répondit Bonnie depuis le siège passager à l'avant, pas tout à fait. À partir de là, le réseau mobile est aléatoire. Nous allons prendre le temps de téléphoner à tes amis pour savoir où ils en sont et nous assurer que tout va bien.

— Il n'y a pas de raison, ne pus-je m'empêcher d'ironiser sans trop comprendre pourquoi. Ils sont autonomes.

Mais Bonnie n'avait pas envie de plaisanter, elle prenait la situation très au sérieux et ne voulait courir aucun risque, ne rien laisser au hasard. Elle m'envoya un regard implacable.

— C'est vrai, mais nous allons quand même vérifier. Si tu veux manger quelque chose, aller aux toilettes ou que sais-je, c'est le moment. Nous ne nous arrêterons plus avant d'être arrivés aux roches de Ben Hope, dans deux heures.

J'écarquillai les yeux, stupéfaite.

— Je ne suis plus Humaine, Bonnie, lui fis-je gentiment remarquer. J'ai toujours les mêmes besoins, mais pas la même résistance. Je saurai me retenir.

Elle me détailla une poignée de secondes, comme si elle se souvenait seulement de ce fait. Finalement, elle acquiesça et s'empara du portable qu'Al lui tendait.

Pendant qu'elle téléphonait, je pivotai vers Jeremiah, qui se tenait immobile à côté de moi. Il n'avait pas desserré les lèvres de tout le trajet. Avec hésitation, je posai les doigts sur son avant-bras pour attirer son attention.

— Tout va bien ?

Il tourna la tête et m'observa avant de hocher imperceptiblement le menton.

Il ne parlerait pas. Je n'insisterais pas.

Al croisa le regard de son frère dans le rétroviseur, puis le mien. L'espace d'un instant, je vis le vert de ses iris entièrement englouti par le noir de ses pupilles. Depuis le début, il était calme, très calme, trop calme. Mais en réalité, il n'en était rien. Quand sa fureur éclaterait, elle ferait beaucoup de dégâts, j'en étais certaine. Je n'avais jamais vu Al exploser sous la colère, pas même lorsque Leith avait été blessé après l'attaque du Galbro. Mais cela ne signifiait nullement qu'il était inoffensif. Je ne doutais pas un seul instant de sa force. C'est justement parce qu'il était réservé et discret qu'il devait être redoutable une fois mis à l'épreuve. Le moment venu, il déploierait toute sa puissance et son énergie, et là, il vaudrait mieux ne pas être dans les parages.

— Attendez-nous au bar de l'hôtel, recommanda Bonnie à la meute, qui se chargerait de faire passer le message à Darius et aux autres.

Bonnie était encore réticente, elle souhaitait s'adresser à eux le moins possible. Toute sa vie, on lui avait appris que les garous et les anges noirs ne se mélangeaient pas, ne collaboraient jamais, alors qu'en un an, c'était la deuxième fois qu'elle se retrouvait à devoir leur faire confiance. Elle avait bientôt atteint ses limites. Du moins, le croyait-elle.

— Nous allons continuer sur l'A836 en direction de l'estuaire de Kyle of Tongue, reprit-elle. Nous abandonnerons notre véhicule à Kinloch Lodge et nous nous rendrons à pied aux roches de Ben Hope, en nous dépêchant, il nous faudra seulement une bonne heure.

Ce qui revenait à dire que nous n'évoluerions pas à une vitesse humaine. Et c'était préférable. Les basses terres de Kyle of Tongue étaient très vallonnées, courir à quatre pattes serait nettement plus efficace. D'ordinaire, me métamorphoser me mettait toujours dans un réel état d'excitation, mais pas cette fois, pas sans Leith.

Je poussai un long soupir et me laissai aller un peu plus contre la banquette.

— Attendez patiemment que nous vous fassions signe. Si nous ne sommes pas revenus d'ici la fin de l'après-midi, commencez à vous inquiéter.

— Avant la tombée du jour, la repris-je. Les guerriers de l'ombre...

Je n'avais aucune affinité avec la communauté du Sutherland, cela allait de soi, mais des familles entières vivaient dans la cité garolle, comment pourrais-je courir le risque de tous les mettre en danger et me regarder en face, ensuite ? C'était vrai, j'avais dit que je ne reculerais devant rien pour récupérer Leith, mais je ferais également tout mon possible pour que le sang d'innocents ne soit pas versé.

— Oui, oui ! corrigea Bonnie. Avant la tombée du jour.

C'est-à-dire, plus ou moins dix-sept heures quarante-cinq.

Je poussai un long soupir et me frottai les yeux. Nous avions peu de temps. J'espérais secrètement que l'armée des Strigoii ne viendrait pas encore, mais je savais, je le sentais : il se passerait quelque chose cette nuit. Le calme avait trop duré. S'ils pouvaient traverser l'Europe en trois jours, il leur faudrait à peine quelques heures pour nous débusquer. C'était des prédateurs naturels, des pisteurs efficaces, infaillibles et programmés pour chasser. Le Grand Strigoï nous l'avait dit : ils nous retrouveraient tous.

J'avalai ma salive et, les poings calés sur mes cuisses, j'essayai d'ignorer les battements de mon cœur qui avaient soudain doublé. De mes lèvres jaillit un léger souffle angoissé que Jeremiah perçut. Il étendit le bras et posa une main réconfortante sur mon épaule.

— Nous viendrons à bout de cette situation, promit-il d'une voix en demi-teinte.

Mais le croyait-il seulement ?

Al redémarra le 4 × 4 dès que Bonnie eut terminé de dicter ses dernières instructions.

Elle avait les doigts crispés sur ses genoux. Depuis combien d'années n'avait-elle pas remis les pieds sur la terre de son enfance ? Vingt ans ? Vingt-cinq ans ? Elle prenait de gros risques. Elle le savait... Mais Bonnie était noble, solide et fière, et c'était la raison pour laquelle elle se battait pour garder sa maîtrise et son sang-froid. Cependant, plus nous nous approchions du but, plus je sentais sa chaleur corporelle monter. Je percevais l'ébullition de son esprit d'Hispo, les plus vives émotions de la bête qui sommeillaient en elle, le tiraillement entre la colère qu'elle aurait souhaité laisser éclater et le calme qu'elle s'obligeait à maintenir pour ne pas faire d'erreur. C'était cela qu'elle voulait. Tout maîtriser. Sa volonté était plus grande que ses états d'âme.

Le bip de mon téléphone retentit. Je sursautai et baissai les yeux pour fouiller dans la poche de ma veste. C'était Grigore.

|J'espère avoir un peu de répit avant d'aller me faire griller les fesses en enfer pour te retrouver. Fais attention à toi.

Je secouai la tête et souris doucement.

Je pouvais bien me rebeller contre ça, depuis le début de cette sordide histoire, Grigore avait été mon unique rayon de soleil. Plus j'y songeais et plus j'en étais certaine : je ne sortirais pas indemne des révélations qu'il m'avait faites. Je ne pourrais jamais faire comme s'il ne m'avait rien dit, comme si cela m'avait laissée parfaitement indifférente. C'était évidemment tout le contraire. Grigore me touchait là où je pensais être totalement protégée par l'amour de Leith. Il n'y avait qu'une unique explication à cette faiblesse : j'étais effrayée à l'idée de me retrouver seule. J'avais peur de continuer sans Leith, s'il lui arrivait quelque chose. C'est pour cela que, inconsciemment, je laissais Grigore m'éblouir, me perturber, me bouleverser, bien plus qu'à cause de mon ancienne nature d'ange noir. Je n'arrivais d'ailleurs pas à m'y résoudre. Nos deux sangs qui s'appelaient pour nous unir comme des âmes sœurs, c'était tout bonnement incompréhensible, impossible. D'abord parce que j'étais un garou à part entière, et ensuite, parce que j'avais vécu le *mòr-aotrom*. Deux fois. Je ne l'avais pas rêvé. Je me souvenais parfaitement de ce que j'avais ressenti. Un sentiment de plénitude et de total accomplissement, l'assurance d'avoir trouvé ce qu'il manquait à ma vie depuis toujours, la certitude de ne plus jamais être autre chose que l'*anima* de Leith, qu'il soit mort ou vivant.

Rien, rien ne pouvait dépasser ça, ni même le remplacer. Seuls ma peur et les mensonges qu'elle portait en elle pouvaient me donner l'illusion du contraire. Je ne me laisserais pas convaincre facilement. Ça, non.

Je rangeai mon mobile tout au fond de la poche de mon manteau et fixai mon regard sur la route.

Nous roulâmes en silence pendant un certain temps, chacun absorbé par ce qu'il redoutait le plus et par ce qu'il espérait davantage. Nous ne tarderions pas à arriver. Chaque mètre supplémentaire nous conduisait vers le destin de Leith et m'enserrait le cœur plus fort que dans un étau. Je ne voyais même plus la beauté du paysage qui changeait sous nos yeux. Les montagnes s'érigeant fièrement entre prairies, collines et lochs, m'apparaissaient comme floutées.

Je me frottai les paupières et fixai mon regard sur Ben Hope. Il était caché derrière un épais rideau de brouillard et de pluie. Il était à peine neuf heures du matin, alors que la nuit semblait sur le point de tomber. C'était comme si les éléments s'étaient mis d'accord entre eux pour rendre cet endroit plus impressionnant et intimidant encore, plus inhospitalier.

En moins de cinq minutes, alors que nous avancions sur l'une de ces routes à une voie qui font la réputation de l'Écosse, une pluie diluvienne et verglaçante s'abattit sur nous, suivie de rafales qui firent tanguer instantanément le 4 × 4.

— Il ne manquait plus que ça ! brailla Al.

Je faillis lui rétorquer que ça aussi c'était l'Écosse, quand Bonnie émit un hoquet strident en regardant droit devant elle.

— Mais il va se tuer !

Tout naturellement, je compris qu'elle parlait d'une voiture qui devait circuler devant nous. Je me penchai légèrement entre les deux sièges avant pour mieux voir. Quelques centaines de mètres plus loin, un pick-up roulait à vive allure et faisait des zigzags dangereux, alors que la route était particulièrement glissante.

— Il est complètement malade ! Rabats-toi ! ordonna Bonnie, tandis qu'Al s'insérait déjà dans le *passing place*[1] à sa gauche pour l'éviter.

En quelques secondes à peine, le conducteur perdit le contrôle du véhicule et le pick-up fit un aquaplaning qui l'envoya tout droit hors de la chaussée, dans un pré. Horrifiés, nous le vîmes faire plusieurs tonneaux avant de s'immobiliser sur le toit, sévèrement amoché.

— Par l'Esprit ! s'écria Jeremiah.

Ni une ni deux, nous sortîmes tous du 4 × 4 sous la pluie battante pour aller secourir le malheureux automobiliste. Jeremiah l'atteignit en premier et fit furtivement le tour pour évaluer les dégâts. Les portières s'étaient affaissées sous le poids du véhicule et les vitres avaient volé en éclats.

— C'est une femme ! Elle est en vie ! nous hurla-t-il pour couvrir le bruit de l'averse.

Nous nous précipitâmes tous de son côté pour jeter un œil.

Elle portait sa ceinture de sécurité et son corps frêle se retrouvait plus ou moins plié en deux contre l'habitacle. Ses longs cheveux bruns étaient éparpillés autour de son visage qu'on n'arrivait pas à distinguer.

— Ahhhh..., gémit-elle faiblement.

— Il faut la sortir de là ! cria Al.

Jeremiah, qui semblait avoir besoin d'extérioriser toute sa colère contenue depuis des heures, empoigna l'arceau métallique de la portière et tira d'un coup sec. Celle-ci se déchira comme s'il s'agissait d'une vulgaire feuille de papier. Il se mit à quatre pattes et enroula ses bras puissants autour de la taille de la conductrice pour la retenir.

---

1. Petit accotement semi-circulaire servant à se rabattre pour laisser passer le véhicule arrivant en face. En Écosse, ce type d'aménagement est présent sur toutes les routes à une voie. (*N.d.A.*)

— Passez de l'autre côté pour détacher sa ceinture, nous ordonna-t-il.

Bonnie fit le tour la première et obtempéra.

— C'est bon ! hurla-t-elle en déclipsant le lien.

Pendant que Jeremiah maintenait fermement l'accidentée en la tirant lentement vers l'extérieur, Bonnie soutint ses jambes et les déplia délicatement afin qu'elle ne souffre pas.

— J'ai mal..., souffla-t-elle.

— Doucement, murmura Bonnie. Nous allons vous sortir de là.

Jeremiah la contorsionna une dernière fois avant de la faire reposer sur l'herbe mouillée.

Malgré son corps à peine plus épais que celui d'une jeune femme de quinze ans, la conductrice devait avoir passé la quarantaine. Elle était très petite, avait la peau mate et les cheveux bruns très foncés. Son visage constituait un ovale parfait surmonté de pommettes gracieuses, d'un petit nez retroussé et d'un grain de beauté juste dans le coin de l'œil gauche. Ses cils, délicatement posés sur ses joues, étaient noirs et épais et, pour une raison totalement inconnue, je me surpris à vouloir qu'elle ouvre les paupières pour vérifier la couleur de ses yeux. Elle était belle, très belle.

Al déploya une couverture de survie et l'en couvrit tandis que Jeremiah faisait un bouclier de son corps pour empêcher la pluie de s'abattre sur elle.

La conductrice grimaça en fronçant les sourcils.

— Est-ce que ça va ? demanda Bonnie d'une voix douce. Vous pouvez parler ? Où avez-vous mal ?

— Partout, grogna-t-elle.

— Pouvez-vous bouger les jambes ? Les pieds ?

Au lieu de répondre, cette dernière vérifia qu'elle était capable de le faire. Nous la vîmes plier faiblement le genou avant de le laisser tomber.

— Vous avez eu de la chance, dit Al avec un timbre que la sévérité faisait vibrer. Vous rouliez trop vite, beaucoup trop vite.

— Je… sais.

Avec difficulté, elle sortit la main de dessous la couverture et la porta à ses tempes.

— Est-ce que je saigne ?

Puis subitement, elle éternua.

Une fois. Deux fois. Trois fois.

— Non, mais ça ne veut pas dire que vous n'êtes pas blessée, précisa Bonnie.

— Hémorragie interne…, grommela la femme. Je sais que ça peut arriver, je suis médecin.

Bonnie hocha la tête.

— Comment vous appelez-vous ? demanda Jeremiah.

— Christy…

Jeremiah se redressa un peu et prit un air désapprobateur.

— Christy, vous êtes parfaitement irresponsable, vous…

Il s'interrompit quand elle ouvrit les yeux. Les plus beaux yeux que j'eusse jamais vus. Violets et parsemés de pigments dorés tout autour des iris.

— Et vous, vous êtes des garous, rétorqua-t-elle faiblement.

Après quoi, elle éternua encore trois fois.

Notre étonnement fut complet.

Elle gémit un peu plus fort et essaya de se redresser.

— Ne bougez pas ! gronda Bonnie.

Mais Christy insista.

— Je vais bien. Des bleus partout, peut-être une ou deux égratignures, mais je vais bien.

Ce qui était surprenant, vu l'état de sa voiture.

— Je récupérerai vite, continua-t-elle.

Jeremiah passa une main dans son dos et l'aida à s'asseoir.

— Qu'êtes-vous ?

Christy glissa les doigts dans ses cheveux mouillés et les plaqua en arrière.

— Une Humaine qui est de bonne composition. Excusez-moi...

Elle renifla plusieurs fois et laissa échapper un éternuement encore plus impressionnant que les précédents.

— Il faut vous mettre à l'abri, vous êtes déjà malade, dit Al.

Christy rit doucement du nez tout en levant la tête vers lui.

— C'est certain, je préférerais être au sec. Mais pour l'heure, je ne suis pas malade, je suis allergique.

— Allergique ? répéta Bonnie.

— Oui. Aux poils...

Si la situation n'avait pas été aussi dramatique, j'aurais ri. La tête que faisaient Jeremiah, Al et Bonnie était impayable. Dame Christy était allergique aux chiens !

— Pourrions-nous continuer cette conversation ailleurs ? proposa-t-elle.

Bonnie, encore perplexe, hocha le menton et se mit debout.

Jeremiah aida Christy à se relever. Quand il vit que celle-ci ne tenait pas sur ses jambes, il poussa un profond soupir et la souleva dans ses bras.

— Ce n'est pas la peine, je peux marcher !

Jeremiah fronça les sourcils et raffermit sa prise.

— Ce n'est pas l'impression que vous donnez.

Christy grommela.

— Attendez deux minutes ! Je dois récupérer mon sac et ma trousse de secours.

— Laissez tomber. Ils doivent être éparpillés dans la voiture.

— Je ferme toujours mes bagages, monsieur !

— Vous êtes une femme, ça m'étonnerait.

Et j'en restai comme deux ronds de flan. Je n'avais encore jamais entendu le père de Leith faire preuve d'un quelconque machisme.

— Ah, ah, ah, se força-t-elle à rire, piquée au vif. Comment vous appelez-vous, au juste ?

— Jeremiah.

— Bien. Jeremiah, posez-moi par terre, s'il vous plaît, je vais récupérer mes affaires.

— Sûrement pas.

Il commença à avancer d'un pas assuré sans tenir compte des protestations de Christy.

— Je vous ai dit de me lâcher !

— J'y vais ! décidai-je avant que ça ne tourne au vinaigre.

Car visiblement, Jeremiah n'avait aucunement l'intention d'obtempérer.

Il ne m'adressa même pas un coup d'œil et continua à progresser jusqu'au 4 × 4, sous les regards stupéfaits d'Al et Bonnie.

Je me mis à quatre pattes et cherchai les effets de Christy. Je m'emparai de la besace en cuir rouge, ainsi que du sac à main en toile dont la sangle s'était enroulée autour des rails métalliques des sièges. J'essayai de la déloger pendant quelques secondes, puis je perdis patience et l'arrachai d'un coup sec. Je m'emparai aussi de sa parka molletonnée et de l'écharpe qui avait échoué sur le volant.

Lorsque je rejoignis le 4 × 4, Christy était installée à l'arrière avec Bonnie, et Jeremiah avait pris la place du conducteur. Je déposai les sacs de Christy sur la plage arrière et m'assis à côté d'elle, juste derrière Al.

Bonnie se pencha vers elle, le regard inquiet.

— Je m'appelle Bonnie. Comment vous sentez-vous ?

Elle récupérait plutôt rapidement pour quelqu'un qui avait eu un accident aussi violent. Cette femme prétendait être Humaine – d'ailleurs, elle en avait l'odeur –, mais quel être humain était-il capable de recouvrer ses forces en si peu de temps ?

— Mieux, répondit-elle.

Jeremiah lui jeta un œil dans le rétroviseur et démarra brusquement.

— Parfait ! Parce que nous ne pourrons pas vous conduire chez un médecin, cingla-t-il d'une voix tranchante.

— Mais je n'en ai pas besoin ! répliqua-t-elle.

— Vous n'avez pas vraiment choisi le bon jour pour avoir un accident, persista Jeremiah. Nous n'avons pas de temps à perdre pour des broutilles. Où pouvons-nous vous déposer sans parcourir des dizaines de miles ?

— Sauf votre respect, si j'avais su que je serais secourue par quatre garous, je me serais sûrement abstenue ! répliqua-t-elle du tac au tac. Vous n'avez qu'à me laisser au bord de la route, je me débrouillerai !

Bonnie, Al et moi ne relevâmes pas, c'était de la pure provocation. Cela dit, nous la crûmes sur parole quand elle éternua pour la énième fois. Quant au fait de l'abandonner ici, il en était hors de question. D'ailleurs, Jeremiah ignora parfaitement sa requête.

— Vous auriez dû le prévoir ! Vous connaissez apparemment bien notre espèce, vous n'êtes donc pas sans savoir que vous vous trouvez au beau milieu de notre territoire, chère madame !

— Non, sans blague ? Bien sûr que je le sais ! Vous ne croyez tout de même pas que je voulais me dégotter un petit coin tranquille pour pique-niquer sous la pluie verglaçante ? Non, monsieur Le Garou de Mauvais Poil, ce que je cherche, c'est ce foutu accès qui mène aux « Entrailles de la Terre » ! Et si cette route n'était pas aussi mauvaise, je serais peut-être parvenue à le trouver !

Là, elle nous cloua à tous le bec.

Pour un temps, du moins.

— Expliquez-vous, exigea Al en se retournant pour l'observer. Pourquoi souhaitez-vous entrer en contact avec la communauté ?

Christy fronça les sourcils et pinça les lèvres.

— J'ai bien peur de ne pas pouvoir vous le dire, monsieur.

— Alastair. Je m'appelle Alastair.

— Ça ne change rien, Alastair. Je dois garder le silence. Contentez-vous de me conduire à votre chef. Il fera le choix de vous mettre ou non dans la confidence.

Comme ça, elle pensait que nous faisions partie de la communauté du Sutherland ? Mon regard croisa celui de Jeremiah. Pousseraient-ils leur chance jusqu'à le leur faire croire ?

— Êtes-vous attendue ? l'interrogea Bonnie.

— Évidemment ! La cité des garous n'est pas le genre d'endroit où l'on se rend de son propre chef ! Seuls les fous le font !

Ce que nous étions, finalement… et je soupçonnais qu'elle aussi. Elle n'était pas plus attendue que nous.

— Allez-vous me conduire là-bas, oui ou non ?

Jeremiah roulait toujours. Bonnie et Al se consultèrent d'un simple regard et se mirent d'accord.

— Oui, lui assura Jeremiah. À condition que nous sachions pourquoi vous devez vous y rendre.

Christy claqua la langue.

— Je ne peux rien vous dire. S'il vous plaît, c'est d'une urgence capitale.

Jeremiah haussa les sourcils d'un air fataliste.

— Dans ce cas, parlez. C'est le seul moyen de nous garantir votre bonne foi.

Elle éclata d'un rire cynique.

— Ma bonne foi ? Mais qui pensez-vous que je sois, à la fin ? L'une de ces terroristes qui font exploser les endroits stratégiques au nom d'une idéologie rétrograde ?

Et elle éternua.

— Justement, nous n'en avons aucune idée, madame. Vous pouvez être n'importe qui. *Sauf votre respect*, paraphrasa mielleusement Jeremiah.

— Je ne suis personne, s'exaspéra-t-elle ! Juste un messager !

— Un médecin messager ? se moqua Jeremiah.

Christy leva les yeux au ciel.

— L'un n'a rien à voir avec l'autre ! Médecin, je le suis tout le temps, alors que servir d'intermédiaire est très ponctuel, et bon sang, j'ai l'impression qu'aujourd'hui, il aurait mieux valu que je reste couchée ! Après tout, vous n'aurez qu'à faire passer le message vous-même, j'en ai assez ! Ma communauté m'a envoyée pour mentionner à la vôtre qu'elle courait un grave danger.

— Quel danger ? demanda Bonnie en gardant un ton serein.

Immédiatement, je pensai à la présence d'anges noirs sur le territoire, mais il aurait été un peu exagéré de parler de danger alors qu'ils n'étaient que quatre.

— Une menace venue de l'est.

Mon sang se glaça.

— Quel genre de menace ? intervins-je.

Notre passagère leva la main, qu'elle balaya devant ses yeux dans un signe d'irritation.

— Écoutez, vous me mettez dans une situation très délicate. Je ne pou…

— Les guerriers de l'ombre ? l'interrompis-je.

Christy blanchit instantanément.

— Vous connaissez leur nom ?

— Je les connais eux, précisai-je. Je les ai vus.

Elle sembla soudain manquer d'air.

— Non ! Personne ne les voit ! Personne à part le…

— Le Grand Strigoï, finis-je à sa place. Nous le savons. Mais croyez-moi sur parole, je les ai vus comme je vous vois.

Elle secoua la tête, tandis que je poussais un long soupir et la regardais droit dans les yeux.

— Christy, c'est vous qui allez nous écouter, maintenant. Ces fameux guerriers sont à nos trousses car nous avons quelque chose qu'ils veulent, mais que nous ne leur remettrons sous aucun prétexte. Et si nous sommes ici, au cœur du territoire de la communauté du Sutherland, c'est parce que nous devons nous aussi récupérer quelque chose. Quelqu'un.

— Quelqu'un ? demanda-t-elle, totalement perdue. Vous ne faites pas partie des leurs ?

— Non. Nous appartenons à la communauté du monde libre. Ils détiennent mon petit ami. Mon âme sœur. Le fils de Jeremiah, le neveu d'Al et Bonnie.

Ses magnifiques yeux violets se mirent à briller d'une intense façon.

— Et pour les *războinicii din umbra* ? Que veulent-ils ?

— Un ami. Nous l'avons libéré de la main des Strigoii. Ils souhaitent le récupérer. Dites-nous tout ce que vous savez sur eux, s'il vous plaît, Christy, murmurai-je d'une voix douce. Le temps nous est compté.

Cette dernière acquiesça d'un mouvement de tête et commença son récit.

— J'appartiens à la guilde ancestrale des Sorcières des Sortilèges, celle qui a donné naissance aux *războinicii din umbra*. Il y a de ça plusieurs siècles, mes semblables étaient poursuivies par les hommes. Elles brûlaient sur le bûcher par milliers. Des générations entières ont été décimées de la main de ceux qui pensaient qu'elles pactisaient avec le diable. Bien sûr, toutes ne pratiquaient pas la magie rouge ou blanche, il y avait aussi des adeptes des sorts maléfiques et sataniques, mais la traque que nous avons subie était bien souvent injustifiée. Les sorcières des potions et des incantations, impuissantes devant un massacre d'une telle envergure, ont cherché de l'aide auprès de créatures immortelles. Ce sont les vampires de l'est qui leur ont apporté la protection dont elles avaient besoin, en chassant, effrayant et lavant la mémoire de leurs traqueurs. Mais le service qu'ils leur rendaient n'était pas gratuit. En échange, les sorcières devaient façonner pour eux une créature si puissante que même une armée entière d'Humains ne parviendrait pas à anéantir. Les sorcières des potions et des sortilèges se sont liguées et ont donné naissance aux *războinicii din umbra,* mi-ange noir, mi-garou.

Rien ne m'étonna dans cette dernière révélation. Leurs serres, leurs poils... Ils étaient un imparfait mélange des deux espèces, mais un mélange efficace et redoutable.

— Quelle ingénieuse idée ! persifla Jeremiah.

— C'était ce que voulait le Grand Strigoï, continua Christy, qu'ils soient hybrides, et aussi qu'ils n'obéissent qu'à lui, qu'ils ne soient visibles que par lui. Mais mes ancêtres ont conservé une carte en main, une sortie de secours : nous pouvons les voir également. Nous et seulement nous, alors permettez-moi de douter quand vous dites les avoir vus, ajouta-t-elle en m'examinant.

— Et pourtant...

— Pouvez-vous les rendre visibles aux autres ? demanda Bonnie avec espoir.

— Non.

— Êtes-vous en mesure de les arrêter ? l'interrogea Al.

— Non. Je regrette. Nous les sentons, nous savons quand ils approchent, mais nous ne pouvons pas leur nuire.

— Quel genre de relation votre communauté entretient-elle avec celle du Sutherland ? demanda Al.

— La communauté du Sutherland a parfois besoin de l'aide des sorcières pour la concoction de potions guérisseuses, nous informa Bonnie.

Christy se regarda les ongles et se passa la langue sur les lèvres.

— Nous avons chez nous des wiccas très puissantes, ajouta Christy. Nous n'avons pas de lien particulier avec les vôtres, nous ne les avons pas côtoyés depuis des années, mais il était de notre devoir de les avertir. Nous l'aurions fait pour n'importe qui.

— Pas pour les citoyens de St Andrews, manifestement, fit amèrement remarquer Jeremiah.

Christy le fusilla du regard.

— Que sous-entendez-vous ? Que nous choisissons qui vaut la peine ou non de mourir ? Nous ne mangeons pas de ce pain-là, monsieur ! Nous les percevons depuis déjà une semaine, mais leur présence s'est accrue au fil des jours, suffisamment pour que nous nous inquiétions vraiment. Ce que je veux dire par là, c'est qu'ils sont nombreux ! Très nombreux, vous comprenez ?

— Parfaitement, oui ! rétorqua Jeremiah.

— Écoutez, insista-t-elle. Avant que vous ne me parliez de cette histoire d'ami et d'âme sœur, nous n'avions aucune certitude quant au fait que les guerriers fonçaient tout droit sur la communauté garolle. Notre devoir était de les prévenir de la possible présence de ces créatures sur leur territoire.

— Vous croiront-ils ? demanda Bonnie. J'imagine que vous ne leur avez jamais parlé de l'existence des guerriers de l'ombre ?

— Non...

— Quel moyen avez-vous de leur prouver ce que vous avancez ?

— Ma bonne foi.

Jeremiah éclata de rire.

— Si vous pensez que c'est suffisant !

— Vous êtes impossible ! éructa-t-elle. Si ça ne l'est pas, j'ai un moyen plus persuasif.

Jeremiah haussa un sourcil.

— Vraiment ?

Christy nous observa à tour de rôle, croisa le regard de Jeremiah dans le rétroviseur et étendit le bras pour récupérer son sac à main. Là, elle fouilla à l'intérieur et en sortit une minuscule fiole contenant un liquide rouge foncé.

— Qu'est-ce que c'est ? demandai-je.

— Du sang d'ange noir. Les gens de chez vous sont instables et colériques et... Oh, pas la peine de me regarder comme ça, vous le savez très bien ! S'ils ne me croient pas et qu'ils pensent que je viens leur chercher des poux, je transformerai un Crinos sous leurs yeux, ajouta-t-elle en enfouissant le précieux liquide dans la poche de son jean.

— Par l'Esprit ! gronda Bonnie pendant qu'Al et Jeremiah se retenaient d'étrangler la sorcière.

— C'est ainsi qu'ils sont nés ? m'enquis-je calmement. Directement du corps d'un garou ?

Elle acquiesça.

— Plus précisément de celui d'un Crinos. Mais avant que vous me posiez la question, sachez que le sortilège est irréversible.

— Cela signifie-t-il que vous continuez à en créer d'autres à la demande ? grinça Jeremiah, qui semblait prêt à en découdre si la réponse donnée n'était pas la bonne.

— Non ! Bien sûr que non ! Notre dette envers les Strigoii a été payée il y a longtemps.

— Vous avez intérêt, grogna Jeremiah.

Christy lui tint tête, nullement impressionnée. Elle renifla, éternua pour la énième fois et leva l'index dans la direction de Jeremiah.

— Je vous déconseille fortement de me menacer, *monsieur,* l'avertit-elle.

— Là, c'est vous qui êtes en train de le faire, lui notifia Al en haussant un sourcil.

Le regard qu'elle lui envoya ressemblait à un blizzard sibérien.

— Eh bien, comme ça, considérez que nous sommes quittes !

Un silence pesant s'abattit dans l'habitacle, nous conduisant tous à réfléchir à ce qu'il convenait de faire. C'est Bonnie qui reprit la parole la première :

— Très bien. Je vous emmène dans les Entrailles de la Terre. Vous leur expliquerez ce que vous venez de nous raconter. Quant à l'issue de secours que vous prévoyez, oubliez-la !

Fin de la conversation.

Mais Christy ne promit rien.

Chapitre 22

Quel âge avez-vous, Christy ?

Jeremiah gara son 4 × 4 sur Main Street, à la sortie de Kinloch. La pluie et le vent avaient cessé depuis environ trente minutes, laissant place à un ciel chargé et bas qui ne tarderait pas à éclater une nouvelle fois. Ici, la végétation régnait en maître, bien que rudement malmenée par le froid. Les habitations du lodge seraient les dernières que nous verrions avant plusieurs kilomètres et nous ne croiserions probablement aucun touriste. La lande de Kyle of Tongue était sauvage et particulièrement désertifiée en hiver. Au loin, on distinguait le sommet enneigé de Ben Hope, et sans doute les quatre lochs dormant à ses pieds devaient-ils être recouverts d'une épaisse couche de glace.

Bonnie regarda l'heure sur le tableau de bord et se racla la gorge.

— Il est déjà dix heures passées, nous devons faire vite. Nous y allons tous. Vous autres, vous nous attendrez à quelques centaines de mètres de Ben Hope.

Elle ouvrit la portière, sortit, et commença à retirer sa veste et à déboucler sa ceinture. Al la rejoignit et l'imita aussitôt, suivi de Jeremiah, qui s'attaqua à ses chaussures.

— Une minute ! s'écria Christy, complètement paniquée. Qu'est-ce qu'ils font, là ?

— Ils vont se transformer, lui expliquai-je.

— Ici ? Comme ça ? s'horrifia-t-elle.

Pour tout dire, je n'étais pas plus motivée qu'elle pour voir le père de mon petit ami en tenue d'Adam.

— Vous devriez peut-être vous éloigner, leur suggérai-je avec espoir.

Ils s'arrêtèrent aussi sec pour me regarder avec des yeux étonnés.

Comme tous les garous de pure souche, exposer leur nudité n'était pas vraiment un problème. Ils ne voyaient aucune différence entre montrer leur corps de bête et dévoiler leur chair humaine. C'était du pareil au même.

Jeremiah hocha la tête le premier et partit se cacher un peu plus loin, derrière un rocher. Quant à moi, je restai douloureusement plantée sur mon siège.

— Vous n'y allez pas ? s'étonna Christy en se frottant le nez avec énergie. Bon sang, ça va être encore pire, lorsque vous serez tous recouverts de poils !

— Eh bien, je... je ne l'ai jamais fait toute seule, avouai-je.

Elle fronça les sourcils. Ses narines se gonflèrent, une fois, deux fois... à la troisième, elle éternua si fort que le son résonna dans l'habitacle.

— Désolée... Que voulez-vous dire ?

J'eus envie de me confier à elle, alors que je la connaissais depuis une heure à peine. Peut-être était-ce à cause de ses origines d'ensorceleuse, mais Christy dégageait une aura rassurante. Brièvement, je lui expliquai que je n'avais pas toujours été un garou et que le changement était bien trop récent pour que je maîtrise entièrement mon nouveau corps. Je n'étais pas sûre de moi.

— Je comprends, compatit-elle. Souhaitez-vous que je vous accompagne ou préférez-vous attendre les vôtres ?

Je lui souris gentiment.

— Vous ne pouvez pas assister à ma transformation, Christy. Vous vous évanouiriez dès les premières secondes.

— Vraiment ? dit-elle avec un petit haussement de sourcil.

Je penchai la tête, stupéfaite.

— Vous en êtes capable ?

— « Une Humaine qui est de bonne composition », se paraphrasa-t-elle en m'adressant un clin d'œil amusé. Que décidez-vous ?

Je contemplai son regard mauve pendant quelques secondes et n'y lus qu'une immense sincérité, alors j'acceptai. Christy sourit, mit sa parka, son écharpe et sortit de son sac à main une paire de gants et un bonnet qu'elle enfila, puis elle m'attendit à l'extérieur. Je me séparai de ma veste et de mes chaussures, que je laissai dans la voiture, puis je retrouvai Christy qui s'était éloignée derrière le haut buisson décharné devant lequel le 4 × 4 était garé.

— Que dois-je faire ? demanda-t-elle.

— Rien. Je vais me déshabiller et… c'est tout.

Elle acquiesça en arborant une mine grave.

— Je suppose que vous avez déjà assisté à une métamorphose ? m'enquis-je.

— Non, jamais !

— Alors comment savez-vous que vous la supporterez ?

Elle bougea les épaules d'un air nonchalant.

— C'est le cas de mes semblables, alors sûrement le mien aussi.

— Vous êtes pourtant complètement humaine. Anatomiquement parlant, s'entend.

— C'est vrai. Disons que les bonnes fées se sont penchées sur notre berceau lorsque nous étions bébés. Nous avons des tas de capacités inattendues. Tenez, par exemple, nous avons autant de vies qu'un chat ! La preuve étant que j'aurais dû mourir, aujourd'hui !

— Quel âge avez-vous, Christy ? demandai-je tout en ôtant mes vêtements.

Elle laissa filer un petit rire aigu.

— Certainement pas celui que vous pensez que j'ai !

Ignorant le vent glacial qui s'était de nouveau levé, je plissai les yeux en l'observant. Elle avait le visage mature, mais son état d'esprit semblait être celui d'une femme tout juste âgée de vingt-cinq ans. Pour tout dire, elle était loin d'être aussi austère et soupe au lait que Jeremiah, ce que je me gardai bien de lui avouer.

— Vous êtes encore jeune, me contentai-je de dire.

— Disons que j'ai largement passé l'âge d'être votre grand-mère, me révéla-t-elle en riant. Mais je mourrai quand même un jour ! Avez-vous terminé ?

Je hochai la tête, je n'étais plus qu'en sous-vêtements devant elle.

— Je vais commencer, la prévins-je.

— Allez-y, je reste là, chuchota-t-elle pour m'encourager tout en ramassant mes effets, qu'elle s'empressa de ranger dans la voiture.

J'étais extrêmement pudique, mais je décidai de ne voir en elle que le médecin qu'elle était. Je me séparai de ma culotte et de mon soutien-gorge et respirai profondément. Je me concentrai et laissai la bête prendre le contrôle, exigeant qu'elle apparaisse par la seule force de ma volonté.

Je sentis ma température monter graduellement, jusqu'à ce que mon sang me donne la sensation de bouillir. Mon cœur cognait plus vite, plus puissamment, mes pupilles s'étrécirent. Il me sembla même pouvoir en entendre les battements. J'inspirai, expirai lentement. Instinctivement, je crispai les orteils sur le sol comme pour me cramponner et contractai les muscles de mes jambes, de mes bras qui pendaient contre mes cuisses. Ma respiration s'accéléra tandis que des picotements vifs grimpaient le long de ma colonne vertébrale, jusqu'à ma nuque qui se courbait. Je sentis sur mon visage la douceur du pelage qui commençait à couvrir mes joues. Ma peau tout entière était en train de se parer de ce chaud manteau.

Furtivement, je dardai sur Christy un regard inquiet. Puis je stoppai le processus.

Elle ne me quittait pas des yeux. Ses iris couleur lilas brillaient d'une lueur exceptionnelle. Elle ne faiblissait pas. Le souffle court, parfaitement immobile, j'eus presque l'impression qu'elle se nourrissait du spectacle, qu'elle admirait ce qu'elle voyait et, pour une raison qui m'échappait, cela m'apaisa. Je puisai en elle toute la force et l'assurance dont j'avais besoin.

Un grondement rauque remonta de ma gorge en même temps que quatre crocs épais et blancs perçaient mes gencives. Mes doigts se serrèrent les uns contre les autres, rapetissèrent, et mes genoux se plièrent un peu plus, me contraignant à poser les mains à plat sur le sol, tandis que mes os se modifiaient, raccourcissaient ou s'allongeaient. Le dos rond, le menton calé contre ma poitrine, les paupières baissées, je laissai l'animal prendre possession de moi. Encore quelques secondes, et tout serait terminé.

Lorsqu'enfin je rouvris les yeux, tout avait changé autour de moi. Le jour me semblait plus clair, la neige qui couvrait les monts plus lumineuse, les buissons se dessinaient davantage. Ma vision n'était plus la même, plus nette, plus pointue, perçante. Les bruits et les odeurs étaient décuplés. J'entendais l'insecte qui rampait, l'oiseau qui volait quelques mètres au-dessus de nos têtes. Et Christy sentait le jasmin citronné, les fraises des bois et les violettes au sucre. Je n'avais pas perçu son parfum délicat avec autant de précision lorsque j'étais encore dans mon corps de femme, ni même les effluves de musc qui me parvenaient par vagues. Ils venaient de loin, par-delà les plaines et les vastes étendues qui nous séparaient de la cité garolle. Je sus, à ce moment-là, que même sans en connaître le chemin, j'aurais tôt ou tard fini par la trouver. L'odeur de mes semblables. Leur chaleur. L'antre m'appelait.

— Tu es magnifique, murmura Christy en s'agenouillant devant moi. Magnifique...

Elle renifla pour retenir un éternuement et tendit la main en espérant que je lui permette de me toucher. J'avançai et me frottai contre sa paume. J'ignorais comment, mais elle m'avait aidée à prendre confiance en moi, elle m'avait soutenue.

Un grognement retentit derrière nous. Je relevai la tête, tandis que Christy sursautait en se retournant. Juste là se tenait le loup le plus grand que j'aie jamais vu. Plus haut que Jeremiah, qui était déjà massif, celui-ci le dépassait bien de quinze centimètres. Sur sa musculature impressionnante, son poil noir, long et luisant semblait presque irréel, et la largeur de ses pattes plus intimidante que celles d'un grizzly. Ses iris jaunes et perçants étaient semblables à deux onyx éclatants. Bonnie était une Hispo, et elle était stupéfiante.

Jeremiah et Al se placèrent à ses côtés. Ils se ressemblaient beaucoup sous leur forme lupine. Comme Jeremiah, le pelage d'Al était gris clair – mais parsemé de noir – et s'éclaircissait nettement sous le ventre. Ils avaient tous deux des yeux couleur émeraude, une prestance et un charisme que même un Humain ne pouvait ignorer. Christy était bouche bée.

Je la contournai et m'approchai du clan Sutherland. Bonnie nous fit un signe de tête pour nous avertir que nous ne devions pas tarder. Elle fit demi-tour, accéléra le pas, et moins de cinq secondes après, elle s'élançait à vive allure en direction de Ben Hope. Al la suivit du regard un instant avant de la rejoindre sans faire trop d'efforts pour la rattraper.

— Euh… Suis-je supposée courir aussi ? demanda Christy en m'examinant, comme si j'étais en mesure de lui répondre.

Jeremiah poussa un grognement sourd qui la fit sursauter. Il s'avança, elle recula de trois pas. Il stoppa net, la fixa bien droit dans les yeux et fonça sur elle. Avant de lui donner l'occasion de réagir, il l'avait contournée et avait passé la tête entre ses jambes, arrachant à Christy un hoquet de surprise.

— Hey, mais… hey !

Le seul moyen que je trouvai pour lui faire comprendre qu'il fallait qu'elle s'accroche fut de glapir à plusieurs reprises. Ce que, ma foi, elle parut intégrer très clairement. Elle empoigna les poils de l'échine de Jeremiah, serra les cuisses et se laissa emporter en criant.

Les loups ne savent pas sourire, n'est-ce pas ? Pourtant, c'est ce que je fis.

La première fois que j'avais chevauché avec Leith me revint en mémoire. Je fermai les paupières pour retrouver cet instant. C'était il y a deux ans. Nous étions à Clobber Argyll avec la meute. Pendant que les autres couraient, Leith m'avait emportée avec lui. Bien qu'excitée, j'étais tout aussi peu rassurée que Christy, mais ce que j'avais vécu était unique, l'un de mes plus beaux moments passés avec Leith. N'importe qui aurait pu nous voir, je m'en fichais complètement, il n'y avait que lui et moi.

Galvanisée par ce souvenir et le sentiment de plénitude que j'en avais tiré, je redressai le cou et hurlai au vent. Sans perdre une minute de plus, je m'élançai à mon tour pour retrouver mon âme sœur.

Nous devions contourner le col de Ben Loyal pour atteindre Ben Hope. L'escarpement était difficile, parsemé de roches qui nous obligeaient à ralentir. Mais la lande était magnifique, peut-être encore plus belle en hiver. La végétation avait littéralement grillé avec le froid, et des cristaux de glace recouvraient les buissons les plus résistants.

Le sol gelé créait une étrange sensation de brûlure sur mes coussinets, me poussant à courir plus vite, si bien que je suivis le rythme sans trop de mal. Nous arrivâmes au pied de Ben Hope en très peu de temps, là où le paysage était plus aride, plus sauvage, plus nu qu'ailleurs.

Jeremiah se baissa pour faire descendre Christy de son dos et s'éloigna aussitôt sans lui adresser un regard, ne lui donnant pas l'occasion de le remercier. Elle parut contrariée.

— Eh bien ! siffla-t-elle ironiquement en se frottant les fesses. J'ai connu plus confortable. Et maintenant ? On fait quoi ?

Bonnie s'approcha et se coucha aux pieds de Christy.

— Encore ?

La tante de Leith montra les crocs. Des crocs monstrueux qu'il ne donnait pas envie de mettre à l'épreuve. Le temps pressait.

Christy n'ajouta pas un mot et enjamba Bonnie. Lorsque celle-ci se redressa, Christy poussa un petit cri de surprise. Bonnie était réellement impressionnante, immense, large et massive. Elle nous concéda un coup d'œil appuyé dans lequel nous comprîmes que nous devions les attendre calmement et ne rien tenter. Al acquiesça d'un mouvement de tête furtif et regarda partir sa moitié vers les Entrailles de la Terre, inquiet.

Jeremiah s'installa sur une roche glissante, la nuque bien haute, les yeux levés vers le ciel. Je m'assis sur mes pattes arrière et me figeai aussi. Tout comme Al, qui ne perdait pas de vue l'endroit où Bonnie et Christy avaient disparu.

Combien de temps nous restâmes ainsi, immobiles ? Impossible de compter les minutes qui s'étiraient à l'infini. L'idée de m'endormir, de sombrer dans l'inconscience et de me réveiller lorsque tout serait terminé me caressa l'esprit. Au lieu de quoi, nous étions tous condamnés à errer dans nos pensées les plus sombres, à imaginer le pire et à espérer si peu le meilleur... Je n'oublierais jamais ce moment, tous trois suspendus à un fil, au-dessus du destin plus opaque qu'un ravin couvert d'un épais brouillard. Je fus soudain saisie de l'étrange impression que rien n'arrivait par hasard. Qu'à l'issue de cette épreuve, quelque chose d'important changerait. Quelque chose de capital pour nos cinq espèces. L'idée se frottait si fermement à mon esprit que le léger bruissement qui se fit entendre au loin attira à peine mon attention.

J'interrompis brutalement le cours de mes pensées lorsque Jeremiah et Al se mirent à grogner. Dos à eux, je me retournai d'un coup sec. Le souffle coupé, je fermai les paupières, les rouvris, et manquai trébucher en essayant de reculer. Six créatures arrivaient à toute vitesse dans notre direction, s'éloignant les unes des autres pour nous encercler. Inutile d'en avoir déjà vu pour comprendre qu'il s'agissait de Crinos. Dénués de sentiments, ils tuaient, torturaient et massacraient dans le seul but de suivre les ordres ou d'obéir à leurs plus bas instincts, et ne se souvenaient de rien une fois redevenus humains.

Impossible de fuir. Jeremiah et Al le savaient, ils s'étaient contentés de faire quelques pas en arrière pour me rejoindre. Notre destinée serait scellée d'une seconde à l'autre : ils nous tueraient tous, maintenant, ou ils venaient nous chercher.

Mon cerveau ne me permit pas de réfléchir plus précisément à la question, j'étais bien trop obnubilée par ce que je voyais. Les Crinos étaient gigantesques. Ils devaient largement dépasser les deux mètres cinquante et peser pas loin de deux cents kilos. Malgré tout, ils avançaient rapidement – beaucoup trop vite pour des mammifères bipèdes –, portés par une musculature puissante, aussi développée que celle des guerriers de l'ombre. Ils brassaient l'air de leurs grands bras repliés, foulaient le sol de leurs jambes immenses et presque imberbes, soulevant des mottes de terre sur leur passage... Par l'Esprit ! Ils étaient plus effrayants encore que je ne l'avais imaginé. Il ne leur restait plus grand-chose du loup commun, si ce n'était leur tête velue, leurs oreilles pointues, leur longue queue touffue, leur gueule armée de crocs redoutables et leurs griffes au bout de chaque membre. En quelques secondes, ils furent autour de nous, les genoux fléchis, les doigts écartés, prêts à attaquer. Nous nous resserrâmes tous les trois, parfaitement conscients qu'il était inutile de tenter quoi que ce soit les premiers. Ils étaient trop nombreux.

Nous attendîmes, immobiles, le souffle court.

Le plus grand d'entre eux s'avança, gronda sourdement, et trois autres l'imitèrent, les bras en avant, sur le point de nous sauter dessus.

Al fut le premier à réagir. Nous le vîmes s'élancer sur l'un des Crinos et faire un bond prodigieux au dernier moment pour atteindre sa gorge. Il le mordit sauvagement, mais son adversaire hurla et l'empoigna à deux mains pour se détacher. Il serra tellement fort qu'Al relâcha sa prise et poussa un glapissement strident. Le garou le secoua comme une poupée de chiffon et le lança violemment contre un rocher. Al s'effondra dans un bruit mat pour reprendre presque instantanément forme humaine, inconscient. Entraîné par la colère, Jeremiah voulut s'en prendre à son tour au Crinos. Horrifiée à l'idée qu'il lui arrive la même chose, je m'interposai en montrant les crocs, bien décidée à lui faire comprendre que nous avions tout intérêt à abandonner sans nous défendre. Quelque chose au fond de moi me soufflait que nous ne mourions pas maintenant si nous capitulions.

Jeremiah s'arrêta net tandis que je me tournais vers nos adversaires. J'adoptai une position de soumission passive en m'allongeant sur le sol, de côté, la queue entre les jambes, les oreilles baissées. Le Crinos le plus proche de moi pencha la tête comme pour mieux m'observer. Je crus avoir réussi à calmer leur rage, à leur démontrer que nous n'avions pas l'intention de nous battre, mais il fondit sur moi comme une ombre. Les yeux écarquillés par l'effroi, je vis sa main droite et griffue se lever et s'abattre brutalement sur ma nuque. Sonnée, mais pas entièrement évanouie, je n'amorçai pas le moindre mouvement lorsqu'il me jeta en travers de son épaule. Du coin de l'œil, pendant qu'il marchait d'un pas vif, je distinguai Al, nu, dans la même posture que moi, les bras ballottant dans le vide, les cheveux retombant devant lui. Puis un cri de douleur retentit et je compris qu'il s'agissait de Jeremiah. Le cœur au bord des lèvres, je me surpris à prier le dieu auquel je ne croyais pas pour qu'il ne lui soit rien arrivé de plus qu'à moi. J'eus beau tenter de bouger lentement pour l'apercevoir, je ne le vis pas, ne l'entendis plus, mais je le sentais. Son sang était encore chaud.

D'une seule voix, les six conquérants poussèrent un rugissement si retentissant que je ne pus m'empêcher de gémir de frayeur. La terreur qu'ils m'inspiraient à ce moment même était bien plus grande que celle que j'avais ressentie face aux guerriers de l'ombre. J'eus envie de m'effondrer sur le sol et de pleurer comme un bébé pour qu'on me laisse tranquille. Espoir totalement vain. Nos assaillants accélérèrent le pas et, quelques minutes plus tard, nous nous retrouvâmes devant une grotte partiellement obstruée par quelques roches.

Le plus imposant des Crinos s'en approcha et les déplaça aussi facilement que s'il s'agissait d'un décor de plâtre. L'instant d'après, nous pénétrâmes sous le porche tandis que les autres refermaient immédiatement l'accès. Munis de torches, trois Galbros sous leur forme humaine vinrent à notre rencontre. Je n'eus pas l'occasion de bien les détailler, la position dans laquelle j'étais ne me le permettait pas. D'un simple geste du menton, ils enjoignirent les six autres à les suivre. De nouveau, je ne voyais rien de plus que le Crinos derrière nous.

Nous nous enfonçâmes dans les profondeurs de la grotte humide et froide, dans laquelle des stalactites de glace s'étaient formées. Très vite, nous atteignîmes la grande salle. Je fus surprise de n'y voir personne. Nous n'étions manifestement pas dans l'antre de la communauté garolle, mais dans une annexe en retrait. Une prison, peut-être. Elle était aménagée d'escaliers en métal qui conduisaient au cœur de la cavité, une bonne dizaine de mètres plus bas. Quelques torches au mur éclairaient faiblement l'espace, me forçant à me concentrer pour essayer de me repérer correctement. Lorsque nos gardes amorcèrent la descente, je commençais à m'habituer peu à peu à l'obscurité et me rendis compte que je ne m'étais pas trompée. En contrebas, il y avait un alignement de cellules fermées par d'épais barreaux de fer – là où nous finirions certainement la journée –, un peu plus loin encore, un boyau étroit continuait, duquel se dégageait une étrange lueur bleutée. Au centre de la grande salle trônaient plusieurs tables et chaises qui semblaient ne pas avoir été utilisées depuis des années, tout comme les timbales et écuelles en métal couvertes de poussière disposées dessus. La communauté du Sutherland n'avait manifestement pas reçu d'invités ennemis depuis longtemps. Ce qui me plongea instantanément dans un malaise croissant. Si personne d'autre que nous n'était emprisonné ici, où se trouvait Leith ? Se pouvait-il qu'il ne soit pas du tout dans les Entrailles de la Terre ? Avait-il été conduit ailleurs ? Avait-il seulement séjourné dans cet endroit à un moment donné ? Désespérée, je revivais pour la seconde fois l'horreur des souterrains du château Strigoï. Il me sembla que je tombais dans un gouffre. Ne pas savoir, ne pas pouvoir deviner, ne rien comprendre, ne rien sentir... Je ne voulais plus qu'on m'impose ça ! Seulement, rien ne me permettait d'éviter que ça arrive. Je me sentis plus démunie, désemparée et découragée que jamais. Mais la perspective que son absence signifie qu'il était peut-être mort était plus intolérable encore... Ma volonté et ma détermination, tout le chemin parcouru, m'interdisaient d'y penser.

— Ici ! ordonna l'un des garous.

Je ne voyais rien, mais je perçus le cliquetis d'une clef que l'on tourne dans une serrure, le grincement d'une grille que l'on tire, puis le bruit sourd d'un paquet qu'on laisse tomber sur le sol. Un corps. Un gémissement se fit entendre, sans que je puisse définir s'il s'agissait de celui de Jeremiah ou d'Al, et lorsque le cachot devant moi fut accessible et qu'on me jeta à l'intérieur, je perdis toute chance de savoir dans quel état était le père de Leith.

Une dernière porte fut ouverte, puis refermée, avant que les pas de nos geôliers s'éloignent dans les escaliers. Quand le silence fut complet et que je fus certaine que nous étions seuls, je me mis debout, m'approchai de ma barrière et poussai un petit cri pour alerter Al et Jeremiah. Aucun ne répondit. Je recommençai plusieurs fois, sans résultat. Je décidai de m'asseoir sur mon arrière-train et comptai jusqu'à trente avant chaque nouvel essai, un peu à la manière d'une alarme qui ne cesserait de sonner tant que vous ne vous êtes pas réveillé pour l'éteindre. D'interminables minutes plus tard, après plusieurs vaines tentatives pour les extraire de l'inconscience, seule avec mes peurs, mes doutes et mes angoisses, je finis par m'allonger sur le sol, la tête reposant sur mes membres antérieurs pour réfléchir.

Je ne savais pas quoi faire. Reprendre forme humaine, essayer de forcer les barreaux à mains nues et nous sortir de là, ou attendre que Bonnie leur explique la situation et qu'on vienne nous libérer ? Mais quand ? Quand le feraient-ils – si c'était seulement dans leurs plans. Je n'avais aucune certitude quant à la décision à prendre, mais j'étais pourtant sûre d'une chose : les heures qui s'écoulaient nous rapprochaient chaque minute un peu plus de l'armée Strigoï, et si nous étions enfermés dans ces cages quand ils nous trouveraient, nous mourrions tous. Sans exception. Ce n'était qu'une question de temps. Car si nous n'étions pas revenus avant la tombée du jour, la meute viendrait à notre rencontre, le Cercle aussi, alors que les guerriers traqueraient les anges noirs en priorité. Seuls Darius et Gwen portaient les amulettes garolles. Grigore et Pitt n'avaient aucun moyen de camoufler leur odeur, les créatures de la nuit n'auraient qu'à les suivre jusque-là.

Craignant bien moins de me retrouver nue devant Al et Jeremiah que de mourir ici, je me concentrai pour reprendre ma forme d'origine. Doucement, je me levai, m'immobilisai à quatre pattes et attendis que la magie opère. Il ne me fallut pas plus de cinq secondes. Les cheveux plus emmêlés qu'un nid d'oiseau, la nuque douloureuse et les membres engourdis, je me mis sur mes pieds et me précipitai sur les barreaux pour les écarter. Je savais que je disposais d'une force moins grande que lorsque j'étais un ange noir, mais je devais pouvoir y arriver. Du moins, c'est ce que je croyais, car quand mes mains agrippèrent le fer forgé et tentèrent de le tordre, je ne parvins qu'à m'échauffer lamentablement les paumes. Le métal ne bougea pas d'un pouce, pas d'un seul millimètre.

D'abord confuse, je fronçai les sourcils et renouvelai l'opération. Rien ne se passa. Puis une boule de colère vint se loger dans mon estomac. Je voulais sortir d'ici ! Cette fois, je m'acharnai avec violence, usant de mes poings, de mes genoux, de mes bras, ne réussissant qu'à me faire mal.

— C'est inutile, retentit la voix de Jeremiah.

Je m'arrêtai aussitôt.

— Jeremiah ! m'écriai-je en collant mon visage à la grille. Est-ce que ça va ?

— J'ai connu des jours meilleurs. Les barreaux ont été façonnés par des forgerons lupi. Le sortilège vise à les rendre incassables, personne ne peut en venir à bout.

— Oh…

Je me souvenais effectivement de cette légende que m'avait racontée Leith à propos de l'ordre des forgerons lupi, c'était lors d'un soir de Noël, le premier que nous avions passé ensemble, chez Elaine. Filan Sutherland, son ancêtre, pour combattre l'oppresseur, avait offert dix ans de sa vie aux dieux contre un savoir-faire unique : le don de fabriquer des armes indestructibles, inébranlables. C'est grâce à elles que le chef de la communauté du Sutherland, effrayé par leur puissance, avait signé le premier traité de paix de l'existence des garous.

— Tu ne les briseras pas, insista Jeremiah.

— Où est Al ? demandai-je.

— Je ne le vois pas. Il est encore inconscient.

— Qu'allons-nous faire ?

Jeremiah ne répondit pas immédiatement, comme s'il cherchait l'explication la moins difficile à me donner. Mais je n'étais plus une enfant, je n'avais pas besoin qu'on enrobe la vérité dans une jolie illusion dorée.

— Attendre et mourir ? suggérai-je. Parce que personne ne peut affronter six Crinos réunis ! C'est perdu d'avance !

— Si seulement ils n'étaient que six, Hannah… Sans armes lupi, nous ne parviendrons pas à les maîtriser. Pas même un seul.

— Vous l'avez pourtant déjà fait.

Je l'entendis grogner.

La mère de Leith avait été tuée par un Crinos venu la punir de s'être accouplée avec un garou. Jeremiah était intervenu trop tard, il n'avait pas pu sauver la vie de sa femme, mais de rage, il avait mis fin à celle de son meurtrier. Sans arme. D'égal à égal. Juste avec la force de sa haine et de son anéantissement.

— Oui, je l'ai fait, dit-il simplement. Mais à présent, il ne nous reste qu'à prier pour que Bonnie et la sorcière s'en sortent mieux que nous.

— C'est ainsi que vous voyez les choses ? Vous capitulez ? Vous n'essaierez même pas de vous battre ? vomis-je comme s'il était en face de moi. Vous tendrez le cou et accepterez la sentence ?

— Ne me fais pas dire ce que je n'ai pas dit ! s'énerva-t-il. Mais ne t'imagine pas que la partie sera facile, jeune écervelée !

— Je n'ai jamais pensé une chose pareille !

— Alors tant mieux ! Car il faut te tenir prête à mourir sans avoir eu l'occasion de sauver mon fils ! Peut-être est-il même déjà mort !

— Non ! hurlai-je. Non ! Vous ne le croyez pas vous-même, sinon, jamais vous ne seriez venu jusqu'ici ! Jamais !

— Taisez-vous, vous me donnez mal au crâne ! grogna Al.

— Al ! m'écriai-je, soulagée de l'entendre.

Il toussota, cracha et se racla la gorge.

— Pas de doute, c'est bien moi.

— Est-ce que ça va ?

— Comme quelqu'un qui se retrouve sans poils dans une geôle à deux degrés.

— Vous êtes blessé ?

Car c'était l'unique raison pour laquelle un garou pouvait ressentir le froid si rapidement.

— Peut-être bien une ou deux côtes cassées, mais cette vieille carcasse s'en remettra, voulut plaisanter Jeremiah.

Mais même en faisant tous les efforts du monde, je n'arrivais pas à sourire.

— Et toi, Hannah, comment vas-tu ? me demanda Al.

— Bien, je suppose. Je suis...

Mes mots furent avalés par le bruit sourd d'une porte métallique qui claque. Je retins ma respiration et, presque simultanément, je m'appliquai à humer l'air dans l'espoir de retrouver l'odeur de Bonnie ou de Christy. Elles n'étaient pas là. À leur place arrivaient trois hommes vêtus de la façon dont je m'imaginais les paysans de l'époque médiévale. Ils portaient tous trois des chainses blancs dépassant de leur tunique verte en tissu écossais, des chausses « semelées » rouges et une cape courte à capuchon. Pour la jeune femme moderne que j'étais, c'était tout simplement irréel. L'un d'eux était de l'espèce des Homidés, les deux autres appartenaient à celle des Galbros. Aucun n'était armé, mais ils tenaient dans leurs mains un amoncellement de tissus rêches qu'ils firent passer à travers les barreaux.

— Habillez-vous ! nous somma le Lupus. Darren va vous recevoir.

Je n'avais aucune idée de qui était Darren et ne posai pas la question – pas plus qu'Al et Jeremiah. Je me contentai de me vêtir et me retrouvai à porter une camisole écrue à manches, une chemise bleue délavée arrivant jusqu'aux chevilles, ainsi qu'une paire de chausses mi-longues et souples à peine plus épaisses que des chaussettes retenues par une jarretière que je m'attelai à nouer. Affublée de cette manière, j'eus l'impression d'être sur le point de me costumer pour une pièce de théâtre. Sauf que tout ceci n'avait rien d'une comédie. Le fameux Darren que nous devions rencontrer saurait nous en convaincre.

Al et Jeremiah sortirent de leur cellule, plus ou moins vêtus comme les trois autres, se gardant d'émettre le moindre commentaire. L'Homidé ouvrit la mienne et m'invita du plat de la main à suivre les deux Galbros, Al et Jeremiah sur mes pas.

Nous nous engouffrâmes dans le boyau lumineux que j'avais aperçu un peu plus tôt, nous le longeâmes pendant une poignée de secondes. Au terme de la galerie, nous aboutîmes à l'emplacement d'une résurgence d'eau de toute beauté et largement illuminée par une série de lanternes bleues accrochées au mur.

Silencieusement, nous contournâmes le lac souterrain pour rejoindre un deuxième passage, plus étroit que le précédent, et éclairé d'aucune autre façon que par les torches que portaient nos geôliers. Nous avançâmes dans le goulot pendant un temps interminable. La galerie était humide et oppressante, j'aurais voulu hurler pour qu'on m'en sorte rapidement, mais je ne dis rien, ne proférai pas un son, pas un seul gémissement. Je marchai sans montrer qu'à l'intérieur, je brûlais de terreur et d'appréhension.

Quand finalement nous atteignîmes l'embouchure, ce fut pour pénétrer dans la grande salle largement éclairée d'une grotte adjacente et tomber nez à nez avec la garde rapprochée de celui qu'on appelait Darren – des Crinos et des Hispos, hostiles, froids et implacables, probablement prêts à tuer au moindre battement de cils que nous ferions de travers. D'un niveau social sans doute supérieur à ceux qui nous avaient conduits jusqu'ici, ils étaient habillés avec plus de raffinement et portaient autour du cou un médaillon par-dessus leurs côtes courtes et colorées. Le décor – on eût dit une salle d'armes, avec des haches, des hallebardes, des épées, des chaînes et des coutelas accrochés aux parois ; des tapisseries aux scènes de guerre sanglantes – et tous ces hommes me comprimaient les intestins plus que je ne l'aurais cru possible. Puisant dans le peu de force qu'il me restait, je fis face à ce comité d'accueil inhabituel, la tête haute et le dos bien droit.

— Entrez, jeune *faol*, s'éleva une voix masculine depuis le fond de la salle. Nous n'avons pas vu de spécimen tel que vous depuis si longtemps. Entrez et prouvez-nous que vous valez la peine qu'on épargne votre vie.

Chapitre 23

Coupables !

— Pas de doute là-dessus ! siffla Jeremiah en dardant sur le nouveau venu un regard haineux. Elle vaut même certainement dix hommes de votre genre !

— Des hommes ? ricana vertement son interlocuteur. Où vois-tu des hommes ici, pauvre fou ? Voilà l'une des raisons principales qui nous séparent de vous, rebuts de notre société. Vous vous êtes toujours mis sur un pied d'égalité avec les êtres inférieurs, au point de faire couler votre semence en eux pour leur offrir des bâtards !

Jeremiah gronda et fit un pas dans sa direction, prêt à en découdre. Il fut aussitôt arrêté par deux hommes de l'espèce Hispo.

— Reste tranquille ! lui ordonna l'un d'eux en lui enserrant le bras. À moins que tu ne tiennes à mourir sans avoir eu l'occasion de plaider ta cause ?

— Parce que notre avis pourrait avoir une quelconque importance à vos yeux ? ironisa Al. Nous sommes des Sutherland et nous n'avons que faire de vos menaces !

L'homme qui, par la prestance et l'arrogance qu'il dégageait semblait diriger tous les autres, s'approcha lentement d'Al.

— Lequel des deux frères es-tu ? l'interrogea-t-il. Le mari de l'Hispo ? La traîtresse ?

Al ne répondit pas, les mâchoires serrées.

— Regarde-moi, Lupus ! lui ordonna-t-il.

Al, qui n'avait pourtant pas cessé de le faire une seule seconde, releva un peu plus la nuque et s'amusa à le détailler de la tête aux pieds, par pure provocation.

Ce garou était un jeune Crinos d'à peine trente ans, les cheveux longs et blonds, au port de tête altier et aux yeux noirs comme la nuit. À en croire l'épaisse chaîne en or qui pendait à son cou et à la manière dont il était vêtu – il portait une cotte bleue sur laquelle était superposée une tunique rouge évasée et courte brodée de dorures, ainsi que des chausses à semelles, très ajustées –, ce devait être quelqu'un de haut placé dans la hiérarchie garolle. Il gratifiait de mépris tous ceux qui se trouvaient dans son sillage et se donnait un air de haute importance. Darren : celui qui est grand, en gaélique écossais. De taille, assurément, puisqu'il devait mesurer presque deux mètres, mais son esprit était plus étriqué que celui d'une mouche trépanée. Je me focalisai sur cette certitude pour éviter de me laisser impressionner par lui.

— Je te mettrai à genoux, promit-il à Al avec un regard de dément.

Al plissa les paupières.

— Ni dans cette vie, ni sur cette terre.

Ils s'affrontèrent des yeux un instant, puis le Crinos se tourna vers moi en souriant.

— On nous a raconté une histoire à dormir debout. Une histoire de Lupus kidnappé par nos hommes et retenu prisonnier ici, dans les Entrailles. Un Lupus qui serait un Sutherland, l'âme sœur d'une *faol-ur* qui aurait traversé l'Europe pour le retrouver et combattre des créatures invisibles à moitié Crinos, à moitié ange noir.

Il avait à peine terminé sa petite explication que l'assemblée entière éclata de rire.

— Ceci n'a rien d'une plaisanterie, grinçai-je entre mes dents.

Darren cessa de s'esclaffer et haussa un sourcil.

— Vraiment ?

— C'est certain.

Il avança de quelques pas et fit le tour de ma personne, lentement, méthodiquement, puis il s'arrêta juste derrière moi. Il s'empara d'une mèche de mes cheveux qu'il frotta entre ses doigts avant de la faire retomber sur mon épaule.

— Nous vivons là un moment exceptionnel, mes frères. Exceptionnel, car voilà des siècles que nous n'avons pas reçu la visite d'un Sutherland, et deux nous rejoignent le même jour. Nous n'avons pas non plus croisé un seul *faol-cruthaich* en quarante ans, et un spécimen unique, un Lupus de toute beauté et parfaitement sain d'esprit passe notre porte. La sœur cadette de notre plus important médecin est de retour parmi nous. Or, n'était-elle pas supposée avoir mis fin à ses jours il y a plus de vingt ans ? Et enfin, une *bana-bhuidseach* vient nous distraire avec un récit imaginaire, totalement étrangère au fait que nous n'avons pas eu affaire à ses semblables depuis près de dix ans et que le protocole veut que ce soit toujours nous qui les appelions, souvent en vain, car elles ont un caractère très capricieux. C'est notre jour de chance !

Il employa un ton tellement cynique que personne autour de lui n'osa rire une seconde fois.

— Savez-vous quel est le point commun entre toutes ces personnes, mes frères ? reprit-il. Non ? Alors demandez-vous pourquoi tout ce petit monde fait irruption, maintenant.

Je fronçai les sourcils, incapable de comprendre à quoi il faisait allusion.

Il me contourna de nouveau pour nous faire face à tous les trois, tandis que le reste des garous semblaient aussi perplexes que nous.

— Complot ! hurla-t-il soudain.

Complot ?

— Espériez-vous vraiment mettre la main sur la communauté du Sutherland, finir ce que votre ancêtre avait commencé ?

Interloquée, j'écarquillai de grands yeux.

— Que racontez-vous ? intervint Jeremiah.

Darren éclata de rire.

— Et vous prétendez être une espèce supérieure ? Votre plan était totalement ridicule. Comment avez-vous pu imaginer que nous ne comprendrions pas ?

— Comprendre quoi ? l'interrogea encore Jeremiah.

— L'investiture !

Al et Jeremiah échangèrent un regard incrédule.

— Vous êtes sur le point de changer de *Mór-fear-faol* ? demanda Al.

— Vous le savez très bien ! meugla-t-il.

— Non, nous n'en avions aucune idée, affirma Al.

— Vous êtes venus pour tuer le *Mór-fear-faol* et vous emparer de ses anneaux afin de prendre sa place !

— Absolument pas ! renchérit Jeremiah. Votre communauté ne nous intéresse pas. Bonnie vous a déjà tout expliqué.

— Balivernes !

Le Crinos devint soudain complètement instable. Il se mit à faire les cent pas en traçant une diagonale de plusieurs mètres, ses chausses chuintant sur le sol humide de la grotte.

— Mais vous ne surprendrez pas Murdoch avant les affrontements singuliers ! Je ne le permettrai pas ! Je suis l'héritier ! hurla-t-il de plus belle. C'est à moi que revient le rôle de chef ! Je ne vous laisserai pas anéantir ce que j'ai préparé depuis des années.

Bon sang, mais de quoi parlait-il ? Qui était Murdoch ? Leur véritable leader ? Où était-il en ce moment ? Ce qu'il disait n'avait aucun sens. Cet idiot pensait-il vraiment que nous avions monté un raid pour faire un putsch, pour renverser le pouvoir en place en nous emparant de quelques stupides anneaux ?

— Nous nous mesurerons tous à Murdoch et je gagnerai ! Je deviendrai le prochain *Mór-fear-faol* ! s'excita-t-il. Qu'on fasse venir les deux femmes !

Quelques garous s'éclipsèrent instantanément dans l'un des passages troglodytes.

— Lorsque nous serons tous au complet, nous informa Darren avec un sourire mauvais, nous pourrons procéder au vote solennel.

Quel vote ?

— Nous déciderons de votre sort, ajouta-t-il. Bien que l'issue de celui-ci ne fasse aucun doute. Votre présence ici parle d'elle-même.

— Où est votre chef ? Nous ne sommes pas venus pour voler votre place ! s'énerva Jeremiah Vous vous égarez complètement. À moins que vous ne cherchiez qu'une excuse bidon !

Mais le jeune Crinos n'était pas en train de jouer une mascarade. Au contraire, il prenait notre petite visite très au sérieux. Je dois bien avouer que de tous les plans catastrophiques que j'avais imaginés, celui-ci n'avait jamais été au programme. J'étais sidérée.

— Je suis venue récupérer mon âme sœur, plaidai-je.

Darren m'entendit à peine, littéralement obsédé par sa stupide déduction.

Je jetai un regard désespéré à Al et Jeremiah.

Tout n'allait quand même pas se terminer comme ça ? ! Nous devions tenter quelque chose ! N'importe quoi qui nous sortirait de cette situation !

Jeremiah resta impassible et muet à mon appel de détresse. Quant à Al, il avait les yeux fixés sur la galerie où avaient disparu les garous et ne me prêtait aucune attention.

— Je suis venue récupérer mon âme sœur ! répétai-je plus fortement.

Darren finit par me regarder, j'articulai distinctement.

— Rendez-le-nous et nous partons sur-le-champ.

Il se planta devant moi, plissa les paupières.

— Êtes-vous en train de me menacer ?

— Nullement, monsieur. Je vous dis simplement ce que nous ferons si vous nous permettez de récupérer mon petit ami, le fils de Jeremiah Sutherland.

Il se baissa considérablement pour se mettre à ma hauteur.

— Et si nous ne voulons pas, que ferez-vous, *faol-ur* ?

J'eus envie de lui répondre que je lui arracherais les yeux, que je m'emparerais d'une de ces haches accrochées au mur et que je le découperais en morceaux pour donner ses restes aux rapaces, mais mon instinct de survie m'en empêcha.

— Si vous ne voulez pas, c'est que vous avez foi en ce que nous disons.

Il haussa un sourcil d'incompréhension.

— Je vous demande pardon ?

— Si vous refusez officiellement, cela signifie qu'il est bel et bien ici, et s'il est ici, vous avez déjà compris que nous ne sommes pas venus pour que l'un de nous vole la place de votre stupide chef !

Nous prenait-il pour des imbéciles ?

Réflexion faite, en voyant la tête qu'il faisait en ce moment, c'était lui, l'idiot. Il ne semblait pas avoir saisi un traître mot de ce que je venais de lui expliquer.

— Lâchez-moi, bande de singes attardés ! hurla une voix stridente. Lâchez-moi ou je vous transforme tous en fientes de pigeon !

— Avance au lieu de dire n'importe quoi ! Tu en es incapable, sorcière !

— Ne parie pas là-dessus, yeti sans cervelle !

Bonnie et Christy, solidement escortées par plusieurs garous, furent littéralement éjectées du boyau rocheux par lequel ils étaient passés. Sous les rires gras de l'assemblée, Christy trébucha et manqua s'affaler sur le sol glissant, rattrapée *in extremis* par Bonnie. Celle-ci était plus ou moins habillée de la même manière que moi, et je constatais que si j'avais personnellement l'air d'être déguisée, Bonnie portait ces vêtements comme une seconde peau, parfaitement fondue au peuple des Entrailles. Elle était ici chez elle, et par son port de tête haut et droit, elle entendait bien le revendiquer. Avait-elle vu quelques membres de sa famille ? Ses amis ? Est-ce que l'un d'entre eux oserait plaider sa cause ? Bonnie me semblait plus seule que jamais, parmi les siens. Mais elle nous avait nous. Elle pouvait en être sûre.

Christy et elle avancèrent jusqu'au centre de la salle, là où nous étions déjà tous les trois réunis. Comme pour provoquer davantage ses semblables, Bonnie se positionna à côté d'Al et cala ses doigts entre les siens, démontrant une fois de plus le choix de toute sa vie. Al fit couler sur elle un regard d'amour et de totale admiration. Pendant un instant, ils me donnèrent l'impression de ne plus être avec nous, de s'être déconnectés de la réalité, enfermés dans une bulle que personne ne saurait crever. Puis Darren toussota d'agacement.

— Bien. Maintenant que nous sommes tous réunis, votons, déclara solennellement Darren en imposant le calme d'un geste de la main.

Je voyais déjà le tableau. Qui aurait l'envie, la bêtise, ou simplement l'humour de vouloir nous laisser en vie ? Nous étions tous condamnés. Moi, parce que j'avais été transformée alors que les règles ancestrales l'interdisaient, Bonnie, parce qu'elle avait épousé un Sutherland et guidé des étrangers jusqu'ici, Al et Jeremiah parce qu'ils étaient les ennemis ultimes – du moins, le croyaient-ils tous – et Christy, parce qu'elle avait eu la malchance de croiser notre route. Nous allions devoir nous battre. Comment, je n'en avais pas la moindre idée, car même réunis, nous ne serions jamais suffisamment puissants pour les écraser. Fuir, peut-être... mais cela signifiait que ce serait sans Leith, et ça, il m'en coûtait. Pas aussi près du but.

Darren marcha jusqu'à un assemblage de mégalithes formant un trône rudimentaire placé au milieu de plusieurs bancs de pierre. Il s'y assit, repoussa ses longs cheveux blonds en arrière et croisa nonchalamment les jambes. Pendant ce temps, les garous se resserrèrent autour de nous en un demi-cercle, accentuant la sensation d'étouffement que nous ressentions depuis que nous étions arrivés dans cet endroit de malheur.

— Mes frères, vous avez devant vous les instigateurs d'une machination visant à réduire à néant notre communauté, fondée il y a des millénaires par notre vénérable ancêtre Tyros. L'Esprit est avec nous, et grâce à lui, nous avons pu déjouer les plans de l'ennemi du peuple avant qu'il nous soumette. Je dis, coupables ! Coupables de conspiration, de complot, de traîtrise. Coupables de s'être retirés du monde des justes pour servir une cause qui provoquera la perte de tous les nôtres. Celle-ci en est l'exemple ! glapit-il en me montrant du doigt. L'heure de la punition a sonné. Coupables !

— Coupables ! scanda aussitôt l'assemblée en battant le sol de leurs pieds. Coupables ! À mort !

Nous étions en plein cauchemar, acteurs d'un simulacre de procès populaire qui aurait pu exister des siècles en arrière. Ces gens étaient tous complètement fous.

— C'est une plaisanterie ! brailla Christy. Vous êtes en train de nous faire une blague, c'est ça ? Vous n'allez pas vraiment nous tuer ?

— À mort ! tonna plus fort un Crinos que l'excitation rendait agressif.

— Emparez-vous d'eux ! ordonna Darren.

Nous ne pûmes amorcer aucun mouvement pour nous défendre. D'un même élan, plusieurs garous arrivèrent derrière nous afin de maintenir nos bras en arrière. Christy hurla à s'en époumoner.

— Nous commencerons par elle ! aboya de rire Darren.

Et pour une fois, il ne s'agissait pas de moi. Le Crinos qui emprisonnait Bonnie rugit littéralement et, horrifiée, pendant qu'il la tenait fermement d'un seul bras, je le vis libérer l'animal en lui, ouvrir une gueule immense chargée de crocs assoiffés de sang et humides de bave. Bonnie ne bougeait pas, plus prudente que tétanisée. Pour une raison que j'ignorais encore, elle semblait complètement confiante en la situation. Puis tout s'accéléra. Le grondement qui s'éleva dans la grotte couvrit tous les autres. Al se métamorphosait aussi. Bien moins puissant que n'importe quel Crinos, il se reposait davantage sur sa rage que sur sa force. D'un seul coup de gueule, il arracha presque la main de l'Hispo qui le maintenait prisonnier. Al se retourna et fonça sur l'estomac de l'homme à sa droite. Le cœur au bord des lèvres, je détournai la tête quand je compris qu'il l'avait purement et simplement éventré. À partir de là, je perdis le compte des transformations, rugissements, morsures et coups de griffes qui suivirent. J'avais les mains libres, Christy aussi.

Jeremiah, Al, Bonnie..., ils étaient tous en train de se battre. Les Sutherland profitant de leur agilité pour éviter leurs ennemis, bougeant et sautant sans cesse afin qu'on ne les touche pas. Ils s'en sortaient très bien, mais pour combien de temps ? Ils n'auraient pas le dessus, il nous fallait fuir au plus vite.

D'un bref regard, je vis que la galerie par laquelle nous étions arrivés n'était pas surveillée. Alors je voulus y conduire Christy qui s'était pétrifiée au milieu de cet enfer. Je l'attrapai par la main et la forçai à me suivre. Nous avançâmes quelques pas, jusqu'à ce que Darren empoigne mes cheveux et me tire brutalement en arrière avant de m'assener un violent coup de poing dans les reins. Je hurlai et me laissai tomber sur le sol. L'instant d'après, il se tenait face à moi, partiellement transformé, un long bras poilu et musclé prêt à s'abattre sur ma gorge pour la déchirer.

— Immobile, en mon contrôle tu es ! hurla Christy.

Je tournai sensiblement la tête et la vis, les mains en avant, les doigts ouverts et dirigés vers Darren qui se retrouvait complètement figé au-dessus de mon visage.

— Va-t'en, m'enjoignit-elle. Le pouvoir des mots ne dure pas longtemps !

Je roulai sur le dos, me remis debout et voulus la tirer par l'épaule pour qu'elle me suive.

— Non !

Elle sortit de sa poche la fiole de sang, la déboucha et la jeta sur Darren. Aussitôt, elle proféra une incantation que je ne compris pas tant elle parlait vite, les mâchoires serrées, presque sans articuler, le visage déformé par la transe dans laquelle elle s'était plongée.

— Non ! hurlai-je, épouvantée à l'idée de voir s'élever devant moi un guerrier de l'ombre.

Mais il était trop tard. Darren retomba en boule sur le sol, se tenant la tête à deux mains, le corps tremblant comme sous l'emprise d'un courant électrique puissant. Je ne trouvais plus la force de bouger, totalement paralysée devant ce spectacle démoniaque. Au bout d'une poignée de secondes, Darren s'immobilisa pendant que ses poils s'épaississaient, que ses membres se distendaient et que de larges serres lui poussaient à la place des griffes. Ce dont j'étais témoin était aussi prodigieux que terrifiant.

— Obéis-moi ! lui cria Christy.

Médusée, je vis le guerrier de l'ombre se redresser. De Darren, le Crinos, il n'avait conservé que l'expression meurtrière de son regard et le noir de ses iris. Cette créature était plus grande, plus puissante, plus infâme, plus monstrueuse encore que dans mon souvenir, mais totalement soumise à la volonté de Christy.

Les yeux injectés de sang, les traits défigurés par le pouvoir qu'elle exerçait, la sorcière semblait intouchable et prête à s'enflammer, tant la température de son corps augmentait et irradiait d'énergie négative.

— Tue-les tous ! ordonna-t-elle d'une voix méconnaissable.

— Noonnn ! m'égosillai-je.

Elle n'était plus elle-même. Elle ne savait pas ce qu'elle venait de demander !

Le monstre se redressa, étira le cou et hurla à la lune.

C'était comme si le temps venait de s'arrêter. Plus un bruit, plus un mouvement. Tous s'étaient pétrifiés de terreur. Ils ne voyaient pas le danger, mais ils le sentaient. L'odeur de la mort, de la putréfaction. L'odeur de la chasse. Des murmures commencèrent à s'élever, plus personne ne songeait à se battre, convaincu qu'une menace bien plus importante qu'une bataille contre trois Lupi et un Hispo venait de surgir.

Je me figeai soudain lorsque la créature croisa mon regard. Le cœur battant, je m'attendis à ce qu'elle m'attaque en premier, mais au lieu de ça, elle prit appui sur ses immenses pieds, fléchit les genoux et, d'un bond prodigieux, s'accrocha aux stalactites calcaires. Elle avança ainsi pendant quelques mètres, puis se laissa tomber au milieu de tous.

Stupéfaite et horrifiée, je vis alors des dizaines et des dizaines de garous s'entourer d'un halo phosphorescent. Ils allaient mourir. Tous ceux-là mourraient ! Keith Forbes avait raison, j'étais une *bàl-taibhsear*. Paniquée, je posai les yeux sur Al, Bonnie et Jeremiah, ils ne brillaient pas. Pas encore.

— Sortez ! leur hurlai-je.

Sans réfléchir, ils bousculèrent les garous autour d'eux pour obéir.

Et le pandémonium commença.

Pendant que les Sutherland se dirigeaient vers moi, la bête empoignait quantité de Crinos, Hispos et Galbros qu'elle envoyait s'écraser contre les parois rocheuses. Des coups de serres, de crocs… Personne ne savait pas comment réagir, où frapper. Tous voyaient des corps se soulever de terre sans raison apparente, des têtes, des membres arrachés. Quelques-uns, déjà incapables de réfléchir précisément dans leur état animal, recevaient des coups et se jetaient sur leurs semblables pour les attaquer, aveuglés et perdus face à un tel carnage. C'en était trop. Bien qu'ils aient été sur le point de nous mettre à mort, je ne pouvais me résoudre à laisser faire ça. Ce massacre, cette boucherie… Il y avait là des pères de famille, des frères, des oncles, des grands-pères, peut-être, des gens poussés par leur fureur animale, mais qui, lorsqu'ils étaient Humains, avaient la même sensibilité et sûrement la même bonté que j'avais connues chez Tarja. Mue par la volonté de préserver les miens – les mêmes qui me rejetaient pourtant – plus que par celle de sauver ma propre peau, je me jetai sur Christy pour tenter de la raisonner et d'ordonner à la bête de rester calme. À peine avais-je posé les mains sur elle que je me vis projetée comme si j'avais touché un bouclier énergétique. Je retombai lourdement sur la roche, me cognant la tête avec violence. Jeremiah se pencha au-dessus de mon visage et me donna quelques coups de museau dans les joues pour que je me relève. Comme je ne bougeais pas, immobilisée par l'offensive de Christy, il me bouscula plus vigoureusement, réussissant à me faire rouler sur le ventre. Là, avec l'aide d'Al, ils parvinrent à me hisser en travers du dos de Bonnie en me soulevant par mes vêtements. Puis, la tête tournée du bon côté, je vis Jeremiah se concentrer sur Christy. Je compris à sa façon de la regarder que l'idée de la laisser ici le rebutait. Mais qu'aurait-il pu faire d'autre ? S'il s'approchait d'elle, il serait éjecté de la même manière que je l'avais été. Alors il la fixa pendant encore quelques secondes, puis il fit demi-tour.

Bonnie, Al et Jeremiah se propulsèrent en direction de la sortie, ignorant le guerrier de l'ombre qui n'avait pas prévu de désobéir aux ordres de Christy. Il nous tuerait tous, il n'en laisserait échapper aucun. Dans un déplacement invisible, il s'élança vers nous pour nous barrer le passage.

Même s'ils ne le voyaient pas, je savais que Jeremiah, Al et Bonnie pouvaient deviner sa présence, évaluer plus ou moins l'endroit où il se trouvait. Alors, au lieu de reculer, Al et Jeremiah se jetèrent sur lui au petit bonheur la chance. Jeremiah parvint à le mordre à la cuisse, tandis que son frère ne réussissait qu'à se prendre une gifle spectaculaire sur le museau. Il gémit et s'effondra par terre. Presque simultanément, un Crinos déchaîné par la rage comprit que le guerrier invisible se tenait devant nous. Il fonça sur lui dans un cri terrifiant et le déstabilisa. Bonnie en profita pour se ruer au secours d'Al. Mais c'était compter sans la rapidité d'un second Crinos qui entendait bien faire une ou deux victimes parmi les Sutherland. Il agrippa la queue de Bonnie et tira de toutes ses forces, me faisant basculer sur le sol dur et froid. Je restai là, immobile, face contre terre, toujours incapable du moindre geste, mais parce que je ne bougeais pas, personne ne tint cas de moi. Et puis soudain, je sentis des mains anormalement chaudes se poser sur mes omoplates. Lorsque, subitement libérée de ma paralysie, je pus tourner la tête, je vis Christy. Elle me regardait avec des yeux embués de larmes.

— Qu'ai-je fait ? murmura-t-elle, comme sortie d'une profonde léthargie.

— Ordonnez-lui de s'arrêter.

— Je ne peux pas, s'étrangla-t-elle, au bord de l'asphyxie. Je n'y arrive pas...

Lentement, je me mis à genoux et, d'un regard circulaire, je fis un état des lieux rapide de la situation. Il y avait beaucoup de morts, des corps partout, du sang partout... Des Crinos s'étaient même entre-tués.

Jeremiah était penché sur Al, toujours inconscient sous sa forme lupine, alors que lui-même était sévèrement blessé, tout son flanc droit avait été comme lacéré. Bonnie était en train de venir à bout du Crinos qui s'en était pris à elle. La voir se jeter à la gorge de son adversaire pour le déchiqueter me marquerait sans doute jusqu'à la fin de ma vie. Bonnie était une machine à tuer. Elle avait tenté de l'oublier, pendant toutes ces années, mais ici, dans les Entrailles de la Terre, elle redevenait ce qu'elle avait fui.

J'étais là, le cœur comprimé, à l'observer, lorsque le guerrier de l'ombre passa dans mon champ de vision en même temps qu'une longue épée accrochée à la paroi, juste au-dessus de lui. Il me tournait le dos, immobile devant l'accès à une galerie de laquelle un halo lumineux s'intensifiait. Quelqu'un s'approchait et attirait totalement son attention. Puis tout le corps de la bête se mit à briller. J'avais la réponse que j'attendais : il mourrait lui aussi. Parce qu'il était à moitié garou, je le voyais. Alors je ne réfléchis pas une minute de plus.

— Restez ici ! ordonnai-je à Christy.

Je me levai d'un bond, silencieuse comme un souffle.

Plusieurs garous encore sous leur forme humaine venaient d'arriver. Le guerrier de l'ombre pencha la tête en avant, rugit devant eux en crachant de la bave, prêt à les attaquer.

Saisissant ma chance sans perdre une minute, je concentrai toute l'agilité et la rapidité dont j'étais capable pour prendre appui sur un bloc de pierre en contrebas de la paroi. Là, je m'élançai dans les airs pour décrocher l'épée de son socle et, d'une contorsion souple et maîtrisée, j'abattis la lame sur Darren.

Sa tête fit un bruit mat, lorsqu'elle roula sur le sol. Puis son immense corps tomba.

C'était fini.

Je venais de tuer un garou pour la première fois de ma vie.

Chapitre 24

Est-ce que je vous dois la vie ?

Je regardai mes mains couvertes de sang, lâchai l'épée que je retenais dans mes poings et fermai les yeux en m'adossant contre la paroi, sans force. Quand je rouvris les paupières, je refoulai un éclat de rire nerveux en voyant la tête du géant qui se tenait devant moi pour me dévisager. Il avait l'air totalement abasourdi par ce qui venait de se produire.

Notons que la seule chose qu'il avait réellement vue était une furie qui, une lame à la main, venait de trancher la tête d'un ennemi imaginaire qu'il avait quand même entendu hurler.

Il me contourna pour observer la scène derrière moi et resta interdit quelques secondes encore en voyant ses hommes s'écorcher vif. Enfin, il hurla des mots en gaélique que je ne compris pas et, comme par enchantement, tous les garous calmèrent leur fureur et cessèrent de se battre. J'eus presque un moment de panique lorsque je réalisai que d'un instant à l'autre, je me retrouverais dans une grotte fréquentée par quatre-vingt-dix pour cent d'hommes nus… Mais Murdoch leva une main pourvue de cinq anneaux d'argent et instantanément, tous les Crinos se dissipèrent à travers les galeries, à mon plus grand soulagement. Quand ils reprendraient forme humaine, ils ne se souviendraient de rien de ce qu'ils venaient de vivre.

Mes yeux s'égarèrent sur le grand chef de la communauté. Murdoch était un Hispo âgé d'environ soixante-dix ans, sûrement davantage, immense, les cheveux blancs coupés court, des yeux profondément bleus et des rides marquant profondément son visage. Malgré son âge avancé, il dégageait un charisme, une énergie et une autorité naturelle qui faisaient de lui, et à n'en point douter, le chef légitime de la communauté du Sutherland.

— Que s'est-il passé, ici ? tonna-t-il, les narines frémissant de colère.

Tous secouèrent la tête, incapable de répondre quoi que ce soit de valable. Alors, avec ce cran et ce flegme qui faisaient sa personnalité, du haut de son mètre cinquante, tout juste, Christy intervint. Elle approcha de quelques pas et se tint bien droite devant l'Hispo qui la dépassait d'une bonne cinquantaine de centimètres.

— Il se passe qu'ils ne m'ont pas crue et que j'ai dû leur prouver qu'ils avaient tort. Sauf que… euh… Ahh ahhh atchoum ! Excusez-moi. Disons que je n'avais pas prévu de me laisser emporter à ce point, ajouta-t-elle en reniflant.

Il la détailla de la tête aux pieds, les sourcils froncés.

— Qui êtes-vous donc ?

Elle s'approcha de lui, le nez rouge et la tête haute.

— J'appartiens à la communauté des Sorcières des Sortilèges et j'étais venue vous avertir d'un danger imminent. Mais voilà, non seulement vos hommes ne m'ont pas crue, mais en plus, ils m'ont emprisonnée ! Ensuite, non contents de m'avoir séquestrée dans une cellule puant le champignon de mille ans, ils ont décidé que mon sort en était jeté et qu'il fallait me renvoyer à Hadès. J'aurais dû être déchiquetée de la main d'un Crinos ! Permettez-moi de vous dire, *Mórfear-faol,* que votre hospitalité laisse sérieusement à désirer ! Peut-être que nos deux communautés n'ont pas fait affaire ensemble depuis des lustres, mais il me semblait que nous étions quand même restés en bons termes. Croyez-moi sur parole, je ne manquerai pas de faire un rapport détaillé à ma...

— Stop ! Taisez-vous ! l'interrompit brutalement Murdoch avec un regard assassin. Cessez de parler ou je vous tranche la tête !

Christy obéit sur-le-champ, ravalant par la même occasion un éternuement.

— Et vous, qui êtes-vous ? demanda-t-il à l'attention de Jeremiah et d'Al, qui avait repris connaissance et qui se tenaient sur sa gauche.

— Jeremiah et Alastair Sutherland, répondis-je doucement à leur place.

Il les dévisagea un instant, puis son regard se figea soudain sur Bonnie, qui s'était mise plus ou moins en retrait, à demi cachée par son mari et son beau-frère.

— Par l'Esprit !

Timidement, la magnifique louve avança de quelques pas pour mieux se montrer, les yeux braqués sur Murdoch, qui paraissait ne pas en croire les siens. Son visage buriné s'était subitement adouci, alors qu'une grosse larme s'échappait de l'œil droit de Bonnie pour se perdre dans ses longs poils noirs et épais. Ébranlé, Murdoch se ressaisit aussitôt pour fixer froidement Al et Jeremiah.

— Êtes-vous responsables de tout ce carnage ? les questionna-t-il en désignant du bras la grande salle dans laquelle gisaient quantité de corps au milieu d'une mare de sang.

— Ils ne le sont pas, répondit Christy à leur place.

Il battit l'air de sa main droite.

— Il y a des vêtements de secours dans la première salle après la galerie derrière vous. Reprenez forme humaine et venez vous expliquer ! leur ordonna-t-il.

Il rajusta la cape qu'il portait et remit en place sa fibule en argent sur l'épaule droite.

— Quant à toi, ajouta-t-il non sans ironie à l'attention de Bonnie, je vais être obligé d'avertir ton frère aîné de ton retour. Lui et moi venons tout juste de rentrer d'une expédition. Sans doute sera-t-il très surpris d'apprendre que sa cadette morte après s'être suicidée est encore en vie ! Je vous attends tous dans la salle de communion, dépêchez-vous !

Il jeta un dernier coup d'œil circulaire à la salle, évalua les dégâts, et secoua la tête. Enfin, son regard croisa de nouveau le mien.

— Est-ce que je vous dois la vie ?

Totalement impressionnée par l'autorité de cet homme, j'osai à peine hocher la tête.

— Alors j'ai une dette envers vous, jeune *foal*.

Après quoi, il disparut par là où il était arrivé.

Cent quatre-vingts, c'était le nombre de candélabres qui brûlaient sur l'immense lustre en métal au-dessus de nous et que j'avais comptés scrupuleusement. Leur lueur dansait contre les parois nues et froides de la grotte, dessinant des silhouettes semblant incendier la salle. Il n'y avait aucune autre source de lumière. Quelle heure était-il, précisément ? Je n'en avais pas la moindre idée, mais je n'aurais pas été surprise d'apprendre que la nuit s'apprêtait à tomber. Je détestais cet endroit, les heures s'y écoulaient trop lentement. Il fallait faire vite.

— C'est tout à fait inattendu ! s'écria Murdoch en posant son verre de bière sur la grande table de monastère autour de laquelle nous étions installés.

Christy venait de lui raconter pourquoi elle s'était rendue ici et ce qu'il s'était exactement produit dans la salle d'armes.

— C'est pourtant la stricte vérité, confirma-t-elle en se mouchant le nez dans un bout de tissu rouge. Vous ne les voyez pas parce que l'incantation originelle ne le permet pas, cependant, ce ne sont pas vos hommes qui remettront en cause leur existence.

— Je devrais vous faire emprisonner pour avoir tué Darren et provoqué un tel carnage au sein de notre communauté. Beaucoup d'hommes sont morts, *bana-bhuidseach* !

Christy plia soigneusement son mouchoir de fortune et le posa lentement sur la table, puis elle leva le menton et affronta Murdoch des yeux.

— Eh bien, que ceci vous serve de leçon.

Un froid sibérien occupa soudain la pièce dans laquelle nous étions.

— Monsieur, techniquement, Christy n'a tué personne, intervins-je. J'ai personnellement coupé la tête de votre bras droit, qui n'était, quoi qu'il en soit, pas digne de votre respect.

Il m'observa avec le plus grand sérieux et finit par sourire en coin, moqueur.

— Un arriviste, comme tous ces sous-fifres qui se donnent de l'importance en prenant des décisions dans le dos du conseil, dans mon dos. C'étaient des traîtres, et ce n'est finalement pas une grande perte... Votre petit numéro m'a beaucoup impressionné, *foal-ur.* J'ai cependant une question à vous poser : pourquoi êtes-vous la seule à avoir vu la bête, parmi les nôtres ?

Je soutins son regard inquisiteur.

— Je n'en ai aucune idée, monsieur.

Mais c'est bien pratique, eus-je envie d'ajouter.

Christy coula sur moi un regard intense, comme si elle avait envie de dire quelque chose à ce propos. Mais elle se tut. Alors les mots de Grigore me revinrent en mémoire : « *Tu as été un ange noir, Hannah. Il t'en reste quelque chose...* » La réponse était forcément quelque part par là.

Murdoch m'observa encore un instant, puis il se tourna vers Bonnie.

— Pourquoi es-tu revenue d'entre les morts ? Que justifie que tu aies pris autant de risques ? Tu ne devais jamais revenir, *lass*. Jamais. J'ai dit que je t'avais retrouvée morte, engloutie par les eaux de Loch Eriboll. J'ai personnellement averti ton frère.

Je ne pus cacher ma surprise en écarquillant les yeux. Depuis toujours, j'avais cru que Bonnie avait organisé sa disparition avec les membres de sa famille, justement pour éviter d'être mise à mort par les autorités garolles, c'est-à-dire, par Murdoch lui-même. Et là, j'apprenais que non seulement il avait une immense affection pour Bonnie – au point de la surnommer *lass* bien qu'elle ne fût plus une jeune fille –, mais qu'en plus, il avait participé à sa fuite alors que manifestement, même le propre frère de Bonnie la croyait morte. Que représentait Murdoch pour elle pour avoir risqué autant ?

— L'amour, *uncail,* l'amour...

Son oncle...

— Tu es venue accompagnée de ton mari, de son frère et de cette jeune *faol-cruthaich.* Quel est cet amour qui vous unit, *lass* ? Pourquoi vous être donné autant de mal ?

— Cette « fausse louve » est une héritière des Sutherland ! l'interrompit Jeremiah d'une voix sèche. Je l'ai faite !

Murdoch eut un geste de recul tant il fut surpris de la réaction de Jeremiah, puis il gronda sourdement.

— Faite ? Vous avez décidément brisé toutes les règles !

— Aucune, en ce qui me concerne. Je n'appartiens pas à votre monde.

— Mais aujourd'hui, vous l'avez rejoint. Pourquoi ? redemanda-t-il.

— Pour sauver mon fils.

Murdoch posa un regard étonnamment doux sur lui.

— Mon âme sœur, monsieur, murmurai-je. Nous avons été liés par le *mór-aotrom.*

« *J'ai une dette envers vous* », avait-il dit.

Rien n'avait été facile, rien ne s'était passé comme je l'avais imaginé, mais le but était pourtant bel et bien atteint. J'allais exiger de lui qu'il libère Leith. Il ne pouvait pas me le refuser.

— Qu'est-ce que la communauté du Sutherland peut faire pour vous ? Je ne comprends toujours pas la raison de votre présence ici.

Il se tourna vers Bonnie.

— *Lass ?*

— Il a été enlevé par les nôtres, *uncail.* Il y a déjà plus d'une semaine.

— Enlevé ?

— Dageus Slater a tout organisé, expliqua Jeremiah.

Les yeux de Murdoch s'étrécirent. Son nom ne lui était pas inconnu.

— En quel honneur ? Par l'intermédiaire de qui ? Personne ne s'aviserait d'emmener un Sutherland de force dans les Entrailles sans que j'en sois avisé. Nos geôles sont vides depuis que je suis au pouvoir. Les règles ancestrales n'ont pas changé, mais la façon dont nous traitons le reste du monde, oui, tenta-t-il de se justifier. Je n'ai pas commandité l'enlèvement de votre fils, je n'ai aucune raison de l'avoir fait.

Je crois que c'est à cet instant précis que tout ce que j'avais imaginé au sujet de la communauté du Sutherland commença à s'effriter. Cet homme était loyal et droit, peut-être même à l'image de son peuple...

— Dageus Slater l'a fait pour de très mauvaises raisons, entreprit d'expliquer Bonnie.

— Racontez-moi tout.

Ce que je fis, dans le détail, passant cependant sous silence sur l'épisode détaillé de la Roumanie. Tout ceci faisait déjà beaucoup. Lorsque j'eus terminé mon récit, j'avais gagné l'aide de Murdoch sans même avoir eu à la lui demander.

— Chaque semaine, des nouveaux venus rejoignent la communauté de leur plein gré, nous révéla-t-il. Les contrôles sont stricts et approfondis, car il est capital que le secret de cet endroit soit gardé. Nous vérifions l'identité de chacun, le passé, le casier judiciaire, tout ce qui concerne les familles... Les arrivants sont formés à nos lois et nos coutumes, ici même, pendant une durée d'un mois avant de gagner le cœur des Entrailles.

— Nous n'y sommes pas déjà ? m'étonnai-je.

— Non, jeune *faol.* Vous êtes ici dans les quartiers défensifs de la communauté. Les habitants vivent un peu plus en retrait au nord-ouest de Ben Hope. Écoutez, dit-il gravement en regardant Jeremiah, si votre fils est ici, nous le retrouverons. Mais supposons qu'il ait été amené, nous n'aurions eu aucun moyen de savoir qui il était. Je ne connais pas son odeur, personne ici, à part vous, ne la connaît. Je vais me renseigner auprès du formateur. S'il ne sait rien, nous poursuivrons notre enquête.

— Merci, *uncail,* murmura Bonnie.

— *Lass*, revenir ici n'était pas une bonne idée. Je suis le chef suprême de la communauté, mais tu n'es pas sans savoir que toutes les décisions sont prises par le Conseil des Anciens. J'ai le pouvoir de laisser partir ton mari, ton beau-frère et la jeune *faol,* parce qu'ils n'appartiennent pas à la communauté et qu'ils ne sont pas soumis à nos règles, mais toi... tu es née ici, tu étais un membre, une citoyenne à part entière : tu devras te plier à nos lois. Je ne peux pas aller contre ça. Ton frère sait maintenant que tu es là. Il demandera ton jugement.

— Je comprends, dit-elle tout bas en baissant la tête sur ses ongles. Je savais ce que je faisais en remettant les pieds ici. J'étais prête à courir le risque.

— Je ne les laisserai pas te faire de mal ! gronda Al en tapant du poing sur la table.

Bonnie posa une main sur son avant-bras pour qu'il se calme.

— Je ne dirai rien à ton sujet, *uncail*. Je ne dirai pas que c'est toi et *antaidh* qui m'avez aidée à fuir il y a vingt-cinq ans.

— Si ta tante était encore en vie, elle assumerait ses responsabilités, *lass*.

— *Antaidh*...

— Elle nous a quittés il y a presque dix ans.

— J'aurais tellement aimé la revoir...

— Elle aussi, *lass,* elle aussi. Écoute-moi, mon enfant. Ne suis-je pas le père que tu n'as jamais eu ?

Les yeux de Bonnie s'embuèrent de larmes.

— Tu l'es...

— Alors, laisse-moi assumer les miennes.

— Non ! s'écria-t-elle. Non...

— Je suis vieux et la fin de mon règne est proche. J'ai maintenu cette communauté en paix pendant plus de trente ans, je dois maintenant passer le relais. Je n'ai plus rien à craindre de personne, j'ai fait ce que je pensais être le mieux, et je ne laisserai jamais qui que ce soit me persuader du contraire. J'ai pris les décisions que je croyais justes, je n'en regrette aucune.

— Dire la vérité ne me sauvera sûrement pas la vie...

— Peut-être pas, mais tous sauront à quel point tu es importante pour moi, mon enfant.

— *Uncail !* gémit-elle en se levant brusquement de sa chaise pour se jeter dans les bras de son oncle.

Le vieil homme la serra tout contre lui, les paupières fermées comme pour contenir ses larmes. Ils demeurèrent ainsi pendant plusieurs secondes sans que personne ose les interrompre. Nous étions tous émus par l'intensité de leurs retrouvailles que nul n'aurait pu prévoir.

— Une attaque ! hurla soudain un garou en débarquant comme un fou dans la salle.

Bonnie et Murdoch se détachèrent, tandis que je me pétrifiais sur ma chaise.

— Des anges noirs ! Ils sont quatre, ils tiennent en otages plusieurs jeunes Lupi. D'autres les rejoindront sûrement.

Mes poils se hérissèrent sur mes bras, tandis que Murdoch bondissait de sa chaise pour se diriger à grands pas vers un couloir où il s'apprêtait à disparaître.

— Alerte maximum ! ordonna-t-il. N'en épargnez aucun !

— Non ! m'écriai-je en me levant aussi. Ils viennent pour nous, ils ne vous veulent aucun mal ! Ils viennent pour nous parce qu'il fait nuit !

Murdoch se figea avant de faire volte-face pour m'observer.

— Que dites-vous ?

Je m'approchai et lui fis face.

— Je ne vous ai pas tout raconté. Murdoch, je vous en prie, ce sont mes amis. Si nous n'étions pas rentrés avant la tombée de la nuit, ils devaient venir nous chercher ici. Par pitié, ils ne reculeront devant rien s'ils pensent que nous sommes en danger. Vous pouvez éviter ça.

Incrédule, il se tourna vers Bonnie pour avoir confirmation.

— Ce qu'elle dit est vrai.

— Très bien. Allons à leur rencontre. Alban, nous ne tentons rien !

— *Mór-fear-faol...,* j'ai bien peur que ce ne soit trop tard. Ils se battent.

— Par l'Esprit ! m'écriai-je.

— De quel côté ?

— Porte Ouest.

— Que le diable les emporte ! meugla Bonnie. C'est le dernier endroit où ils devaient aller. L'armée les tuera tous, le cœur de la communauté est là-bas !

— Alors, dépêchons-nous ! nous enjoignit Jeremiah.

Nous nous engouffrâmes tous dans le boyau rocheux et courûmes à travers les galeries.

— Par ici ! nous ordonna Murdoch.

C'était un véritable labyrinthe. Impossible de se repérer, d'avoir une seule idée de la direction que nous prenions. Au fur et à mesure que nous avancions, le décor changeait, devenait plus civilisé, moins rustique, plus habitable. Je n'eus guère le temps d'admirer l'architecture troglodyte, mais je repérai quelques logements sur plusieurs étages qui donnaient sur la vaste cour dans laquelle nous étions en train de courir. L'endroit n'était pas désert, nous commencions à croiser quelques personnes ignorant encore ce qui se passait à l'extérieur. Nous contournâmes un petit lac naturel et longeâmes de nouveau un couloir étroit qui nous fit aboutir en bas d'un escalier immensément haut. Bousculant les quelques personnes que nous croisâmes, nous gravîmes plus d'une centaine de marches avant d'atteindre le premier palier où nous nous arrêtâmes, cependant, elles continuaient encore sur plusieurs niveaux. C'est à ce moment précis que des grognements sourds commencèrent à nous parvenir, me glaçant jusqu'aux os. Nous nous dirigeâmes vers une seconde place, plus petite que la précédente, mais nettement plus fréquentée. J'aurais dit que nous venions de mettre les pieds dans une sorte d'agora. Quelques échoppes çà et là, un vendeur de viande séchée, un boulanger, un tisseur, un potier, diverses boutiques et une centaine de personnes qui allaient et venaient. Des hommes, des femmes, des enfants… Bien qu'on me l'eût dit, je n'en croyais pas mes yeux. Nous étions dans une véritable cité organisée.

— Que se passe-t-il ? nous hurla une mère qui portait en écharpe un bébé contre son ventre. On entend des cris !

Elle entendait, mais elle ne sentait rien. Pas encore. Les roches constituaient un épais bouclier qui empêchait de repérer la présence du moindre ange noir.

— Ne sortez sous aucun prétexte ! lui ordonna Murdoch. Alban ! Occupe-toi de réunir tout le monde au niveau inférieur. Sans exception ! Vite !

Nous courûmes de plus belle en direction de la sortie. Encore loin ? Toute proche ? J'étais incapable de savoir où nous étions. Nous traversions les galeries qui se faisaient de plus en plus larges, de plus en plus en froides, humides et vides au fur et à mesure que nous avancions vers l'extérieur. Et cette senteur de musc qui s'amplifiait, ces parfums d'épices et de bois de cèdre... Sans même m'en rendre compte, j'avais ralenti ma course. J'étais distancée d'une bonne quinzaine de mètres. On ne m'attendit pas.

— Hannah ! m'appela Christy, essoufflée, qui avait bien du mal à suivre le rythme.

Elle était derrière moi.

Lentement, je me retournai.

— Tout va bien ? Que t'arrive-t-il ?

Je ne la voyais plus, je ne l'entendais plus. J'étais totalement envahie par les odeurs. Par son odeur. Il était là, quelque part. Tout proche. Je le sentais. Chaque fibre de ma peau le percevait. Tous mes sens étaient en alerte et s'unissaient pour le retrouver.

— Hannah ? cria Christy en se positionnant franchement devant moi.

Hors de contrôle, je la dégageai brutalement de mon passage pour revenir sur mes pas, la faisant tomber lourdement sur le sol caillouteux, sans m'arrêter pour l'aider à se relever. Atteindre mon but. Le débusquer. Il était là !

En démente, je m'élançai à l'aveuglette, ne sachant pas exactement où aller, examinant la foule, louvoyant entre les gens qui se hâtaient à descendre, pressés par les gardes supposés les mettre à l'abri.

Puis je stoppai net, au milieu d'eux, obligeant ceux qui étaient derrière moi à me contourner. Ils râlaient, grondaient, me bousculaient, mais je ne bougeai pas d'un pouce.

Leith se tenait à quelques pas de moi. Les mains derrière le dos, la tête haute, le corps solide, la peau embaumant tout, dominant tout, évinçant tout ce qui n'était pas lui. Il était vêtu d'une tunique noire, mi-longue, à manches courtes, et d'un tartan à dominantes verte, rouge et bleue que je n'aurais jamais cru le voir porter un jour, et ses pieds étaient chaussés de bottes basses en cuir souple et entourées de lanières. Ses cheveux avaient poussé. Il était magnifique. Viril. Sauvage. Il était à moi. Je l'avais retrouvé.

Les yeux inondés de larmes, le cœur sur le point d'exploser, je courus vers lui sans même prononcer son nom.

— Vous n'allez pas dans la bonne direction ! m'arrêta un homme de l'espèce galbro en me retenant par l'épaule.

Mon regard croisa furtivement le sien, je ne voulais pas perdre Leith de vue.

— Lâchez-moi.

— Nous avons des ordres, il vous faut descendre. Mais… mais vous êtes une *faol-cruthaich* !

— Lâchez-moi !

Exaltée, je m'emparai de son poignet, lui tordis le bras à le faire hurler et le projetai de toutes mes forces à plusieurs mètres, au beau milieu des gens qui risquaient sévèrement de s'échauffer. Je me détournai et me dirigeai de nouveau vers Leith. Il avait déjà bien avancé, perdu dans cette foule qui s'épaississait. Les gens commençaient à se bousculer à l'entrée de l'escalier qui les mènerait au niveau inférieur. Leith les suivait docilement, le regard fixe.

Était-il enchaîné ? Qui le maintenait ?

Cela m'était impossible à voir.

Alors je forçai le passage. Je bousculai chaque homme, femme, enfant, qui m'empêchait d'avancer, violemment et sans une once de remords. Je me fichais complètement de ce qu'ils étaient, de qui ils étaient. J'avais un seul but à atteindre et plus aucune limite.

— Leith ! hurlai-je enfin.

Il ne m'entendit pas.

Le son de ma voix venait d'être couvert par le bruit d'un cor de chasse.

— Ne poussez pas ! s'égosilla ensuite un homme en tentant de faire de l'espace autour de lui. Vous passerez tous !

Je donnai une ultime poussée, écartai une dernière personne, avançai de trois pas, tendis le bras, étirai les doigts... et le touchai.

Enfin.

La chaleur de son corps, la douceur de sa peau...

— Leith..., Leith...

Sans même le regarder dans les yeux, je tombai à genoux devant lui, encerclai ses cuisses de mes bras et, la tête blottie contre son ventre, je pleurai. Toutes les larmes de mon corps semblaient vouloir me quitter, se libérer, partager ma joie d'avoir retrouvé l'amour de ma vie.

— Comme tu m'as manqué, comme tu m'as manqué..., gémis-je. J'ai cru ne jamais te revoir, j'ai cru... j'ai cru que tu étais mort !

Les joues inondées par mes pleurs, le nez rougi et la gorge douloureuse, je levai la tête pour le contempler. Il me dévisageait aussi, les sourcils froncés, ses magnifiques yeux verts scintillant de stupeur, comme s'il ne réalisait pas, comme s'il ne s'était plus attendu à moi.

— Je suis là... je suis là, murmurai-je en me frottant contre lui.

Ses mains vigoureuses se posèrent sur mes biceps et me forcèrent à me relever.

Je me redressai lentement, respirant l'odeur de son parfum, humant le sucre de sa peau.

Je lui fis complètement face et ne le quittai pas des yeux. Lui non plus ne semblait pas vouloir détourner le regard. Il me sondait, m'examinait, pénétrant mon âme autant que mon cœur et mon esprit, remettant dans l'ordre tout ce qui ne tournait pas rond chez moi, depuis des jours et des jours, me restituant tout ce qu'on m'avait volé. Qui j'étais, qui je deviendrais.

Comme je l'aimais.

— Mon amour...

Ses pupilles s'étrécirent. Il ouvrit la bouche, puis la referma.

C'est là que je l'aperçus, juste derrière, cette Galbro mince et presque aussi grande que Leith. Elle m'observait par-dessus son épaule. Elle avait les yeux les plus étranges et hypnotiques que je n'avais jamais vus. Dorés et ourlés de cils interminables, épais et noirs, tout comme ses longs cheveux. Elle était belle et elle me méprisait.

Doucement, elle posa une main sur l'épaule de Leith et lui susurra quelque chose à l'oreille que je ne compris pas. Puis, elle me gratifia d'un sourire sarcastique.

Leith ne réagissait pas à moi.

Pas un son.

Pas un geste.

Que se passait-il ?

— Leith...

Il plissa les paupières, pencha la tête de côté et recula d'un pas pour mieux m'observer.

— Qui êtes-vous ?

Et mon cœur s'arrêta.

Remerciements

À première vue, quand on discute avec un écrivain, et qu'on a aimé son œuvre, on a envie de le féliciter pour le travail accompli – souvent dans une schizophrénie de douleur et de plaisir mêlés, avouons-le – et on s'imagine à tort que les louanges lui reviennent de plein droit. Mais comme toujours, écrire une histoire n'est jamais le fait d'une seule personne. C'est la raison pour laquelle je tiens à remercier celles qui m'ont été d'un immense secours, d'un soutien plus grand encore, et qui ont fait que ce livre existe. Tout simplement.

Chapeau bas à Augustin Popescu, talentueux dessinateur de BD que je vous invite à découvrir, pour ses innombrables traductions et son avis éclairé sur ce magnifique pays qu'est la Roumanie. Il faut que tu le saches, sans toi, les descriptions contenues ici n'auraient pas eu la même saveur.

À ma petite Élodie Zappia, un concentré d'énergie et d'ondes positives, qui m'a portée tout au long de cette longue période de doutes qui précède l'écriture, quand il est temps de se relire et de se faire relire, quand on est convaincu qu'on a été très mauvais et que la terre entière nous montrera du doigt. Merci ! Encore merci !

À Sissi. Tu as fait ton grand retour ici, mais tout le monde le sait, toi et moi, on ne s'est jamais vraiment quittées. Tu es fidèle et avisée. *Les étoiles de Noss Head* n'aurait pas la même portée sans ton regard extérieur.

À la famille Lafleur, cette exceptionnelle équipe d'éditeurs qui a décidé de poursuivre l'aventure avec un tome quatre et de me faire confiance. J'ai beaucoup de chance de pouvoir travailler avec vous.

Et enfin, à mon mari, Christophe, et à ma fille, Lou. Quand finirez-vous par en avoir assez de me voir cloîtrée dans ce fichu bureau, des heures durant ? Par pitié, pas tout de suite, attendez au moins la fin du tome cinq si vous tenez à ma peau ! Je vous aime.

P.-S. : Ne croyez pas que je vous ai oubliés, vous qui me suivez depuis le début ou vous qui me découvrez. Merci d'être là ! Smouch, les Mordus !

Table

11501

Composition
NORD COMPO

Achevé d'imprimer en Slovaquie
par NOVOPRINT SLK
le 20 février 2018

Dépôt légal juin 2016
EAN 9782290130957
L21EPJN000126B002

ÉDITIONS J'AI LU
87, quai Panhard-et-Levassor, 75013 Paris

Diffusion France et étranger : Flammarion